文学宁夏

"文学宁夏" 丛书编委会名单

主　任：崔晓华

副主任：庚　君　　雷　忠　　郭文斌

编　委：漠　月　　李进祥　　闫宏伟

统　筹：吴　岩

在一座大山的下面

梦也 著

作家出版社

梦也，本名赵建银，1962年生于宁夏海原县。中国作家协会会员，一级作家。现为宁夏文联《朔方》杂志副主编。二十世纪八十年代开始文学创作，有小说、散文、诗歌等作品发表于《十月》《中国作家》《人民文学》《青年文学》《诗刊》等国内外百余家报刊，诗歌及散文入选多种年度选本并获奖。《感动着我的世界》荣获宁夏第六次文学艺术奖散文二等奖，《草原童话》（组诗）荣获宁夏第七次文学艺术奖诗歌二等奖，《梦也诗九首》荣获宁夏第八次文学艺术奖诗歌一等奖。出版诗集《祖历河谷的风》《大豆开花》、散文集《感动着我的世界》、长篇小说《秘密与童话》、中短篇小说集《羊的月亮》等。

文学是这块土地上最好的庄稼

崔晓华

塞上金秋，天高云淡，风清月明，"稻花香里说丰年，听取蛙声一片"。在这诗情画意的美好季节，我们满怀喜悦的心情，迎来宁夏回族自治区成立六十周年。

宁夏地处祖国西部，是中华远古文明发祥地之一、丝绸之路重要节点，优秀传统文化遗存丰厚，自然历史内蕴丰富多样，历朝历代文人墨客留下数以千计的诗词文赋，譬如人们耳熟能详的"大漠孤烟直，长河落日圆""蝉鸣空桑林，八月萧关道"等，表达了诗人或豪迈或忧伤的爱国情怀；宁夏是革命老区，1936年，红军长征途经这里，留下灿烂的革命文化，毛泽东书写了脍炙人口的光辉诗篇《清平乐·六盘山》。古往今来，文学的特质、精神的象征、家园的意识，深刻地嵌入其中，并且流传至今，仍在流传。"长风破浪会有时，直挂云帆济沧海。"岁月蹉跎，沧桑巨变，伴着九曲黄河悠远的涛声，我们回顾自治区走过的历程，一幅幅画面徐徐展开：艰辛、曲折、繁荣、辉煌。"思理为妙，神与物游"。宁夏大地半个多世纪所发生的翻天覆地的变化，回汉各族人民日新月异的生活，以及改革开放四十年，特别是党的十八大以来取得的新成就，让我们感慨、激动、振奋。对于宁夏文学，对于宁夏作家，这既是记忆，也是现实，更是根植人民、观照时代、承接历史、面向未来，而"出人才出作品"是最丰盛最具正能量的"活性因素"。

文艺的春天阳光普照。二十世纪八十年代之初，宁夏文学事业步入繁荣发展的快车道，宁夏文坛开始呈现人才辈出的可喜局面，其显著标志便是——"宁夏出了个张贤亮"（著名评论家阎纲语），脱毛之隼搏击长空，成为享誉中国和世界文坛的著名作家。与此同时，以张贤亮为代表的一代作家，用自己的成就和影响有力地带动和促进了宁夏的文学创作，以及宁夏作家群的形成，这是一支颇为壮观的、以青年作家为主力军的队伍，并且呈现出良好的势头；他们的作品给文学界增添了异彩，给广大读者留下了深刻印象；他们突破地域的局限，向全国文坛迈进，终于实现了宁夏当代文学的跨越式发展。

2016年5月，中国作协主席铁凝以《文学照亮生活》为题，将公益大讲堂的首课放在宁夏西吉县。原因是宁夏西吉县是中华文学基金会命名的全国首个"文学之乡"。宁夏的作家，有相当部分出自西吉，形成密集之势。西吉的作家们有这样一句话：文学就是西吉这块土地上生长得最好的庄稼。铁凝主席掷地有声地补充了一句：文学不仅是西吉这块土地上生长得最好的庄稼，西吉也应该是中国文学最宝贵的一个粮仓！表明了中国作协对宁夏文学的高度关注和重视。

生活滋养文学，文学照亮生活。

关于宁夏作家的成长，很有必要进行一次简要的回顾。宁夏作家大多数来自基层，出生于二十世纪六十至八十年代。众所周知，那时的农村和乡镇偏远落后、艰苦寂寞，长期生活在这样的环境中，经历的困苦和磨难充满了他们的记忆，在这样的记忆里，似乎是苦难多于欢乐，乃至重叠着父辈们流浪、迁徙的背影和脚印。但是，他们也有独特的优势，脚下是历史文化积淀深厚的塞北大地，这样的地气会潜移默化地影响他们的性格和气质，后来伴随着解放思想、改革开放的步伐，他们又接受了良好的文化教育，强烈地产生了精神生活的基本需要和诉求，而这种需要和诉求必须通过心灵劳作得以实现，他们因此怀有宗教般神圣和虔诚的文学梦想。于是，从二十世纪九十年代开始，宁夏青年作家经过多年的艰苦跋涉和磨砺，终于营造出一道亮丽的文学景观——以其朴实的生活经验和历史记忆、独特的生命感悟和言说方式，发出本真的、诗性的、充满灵智的声音，显露出文学突围的意义和价值。改革开放以来，宁夏的中青年作家，一方面由于长期浸淫于西部的人文气候和特殊的历史文化环境，另一方面本着对传统文学资源的信仰和坚守，使得他们的作品在书写和表达上，继续保持着古典文学特有的诗意，以及民族语言特殊的美质。尤其重要的是，在全球化语境下，宁夏作家不跟风、不时尚、不焦躁，内心安静，他们通过带有浓厚的地域性、本土化的写作，以及对西部整体的文化关怀和持续不断的挖掘，呈现出来的是西部大地上的传统与现代、历史与现实、敏感与顽固、苦难与信念、理想与追求，是西部人的宽厚、隐忍、执著、抗争、牺牲，等等。同时，他们的作品由于客观、真实的叙写，因此又有着社会学、历史学、民俗学的意义和价值。正是他们对传统文学资源的坚守和继承，从而取得了令人瞩目的文学成就。宁夏作家群的形成和崛起，以及他们的人文立场、精神向度、情感因素和创作风格，不仅预示着西部文学的广阔前景，也不断丰富着当代中国文学的意义系统。

概括地讲，这六十年是宁夏经济社会发展取得辉煌成就的六十年，也是宁夏文学不断繁荣兴盛的六十年。作家队伍生机勃勃，新人不断涌现；文学创作空前活跃，高潮迭现；文学作品硕果累累，产生了一大批记载历史、见证变迁、叙写西部、反映时代、宣传宁夏的独具特色的优秀作品。

庆祝宁夏回族自治区成立六十周年之际，我们编辑了这套二十卷本的"文学宁夏"丛书。这套丛书的出版，是宁夏文学事业的一件大事。宁夏文联高度重视，几经酝酿，广泛征求意见，本着好中选优的原则，给予确定。入选该丛书的作家系"60 后""70 后"和"80 后"，既有作家、诗人，也有评论家，他们创作的优秀作品情厚境美、韵味深长，具有浓郁的生活气息、地域特色和时代特征，有的荣获鲁迅文学奖、少数民族文学创作"骏马奖"、庄重文文学奖、茅盾文学新人奖、《人民文学》奖、《诗刊》奖、《小说选刊》奖、《十月》文学奖等重要奖项，有的多次荣登中国小说学会年度排行榜；有九名作家作品集入选中国作协"21 世纪文学之星丛书"；大量优秀作品被国内有影响力的期刊和选本发表、转载和选入，还有相当部分作品被翻译成多种文字推介到国外。这套丛书的出版，是宁夏中青年作家的又一次集体亮相，也是对宁夏文学成就的进一步展示，旨在精要地反映宁夏文学的优秀成果，以便读者能够比较全面地了解宁夏文学创作的基本面貌，为研究者提供较好的选本。这套丛书的出版，也是给宁夏回族自治区成立六十周年的献礼。总之，这套丛书的出版，意义重大。

"好雨知时节，当春乃发生。"宁夏地处西部，西部是中国文学的广阔沃壤。人民是大树，作家是小鸟，小鸟只有栖息在大树上，才能够自由地歌唱。在此，真诚地祝愿宁夏作家们以社会主义核心价值观为统领，秉持以人民为中心的创作导向，绽放更加绚烂的文学之花；真诚地祝愿宁夏文学沐浴着古老黄河的神韵，乘着新时代的强劲东风，向着中国文学乃至世界文学的浩瀚大洋奔流而去……

（作者系宁夏文联党组书记、副主席）

目录 CONTENTS

章一

我从哪里来？

天都山帝影

一

在宁夏，有这样一座山——天都山，可没有多少人真正地去探寻它、了解它、熟知它，以至真正地去贴近它。所以，带有西夏烙印的天都山实际上是一座被人遗忘的山。即使我们老家的人——海原县人，也只知西华山和南华山，而少有人知道它在西夏时期却叫天都山。中国人是最容易遗忘的民族，有些是因为文化的欠缺，有些是因为不屑一顾，因为我们往往最上心的是衣食住行，而往往最易丢失或最不容易得到的就是衣食住行。一个不能用文化去武装的民族是没有自信心也没有战斗力的。因此，缅怀过去，或是来一次文化的心理旅行，是有必要的。

隐藏在海原县境内的天都山实际上只是一座活在党项人心中的山。然而，八百年前，党项人在成吉思汗的铁蹄下已消失殆尽，即使没有被斩草除根，也早已改姓埋名，与中华大地上的其他民族融为一体了。因此，曾经在中国历史上留下精彩一笔的党项人真正成为了种族被灭绝的代表，而独据一方与宋、辽抗衡，持续了近两百年之久，创造了文字、酿酒术、耕织术、冶铁术，留下了大量宗教雕塑和绘画的党项民族，也就成为国破家亡、人丁灭亡的悲剧。而没有被书写的党项人的历史，也就成为今天的冷学。

诉说一座山的盛衰，不是我的专长。天都山对于我只是一位洗尽了战争创伤的伟人，一个因落魄而与普通老百姓融为一体的人，只是我们在感受到它的亲切的同时，偶然间也会瞥见它不一般的真容。我是在天都山下出生并长大的，可以说，我是喝着从它的山上流下来的雪水长大的，是吃着在它的山上啃着牧草长大的牛羊肉长大的。我是承受着从它那儿吹来的长风长大的，也是聆听着它的低语，慢慢地才懂得了天地万物，懂得了人生，学会了识别真与假的人。因此，天都山不仅是我身体上的母亲，还是我精神上的父亲。在我的心中，天都山总是一副慈眉善目的模样。或许是天性使然，我只记住了它的慈容，只领会了它的善意，而忽略了它的威严。

年少时，每天与它相伴，却从没有感觉到它有什么出奇之处，及至到了盛年，我才一点点地去接近它，并试着去读懂它。

或许是因为逐渐颓废的心性使然，现在我所关注的东西似乎都是不太起眼的东西，好像宏大的东西正在离我远去，代之而来的却是一些小事情、小物件，或是带有沧桑气息的老物件。这是一种心态，也是一种体质衰弱的征兆。不知源于何时，逝去的时光带着一丝温暖一丝淡淡的光晕一缕轻轻的忧思慢慢向我走来，慢慢向我呈现。

人最终都会回到本原，那养育过你的一山一水、一草一木，一畦田地、一处山坡，一场降雪、一次山洪暴发……凡此种种都会在你的身体上或心灵上留下永久的记忆。说到底，人是物质上的人，更是精神上的人，人赖以生存的东西是山川河流，是日出日落，是风花雪月，是季节更迭，是历史传承，是乡风民俗，是民族血脉。由此而来，你们可以想见，故乡的一座山、一条河，给了我多大的恩赐，给了我多大的启示，给了我多么丰富的想象啊。因此，它们不仅是我地理意义上的故乡，更是精神层面上的家园。

古往今来，多少贤哲和文学家，都有自己可以依托的精神故土。老子的终南山，弘一法师的灵隐寺，鲁迅的绍兴，高更的塔希提岛，梵高的阿尔……可以说，每一个有成就的人，尤其是富有文化作为和精神创建的人，都有一块心灵安放和精神飞升的所在。这样的一块地方，不一定是故乡，却一定是精神和心灵感到安适的所在。所以，如其说一个人一生都在寻找可以安放身体的所在，倒不如说是在寻找一处可以安放心灵的所在。

无论贫富贵贱，每一个人都有一种寻找心灵安放的意识，只是有人如了愿，有人却留下终生的遗憾！

二

即使睡在土炕上也能听到，风在摇动梵铃，能感到高空——那高得不得了的高空，星星像微风摩擦下的火苗明明灭灭，而那月亮像被剪下的一块黄绸缥缥缈缈地忽闪着。而那条河流，正温柔地绕过村庄，流过宽阔的河滩，向更为深远的山坳里流去。

那在梵铃的轻响中端坐无语的山叫西山，那在睡梦中轻绕的河叫麻春河——来自于西山的河。它们就是我不厌其烦地反复吟诵的山和河，是牵动了我魂魄的山和河，是我走过了千山万水之后，才止住了脚步的山和河，是与我的精神和创造力紧紧结合在一起的山和河。然而，我对这一条河和一座山的认识是在中年以后。及至在我读了宋史和有关的西夏史料之后，我才明白。被我注视和仰望了数十年之久的山，被我一直称为西山的山，原来在西夏时叫天都山。多厉害的名字，你可以想象，千年前的党项人、蒙古人，以及其他游牧民族，是多么敬重这样的一座山啊，它高耸入云，巍峨庄严！在那些习惯了骑马奔驰，喜欢在杀伐中度过一生的人来说，偶然地一瞥，却看见了一座神山，于是被震得滚下马来，纷纷匍匐在地。在党项人的心中，那是一座寄托了梦想和宗教情怀的山，因为，一座被称为天都山的山，一定是天之国都，是万神聚会的所在，是仙乐缥缈、天女翩跹的所在，是苦难人间的寄托。

或许是故乡海原县太过贫瘠的原因，让我们一度以为，有着贫冠天下之称的西海固，不会有什么值得称颂的东西。事实上，贫穷不但可以消磨一个人的意志，也可以造成遗忘，造成对一切东西的漠视和鄙薄。比如贺兰山，要是没有岳飞的《满江红》，贺兰山就不会这样出名。比如六盘山，要是没有毛泽东主席和他率领的红一方面军留下的脚印，要是没有毛泽东主席豪情满怀的《清平乐·六盘山》，也许它的命运会跟天都山相同。

看来，山不在高，有仙则名，水不在深，有龙则灵，真是这个道理。可见一处地方，要是没有先哲和伟人留下的声音和气息，则多半不会闻名遐迩。可见文化效应是多么重要。

三年前，我去过苏州的寒山寺，想亲自感受和体验一下唐代诗人张继的《枫桥夜泊》所描写的意境。我以为"月落乌啼霜满天，江枫渔火对愁眠。姑苏城外寒山寺，夜半钟声到客船"是一首传诵千古的诗，不但是中华诗学的最美结晶，也是中华民族的集体记忆，它道尽了人生的悲凉和无助。可到了景点一看，多少有点失望，没想到，那么一座小桥，还没有我老家的麻春河的桥宏伟。那远处的山，怎能跟我老家的天都山相比呢？只是寒山寺古木苍劲，殿堂精致古朴，但还谈不上巍峨。站在枫桥上我想，那一千多年前的张继，面对如此小巧玲珑的景致，却何以能写出如此震撼人心灵的诗句？在返回的车上我对同行者们说，张继仅凭这一首七言绝句，就可以获得诺贝尔文学奖。区区二十八个字，算上标题三十二个字，就可以得到世界上最高的文学奖项，遗憾的是，外国人哪能完全悟透中国文学的奇妙和诗人深邃的文化内涵，以及高超的表达能力和深切的人生体验。

游过南方的山山水水，我常嫉妒风景秀丽的江南能产生那么多的诗人、作曲家和画家，并且借着故乡的山水扬名，反过来故乡的山水又让他们名扬四海、万古流芳。我常想，要是让古代的那些江南才子背井离乡，来到我们大西北生活一阵子，一定会写出更为辽阔、更为苍凉的诗篇。为此，我想到了绘画史上的一件事。在中国唐宋画坛留下深远影响的有王维、李成、马远、夏圭和范宽。而让我们西北人感到骄傲和自豪的是，曾画出千古名画《读碑窠石图》的李成和画出《溪山行旅图》的范宽，都是陕西人，他们的这两幅画表现的正是陕西一带的景色。然而西安毕竟是十三朝古都，是古代经济和文化繁荣的地方，哪里像我们西海固。从中原正统思想意义上的中国来说，西海固，永远都是边陲蛮荒之地。然而即使边陲蛮荒之地，也有让人称奇的东西，比如天都山。

天都山在宁夏海原县境内，它由南华山与西华山组成，为六盘山余脉。南华山主峰为马万山，海拔 2955 米，为宁夏第二座高峰，西华山主峰为马鞍山，海拔 2703 米，位于县城以西 30 公里处，呈东南—西北走向，长 30 公里，宽 25 公里，总面积为 850 平方公里。

在《海原县志》里有这样的描述：天都山，高出群峰，延袤百里。冬春之季六畜常飞，自夏及秋，积水不解；卷帘遥望，俨似玉宇琼楼，恨不振衣（欲飞），此第一峰也……

据明史记载，海原天都山一带在明代是水草丰美的牧场，在一些边关小镇，都建有防御意义上的堡寨，据说，堡寨四周野草高及马腹，敌军常常可以匍匐前行，攻其不备。后来为了扩大视野，驻守堡寨的兵士便将堡寨四周的野草清除干净。很可能明代的天都山牧场正是沿袭了西夏、元代时的遗风。据西夏史料记载，天都山在西夏时盛产良马。那马好到什么程度，却没有细说。但可以想见，彪悍骁勇的西夏骑士所乘的战骑，很大一部分来自于天都山。

对于党项人来说，天都山不仅有着精神层面上的意义，也有着军事战略上的意义。

西夏时，天都山地区历来是宋军与西夏军争夺的焦点，其原因有两个方面：其一，天都山地区素有"畜牧耕稼膏腴，人力精壮，出产良马"等资源优势；其二，天都山地区地势险要，群峰交错，为南北丝绸之路的交会处，地理位置十分重要，党项人首领元昊一度占领天都山地区正是出于经济与军事上的考虑。

在《西夏纪》中有这样的记述："有地曰天都者，介于五路之间，乃夏人啸聚之区，凡欲举兵以犯诸路，则必就彼点集，然后伺其所向。以故每一聚兵，则五路不得安枕……"可见西夏时，天都山地区在一定意义上，成了战争的策源地，它就像一根敏感的神经，稍一触动便引起宋朝周身的反应。

天都山介于五路之间，由此东去百里，即入葫芦河川道，可以南攻鸣沙（今宁夏中宁）、灵州（今宁夏灵武）等地；由此南去，到隆德寨，可入瓦亭川，攻陇山西麓各州县堡寨；由此向西北可通凉州（今甘肃武威），向西南可通会州（今甘肃靖远），然后直达兰州。

考虑到地理位置的重要性，西夏对天都山地区的占领，早在公元1002年就开始了，那是李元昊的祖父李继迁攻占灵州之后，占据天都山地区的吐蕃族迫于党项的军事压力，遂投向西夏一边。

对天都山的占领，意味着西夏拥有了一处能攻能守的战略据点。公元 1010 年，元昊的父亲李德明属下的万子太保，从天都山出兵劫掠龛谷（今甘肃榆中县），迫使吐蕃俌克宗入贡马匹。

公元 1036 年，元昊以地广兵众，分左右厢，立十二监军司，其左厢神勇驻守天都山。时间过去了两年，元昊为了进一步加强天都山地区的兵力，命大将野利遇乞领兵五万驻守天都山地区，从此，天都山地区成了西夏最重要的军事据点之一。

西夏建国初期，元昊为了重挫宋军，巩固西夏政权，曾于公元 1041 年 2 月在天都山汇聚兵马十万进攻渭州（今甘肃平凉），大破宋军于好水川（今宁夏隆德县北），震惊朝野。

时间过去了一年多，元昊乘好水川战役的余威，又一次在天都山地区点集左右厢兵十万，分东西两路，合攻镇戎军，定川寨（今宁夏固原市西北）一战，宋军惨败。

元昊之所以连续取得了两次大战的胜利，与他卓越的指挥才能分不开，同时，天都山地区彪悍的骏马与强健的军士也是他取得胜利的保证。

由于天都山地区在战略位置上的重要性，无形中就成了夏、宋两国争夺的焦点。

公元 1081 年，宋朝出动五路军马攻打西夏，宋朝大将李宪率熙河军收复兰州之后，北上进取天都山，击败西夏统军星多哩鼎的抵抗之后，焚毁南牟会（今天都山下的西安乡）的西夏行宫及其馆舍，自此吐蕃部族帐迁徙无依，天都山地区几乎成为不毛之地。

必定天都山是重要的，在宋军得而复弃的第二年（公元 1082 年），西夏梁太后派大将乙埋修复南牟会，然后在天都山地区创立七堡，又一次聚兵于此，谋划攻打宋朝。

时间过去了十多年，宋朝趁西夏内乱之时，决意夺取天都山。公元 1098 年 12 月，宋朝大将折可适奉章楶之命，率两千轻骑，"衔枚捷走"，入夜潜入西夏统军嵬名阿埋、监军妹勒都逋的营帐，将二将生擒。

折可适擒得二将后，俘其家属部族三千余人，获牛羊十万匹，遂一举攻下天都山。

嵬名阿埋与妹勒都逋都是当时镇守天都山地区的西夏大将，皆骁勇异常，一度为宋朝的心腹大患。二将被擒，西夏被震慑，从此西夏军处于被动。

宋同知枢密院事曾布在得知这一消息后说："今天都、横山（今陕北横山）皆尽为我有，则遂以沙漠为界。彼无聚兵就粮之地，其欲犯寨难矣！"

曾布是有军事眼光的，也很高兴，于是他对皇帝说："此非常之功，可贺。"

宋朝大将折可适镇守西安州（今天都山下的海原西安乡）时，为加强防务，在各个军事要地修筑堡寨以拒西夏军，自此开始，西夏便最后丧失了这一重要据点，其军事便处于防御阶段。

三

从西夏的灭亡到今天，时间过去了八百年，天都山就如消失的党项民族一样，渐渐被人遗忘。然而一个王朝可以崩溃，一个民族可以消亡，但一座山峰却永远长存。

天都山不仅留下了宋夏将士的鲜血和战马嘶鸣的声音，也留下了宋朝名人的脚印。历史上有名的王安石、王昌龄、岑参都曾到达过这里。王昌龄还曾留下过"八月萧关道，处处黄芦草"的诗句。

我们可以想见，天都山地区在元明清时就沿袭了西夏的畜牧风俗。及至解放初，天都山一带依然保留着一个牧场。

早年，当我们沿南华山的山沟边的小路走进去时，常能看到山坡上甩着尾巴吃草的军马。有的时不时停下来，昂起脖颈长嘶一声，仿佛在怀念先祖马踏中原的雄风。

俱往矣！一切都在慢慢地逝去，然而，一切又将慢慢地返回，在某一个特定的时空，在某一特定的心境下。

天都山，你是黑白影片，你是一页页发黄变脆的书页，你是一曲优美凄婉的歌，一首关于一个人的诗，一部关于一个人的童话！

我的西山，我的天都山，日头向西的山，风向偏北的山，草木热爱的山，雨水眷恋的山。人们在痛苦时习惯于跪拜的山；高兴时，喜欢对着你奔跳的山。瑞雪喜欢安静地降落的山，月亮升起时喜欢左右摇摆的山，云雾弥漫时喜欢翘首弄姿的山。老年人归隐时，喜欢向你走近的山；年轻人私奔时喜欢向你潜行的山。牛羊在你的山腰能找回远古血脉的山，诗人能在你的山尖找到经卷的山。

一支驼队摇晃着铃铛向着天都山前行……那是我少年时眼中常泛起的景象。每至黄昏，当太阳快从天都山顶落下去时，我常常爬上墙头，走到我家的窑顶上，对着天都山之上那一片紫红色的云霞久久凝望。我也说不上那是一种怎样的冲动，让我幼小的心灵，对大自然有一种特殊的敏感和痴迷。

落日映照下的天都山一派庄严肃穆，周围的群山仿佛群星捧月似的，一齐簇拥在它的四周，同样显出一派庄重来。只有那轮失去了光艳但依然显得鲜亮的红日在徐徐谢幕，仿佛在向着这个历经欢乐和痛苦的人间告别。

天地十分安静，即使有牛羊此起彼伏的叫声、人的呼儿唤女的声音，但听起来都弥散在一派更为庄重更为肃穆的隐隐的背景中。再看近处和远处的村庄，炊烟袅袅，一片安宁祥和的人间生活景象。

渐渐地太阳消失了，云气褪色了，消散了，消失了……光明的世界逐渐退位，让位给黑暗的世界了。

当夜幕渐渐笼罩山野时，我仿佛听到了一种声音，看到了一支驼队沿着带子似的山路，向着梦一般静立的天都山轻轻摇晃！

无论是白天还是黑夜，每当在远处遥望西山时，我不知道我在心中对它寄寓的到底是什么，然而我的确因长久的仰望而微微心动！

印象中，几乎每一年，故乡一带最早的雪都落在西山上。那必定是在秋末冬初的那些日子里。偶然的一个早上，我发现天忽然变冷了，地面上落了一层薄薄的霜粉，黄土地皮变得硬硬的脆脆的，路边和山坡上被霜杀的打拉拉秧肥大的叶片蜷缩着，周围的青草蔫蔫地委顿在地面上……

感觉从西山那儿吹来的风凉凉的，像一层清澈的水流掠过面颊。抬眼望去，西山顶上变白了。看起来初降的早雪十分的白，不是那种单纯的白，仿佛还蕴含着另外的深意，有一种更宽泛更肃穆的东西突出于那白雪之上。那时，我还年少，不懂得有些过于纯洁的东西是牵动魂魄的，比如那天都山顶上的雪。

然后，太阳出来了，挂在东方天壁上的那枚太阳，极为丰硕，极为红艳，它因为高贵而显得安详……我看见第一缕晨光庄重地染红了天都山顶上的那一层积雪。

"一切都没有改变，可是一切又不像原来那样存在着。"这是萨特的语句，拿来形容我眼中的天都山再合适不过了。

它从来都是这样，高大、丰硕，亘古不变。它仅仅是在细微处变化。我注视着它，它依然是寂静的，它并不依赖于我而存在，它就是这个样子。

浓郁的堆积的蓝，靛蓝，一直蓝到深紫。表体虚晃，内部坚固，从中劈开，得需要多大的伟力。

太平静了，太阳十分祥和，天都山在安然中呈现出某种威仪，显得大有深意。可是，总有这样充满神性的时刻——天都山缓缓遁入一片浓重的阴影之中，或者说，它遁入自身的阴影中。接之而来的是那束朦胧的月光，极大地消融了它的庄严，那种惯常的草木之声已隐含在它的寂静之中。

一只鸟，听见一缕细小的微风掠过堡寨的声音。

月光映亮了千里之外的枯草。

什么东西过于精致、纯粹以至破碎在黑暗的大地之中？

这就是我眼中的天都山吗？还不完全是，要呈现它的历史还得回到过去。

小时候，每临深秋，总有一群一群的羊群经过我们村子向天都山进发。说不上哪个晚上，我们村子里就拥进了一群一群的羊，它们咩咩地叫着，头颅一齐转向天都山号叫着。好像在云气弥漫的天都山真有什么东西吸引着它们似的。我想那不仅是草木的清香，还有魂归故里的意思在。要知道天地万物皆有其灵，那也是一种血脉的依存和传承。那时，我站在我家大门口，闻着羊群身上弥漫的腥膻味，看着它们虔诚的神态，听着它们的叫声，即使一个懵懂的少年，也能朦朦胧胧地感到一点类似于神秘的东西。

入夜，即使睡在我家窑洞的土炕上，也能听到羊群集体咀嚼草料的声音，然而除此之外，它们不叫不动，好像全部变成了一块块石头。

那时，父亲是生产队的羊把式，他和其他三个羊把式共同赶着自己的羊群去天都山过冬。每至冬天，村庄周围的草山都会变得牧草瘠薄，要是不到天都山一带放牧，羊群会大大缩减。我记得，父亲每次从山上下来时，总要背回一捆柃子，这些歪七扭八的柃子，大的有小孩子的手腕粗，小的不过大人的大拇指粗。这些家伙虽说长得歪七扭八，却坚韧无比，为了把它们弄直做鞭杆或是锹把或锄把，得把它们事先放在柴火里烧，烧软之后，再从火堆里取出，然后放在石板下压直溜。一旦成为一支好锹把好锄把或是鞭杆，即使用上几十年上百年也不会腐朽、断折。因此，我常想这正是一种性格，天都山的性格柔韧刚强，千钧压顶而不弯腰。

四

关于一座山，永远有说不完的故事，道不完的哲理。让我们再回到西夏。

我常想，作为西夏的开国之君李元昊，应当给他所钟情的天都山留下些什么，可惜没有。然而，无论如何，元昊在天都山停留期间，一定对这座山产生过别样的感受，只可惜这样的感受没有诉诸笔端。

元昊是一个有胆略的政治家、一个有韬略的军事家，可惜他并不是一个豪迈的诗人，这对天都山是一个遗憾。我想，天都山应当以元昊而闻名。

尽管元昊不是一个诗人，可也并非一介好战的赳赳武夫。他极富学养，又极其聪慧，史书上说他"晓浮图学，通蕃汉文字"。

在送交宋朝的表文中，他说："臣偶以狂斐，制小蕃文字，改大汉衣冠。"这又是何等的气魄!

一代枭雄元昊,不仅尚武攻伐,也极为推崇"汉学"和"蕃学",因此也称得上一个文才武略俱佳的人,从他的只言片语中尚能看出他的雄心和霸气。

天圣十年(1032),李德明死,儿子元昊嗣立。元昊对其父臣属宋朝颇为不满,他认为:"(党项人)衣皮毛,事畜牧,蕃性所便。英雄之生,当王霸耳,何锦绮为?"

他平生的理想就是:"直指长安,饮马渭水。"

超凡之人必有强悍的血性和宽广的胸襟,这又是一个普通的诗人难以比拟的。

我还猜想,在元昊与天都山之间一定有一种隐秘的联系。从元昊的名字来看,"昊"字象征天空之上有一轮红日,而"昊"字本身的意义,一是指天,二是指广大无边。一座山以天都命名,而一个人的名字中又包含了天,这其中若不是有意,便是无意中暗含了天意。

有文字记载,元昊曾在天都山修建离宫:"内建七殿,极壮丽。府库馆舍皆备,日与没移氏宴乐其中。"

这个没移氏其实就是元昊的儿媳,她是元昊的长子宁令哥的妻子。元昊见其貌美而自纳焉,说是自纳实则是霸占。从今天的眼光看来,元昊有违背伦理之嫌,而正是这一违背伦理之举,为他的丧生埋下了伏笔。

公元1048年正月十五,宁令哥趁父亲醉酒,提刀闯进卧室削其鼻而亡,元昊终年四十六岁,可谓英年早逝,留下天大的憾事。

现在已经没有文字记载,这位能使一代枭雄丧命的没移氏到底有多么美丽。然而我想,一个能使元昊不顾伦理及儿子的愤怒而强行霸占的女子，一定是特别出众的。

总之元昊正是为了没移氏营造天都山的。元昊带着美人离开兴庆府（今银川市），来到天都山，也许是出于一种躲避的心理吧。

如今壮丽的七殿早已化为一堆废墟，只有元昊避暑的那眼石洞还在。

可以想见元昊曾在这眼石洞里，躺在柔软的兽皮上，拥着娇妃，一边与群臣共饮，纵谈天下大事，一边欣赏着兵士或歌女的舞蹈。那时元昊正当盛年，野心勃勃，壮心不已。

元昊既喜欢高山大泽，也喜爱娇妻美妾。高山大泽能助长他的雄心，娇妻美妾能化解他胸中的郁闷。

天都山既有雄迈的一面，也有美丽的一面，它不仅容纳了元昊的柔情，也助长了他的雄心。然而天都山不独属于元昊，它还是许多西夏将士梦牵魂绕的地方。它融入了万千西夏将士的鲜血，埋葬了他们的忠骨。

提及天都山我自然想起另外两个人来，那就是野利遇乞与野利旺荣兄弟。

公元1036年，元昊将驻守天都山地区的将士以南华山与西华山为界分为左右两厢。野利旺荣率兵士驻守南华山称左厢，野利遇乞率兵士驻守西华山称为右厢。

野利家族属党项八族中的一族，骁勇善战，势力雄厚。野利遇乞兄弟有勇有谋，为西夏立下赫赫战功，被元昊视为心腹。好水川之战，元昊采用的就是二将的计谋。

然而，宋朝则把野利兄弟视为心腹大患，其官员种世衡便采用离间之计借元昊之手除掉了二人。

如果把天都山大王野利遇乞兄弟的死完全归结于种世衡的离间

计，也不正确。事实上尽管元昊生性多疑，但他又是一个极其聪慧的人，若稍加思量，识破种世衡的离间计不是没有可能。从事实来推断，元昊除去野利兄弟也许是将计就计。因为随着野利兄弟势力的逐渐增大，元昊感到了潜在的威胁，这也许是他除去野利兄弟的真正动机。

两位兄长死后，野利皇后深感不平，常说出一些怨愤的话来。元昊听见以后，便将其黜居别宫，一直没有相见。

自此显赫一时的野利家族便渐渐衰落了。

五

千年前的战火和怨愤早已平息，天都山在平静中度过了悠悠岁月。

天都山经历得太多，也隐藏得太深。其实它从来都是这样，高大、丰硕，亘古不变，对于它，战争、烽烟、辉煌和衰落都不值一提。

也许天都山给我们的启示已远远超出地域、文化和历史的范畴，而进入宗教领域。

如今，每年的农历四月初八，在天都山上都要如期举行庙会，四周的乡民云集天都山，在金牛寺烧香拜佛，盛况空前。虔诚的乡民们在拜完佛走下天都山之后，都要在山脚下的魏家沟灌一瓶泉水，带回家治病。此泉名为"药王泉"，其泉水被当地人称为神水。

看来天都山是渐渐被人神化了。

在天都山的下边有一座废弃的古城——南牟会，其殿宇馆舍早已在战火中化为灰烬，只余四周塌圮的城墙。

城池之中，早已成了一片水浇地。盛夏，城池之中全是盛开的紫色的油菜花，千万朵油菜花一齐盛开，成汹涌之势，成群的野蜂在花丛中嗡鸣。

正是盛开的油菜花和嗡鸣的蜂群在一定意义上复活了一个都城。

永别了西夏时的狼烟，只是金牛寺的钟声在每一个黄昏静静敲响！

我从哪里来？

> 当我在时间和空间上逐渐远离了老家，远离了那特有的味道、色彩和声音之后，最后留在记忆中的就只剩下一些坚硬的东西，或许它们可以称之为疼痛。
>
> ——题记

从出生到渐渐懂事，我在我们村子里一直生活到十八岁。这大约相当于一个人一生中的四分之一，还不算其他停留的时间。其实从心智成熟的角度上来说，十八年的经历足够你咀嚼一辈子的了。

十八年来，我活动的范围基本上局限在以我们村子为中心的方圆五公里的地方，去过最远的地方也就是三十多公里外的县城，所以，在我青少年的大部分时间里，对人事以及对世界的了解也就仅仅局限在那么一小部分人或那么巴掌大的一小块地方。

相对于对人事的了解，大自然却以它独特的方式最先进入了我的内心。那大约是在我四五岁的时候，夏天的午后，在一阵震耳欲聋的雷声之后，天空突然下起了暴雨，顷刻之间地面上就积起了一尺深的水，满院子的雨水因来不及从院墙根部的水洞眼里流出去，就慢慢地涨上了门槛。惊恐不安的我们被吓得蜷缩在炕角，用双手捂住了耳朵。心里觉得这不是正常的下雨，而是老天爷在有意地惩罚我们。尤其是那咔嚓嚓的雷声和急促的闪电，更加重了我们的这种认识。正在这当儿，母亲沉着脸，赶紧把案板上的擀面杖和菜刀扔出了门外。那意思明显带有一种辟邪的意味。还别说，过了一会儿，那雷阵雨就减弱了，最后终于停了下来。奇怪的是，还没等我们真正安静下来，紧接着就听见，在村庄外面的葫芦沟里传来轰隆隆轰隆隆的声音。三哥说，听，山水下来了，对，一定是山水下来了。于是他拉开门就往外跑。我还没顾上穿裤子，就紧跟在三哥后面跑。等我们跑到村庄边上的一处坡头上时，那里已聚集起了很多的人，有老人和孩子，也有青壮年。他们一齐盯着山下的葫芦沟沟口。果然，不大一会儿，山水就下来了。山水下来的时候，挟带着那么一种威猛的森然不可侵犯的气势，像一条巨蟒那样试探着慢慢向前移动。它并不喧哗，而是非常安静，凡是被它经过的地方，那些河道中间的乱石啦土块啦，河道两边的杂草啦树木啦，等等，都在无声无息的状态中被它淹没了。

我注意到，浑浊的巨浪翻滚的前端，既好像是一些奔跑着的张牙舞爪的巨兽被后面的兽群推动着，又像是一群武士在挥舞着棍棒开路。能明显地看到在洪水的上面有随着浑浊的波浪起伏的一只黑牛的躯体，它的僵硬的四肢直愣愣地伸出在水面之上，随它一起颠簸的还有零星的羊只、破皮袄、烂木箱，以及沿途被裹挟的树枝和庄稼。

原本清亮的葫芦河消失了，代之而来的是满河道的洪水。

在我一愣神的刹那，却听见洪水突然发出了咆哮声。原来当山洪流到村庄对岸的台地那儿时便开始打漩儿——停下身子不走了。我们看到，洪水像人在挖崖坎子一样，先从崖坎子的底部旋起，等旋空了底部，就只听轰隆一声巨响，一大块土崖像一堵墙一样倒在洪水里。如此这般，不多一会儿，我们就看到，洪水在慢慢地接近站立在台基上的那一棵大柳树了，而且在不断地进攻。此刻，能感觉到站立观看的人群都屏住了呼吸。每当那棵大树的根部被洪水旋掉一块，树就可怕地趔趄一下。不多一会儿，在我们张大了嘴巴的同时，那棵站立了上百年的老树就开始摇晃、颠簸，然后慢慢地倾斜，当它最后终于放下了自己的高贵和尊严，被野蛮的洪水推倒之后，我们才呼出了一口气。然而我们一点也没有感觉到轻松，反而觉得有一种沉重的东西压在了心上。

我们茫然地看着那巨大的洪水慢慢地、略感沉重地抬起它那庞大的身躯，在原地转了几个圈，然后在随后的一股更强大的洪流的冲击下慢慢移动，被送往远处的什么地方……

在大树被冲走的那一刻，我并没有像其他的孩子那样感到好玩，而是感到了一种莫名的惆怅和失落。这大约标志着我已由懵懂的童年进入了可感知的少年。

或许是与大自然贴得更近的原因，使得我对世界和人生的认识和理解总是先从大自然开始最后又回归到大自然。但我知道，这还不是结束，而是从有限进入到无限。

从这棵大树被冲走时开始，我才真正进入了可感知的世界。感知的对象始终是我赖以生存的这个村庄。尽管它不大，却依然承载了日月的变迁和人世风云。

……

我们这地方，按乡亲们的话说，苦焦得很，是个连兔子跑了都不愿回头的地方。二十世纪八十年代初，联合国教科文组织的人来我们这里考察，连我们这地方的水都不喝，据说顿顿吃的是西瓜。因为把我们吃的窖水放在显微镜下观看，可以清楚地看见里面布满了细菌。其实，我们常常也仅凭肉眼就能看到打到桶里的水面上有细小的蠕动的白色虫子，更不要说其他了。他们为眼中的荒山秃岭叹息，为干涸的黄土地叹息，为沟涧里流出的细如发丝的河水叹息。想不到在如此荒凉的一块地方，竟然还有人类生存！他们不理解。他们下的结论是：这是一块不适宜人类生存的地方！

这就是西海固，是西部大地上那些日夜吹刮的老黄毛风抹不掉的一块伤疤。

实际上，我们祖祖辈辈就是在这样的地方生活着，面朝黄土，背朝天，生儿育女，迎送嫁娶，养老送终，不一而足。由于不知，他们觉得天地不大，由于不闻，他们觉得安然自足，由于坚韧，他们能够承受别人所难以承受的一切。

我的老家叫葫芦沟，是由西北边的葫芦河和东南边的麻春河围绕起来的一座圆圆的山丘。由于地势高，且身处葫芦沟的沟口和麻春河的河道边上，一年四季吹刮的西北风毫无遮挡地吹刮在我们的村庄里，感觉要比别处村庄里的风大。我们对葫芦沟的叫法与别处的人不一样，按乡亲们的发音判断应该是虎龙沟，并且"虎龙"二字全是声调里的"去声"，一刀切，干脆简洁，毫不拖泥带水。听起来有点冷有点硬。我小时候常听邻村的人说，你们葫芦沟的人麻达。这"麻达"就是不好缠、不好惹，个性里多少有点野性的意思。

我们村子是个典型的杂居村，如果仅按姓氏划分，在我们村子里生活的人共有九个姓，如果按血缘关系划分则应该有十一个家族，因为仅彭、张二姓就分别有两个家族，但他们之间却没有血缘关系。

在我们村里彭姓人家几乎占了一半，可以说是个大家族。他们不仅是我们村里来得最早的住户，也是我们村最有根基的人家。

最先来到我们村的是彭老五他父亲——彭子选老人，时间大约在清中期，从我们村子中心的那棵老柳树的躯干上就可以大致推断得出来。这棵树大约有一百年的历史了，打从我记事的时候起它就呈现出一副苍老的样子，其根部裸露出碗口粗的根茎，有的都有罐子的口那么粗。在这棵大树的边上还有一棵小一点的柳树，也苍老得不得了。当然了，在我们村子下面的葫芦河对岸台地上还有一棵老柳树，也是这个样子，遗憾的是，在我四五岁的时候就被洪水冲走了。据说，矗立在村子中心的这棵粗一点的老柳树，在月亮皎洁的晚上，它的影子能投射到距离我们村四十里外的驼场堡一带。

有时候我会在我家火窑（做饭用的窑洞）盛水的那口大黑缸里看见黑黝黝的水面上有浮动的树枝，母亲就说，那是咱们村的那棵老柳树的影子照到缸里面来了。现在想来，这棵大树的影子怎么会照到家里来呢？并且是照进了黑黝黝的窑洞里，还映在水缸里。但据母亲说，在四十里外的驼场堡一带，每到有月亮的夜晚，家家户户都能在院子里或水缸里看到我们村子里的这棵大柳树的影子。谁知道呢？然而母亲说的话，在我幼小的心灵中却留下了某种想象和虚幻的影子。

由于这两棵柳树躯干苍老、枝条干枯，到了冬天，每遇刮大风的日子，到了第二天早上起来就会发现，在它们的树根部会有许多被吹折的枝条。所以我老是担心它们到了春天难以再发芽抽枝，可是这两棵老柳树却很争气，年年春天都发芽抽枝，垂下碧绿的枝条，在苍老的躯干上罩一身绿荫，尽管上面还有枯干的枝条伸出在绿荫之外，但依然显出一派春意。

到了盛夏，我们一群娃娃喜欢在它的阴凉下玩耍，大人们也喜欢坐在它的阴凉下聊天。所以这两棵大柳树就成了我们心灵的依托，无形中也成了村子的象征。

可惜的是，在去掉"地富反坏右"帽子的那一年，彭姓人家集体干了一件大事，就是把这两棵大柳树给挖掉了。这是他们在改革开放之后做的第一件事。据说，他们为这一行动还在暗地里召开了家族会议，并且准备了镢头、铁锨、木棍还有铁棍。那阵势不像是去伐倒一棵树，而像是准备与村里的杂姓人家决战。他们集体伐树的那一天，彭姓人家几乎全部出动，由彭老五亲自指挥。

那一天，村子里特别安静。凡是我们这些杂姓人家都没有人出去干涉一下。只有一些好事的妇女拉开大门，悄悄地瞄上一眼，然后闪身掩门。

第二天，人们发现村子里一下子空了。在那两棵大树站立的地方，陡然留下两个大坑，四周堆积的黄土上遗落着许多被砍掉的新鲜的木片和树枝。实际上这两棵大树已经没有用处了，只能被当作柴火烧掉。可是没有了它们，村庄一下子就空了，像是一个人的嘴里被人一下子拔掉了两颗大门牙，显得空荡荡的。因此，人们就觉得那天晚上的风特别大，并且是长驱直入地从村庄里吹过去。

两棵大柳树不在了，好在彭姓人家终于能和杂姓人家平起平坐了，也许这一点很重要。

这是压抑了许久的彭姓人家向全村的杂姓人家宣告做人的权利。按说，这是集体的财产，他们是无权这样做的，可他们做了。他们的理由是，这两棵柳树是他们的祖先栽的，他们有权利这样做。事后他们还传出话来说，要准备收回在土改时被分掉的田地和家产，并且说准备打倒村里的几个人，其中就有我当过队长的二哥。好在这样的事情并没有发生，好在时间正化解一切。我注意到，在日后的岁月里，每遇谁家有红白喜事，几乎是家家去人帮忙，呈现出真正的一派和谐。

据父辈们讲，我们村子里早期的开拓者彭子选老人是一个闲不住的人，并且是一个致力于勤劳致富的人，在解放前是勤劳治家的典范。他有五个儿子，并且个个身强力壮。他们在老父亲的亲自带领下翻山越岭地去开荒，精耕细作地去种地。每到五黄六月，他们就白天顶着烈日抢收，晚上也不回家，实在累极了，就头枕着麦捆打一会儿盹，眼睛睁开了，继续拔麦子。到临近解放时，弟兄五个家家牛羊满圈、粮食成仓，可以说是不错的殷实人家。

光景最好的要属彭老五，据父亲讲，那时候彭老五家喂了一头猪，肥得都走不动路了，就整天躺在门板上，人喂食的时候都要把食盆子端在猪嘴跟前去喂。彭老五为什么要把这头猪喂得这么肥呢？是因为他快要娶第二房太太了。可是还没等他操办喜事，解放军就从兰州一带北上解放了海原县城。

后来彭家五兄弟的地都被没收了，牛羊骡马也都充了公，并且把房子以及家什也都分给了穷人。那时候，我们家分到彭老五家的一张桌子、几只吃饭碗，还分得了他家的两间厢房，其中有一间就是彭老五的新房，是他准备娶第二房太太用的。

彭家老大是个柔性子，人也相对和气一些。好像他家的光景也不大好，解放不久就死掉了。他老婆我还记得，是个红眼疤疤（烂眼病），衣服大襟上一直挂着个脏手巾。她一说话就流眼泪，于是手里就老捏着那条脏手巾，不停地擦眼泪。据说，她年轻时吃饺子都不吃皮儿，只吃瓤瓤，饺子吃完了，桌子上就堆一堆饺子皮儿。

她一共生了三个儿子，老大叫彭国云，念过小学，是村子里不多的识字人之一，也是我的第一位小学老师。冬天，他从家里赶来上课时，鼻尖上老挂着清鼻豆豆，我一直担心那吊着的清鼻豆豆，就忘了听课。他也会发脾气,生气的时候,就用教鞭敲你面前的桌子,但不愿意真的下手。因此,我们都觉得他亲切,不像别的老师。

彭家老三没解放那会儿就死了,听说是被彭老四拿放羊的剁铲给剁死的。原因是彭老三和彭老四两家院子连着院子,彭老四住前院,彭老三住后院。彭老三每次赶着羊回家时,就直接从彭老四家的院子里穿过去。他不愿意另开一个大门,他是故意这样做呢,谁也能看得出来,他这是跟弟弟家过不去呢。

于是,彭老四的老婆就对丈夫说,你看你个囊松(没本事的意思),叫人骑着脖子拉屎呢,还不敢吭声。跟上你这个窝囊松,活得没意思透了。其实彭老四心里早就憋着一股子气呢,可看在哥哥的分上就不愿意去闹。但事情实在忍不下去了。于是,有一天晚上彭老四就做好准备在院子里候着,等彭老三赶着羊群啪哒啪哒地进了院子时,就被彭老四三锤两棒子给放倒了。

彭老三两口子是个独户,没有生下一男半女。于是彭老三死了后,家产就被弟兄四个平分了,留下的空院子被彭老四独占着。彭老三的老婆一看没守头了,就改嫁了。

解放以后,那个空院子就成了生产队给牲口堆放草料的场院。我们经常在那高高的草垛上翻跟头。院子里有七八棵老杏树,每当春天开花时,香气就会飘散到每家每户。

彭家老弟兄五个里面,只有彭老四最精神,他个子不高,但麻利、精干。即使老了也是一个麻麻利利、清清爽爽的老头子,他见人总是挺和气,不像彭老五一直拉着个脸。

彭老四年轻时,娶的是贺家水贺家的大女儿,贺家在我们这一道河是有名的大地主。他家有弟兄三个,都是一米八几的大个子,外出时习惯于背着长枪,手里还提着梭镖。他们不喜欢务农种庄稼

（那些活都由长工们去干），而喜欢满山遍野地打狼套野狐子。有一年，海原县国民党县政府的人来收税，还没走到他家大门口，就被三弟兄一顿乱枪打跑了。由于声名在外，他家连土匪都不敢来。他们家的人脾气都倔，说话都闷声闷气的。

贺家老太爷——贺石脑还生有三个女儿，人虽然都长得浓眉大眼，但就是嫁不出去。原因是，他们家是臭太子（患狐臭病）。有这种缺点的人，尽管家里再富，要想说媳妇和嫁姑娘都是一件困难的事。

解放前，彭老四就给贺家打长工。大概是人长得精神，一来二去，贺家大女儿就看上了他。于是贺石脑老爷就把大女儿许配给了彭老四。结婚的时候，他给大女儿陪了一群羊、五匹马，还有其他铺的盖的吃的，于是就回到葫芦沟单门立户地过日子了。

彭老四的老婆是个瘸子，走路的时候，身子一歪一歪的，小时候我们就常糟践她，常喊她瘸母羊、瘸母羊！这时候，她会突然暴怒，提起手中的拐棍向我们一颠一颠地追过来。她才不管你是贫下中农的后代呢，要是追上了照打无误。有几次她都追到我家大门口了，用拐棍敲开我家的大门，给我母亲告状，吓得我藏在洋芋窖里不敢出来。

我记得，二十世纪六七十年代，政治形势还比较紧张。村里每次开批斗会，彭家老弟兄几个还有他们的老婆就被民兵押着，在生产队的会议室里站成一排，接受贫下中农的批斗。其他的几个还老实，都是一副低头顺目的样子，只有彭老四的老婆不低头，而是歪向一边，嘴唇抿得紧紧的；再一个就是彭老五，头虽然低着，但是脖子绷得硬硬的。有几次我看见李满堂他爹拿拐棍去捣彭老四老婆的脖子，但不敢去动彭老五。

就连我一个小孩子，也能感觉到彭老五身上有一股子不服人的倔犟气。

打从我记事的时候起，我只记得彭老四和彭老五，而对于彭老二却只剩下一点模糊的记忆了。

我记得彭老二脑袋剃得光光的，穿一身黑制服，在每家每户的墙壁上写毛主席语录。他的字写得很规整，是标准的楷书，一笔一画都很到位。他是彭家弟兄五个中唯一能读书断字的人。他年轻的时候当过海原县保安团的连长，因此，村子里的人都喊他彭连长。他只生有一个儿子，名叫彭国栋，在兰州上过学，是我们这个村子里最有文化的人了。但彭国栋从不显山露水，有时候我遇到作业上的难题，向他求教，他也只是笑一笑，模棱两可。现在想来，他是一个最有心计、最会做人的人了。虽说他是地主成分，但没像别的兄弟那样干过苦活，在村里，无论是哪一个人当队长，都对他另眼相待。每当分配农活时，都给他分一些轻省活。我看主要原因是他会做人，跟贫下中农处得好。小时候，我常记得他时不时就会在大家都闲下来的时间里到各个贫下中农家去串门子。有时也来到我家，每次来时手里都拿着一把羊毛和一个毛线疙瘩。坐在炕沿上一边跟我父亲聊家常，一边打着手里的毛线。他的表情不卑不亢，亲切而和蔼。

但是，彭国强就看不上他。彭国强是彭老五的大儿子，个性也像他大，不温不火，好像心里老装着什么事。有一次在场上打场，因为一件很小的事，弟兄两个就打了一架。

彭国栋家我去过。房子又深又黑，靠墙的柜子上面，有油漆得十分精美的图案，好像是八仙过海和劈山救母等传统图案，那时候看起来却觉得里面的人物多少有点恐怖。那柜子上面的小抽屉上，都安着黄铜锁扣，那是我感觉到的地主家豪华的缩影。好像在他们家靠墙角的一只柜子上还放着一顶狼皮帽子，看了却莫名地让人恐惧，以为那就是彭老二戴过的。

我一直想不通，作为海原县国民党保安团连长的彭老二，为什么没有在解放后被镇压？今年从一位同村的同学处才知道，彭老二在海原县解放后被解放军关入监狱时，曾给解放军某部的一位首长写过一封信。据说，彭老二救过这位首长一命。信是我这位同学的父亲连夜送去的，要是送得不快彭老二就被枪毙了。

据说彭老二临死时，喉咙闭了，说不出话来。而儿孙们知道他一定在什么地方藏有财宝。于是，在他还没有咽气前，就用一张门板抬着他，在村子的四周走动。当彭老二看着村子外面的某一块田地时，便吃力地抬起胳膊来，用手指了指，但也说不出一个具体的所在来。

那么彭老二到底藏有多少财宝呢？村子里的人只是猜测而已。但能看得出的是，改革开放后的第一年，他的大孙子彭建忠便成为我们村子里第一个盖起了一院子大瓦房的人，也是第一个买得起手扶拖拉机的人。那时候，我们全村才有一辆手扶拖拉机，那还是整个生产队的，你想想看。

据说彭建忠挖出了财宝，是因为他分家的时候就住在他们家的老院子里。他家的老院子里有一座很高的堡子——我们叫墩，金银财宝大概就是从墩里挖出来的。

彭建忠是个很结实的小伙子，打篮球时，横冲直撞，上篮时脸就涨红了，并且舌头也吐了出来，他像一辆坦克一样冲过来，没人敢阻挡。有一次他跨篮时，梁真龙跳起来盖帽，结果失足了，摔下来时绊了个半身不遂，到现在也只能拄着拐杖走路，算是把一生给毁了。梁真龙是我们村梁世忠的大儿子，被摔之前是向阳中学的民办老师，带体育课，篮球打得很好，是一个特别精神的小伙子。他当体育老师时跟学校的一位女老师关系特别好，那时候，我们正在向阳中学上初中，常常看见他骑着自行车，后座上捎着那位女老师去他家串门子。

现在我们来说说彭老五，彭老五是个温吭子（话少而内向），话不多，走路时头一点一点的，他不跟任何人打招呼，能感觉到他是个心思很重的人。

打从我记事的时候起，他就好像一直给生产队放羊。他放的羊比我父亲和白家老爹放的羊都要肥，看起来也精神。不仅毛色鲜亮，并且个个膘肥体壮。村子里每家每户都还保留着几只私羊，每家的人都愿意把自家的羊让他去放。

每天黄昏羊群归圈时，我们这些小娃娃就提着拌好了麸子的切碎的洋芋或是黄萝卜给自家的羊开小灶。那时候，我们发现彭老五家的羊最肥，并且产的羔子也最多。

我还注意到，我们村每家种的自留地里，就属彭老五家的蔬菜长得最好，也不知道他家的人是咋务弄的，就是比别家的长势好。

平时总觉得彭老五像一个老头子，但到了改革开放那会儿，他突然年轻了许多，腰板也挺直了。他经常拉着一只大羯羊到村子下面的田地里去放牧。那里有各家种的蔬菜、油籽和小麦，边上还有很大一个果园。那是葫芦河湾里最美的风景了。彭老五一般拉着羊在地埂上放，有时候就会把手里的牵绳松开了，于是羊就钻进了别人家的菜园或麦地里去，为此常受到别人家的指责。

彭老五死的时候，我们全村的人都去送葬。过去和彭老五有矛盾的人也都去了。

我注意到他家西墙的边上有许多封口的蜂窝。那时已是冬天了，他家一窝窝的蜜蜂都在冬眠，却不知道侍弄过它们的主人已驾鹤西去。于是我就联想起在盛夏的某个时日里，彭老五怎么指挥三个儿子爬上村子里的那棵大柳树去收野蜂。

老实说，在务农和放牧上他都是一把好手，只是他失去了施展才能的机会。

好像随着彭老五的去世，一个家族的恩怨都消除了。但是他依然给我们留下了遗憾，比如那两棵大柳树。因此，在很长一段时间里，我一直梦想着，能在我们村子里的中心再植上一棵柳树，就在那棵大柳树曾经站立过的地方。我希望这棵小柳树也能迅速地长大，也能像那棵大柳树一样，在月光皎洁的晚上把影子投射到几十里以外的驼场堡那儿。

……

无疑时光是向前流动的，但许多事情并没有因为时间的流逝而泯灭，反而愈久愈显出光华来。时隔三十多年，再回过头去回忆一些过去的事情，依然觉得就像昨天刚发生的一样。

在我四五岁的时候，也就是在洪水冲走村外那棵大柳树的那年秋天，故乡一带连续下了七八天的连阴雨，天空一天到晚阴沉着一张脸，刚才还是欲晴未晴的天气，一忽儿却又下起了雨。墙根部那些在初秋原本死去的无名小草，却突然发出了新枝。就连放在院子里的烂脸盆的底下也长出了根茎发黄的小草。由于我家的屋顶是用草泥抹就的，连续几天的雨水已使四五寸厚的屋顶吃透了雨水，因此就在屋内的某一处房顶上开始渗水。到了晚上尤其让人难以入睡。偏偏在正对着炕的那处屋顶上雨水渗得特别厉害。于是母亲便在我们睡觉的地方挂起了一张旧床单，盛接漏水。

第二天，天还是阴着，透过被淋湿的窗户看见，阴沉沉的半空里飘着丝丝缕缕的雨丝。感到寒冷的几只鸡挤在炕洞边，叽叽咕咕地唠叨着什么。院子里的梨树上那些饱饮了雨水的树叶也在往下滴水。

突然，我听见大门外有人急切地喊门，并且还听到了压抑的断断续续的哭泣声。当三哥跑出去打开大门之后，一看是饼剩，三哥便问他什么事，他说，我找赵姨娘，我妈不行了。说完又在哭。母亲听见了他们的对话，就急急忙忙地开始穿衣。我看见母亲准备出门，便也赶紧穿上了衣服跟着她。随后我们就跟着饼剩来到了他们家。

所谓的家，实际上是一眼临街的箍窑，旁边是生产队停放拉拉车的车棚。那是一眼很黑很深的窑洞，当我战战兢兢地跟上母亲走进这眼窑洞时，就看到黑咕隆咚的窑脑里点着一盏煤油灯。虽是早晨了，而这眼窑洞里依然像是黑夜。我牵着母亲的手哆哆嗦嗦地走向有灯光摇晃的地方。在窑脑里有一盘炕，当我们走到跟前时，才发现炕上躺着一个人，脸部蜡黄浮肿，头发乱蓬蓬地罩住前额，肯定是饼剩他妈了。只见三个儿子一齐趴在炕沿上低声哭泣着。饼剩他爹却站在地上，一脸茫然，不知所措。我听见我母亲从胸腔里"哎哟"了一声之后，就上前抓住病人的手说，他姨娘你好着吗？唉，几天不见，你咋成了这个样子了？……母亲接着说，他姨娘你把心放宽展些，没有啥想不开的。孩子都大了，你想走就走吧！……

周围的人没有想到，母亲怎么会说出这样的话来，让饼剩他爹突然一愣。三个儿子也突然停下了哭声，吃惊地瞧着我妈。后来母亲对我说，她都睡炕半年了，这样连磨下去，啥时是个头啊？当时，我看见病人一直拉着母亲的手，肿胀的眼睛里渗出泪水。母亲也流着泪，一边给她抹平头上的乱发，一边挽起她的衣袖，在她变得像小腿一样粗的胳膊上轻轻按了一下，我发现那被按下去的地方久久不能复原。接着母亲又在她的小腿上轻轻按了一下，那地方也很容易地陷下去一个深窝，接着，便慢慢地现出一个紫斑来。

等我们回到家后不久，就听到了哭声。

我记得饼剩妈死后，饼剩一直舍不得他妈走，常常趁人不备的时候，一个人从家里跑出去，坐在村边的沟岸上哭泣。那年他也就是七八岁的样子。一个孩子哽哽咽咽的哭声长久地留在我的记忆中。

饼剩长大之后，眼睫毛由黑变黄了，眉毛也慢慢由黑变黄了，最后竟都变为白色的了。他后来找了一个有腿疾的姑娘，还生了两个孩子。他到现在还活着，只是每年给他母亲上坟时就哭得死去活来。

饼剩他爹是个佝腰子，眼睛不大好使。他为了能看清东西常常会把整个头伸过来。为了拉扯三个儿子长大他又当爹又当妈，到了老年腰佝得愈加厉害了，而且永远都是一副可怜巴巴的样子。虽说他是富农成分，但家境却比贫下中农还贫困。但是他越老胆子越大，敢在很古的地方看粮食，或在有人吊死过的保管院里看库房。其次，在我们村要是谁家死了人，都叫他去给亡人收殓。他做起这活来非常的仔细非常的认真，并且也很在行。

到了他临去世的那一年，他的脸上突然露出了笑容，不再是过去那种悲悲戚戚的样子了。尤其在没有人的时候他还嘿嘿地笑出了声，并且嘴里还小声地嘀咕着，好像在跟什么人说话。要是不知道的人还会被吓一跳。

他死的时候非常安静，提前一天让人剃了头，并且在晚上打开箱子穿上了自己早已准备好的寿衣。那时两个大儿子都已成家另过了，偌大的院子里就只剩他和小儿子饼剩两个人住了。临走的那一天晚上，他甚至还偷偷地爬起来给小儿子做好了第二天吃的早饭，是一碗黄米穄饭，在锅里抹得圆圆的。炒熟的洋芋菜盛在盘子里，放在锅台上，上面用一只碗扣着，倒扣的碗底上还放着一双筷子。

第二天就响起了饼剩的哭声。这一次他的哭声变得响亮多了，因为他都二十几岁了，虽然人长得瘦小单薄。

饼剩他爹死后，在很长一段时间里，村子里不怎么安宁，据说饼剩患上了夜游症，但毕竟没人抓住过他。但是有好多个晚上，深夜里突然就传出了狗叫声。

然而，这还不是村子的全部。在饼剩他大去世后不久，村子里就住进了一批架桥铺路的工人。有几个年轻人特别活跃，不多几天就跟村子里的人混熟了。

一位高个子的胖嘟嘟的年轻人为人特别亲和，名字叫王顺开。他在休息或下工后的晚上喜欢和村里的年轻人打篮球，有时还到一些人家去串门子。筑路工人们在我们村里住了大约有半年多的时间，我们村后的那座砖桥就是他们建的。

他们是在初冬的一个早上离开的。当拉着他们的卡车开出村口时，有人注意到，在临近公路的打谷场的边上站着一个围着红头巾的姑娘。当卡车路过场边的时候，站在卡车上的王顺开便使劲地拍打车顶。等卡车停下来后，他就跳下车，跑向了那个姑娘。

这个姑娘小名叫海棠，是我们村李树森的姐姐。有人看见，海棠很大方地给王顺开的手里塞了一件包裹。

可是王顺开离开后，就杳无音信了。忽然有一天，村子里有人发现海棠坐在桥墩下面唱歌，眼睛直勾勾的，手里还舞着一截红绸子。

海棠是个烈性子姑娘，她死了好几次都没有死成。后来就被她妈嫁给了很远的一户人家，那男人的年龄好像比她大十几岁。海棠每次回娘家都要被我母亲叫到家里来坐一坐。

她的手很灵巧，她绣的喜鹊登梅和鸳鸯戏水的图案被我妈长久地保留着。

……

三十多年过去了，时间并没有像一阵风，说吹走了就吹走了。它肯定会留一点什么，在人的心里或在人的记忆里重新生根发芽。

无论如何，我得感谢过去，因为我的未来就是建立在过去之上。因此，我得感谢那给予了我一切的村庄。因为，就是在这样的村子里，我见识了美，品尝了人间的温情，也尝试了让人疼痛的尖硬，然而重要的是，它们让我懂得了如何做人。

故乡

对于我，故乡所指的就是那么一个古旧的小山村，其中分布的稀稀落落的几十户人家，狗叫声，炊烟，婚丧嫁娶，流动的日子，缓缓交替的季节变化，以及它周围无限延伸的山地、丘陵和错综复杂的沟壑；事实上它还是那么一种气味、那么一种色彩和那么一种温馨的基调。

春天来临时，故乡是向阳的山坡上那一抹泛青的草皮。一块一块的小麦苗在施过肥的沟垄上拔节。它们在早上绿得发青，到了中午就变成轻薄的翠绿。大人们在田野里劳作，小孩子在地埂上挖一种能吃的红色草根，几头黑猪在一边拱着草皮。

村头有一大堆粪土，被太阳晒得冒出热气，几只鸡围在四周拼命地刨食。

仿佛山野里有一支看不见的铜号贴着土皮吹过来，于是地面上就全绿了。接下来，吹了十多天的摆条风，柳树抽出的嫩条变硬了。

初临的夏天总是伴随着几声炸雷。麦子熟了，荞麦正在开花。芥菜的花像一片白色的雾，紫色的油菜花地里飞舞着成群的蜜蜂。

夜晚，家家户户都是磨镰刀的声音。

从田野里吹来的风混杂着各种植物的气息。有些昏头昏脑的野兽都闯进了村庄。

困乏的农人们睡在田间地头。夜里一只大青蛙跳上他的肚皮，他笑了。睡梦中他以为是一块金子，待用手一摸，却突然跳开了，原来是一只冰凉的青蛙。

秋天，粮食收进了场院。接着是十几天的连阴雨。让它下吧，田里的活已经不多了，萝卜和土豆正好需要一场透雨呢。在细雨的刷刷声中，忙了一个夏天的农人们可以借机美美地睡上几天。

霜杀以后，地皮变得紧绷绷的。天穹突然升高了。骤降的寒冷使河水更清亮，有人过河洗手，感受到了冰凉。

风吹了一夜，第二天醒来地面上出现了霜冻。在初现的晨光里，凝着霜花的青草像冰凌那般泛着光彩。

走在微滑的山道上，迎面的西风吹在脸上生疼生疼的。回首远望，天都山顶上积了一层薄薄的雪。那是一年一度最初的雪，晶莹洁白。那不是普通意义上的白，那白色可以穿透人心。

冬天就这样来临了。我们等待着一场雪将世界严严实实地包裹起来。

在我一生有限的经验里，大自然赋予我的更多。一个人的一生，哪怕走多远，最终都会回到最初的起点上。有一天，我忽然发现，我一生的努力似乎都是为了逃离故乡。表面上看起来是为了逃离贫困，逃离某种狭小的空间，事实上是为了融入一个更宽泛的世界。在年近中年的今天，在经历了更多的辛酸和挫折之后，我以为那个破败的村庄更适合安置我的肉体和心灵。

几乎每一年，我都要回一次老家。在熟悉的村巷里走走，见一见久违了的面孔，闻一闻泥土、腐败的柴草和发热的皮毛相混合的那种味道。有时，我还会在村中的那棵大柳树下停一停，观看它日渐苍老的枝干。过去，在它的阴凉下，我们做过多少游戏啊。有时，我还会一个人来到田间地头，像一个有经验的老农那样查看庄稼的长势，用手指捋一把谷穗放在鼻子上嗅嗅，扔进嘴里嚼一嚼。凡此种种，都好像带着一种难以说清的情意。

晚上睡在母亲用麦衣和蒿草烧热的土炕上，感觉到热度在我的腰部一点一点地渗将进去。炕洞里的蒿草在燃烧时发出轻微的爆响，麦衣的燃烧却更为缓慢、持久，那仅是一种颜色的变化，由金黄变成黑色，可是那一团黑色中却包藏着密密的火星，当有风轻轻一撩，那黑灰中会显出一团红光来。

村庄里太安静了，我倒难以入睡。邻居家的那匹马在跺蹄子，不停地转着身子。院子里卧着的那头牛一整夜都在反刍。

远处，一座山脉在替换另一座山脉，许多相像的山脉都在交换位置。我几乎感觉到了那缓缓移动的庞大身躯。没有污染的夜空蓝得深邃。满天星斗，传递出远古的信息。

事实上一个村庄留给我的记忆不仅仅是这些，有些东西也许需要我用一生的时间去领悟。比如大到一场山洪的暴发、一次地震、一次冰雹、一次瘟疫的降临，小到一次葬礼、某一个婴儿的降生、深夜里一只神秘的鸟儿的叫声，等等。我以为所有发生的这一切，都隐藏着另一种难以言说的意义。

时光在悄悄流逝，过去那些熟悉的东西正一天天地变得面目全非。我出生且一直生活到十八岁的那个老宅院，在经历了长久的风雨之后几近坍塌。一个用黄土筑起的院落，毕竟没有钢筋混凝土那样坚固。何况我家地处村庄的最高处，后背正对着葫芦沟的沟口，那沟口其实也是一个大风口。每年的春秋两季，从沟口刮过来的风毫无阻挡地直接吹刮在我家的屋基和墙壁上。几十年的风雨剥蚀，即使再坚固的黄土院落，也会一天天地被磨损殆尽。

　　墙壁表面的土皮逐日疏松，在不经意间悄悄脱落、散尽。而屋顶不仅由于风力的吹刮，雨水的冲刷使得它变薄的速度更快，几乎每一年夏天我们兄弟们都要给院子里的几间屋顶抹一层泥。尽管如此，随着岁月日渐加深，院落一天天地显出衰败的迹象。这是人的力量难以改变的。

　　没有人愿意长久地生活在一个破败的院落里。父母亲相继去世以后，三位兄长相继搬出宅院，另筑新家。弃置不用的这个老宅院就成了大哥家的一个后院。里面堆着柴草、破旧的家什。早年间，大哥家还在这里圈养着两头牛、四五只羊，院子里多少还有一点生气。到了今天，院子里连牛和羊都不见了，唯一能见得着的生物，就属零星飞动的鸟和四处窜动的老鼠了。当然啦，各种昆虫，像蟑螂啦、骚甲虫啦、蚂蚁啦可是成群结队，忙忙碌碌。它们可干的事情实在是太多了。应当说，我家的这个老宅院事实上已成了各种昆虫活动的乐园。对于昆虫们正在进行的一切，我们总是不大留意，也说不上个所以然。不过等再过上若干年，我们会为这些微小的生物的创造力感到吃惊。

　　屋梁被钻入内部的虫子蛀空而朽断，墙基因洞穿的蚁穴和马蜂窝而坍塌。院子里的那株老榆树，枝干结满霉斑，毫无生气的叶子还没完全伸展就被虫蛹噬尽。黑蜘蛛把小箩筐那么大的网结在树枝之间，上面粘满了苍蝇和蚁子，过一段时间，隐藏在某一处树枝间的黑蜘蛛就缓缓地爬过来，稳稳地攀过蛛丝来享受它猎获的美味。不仅如此，在这个破败的院子里，在我们所看不见的地方正发生着许多隐秘的事件。

　　老宅院彻底荒芜了，它固有的节奏放慢了。在它的四周寂静像尘土一样淤积着，这淤积的寂静当中有一种隐隐的喧哗。

　　一个没有人气的院落，比一块草滩的荒芜更显凄凉。今年春节回老家，我又一次走进这个熟悉的院落。映入眼中的景象使我吃了一惊，宅院衰败的速度超出我的想象。

　　四周围起的墙基颓圮将尽，只剩一个大概的轮廓。有几处豁陷显然是狗或是狐狸一类动物进出时留下的痕迹。过去那眼排雨水用的墙洞扩大了，一头不大的猪也可不太吃力地爬进去。东南角的墙根那儿淤积着厚厚的尘土，那多半是常见的西风刮后遗留的杰作。院子里有散乱的杂草和土块以及死去的鸟儿和老鼠的尸体。僵硬的甲壳虫的干尸只剩空壳，里面的内脏早已被蚂蚁噬空了。

　　正对着大门的那间坐北朝南的上房还在，但已变得低矮、丑陋，屋顶上还长着没有被风吹折的枯草。屋檐下，那一长溜石头砌就的门台子还在，但是台阶下淤积的尘土已使它不再像过去那么高。石缝里长着枯草。记得过去门台子下面有几处用断砖围起的专栽花草的小小的圆形花圃，现已不复存在。过去，每年春分之后母亲都要让我从地窖里取出冬藏的大丽花根，然后小心地种在那里，不久大丽花胖胖的秧苗就钻出土皮。到了初夏，这些大丽花已长得蓬蓬勃勃，开出小碗口大的花，引来许多长腰身的骚叮子蜂，还有特别粗壮的虎头蜂，叫声嗡嗡响。这样的情景我怎能忘记呢？

　　上房左面的这间东厢房已被大哥家揭去屋顶，只剩下一个空房基。取下的木料用作他途。站在院子里，我清楚地看到那个高高的锅台。宽阔的台面上有一大一小两个圆形的灶坑，四周被烟火熏黑的痕迹还在。我突然想起，每当母亲做饭时，我都蹲在灶口，不断地向灶膛里添加柴火，不停地拉动风箱。那时，那口黑肚子吊锅总是一时半会儿热不起来。这是一口补过多次的大铁锅，每一次烧火时，我总是注意着被火苗不断舔舐的锅底那儿——我担心那块补上去的火疤子会突然裂开一条小缝，水一旦渗出来就会在烧热的锅底那儿发出嗞嗞的响声。为了防止锅漏，母亲加水以前总要用面团将锅底的火疤子四周抹一遍。

与这间厢房相连的那孔窑洞已塌去一半。过去那拱起的窑顶正是我一直愿意待的地方。我经常站在窑顶上遥望远处的田野和莽莽苍苍的群山。尤其是黄昏，当落日从天都山的背面缓缓落下去时，艳丽的晚霞染红天际的那些时刻总是让人难以忘怀。

我不知道我是出生在这孔窑洞里还是隔壁的那间厢房里。不过我更希望我出生在这眼幽深的窑洞里。

夜晚，煤油灯的火苗在窑脑处的土炕上方摇晃，照不亮的另一面仍处在黑暗中，有时我下炕小便仍觉得害怕。每当母亲给我们讲起鬼怪的故事时，我总是吓得用被子蒙上眼睛。

我们兄妹七人当中，有五个都是在这处老宅院里相继降生的，而我的父亲和母亲也是在这个老宅院里相继去世的。

一处承受过那么多笑声和哭声的宅院，是不会轻易从我们的记忆中消失的。它之所以那么多地出现在我的梦境中，是因为我的根已留在那儿。

感动着我的世界

我以我所有的姿态眷念着世界

我以我所有的怜悯和感情眷念着人

——加缪

多年以前，我坐在老家的土炕上听着窗外——大风像一支马队奔驰在村外的荒地上。越过山塬，越过田野，然后把身子平平地展开来，在干涸的河床上飘——飘呀飘，我的身子就跟着恍惚起来，感觉大风裹挟中的村子像一只在海浪上颠簸不止的破船。这就是故乡的风，恬淡的时候像一河清水，暴烈的时候像喧嚣的马队。

我的家乡—— 一座孤零零的小山村正好面对着天都山山口。一年一度，大风从天都山山口长驱直入搅起满天黄尘。有时风速之猛烈可以将碗口粗的树连根拔起。所以大约不到两年，人们就要把房基加固一次或在土坯墙上再抹一层黄泥。乡亲们大多长着一双眯眯眼而且迎风落泪！这就是风留给肉体的最好记忆。

闲淡的人听风，会听到风里磨损的土堡和发亮的珍珠，会听到风在远方像一根摇动的长草！忧伤的人听风，会听见风在山塬上碎成一堆破骨片！

不知多少年风一直在故乡的山塬上吹刮！我习惯了风就像习惯

了我生命中固有的忧伤。风总是独自忧郁着又独自恍惚，又把人内心的忧郁悄悄化解。风肯定是想告诉我们什么，然而谁又能听懂这风声？

没有烦恼。我总是感到喜悦——作为被开启的生命自身的喜悦——那样朴素，那样新鲜，那样真切！那时，我尚不知道感谢命运。我只是糊里糊涂地感到喜悦。在我的故乡处处有惊人的美，仿佛这是大自然赐给我一个人的。大自然毫不保留地把一切最真实最神秘的东西都给了我。如今我只能说，我感谢上苍使我作为一个最普通的人降生在这样一个宁静的连绵不绝的黄土山塬上。

我的生命背景就是这样：褐黄的光秃秃的丘陵，厚重的土地，细细小小的流水，明净的巴掌大的淡水湖，低矮的土坯屋，大黑碗，苦难和忧伤，煤油灯下沟壑般的皱纹，朴素木讷的笑脸，粗糙的爱，谎言和神话，暴力和宗教——我知道这些早已渗进了我的骨髓，它们只能使我趋向于纯粹。

我不会忘记，一轮金铸的月亮如何一点一点地葬在村子后的茅草丛中。那厚重天幕上的星子像是在怀念一个人似的闪闪发亮。它们仿佛因为如此之高而顿生悔意！一棵老槐树挺着大大的树冠把自己隐没在夜色中像是在打盹！你若跑去问它关于风的一些事，它或许会告诉你晨光或者晚霞，或者是一只红狐的故事。夜晚有许多鸟藏在宽大的树叶下面啾啾叫着。它们被月光惊醒了但不敢飞，它们知道自己一旦飞出去就回不来了。村庄出奇的宁静，这种宁静使村庄更深地融入夜色中，而整块大地在平静下来的时候像一个坛子在封口。

我敬重我尚不能揭示的一切，我庆幸大自然把隐含的一切奥秘过早地向一个人打开。我有些承受不住，而且在这种大美面前我几乎脆弱得像一个气泡一吹就灭！

村后的山涧里，一曲细小的流水在山脚下转一个弯然后钻过桥洞向远处流去了。夜色正随着流水一点一点地溜走。深蓝色的天空被深处的细微的风一点一点漂白。在这样的夜晚我感觉到身子很轻，有时候我几乎不能承受这轻。

后来星星隐退在天幕后面。月亮西沉了。月亮在西边的一枝树杈上挂了好久，然后就滑落了。有一瞬间，万千物象都沉浸在自己所发出的光中。它们被自身的魂魄照亮了。

活着并不意味着你只有选择的权利，你还会去经历，你会在不断发现美的同时感觉到有很多东西在毫不经意间逝去了。逝去的永远不会再来了，因为所有的东西都是一次性的。我之所以对逝去的东西心存留恋就是因为它们是短暂的易逝的，大约在这一点人永远是疏忽的，又不知道如何珍惜。

在对岁月的追述中我不得不反复提到我的故乡。其实故乡的意义仅缩小为我生命中的一个光点，但是它从亲情的意义上说又超出了一切！她就是这么一个毫不起眼的小山村，周围是数不尽的小土丘。山下一条日夜喧哗的小河。目所能及的天都山，时常呈蓝色的天都山山口。一些行为谦卑木讷的人。蓝水晶一般变得坚硬发亮的天空。赤裸着土之本色的大山。充满灵性的牛羊。隐忍着的喜庆和葬礼。节日般的日出和日落。

在特定的意义里，我十分倾心故乡的世事变迁和日月运行。日落是大地和天空举行的葬礼，而日出是某种喜剧的开端某种生命的开端。太阳无可替代的辉煌超过人间所有壮阔的悲喜剧，它把人生和大自然的存在推到美的极致。

奇怪的是，对于初升的朝阳，我总是联想到那红红的朝晖铺洒在一片新坟的土地上。那是刚刚埋葬了父亲之后。静静的山野里太阳光红灼灼的，十分艳丽。山涧里的鸟儿在太阳纷乱的光线里面飞翔，像另外一些燃烧的光点。它们在太阳光里燃烧化作了另一种精灵。能在阳光里融化的鸟儿是幸运的。可是，我的父亲归土了。一片潮湿的新土垒起的坟包上阳光变成了一层厚厚的金粉。站在生命与死亡的交会点上我发现生命与死亡原来是相通的是一体的。

我不会忘记站在高塬上去聆听天空和大地的声音。最初我是背着背篓去山塬上拾粪。当经过一根朝天竖起的电线杆时无意中却听到了一种声音，我便放下背篓抱住了这根发响的电线杆。

电线杆作为一截木头已经干枯了。它孤零零地竖立在大地上，像一根单弦被迅猛的风弹奏着。那时候我抱紧电线杆贪婪地把耳朵贴紧在上面，于是，我听到了大地特有的声音以及声音中不断展开的辽阔。少年时，我没有想得过多。那时我只有一颗单纯的心我只是充盈着喜悦。世界在最大程度上吸引了一个少年。那时天确实很高，而且蓝，那是不能让人放弃想象的蓝。天高到缥缈蓝到虚幻。云气清澈，空气如水。土地在白雪的映衬下发黑。云朵白得不带一点杂色，轻缓得使天空充满了隐隐的动感。原始的天空就是这样，既纷乱不堪又秩序井然，像神灵刚开始建构他们的殿堂。那时我渴望到天空去牧羊。突然一群沙鸡飞过头顶，刷的一声像一捆干草从我头顶掠过去。我以为沙鸡如此急迫地飞是会撞死的，因为在电话线下面，我曾捡到过许多被撞断了翅膀或撞断了脖颈的沙鸡。它们几乎都有一双清澈见底的眼睛，可是这样明亮的眼睛却在一片明亮的天光里有了盲点。它们似乎在自己的想象中飞，结果总是碰碎在无法想象的东西上面。可以想象这是它们在飞行的快乐中突然遇见了灾难。这里面是否隐含着劫数？不可抗拒的劫数！

然后我长大了，开始体验到迷惘。有很多消失都是关于人的。

对于人事我是如此麻木。我到十里外的麻春小学去读书，我开始接触到文化，最简单的带有政治气息的文化。我是去开始认识一种文化的世界了。我被严厉的老师限制在课堂、限制在校园中。然而我是如此强烈地迷恋着自然——我听着教室外的鸟鸣声比任何时候都要清脆。白云飘过校园上空的山顶。山脚下的农人扬着鞭子吆喝着黄牛在田间耕作。我不知道我是在一点一点地接近生活，抑或是远离生活。渐渐地我长大了。一天又一天过去了，生活和我的想象总是不能融合。

生活一天天地粉碎了我的梦想。大自然正在我的眼中褪色。是不是长大就意味着远离和失去了最美好的东西？

我越来越留恋山野里的晨光、河面上的晚霞、冬天的白雪和深秋的细雨。我仰望高空的彩虹，因为《圣经》里说，彩虹是上帝晓谕众生的象征。我总是见不到上帝，然而上帝说他确实为我们显示了背影。

在山塬上，我观看一只红红的野狐在奔跑中燃烧起来。一群狗借助人威追上去。美丽在面临死亡的时候却显得惊心动魄——我的心揪紧了，在红狐和狗群渐渐消失的地方，扬起的尘土弥漫着。在我听见红狐号叫的地方——天空塌陷了一角，大地一时变得破烂不堪。

黄昏时，归圈的牛羊在村庄里掀起一片喧哗声。小羊羔从大人手中挣脱，咩咩地叫着在羊群中准确地找到妈妈，然后一头扎进母亲的肚脐眼下，尾巴欢快地摇摆着，身子一顶一顶地哂着奶。看一下那母羊的样子就会发现，羊的母性和人是一样的。

宁静的山村弥漫着焚烧过的蒿草、刺蓬和芨芨草的苦香。一切生灵都走向自己的居所。

煤油灯被点亮了，黑房子里人的影子在土墙上晃动着。铁锅里的土豆煮熟了在噗噗地冒着热气。回家的农人大声咳嗽着，然后坐在煤油灯下。粗大的手捧着全身裂纹的土豆放在嘴边吸溜吸溜着。不要鄙夷这粗俗的食物，一切都是上帝的馈赠，谦卑的农人最懂得这些，所以他们每一个人的心里都有一个始终微笑的上帝。

夜晚，村庄里要进行一些神事活动，邻居家的白大娘已沐浴完毕。她在准备香表和祭物。神是被供奉在墙壁的神龛里的，它还没有被请起。

村庄里的人都信神，哪怕是最凶悍最蛮勇的人都敬畏神，因为神是一种最高的存在。

这村庄里有一个例外，董三爷不信神，也从不去庙里拜神。他是地主出身，解放前曾做过区专员。他脸膛红红的，粗重的眉毛很长很长，几乎把整个眼睛都遮住了。他从不正眼瞧人，眼睛深得像茅草遮蔽的一眼枯井。我一直躲着他，每天他都起得很早给生产队拾粪扫村子，但从不说话。

冬天降下一场大雪，把一切都掩藏了。大地一下子陷入寂静的深渊。房屋、土地、山丘、原野全变白了。仔细看去，白雪覆盖下的一切都显得清淡肃穆。那些原本朴素的东西一下子就带上了神的光辉。一切都静止了。这寂静就像是一座深宫的大门突然向你关闭。世界回到了人的反面回到了灵魂的深处。它不会是一堆聚集的沙，而是一朵正在做梦的花。

白雪下面的世界停止了呼吸。冬天的太阳不知什么时候升起了，轻薄得像一盏灯笼把淡淡的光晕悄悄地抹在雪地上。寂静的雪地里，先是竖起两只耳朵，像两条平行伸起的小小桅杆，试探性的……警觉的……结果除了大地微微的声息，什么也听不到。然后它大胆地往出一跃，就从洞穴里跳出来，站在一条土坎上。原来是一只灰兔，眼圈是桃红的。它在雪地里一起一落地奔跑，洁白的原野随着悄悄起伏。太阳光红艳艳地洒在雪地上。这是一只单纯的兔子，但对人类充满着戒心。

大雪覆盖的冬天，一群小孩在玩耍，玩的是一种叫"过家家"的游戏。大人们忙于婚丧嫁娶。老人抱着小泥炉煮着酽酽的茶水。他们静静地沉浸在岁月中不再怀旧。怀旧是伤感的。

屋外木杆上挂的狐皮正在风干。庙山上的一只铜钟有时自己响起来。外出多年的人回家了——带来了远方的消息。

妲子嫂在深夜哭喊，生下一个小男孩。红红的炉火映照着初生的婴儿。生命甜美得像一朵花。

有那么些夜晚，我总是听见胡琴声，是邻居家的栓子拉的。那胡琴的曲调哀婉凄凉，我听着那曲调久久不能入睡。

奇怪的是，那声音总使我预感到山路上有一个跛子背着褡裢在赶路。他在寻找夜宿的地方——寒冷的冬夜里他可能看见了远处村子里的灯火，可是他总走不到那里。后来我入睡了，不知过了多长时间，半夜里突然惊醒，除了咿咿呀呀的胡琴声，院子一片沉寂。月光的睫毛簌簌地沉降。风在屋顶上呼呼呼地吹过去。门闩子被摇得叮叮当当地响。那个跛子呢？

窗台上的灯一直为他亮着。他为什么没来？

清晨我去挑水碰见三爷，他一个人从庙山上下来，遇见我时他没有说话。黑黑的眉毛上挂着冰霜，遮住了深深的眼睛。我很想看看他的眼睛，可是他从我身边走过去了。我感觉到了这个老人身上有一股神秘的力量。

雪下面的水清澈得好像并不存在，我看见水流下洁净的卵石，把马勺伸进水渠里却感觉到了水的重量。端起马勺一看水是黑的，和马勺一个颜色，往桶里一倒哗地响了一声。

山沟里奇静，流水叮咚有声。

春天无意中来到了。先是向阳的山坡上白雪在融化，露出一块一块发黑的土皮。太阳已经有了热度。不久向阳的山坡上面的土皮变干了，上面冒出一些嫩嫩的草尖，草尖儿白白的又带着一点淡黄色。蚂蚁在地上忙碌。土拨鼠重新打洞。一些体积大的獾走出洞穴趴在向阳的山坡上晒自己的骨头。不久，大片大片的羊耳朵、红梗子草、打拉拉秧还有马齿苋子草全部探出头来，显得非常羞涩的样子，仿佛觉得世界有点陌生。太阳持续地升温，不久天又落了一场酥雨，仿佛谁猛地喊了一声，这些小草便呼啦一声全拥出了地皮，长成了密密麻麻的一片。

红嘴斑雀站在榆树枝上起劲地叫着，然后落了下来，从一个土坎上飞到另一个土坎上，翅膀扑扇着，它飞得不高也不远，但总是在不停地飞。两只彩绸子似的翅膀一直在抖扇着，并且欢快地鸣叫着。

生命在躁动，一个新的世界在复活，万千生命都开始上演一部新的话剧。然而春天总是伴随着饥饿，在春末夏初的日子里，气候干燥，西北风天天在土塬上干号。田野上一浪一浪的黄风向前推搡着拥挤着。冬天遗留的蒿草碎纸片塑料袋毛发等被风卷起又被抛在空中旋转着。那时我躲避风像是躲避一群狼。天空灰蒙蒙的。回到家喝一些黑黑的面糊糊。风还在呼啸，窗格子上的烂纸片呼啦呼啦响。炕上的母亲头发灰白杂乱，正往破衣服上缝补一些破布片。

我们村子一带开始流行百日咳和脑炎。有一天村子里的某一家传出哭喊声。母亲赶忙起身往外跑，我也在后面跟着跑出去。那么多的村人都跑向出事的那一家了。不久，从那家就有人慢慢地走出来，几个人抬着一块门板，门板上面捆着一个夭折的孩子的尸体。

那孩子的尸体用谷草卷着。一群人将孩子抬向后山然后烧掉。这时为了驱邪家家大门前点燃了一堆谷草。这样的事情总是频繁地发生，我感到生命的脆弱和无常。

夏夜，铺着毛毡在院子里躺下来，听见庄子下面葫芦河里的蛙鸣声此起彼伏。风苗像凉凉的冰片从山塬上一层一层地漫过去。夜晚的穹空蓝得像大病了一场的海子。我被这种纯粹的夜空感动得流泪。

秋天粮食收割完了，这时候负重的田野显得宽松而疏朗，大地有一种欢快的调子轻轻响起，像凡尔纳的感伤诗篇。万物学会了含蓄的抒情。这夜晚仿佛有一位神在高空不断地晓谕我们。起身坐在门槛上听黑黝黝的槐树的叶片在晚风里簌簌地翻动，像海面上的风吹动了一片小小的风帆。黄黄的月亮从庙山顶上升起，我突然觉得我发现了什么。当我要把这告诉给人的时候却什么也说不出来了。原来月亮是无法言说的。

有人说，天才得万物的骨髓，庸才得万物的表皮。我是庸人，只得万物的表皮也就够了。

三爷临死的那一年，谢绝了一切亲人，一个人独居了。在村外的庙山脚下他住着一个别人废弃的独院子。即使在白天他的院门也紧闭着，人们不知道他在房子里干什么。时间久了，他院子里的草长得有半人高。那杂草在无人关照的时候长得十分繁茂。

只是黄昏时，村人常常见他上到庙山顶上，久久地伫立着。他拄着拐杖，风把他的眉毛和胡子吹得一片纷乱。他在想什么呢？

他的墓地是他自己挖掘的，是在一个十分偏僻的山坳里。临死时他对儿子说，我死以后丧事从简，往后也不要来打扰我！

那个专务神事、为村民解除病灾的神婆白大娘却是病死的，确切地说是疼死的。我一直记得她疼急了时用前额去撞墙壁的情景。

她是活活疼死的。她的儿子由于无钱买药，用手抱着头，无奈地蹲在地上听着母亲哭喊。有一天那声音终于小下去了，然后长久地消失了。白大娘死了，那一刻村庄出奇的安静。一个懂得通过神专门去医治别人的人，却没有得到安静的死。

我无法忘记我的少年伙伴银锁和我一起去山里放羊然后突然哑掉的事。那时，我们看着一群大雁嘎儿嘎儿地叫着飞向远方。久久地，那一群大雁在天边消失了。

我俩开始对着空茫茫的远方呼喊，想召回那飞逝的大雁。后来，我就听不到银锁的喊声了。我看见银锁躺在山坡上打滚，使劲地号叫着并且用手不停地抓挠着喉咙。

如今我的身边还保存着一张发黄的照片，是我和银锁照的。我们那时的天真和欢乐都留在了这张纸片上。看起来这纸片已显陈旧，色彩正在褪去，但上面的太阳光和我们的笑声却是永远无法褪色的。

最后，我终于记起了十三年前那一场大旱，太阳几乎烤焦了大地。土地连续三年寸草不生。栓子赶着一群羊去西山放牧，结果一群羊全饿死在天都山上了。栓子回到家时，神情恍惚面色哀戚，成天痴呆呆地坐在门前的石头上，手里抓着一堆石子一个一个茫然地数着。

后来，在一个月亮十分明亮的晚上，栓子偷偷地潜进屋里，趁妻子不备将两个熟睡的小孩一个一个地抱出屋去，然后扔在门前的一眼水井里。第二天当人们发现时，栓子已变得完全疯痴了，他坐在门前的石头上又笑又唱。可是我不知道栓子在精神崩溃的一刹那为什么采取了如此惊心的暴力。

哦！我的故乡，你给予我的难道仅仅是这些吗？

风中消失的云片

我盯着——那支驼队一直走进天都山山口，就完全消失了。可是过了好久，我依然听到那遗留的驼铃声呛啷呛啷地响着——

一个瞬间，世界仿佛在我的眼中空了。我的心被什么东西揪得紧紧的。

那时天都山山口在清晨一大片弥漫的云气中显得灰蒙蒙的。后来，它就完全融进了云气中。

我站在村后的土坡上，却能感觉到从天都山山口那儿刮来的风凉凉的，有很硬的劲道。同时，我看见有几只鹰在天都山山口上方搏击着长风，身子旋转着像一些破碎的纸片。那一刻，我的心被虚幻的东西塞得满满的。那一刻，我懂得了实体的世界也可以化身为虚幻，而那种以庞大的实体为背景的虚幻却让人绝望！

现在，我眼中的那支驼队彻底消失了，它同时把我生命中的一部分东西带走了——

其实那十三只驼仅在村子里逗留了一个晚上就消失了。可是我却长久地记住了那种消失，像某种不轻的伤害！

那个晚上，村子几乎为十三只驼醒着。那个晚上，风不是很大，夜色却很浓酽。那个晚上，夜色中所有的东西都仿佛带着灵性，睁着眼睛，就因为村子里卧着十三只驼。

我听着我家屋后那些卧着的驼，像一块块蠕动的巨石，一整夜不停地反刍着草料，声音那么重地传过来，以至我彻夜难眠。

虽然是第一次见驼，我却不感到陌生。我喜欢这种高大温顺的动物。从驼队摇着铃铛进入村子的那一刻起，我就感受到一种异域的陌生气氛，我被这种陌生的东西所吸引。有时候，我会被一些完全不起眼的东西感动着。就这样，我第一次为另一种生命感到惊喜！第二天，天才蒙蒙亮，驼队就启程了。驼铃声在早晨的空气中响成一片——

十三只高大的驼，慢慢地沿着一条线晃着——背景是深秋清爽的天空和山峦。风吹起来，白杨树的叶子飒飒地响着。一些柳树的小叶片纷纷扬扬地往下飘——行进中的驼队踩在干巴巴的落叶上却听不见声响。

一条小路向远方延伸着——早晨，整个山野十分宁静，驼铃的声音惊动了路边的宿鸟，扑棱棱地飞起来——叫声清脆得像被敲响的水晶。但是，山野呈现出来的景象却十分苍凉。至少，我当时的心境是这样的。我有点承受不住，是什么东西让我承受不住呢？我也说不清。我听见驼铃在风里响着——响了好久，好久，然后在风里消失了——驼队融进了远山，而远处的山还在轻轻晃着——晃着的还有一大块天空。

过了好多年，那远逝的驼队的影子却长久地留在了我的记忆里。然而，至今我也想不起那几个牧驼人的模样，在我的感觉里他们成了驼队的一部分。在大自然的特殊氛围中，有时候，人就成了一种它恰当的组成部分。想必，那些牧人已经成了另一类驼人。他们骑在高大的驼身上，看起来只是一些小小的晃动的黑点，样子与高大的驼比起来非常单薄。

驼队消失的那一刻，初升的太阳在天都山山口闪着光华。我一动不动地注视着那里，除了几只飞翔的鹰，没别的什么。我突然想起，过去的许多东西都是从那儿消失的。

现在想来，那支驼队一定和村子里的人交换过什么东西，可是，到底交换的是什么我已经记不清了。事实上，自从那支驼队消失以后，我的心就一直没有平静过。是一直惦念着那十三只驼吗？好像是，又好像不完全是。这样过了一段时间，我觉得我似乎把什么东西都忘了。然而，我的心却一直悬着，仿佛总在被一种说不出的东西牵扯着。

那年，我十三岁，心里装着许多事情，但都是模糊的，说不出个所以然。但我却长久地记着那支驼队。印象中它们庞大的身影一直贴着山脊在摇晃，后来就只剩下一些虚幻的影子了。

后来，我开始留意天空，留意大地上跑动的风。我开始莫名其妙地等待——虽然知道这种等待多半是无望的，但我依然变得十分固执。我想象着，有一天，驼队能突然在我的眼中出现或是别的什么东西突然出现。后来，这种由驼队而生的等待就变得十分宽泛了。

不久村子里来了一个杂耍班子，热热闹闹地演了三天。最后一天，有一个小丫头在空中走钢丝，不小心摔死了，吓呆了一大片人。杂耍班子离去的时候，走的还是那支驼队走过的路，只是他们离去的时候不像来时吹吹打打，而是默默的——我从他们的脸上看出了一种格外的沉重和忧伤。

是驼队也好，是杂耍班子也好，它们在村子里热闹上一阵子就消失了，把比先前更浓的落寞和空茫留给了我们。

有一天，父亲盯着我的眼睛看了好久。他说这个娃娃怎么变得傻乎乎的，眼睛里空得能盛下两只船。其实，我不知道，我变成了什么样子。吸引我的都是些稀奇古怪的东西。风一缕一缕地吹过来，声音却在远处响起来——风撩乱了我的头发，我觉得我像个羽毛纷乱的鸵鸟。别看村子敦敦实实的，其实，土墙上、屋顶上以及树干上都开着许多的风眼，风一吹它们就呜呜地响起来——天风随意吹拂，所有的东西都动起来——村子寂静的时候像在做梦。除非有一大群鸟来把它唤醒，否则村子的梦会一直做下去。

在平静的午后，从大地的深处会传出天牛的叫声，可是有谁知道这正是一场暴雨的先兆？

不久，果然下了一场暴雨，地上发了一场洪水，冲走了好多的牛羊马匹，还有树木、庄稼和人。

山洪在沟涧里响了好久，声音轰隆轰隆的。后来厚厚的黄泥淤了白石滩。接着，来了一次霜冻，天一下子凉透了，大地变得紧绷绷的。

妹妹得了猩红热，睡在炕上喘气，两个脸蛋烧得红扑扑的。母亲完全慌了手脚，围着妹妹瞎忙活。都快十天了，妹妹还不见好转。

默默的父亲从自留地里背回了一大捆一大捆的烟叶。烟叶拖在地面上刷拉刷拉地响。整个院子里弥漫着烟叶的苦味道。父亲沉重的样子有些吓人，他脸上的忧伤像树皮一样可以揭下来。

我蜷缩在屋顶上，仿佛在逃避什么，心里感到莫名的恐惧。那让人担心的事情终于发生了。谁会想到妹妹会在一个早上离开我？她一闭上眼睛就安静了。我忽然觉得妹妹有些陌生。在前一个晚上，我一直攥着她的小手，那么烫，到了半夜，那小手就一点一点变凉了。

母亲哭出了声。母亲的哭声由开始时的忧伤到最后完全变成了某种倾诉，好像她要把自己的伤心哭给天空听。

天一片一片地放亮了。我一直走出门好远才让眼泪流下来。我看见有几个人背着谷草抬着木板，走进了我家的院子。我不愿看到妹妹的身子被卷进冰冷的谷草中。我躲得远远的，我抱住村后的一棵老槐树伤心地哭泣着。

可是这一天，天空明净极了，风软软的，像抖动着的银飘带。我觉得天空从来没有这样高过，这样蓝过，仿佛带有救赎的意味。远处的天都山只是一片朦胧的蠕动的蓝影，村子四周以及道路两边的树枝都变得光秃秃的。叶子在一个晚上全落尽了，落下的叶子在风里干干地卷着。

为什么，妹妹死了，周围的世界却一点也没有变？它应该会变一点或者发生一些什么，却没有。

接下来，我看见几个人抬着木板上的妹妹，向天都山山口走去。一路上风把门板上的谷草越吹越少，最后露出了妹妹的身子。我想，过了山口，风会长起来，像海潮一浪一浪地涨起来。妹妹的身子会很冷。妹妹快十岁了，那些人没有去烧掉她，而是选了一处背风的地方埋了。

然而，我无论如何也不能接受一个亲人的突然离去，我伤心了好久——后来，我知道妹妹就埋在天都山山口不远处的一块红柳丛的边上。过了好多年，我去看妹妹，找见了那个小坟包，而它几乎被风磨平了。我在那上面堆了许多的小石子，还放了许多的野菊花。接下来的事情，我想不起了。我几乎整天待在屋顶上。随后，我也得了一场病，也是猩红热。病中的情景，我一点也记不起了。听母亲说，我病了三天，然后就死了，尸体都放在地上了。父母几乎都绝望了，可是眼睛里没一点眼泪。他们静静地看着我，不知所措！他们像陌生人一样呆立着，等着我被谷草卷走，然后再埋掉，像妹妹一样。

可是，在最后的那一刻，有一只手摸在了我的脸上，我就醒了——在醒来的那一刻，我记住了这只手，它就放在了我的前额上。这是谁的手呢？事情就这样怪！在余下来的日子里，村子里发生了许多事，都出乎人的意料。有些不该发生的事都发生了，而我们感觉到的只是一小部分。不知不觉中，很多东西都改变了容貌。

我一直注视着天都山山口，我又一次想起很多东西都是从那儿消失的。不用我说，你们也知道那地方对我隐含的意义到底有多大。

尽管一次次地失望，我仍然在向往中等待着。说到底，我是在等待一场奇迹的发生。我总觉得在平静的生活背后一定隐藏着什么东西。

事实上，我等待的东西都没有出现。包括那支驼队和那个杂耍班子。倒是从天都山山口刮来了一股一股的风，彻底粉碎了我的梦想——后来，我得了一场喉炎，就哑了，而那时大地已经封冻了——天都山山口飘起了纷纷扬扬的雪花……

纯粹的世界给予我的

有那么一天，我忽然意识到自己四十岁了。从这一刻开始，消失的年轮在我的身上显出清晰的轮廓。作为一个普通人我已经度过了一段不算短暂的时光，伤感的同时免不了有一丝淡淡的落寞。静观自我，生命在一瞬间变得真实，于是我亲切地打量起我自己来。使我深感疑惑的是，这个被称之为梦也的人，竟使我感到陌生。是什么把"他"变成了这般模样？那必然是一连串被称之为偶然的事件，还有许多注定要出现在我生活中的人。

我，就是变化着的事物的总和，是不断发生着的一切关系的总和。

四十岁是一个人生命历程中的分水岭。一过四十岁，强烈的生存意识已逐渐变得淡弱，代之而来的便是死亡意识的逐渐觉醒。是的，"死亡"是一种意识，实际上"生"也是一种意识。只是因为我们还活着，"生"就成了一种既定的事实被我们忽略掉了。相对于"生"，"死"的意识却不能一下子被忽略。一旦"死"在你的心中觉醒，那便是一种难以驱逐的感觉。

预感到死亡既是一种觉醒，也是一种安然的快慰。犹如一只莽撞的蜜蜂突然飞临一片花的海洋——蜜蜂不会在惯有的飞翔中丧生，但可能在花的海洋中消殒。如果说生是一种单纯的快乐，那么死就是由生的快乐衍生而出的那么一种宽泛的爱意。生是最初的给予，死是最后的接纳。这一切都来自于一双手的巧妙安排，只是我们看不见这双手。

——一条河。在我们每一个人的心底，都有一条舒缓的河流，悄悄流淌，永不止息。

它象征着什么？

活过了四十岁，我的生命节奏忽然放慢了。我听到了流水的声音，就是心房中流动的那条河。像一件陌生的东西，这条河在一瞬间凸显出它的意义。在水的流动声中，展现在我面前的世界变得更为开阔更为明朗，当然，这样的世界不仅是实实在在的这个世界，也是不可预知的另一个世界。

我庆幸我还活在人世，我不知道这是偶然中的必然还是必然中的偶然，总之我为还活在人世而感恩。倘若还没有人把你从这个世界悄悄拿走，这就值得感恩。

于是我想到了过去，这个"过去"可一直追溯到我作为一个人降临在这个世界上的那个遥远的过去。出生之前我梦到了天空。

假若你能理解我说的，我就是梦到了天空，在我出生之前。

那个天空比我们时常看到的这个天空更为洁净。那是透明的蓝色上面的洁净的白色。那是徐徐动荡着的一望无际的蓝色上面的白色的梦。白色和蓝色，这是最初的颜色。

忧郁的单色调。

我时常这样想：出生之前我是什么？某种虚幻物？不，我更希望是风，涌动的潮汐或是一束光，微弱的橘黄色的光在黑暗中运行。这不是我们通常看见的黑暗，犹如你在光明中看不见光明。可是光在跳跃，光的精灵在一小块黑暗中跳跃。

这些隐秘的部分构成了世界的另一面，不断变化着的世界的另一面。我从不认为我通过一双看不见的手而创造，而是通过一种欢乐、一种痛楚。这痛楚中包含着生的全部意义。相对于痛楚，我更愿意通过欢乐而来，带着另一个世界的光驱走身边的黑暗。生意味着什么？说明你看到的仅是"这一个"，他啼哭时的模样、他的微笑都与你一模一样。他就是我。我来到阳光和空气中，这些与你都一样，甚至类似于一只鸟、一只小山羊所拥有的。

然而我看到的这一切都不是我出生之前的世界。比如天空，比如海洋，还有植物覆盖的大地。它们在我出生之前是另一个样子。我不止一次梦见过它们：一切都战栗着，像你的叹息那么轻，是你忧郁的眼球后面的颜色，·或是一束光在坠落的露珠里破碎，又在破碎的露珠里悄悄复原。

母亲经常谈起我出生时的情景。母亲说，山子，你的前身是一只羊，你知道不？是一只洁白的小羊羔，红嘴唇，两只蓝眼圈——我有些吃惊。母亲一动不动地看着我说，那天，我做了一个梦，看见有一只小羊羔从门里走了进来，怯怯的，四下张望。看见了我，然后嗖一声跳上炕来，卧倒在我的怀里。听见它叫了一声，我心疼得不得了。当我猛地惊醒时，肚子一下子就疼了起来。

母亲坚信我就是一只洁白的小羊羔投胎而来。当她一次又一次地对我讲起那个梦的时候，从不问我，你相信不相信？那么母亲既然相信那个梦，就必定是相信我从一只羊而来了。在漫长的岁月里我到底没有发现我身上哪些地方与一只羊相同。这或许只能归结到宿命的范畴，只能由我的一生来验证。一只羊的命运就是我的命运。或者说我的命运中暗含了一只羊的命运。这如果是界定，那么我就超不出这个界定。

面对暴力像一只羊那么温顺。

轻轻地把这只温顺的羊放在祭坛上。

记得我小时候就在家里养着一只羊。起先它是一只洁白的小羊羔，在我的爱护下，它一天天地长大了。我每天下午放学时，都要到河湾为这只羊铲草。这是我乐意干的，从不需大人吩咐。到了秋天，我会早早地为这只羊储备干草。在山坡上，我把大垛的棉蓬铲下来，捆成大大的捆子背回家，码在羊圈的墙基上，让秋风把这些棉蓬一天天地吹干。除此之外，我还在夜里刮过大风的那些早上，背着大背篓、拖着扫帚到树林里去扫落叶。为了怕被风吹走，我把背回的落叶倒在我家的一眼通风的箍窑里。

在寒冷的冬天，我经常会端上半簸箕树叶倒在羊的面前。我一直盯着这只羊把这一堆干透的落叶舔吃干净。它吃得专注而热忱，像是在完成某种庄严的仪式。晚上，我梦见这只吃过树叶的羊长上了翅膀在向天空徐徐飞升。当我惊醒时，却听到了几声清脆的铃铛声。这是系在羊脖子上的那只铜铃铛在轻轻摇晃。我趴在窗户上一看，一地月光像锡箔镀亮了地面。

那只羊站在月光下竟变成了蓝色，我有些吃惊。没有用上多长时间，这只羊就长大了，变成了一只肥硕的大羯羊。然后被人宰了。是我缩短了这只羊的自然寿命，仅仅是因为特殊的爱护。我一直记得这只羊在大限临近的那些日子里，时常号叫，有时变得烦躁不安。它的声音没有唤回什么，甚至它的烦躁也没有引起我的注意。

羊在被人按倒的那一瞬，浑身的皮毛过电一般急速地抖动起来。

母亲看见我站在一边发呆，就说，山子快进屋去！

多少年后的今天，我之所以写到了这只羊，是因为我亲历了它从生长到死亡的全过程。

后来在目睹了诸多形形色色的死亡之后，我想死亡也不过如此。有时，一个生命的消失不过是一件轻而易举的事，无论它是低级的还是高级的。再后来，我便意识到死亡不仅仅如此简单，它的内容远不是我所看到的这些。

生命的消亡，对拥有生命的个体来说永远是一件难以估量的大事，世界上还没有哪一件事能比一个生命的消亡更重要。对某一个生命体而言，生命之所以说是珍贵的，不在于它是唯一的，而在于它是不可复制的。既然生命赋予了死亡如此庄严的形式，它也是不可复制与不可替代的。一个生命被拿走的同时，这个世界必然会留下一块空白，这个空白是无法填补的。

有一年我流浪在若尔盖，在某一面山坡上的一大群羊中认出了我饲养过的那只羊：蓝眼圈，红嘴唇，毛色洁白如雪。在我失声喊叫的那一刻，它停了下来，静静地打量着我。那绝对是一双人的眼睛，充满着疑虑、惊喜以及随之而来的温情。当我慢慢向它靠近的时候，它突然惊醒过来，转过身跑进了羊群。

它从来没有忘记自己是一只羊。

羊群后面跟着一位年迈的藏族牧人，他发现了我异样的神态。便向我露出一个神秘的微笑。他或许理解了我，可是我没再追赶。

消失的东西可以复活，如果我们中间确实存在缘分，那么在某个特殊的日子，我们肯定会再一次相逢。

我相信这就是秘密。万事万物都是一个秘密，它自己的秘密以及它与别的事物之间的秘密。当秘密为你展现，绝不是因为你的智慧开启了它，而是你用你的谦卑打动了它。

必须小心，并且，你要懂得这小心的意义和分量。小心里面的谦卑有着无边的慈爱。肯定有那么一个特殊的日子，我面临某种陌生的境况，它类似于某个边缘，我怀着无限的谦卑等待着某种东西的降临——四周轻拂着爱的和风，是爱的和风。

它把我轻轻放下——

在未来的某一天，在一个刮过大风的晚上，地面上干干净净的，在孕育了很久之后，寂静的夜空飘下了雪花。在一间安静的房子里，明亮的烛光渗进窗户——一位老人坐在红红的炉火旁，痴痴地面对着夜空。敞开的门扇那儿，密集的雪花织成白练。这是老人等待已久的大雪，某种莫名的快慰充溢着他的心胸。远处，在变得深邃的平原的某处传来重磅铁锤的敲击声。

咚——咚——咚——平稳而沉闷的敲击声，在岑寂的雪夜特别具有穿透力，仿佛是一种警示。

敲击声持续了很久。在某一刻停息的间隙，老人的头一歪，像沉重的谷穗耷拉在肩膀上。雪在平原上发疯似的落下来。

这个老人就是我。

在所有的季节中我只钟情于秋天。倒不是说秋天代表着丰收，相反，秋天预示着丧失。每年的秋季来临时，都要在我的身上引起特殊的反应。

当草木枯萎，白杨树凋尽黄叶，剩下直立的枝干，天地突然显得空旷。

万物都在亏折中——什么东西越过我而到达，可是我看到的依然是丧失，所有的东西都通过我而丧失。一天秋色，呈现出的却是另一种巨大的空白。让人失重的空白，把人掏空的空白。

某一天晚上，我梦见母亲站在旷地上打扫落叶。扫过一片又一片，扫过一层又一层。总是扫不完的金黄色的落叶。落叶的堆积无始无终，落叶的铺陈无边无际。

多少年来，无论身处何种境况，一旦安静下来，我耳边响起的都是长风吹过茫茫秋空的声音，要么满耳都是落叶的萧萧声。那是一整座林子的落叶声。继而，当这些声音都安静下来，我的眼中便出现了一大片稀疏的白杨林带，林带边上坐着一位面带悲戚的人，他在久久地沉默之后，割断动脉。

一只孤独的大雁从林带上空呼啸而过。

所有的动荡都融入空茫。大地上空了，仅剩一株枯黄的秋草在轻轻摇晃。不知过去了多少时间，一只小小的甲壳虫攀上了草茎，它看到了什么？

荒凉。

一切又都恢复到最初的样子。风像蓝色的火苗在远处跳跃。一束光颤抖着落在草茎上——

我记起，在阴雨纷纷的那些黄昏时辰，听见大门响，就见父亲背着一大捆青草走进门来，草叶上的水珠纷纷滴落，淋湿了他的裤管。当父亲把沉重的草捆扔在屋檐下，一股浓郁的草香便弥漫开来。看上去，湿漉漉的野草比过去更为翠绿，洗尽泥土的根须变白了。

父亲蹲在地上，抹一把脸上的雨水，然后掏出旱烟袋来。

母亲坐在炕上纳鞋底，脸埋在昏暗的阴影里。那只老花猫蜷缩在炕角打盹，发出的呼噜声像是在诵经。阴暗的天气营造出特殊的郁闷气氛。何况变暗的房间也使我感到压抑。我穿上雨衣走出大门，看见我家门前的菜园积了一大洼水，有一处地面陷下去，露出一个黑洞。我不敢走过去。远处，山峦之上堆积着浓厚的云彩。

雨霁以后，天放晴了。太阳连续地晒了几天，山坡上枯萎的青草又一次转绿，连田野里遗失的种子也重新长出幼苗。

然而这一切仅仅是回光返照。某一天晚上，地面上杀了一层厚厚的霜。早上起来，发现那些晚开的花以及嫩嫩的秋草全部耷拉下脑袋。飒飒的西风带着肃杀之气。

山坡上，那些顽强的索子草还在迎风劲舞。灰茫茫的河滩上，河水骤涨漫过堤岸。

我是在一个秋天出生的，1962 年 10 月，传说中那是一个水草肥美的秋天。关于那些日子，我在想象中写道：那年，遍地的丰收找到我，把我变成丰富的粮仓。那年，溃堤的大水找到我，把我变成岸。

关于我降生的那个特殊的日子，我无从得知。可是母亲说，那是一个刮着大风的日子，院子里那棵老榆树的叶子都飘进了门槛。

那一刻，尽管母亲用父亲穿旧的一条破布衫包裹了我，实际上无孔不入的秋风已吹透了我的肌肤。后来我想，到底是秋天选择了我，还是我在冥冥之中选择了秋天？不过结果都是一样的。

回到源头，可是我无法回到源头。作为一个人的起点，我出生的那一天永远是一个谜。

成长。

这不是一个简单的过程，它包含了很多的内容。在一岁至八岁之间，生活留在我记忆中的只是一些零星的片断，这中间肯定存在着一段盲区。我相信，填充这盲区的除了亲人们的爱护，剩下的就是纯粹的自然给予我的。这是阳光、空气、风、缓慢的爬行以及惶悚的飞翔。当雪野上一株树被冻僵的时候，是太阳给了它温暖。当夜晚黑黝黝的山村需要照明的时候，是月亮的灯笼及时地被挑起在高高的树杈上。寂寞的夜空，风耐心地数着它上面的宝石。永不疲倦的河流在深夜里唱着歌，催眠了一边的树林。饥饿的兽悄悄爬出洞穴，借着随风飘散的香气来到成熟的果园。

一切都像是经历了一场缓慢的梦境。

有那么一些夜晚，在我大睁着双眼难以入睡的时候，我总是联想到，在沉静下来的山野里，有一个人在赶路，披着斗篷。当他跨步跳跃的时候，黑斗篷的下摆飘起来，使得他像一只大鸟在飞。

当我感到恐惧的时候，我便听见卧在屋外炕洞边的那只大黄狗像一位老人那样咕噜几声，接着无声无息。有时，我疑心它会在漫长的黑夜里变成一块石头。

这确实是梦，在一岁至八岁之间，我做了一个长长的梦。

有一天，我和妹妹在河边的树林里玩耍，忽然看见一个干瘪的老头坐在河边洗浴，把双脚泡在流水里，使劲地搓。一定是他的样子吸引了我们。我和妹妹来到他的身边，好奇地打量着他。我们想不起他是什么地方的人。尽管他的脸像风干的榆树皮，但是样子却十分亲切。他笑眯眯地瞧着我们。我说，大爷，你的脸那么黑，怎么不洗洗呢？好的，好的，他应承道。然后，我看见他弯下腰，使劲地想使自己的脸浸入水中。

可是尽管他十分努力，却还是做不到。他的腰僵硬得弯不下来。我们都笑了。他抬起头来说，瞧我的。说着话，他把自己的头一下子搬下来，浸入水中，那双调皮的眼睛埋在水中正向我俩不停地眨巴着呢。还没等我们搞清是怎么回事，他又把头提上来安在了自己的脖子上。他有些得意，说道，怎么样，尕娃，你们有这本事吗？

回到家，我把这事对母亲说了，母亲愣了愣后，责备了我几句。可是我从母亲一瞬间流露出的神情中看出了异样，这是我不能理解的。

一个陌生的老头，连母亲也说不上他是什么地方的人。

我又想起了那只红狐。那是冬季的一天，下过一场大雪。在屋子里，我突然听到一大群人的喊声。我跑出大门，遂看见村子后面的雪野上，一大群狗正追赶着一只红狐。在一大群狗腾起的雪雾中，只有那只红狐在雪地上跳跃，像一团火焰。火焰跳跃了很久然后熄灭了，在吼叫声和一片尖硬的牙齿之下，它像一团火焰那样熄灭了。

长久的静寂。

缓缓散去的人群。

在往后的岁月里，每当我面对辽阔无垠的雪野，眼中总是幻化出一团跳跃的火焰，那是早已消失了的一只红狐的精魂。当时，我没有看清那场动物间的杀戮，但是我能感觉到每一只狗焕发出的极度的兴奋，类似于癫狂的兴奋，它们急速扭动的腰身、胸腔中发出的低吼以及遽然爆发出的惊叫都给我留下难忘的印象。

然而这一切除了动物间千百年来淤积的仇视的本能，站在一边的人群也是促成这一悲剧的主角。狐狸有其存在的权利，就像狗有其存在的权利一样，但是人仅仅因其喜好和惯有的成见促成了这一杀戮。

当一个鲜活的生命被无辜剥夺的时候，哪怕有多么充足的理由，都是让人无法接受的。

事情收场时，除了惊惧，我还从大人们的脸上看见残留的兴奋，不过那兴奋正在消失，代之而来的依然是那种常有的索寞。

等大人们散尽以后，我随几个胆大的小伙伴来到出事的地点。那是一块不再完整的雪地，死去的野狐躺在肮脏的雪地上，肚皮被撕破，肠子和血液流了一地。

我发现，死狐的一双眼睛大睁着，那是一双紫葡萄般的眼睛，澄澈透明，眼球深处倒映着几丝暗影。然而，由于生命的消失，这双紫葡萄般的眼睛正在失去固有的神采。

一天早上，我在睡梦中忽然听见有人敲我家的院门，并且一连声地呼唤着母亲。当我睁开眼睛时，看见母亲已起身穿衣。当我随着母亲拉开大门时，就见大门外站着四六子，他露出一副惶恐和焦急的神色。他对着母亲说，大婶，我妈妈不行了，我爹让我来喊你。这是一个阴雨霏霏的早上，天阴得实实的，树叶上滴着水。村子以外的山野全罩在稀薄的云气中。村子里静静的，但笼罩着某种异样的气氛。

我们来到四六子家，走进一眼幽深的窑洞。尽管是早上，窑洞昏暗，窑壁上挂着一盏煤油灯。煤油灯的光已收缩成碗口那么大一坨子。

虚弱的病人躺在土炕上，浮肿的脸色显得蜡黄而透明。听见母亲悄悄的说话声，她睁开眼睛，抖抖地抬起胳膊抓住母亲的手。她说，他婶，这一次我不行了。我肿得好难受啊。我快不行了。我要走了，往后多照看着点我家的四六子，我最放心不下的就是他了——母亲说，放心吧，他婶。我会的，乡里乡亲的，你还说这话。

母亲揭开被子，撩起她的裤管，在那因浮肿而变粗的小腿上轻轻按了一下。我看见被母亲按下去的那个深坑一直没能复原。

第二天，四六子的妈就走了。那天还是一个持续的下雨天。一大早，在送葬的前一刻，母亲让我点燃了大门前的一大堆谷草。当发潮的谷草冒出大股的青烟缓缓燃烧起来的时候，我看见家家门前都冒出了同样的青烟。然后是突然爆发出的哭声。在众多的哭声中，我听见了四六子的哭声。

我看见亡人用一张席卷了，被一大群人抬着走出村外。

这是我见过的最为简单的葬礼。穷人的葬礼最多的是叹息和眼泪。

在随之而来的整整一天，我陷入某种难以言说的境地：恍惚？忧伤？我想不通的是，人还会死去？

有一刻，我突然意识到，人都是会死的，连我也一样。我吓了一跳。

这一点，从来没有人告诉我。

有一天，我也会死去。不仅如此，所有的人都会死去。

意识到这一点，我长大了。有时，长大是一瞬间的事，并不需要用一生的时间来验证。

生？死？生与死？死与生？先是生还是先是死？是有了生才有了死，还是有了死才有了生？

在这个世界上，每天只发生两件事：一件是生，另一件是死。所有变化着的事物都可以囊括到生与死的范畴中来。

我这样想：

生命不是从诞生的那一刻开始，而是从死亡发生的那一刻开始。

通常，我们所看到的生与死的过程，仅是一世轮回。

基于此，我们眼中的死亡仅是一次停顿。死不是完全的消殒，在死的背后蕴藏着丰富的生。比如，我们说某一个人已经死了，并不是说这个人真的死了，而是说他赖以暂居的这个躯体不存在了，而作为这个人的灵魂却依然在某处存在。

在某一个个体身上，我们所看到的生与死，中间总是相隔着许多的东西，从而看不出二者之间的连续性。

实际上生与死是相互蕴含、相互依存的，但是相对于死，生却是短暂的，起码在我们看来是如此。

想象这样一个画面：在太阳初升的那一刻，有一个浑身赤裸的婴儿，张开双臂凭着本能向某一个地方走去。到了中午的时候，他停下来，想了想，然后改变方向向另一个地方走去，这时，他已是一个健硕的年轻人了。到了午后，他又停下来，发觉自己走错了地方，然后四顾寻找，显得十分焦急，他的脸上已经有了皱纹。到了太阳落山那会儿，他已变得步履蹒跚，不过他的样子不像是在寻找，而是待在某一处长久地发呆。

这是把一个人的一生缩小到一天的样子。假若把一个人的一生缩小到一个小时甚至缩小到一秒，那么这个人刚哭了一声，还没来得及叹息一声，就已经死去了。

假若把一个人的一生缩小到十分之一秒，那么这个人刚准备叫一声或准备挥一下手就已死去了。

人无法做到永恒，但是人可以达到永恒，哪怕是在十分之一秒的时间里。

章二

我如何长大？

说说我自己

出　生

1962 年的农历八月，我出生在葫芦沟村的一个农家小院里。没有什么征兆，只是母亲前一天晚上做了一个梦，梦见我家养的那只母羊产下了一只小羊羔。令人心生爱怜的小羊羔低声叫着，猛的一下子跳在了我家的土炕上。于是，我出生了。

按照母亲的说法，我是由一只羊羔转生而来，纵观五十多年的生活经历，我觉得这是可信的。

善义、敏感、悲悯几乎是我的个性写照。可是我也曾反抗过，并不以一只羊的命运而逆来顺受。

我从不接受天命，这正是我的悲剧性的缘由。可是我的确喜欢羊的善良和温存，如果有可能，我愿意跟世界上的一切生物交朋友。

现在来说说那一时刻的母亲。阵痛来的那一刻，母亲没有恐惧，母亲相当平静。但是她忍受着疼痛，这唯一让她不能回避的疼痛。她肯定怀着希望等待我的降生。

疼痛中的母亲却让世界显出温柔的一面，可是母亲并不懂得这个。

她把我生在一眼箍窑里的土炕上，土炕上事先铺好了一层揉细的黄土。那是十二岁的大哥和十岁的二哥背着背篼，从向阳的山坡上那被太阳晒得发红的土崖上铲下来的。这一层厚厚的温热的黄土用来渗母亲流出来的血，也用来缠掉我身上的黏液和胞衣。

刚才，母亲就坐在这层绵软的黄土上疼痛，用牙咬自己的手臂，但不哭出声来。直到我来到了人世。我肯定是哭了，不是为了来到这个陌生的世界，而是为了让母亲放心。那时母亲看见有一只猫趁人不备，嗖一声跳上了锅台，在偷吃母亲留给父亲的饭。母亲衰弱得发不出声来。

窑门开了一条小缝，安静的风把事先飘落的杨树叶吹进了门槛。三十年后，当母亲回忆起那一时刻时说，她还听到院子外的后山上，有一群人带着狗正在追赶一只狐狸。

五十多年后的今天，我还在为那只在我出生时被一群狗追赶的狐狸捏着一把汗，我不知道它的命运后来如何了。

天黑的时候父亲回到了家，他听见箍窑里静静的，也不见母亲走动。他就知道家里新添了人口。对于他这第四个儿子的到来，他说不上高兴，也说不上不高兴。他把背在身上的那一捆青草放在了墙边，有意咳嗽了几声，然后蹲下来吸烟。他只能等身上的汗水凉下去后才能进门。

母亲听到了父亲的咳嗽声，她明白了这咳嗽声里暗含的关切。

倘若能回到五十四年前，我就能重新看到父亲背来的这捆青草是湿漉漉的，被雨水洗刷过的青草，颜色愈加青翠，有些抽了穗的草尖上还挂着雨水，能想到父亲是在落着小雨的山坡上随手拔的草。湿湿的草捆里青青的青草中间还有湿漉漉的野花，蓝色的马莲，黄色的菊花。

你是问，花儿凋谢了吗？告诉你还没有。那年的秋季，温暖的阳光延续了好久。起码对于我是这样。那么，我的出生是个奇迹吗？我认为是的。因为，出生对于每一个人来说都是一个奇迹。

因为我们在一瞬间跨越了两个世界：从未知到未知。从不可见的未知到可以感受到的未知。然后我欢快地长大，直到我感受到烦恼和忧愁的滋味。

肉体与心灵

心灵的秘密蕴含在肉体之中。我常想，我自己就是一个矛盾体，是所有因果关系的总和。似乎在我身上所发生的一切都能在自身中找到原因。这首先是肉体，其次才是意识。如果我没有这样一副肉体，没有这样的生活经历，就没有独属于我的心灵世界。

我小时候身体孱弱，大约在母腹中就落下病根。听母亲说，她怀我那会儿身体不好，光吃剩的中药渣就能装两三背篓。母亲常讲起她到县城去看大夫的经历。母亲怀我那会儿得的是肝病，据大夫判断大约是肝包虫在作祟。这样的病时好时坏，几乎折磨了母亲一生。在她身体虚弱的晚年，我带她去做 B 超检查，果然证实是肝包虫。不过因为高血压和其他病症的影响，我们没敢让母亲动手术。母亲最终因为这些病症的折磨而离开了人世。与多数老人相比，她走得有些早，这让我懊悔终生。假若母亲在晚年能得到更好的服侍和照料，大概不会如此早地离开人世。

记得小时候，母亲常常在晚上做饭时，在火膛里烧红一块羊基子（践踏变硬的羊粪块），等吃完饭，洗刷完锅碗之后，母亲就侧卧在炕上，用发热的羊基子烘烤她隐隐作痛的肝区。那样的时刻多在漫长的冬夜。就着一盏煤油灯，我趴在母亲身边，有时，会伸出手指揉一揉母亲发热的腹部。这是土方子，大约只能缓解一时的痛楚，却不能祛除病根。

如此虚弱的身子生下的孩子，身体能好到什么地步呢？听母亲讲，我小时候经常得病，身子虚得很。我出天花的时候，连续发烧三天，昏迷不醒，差点死掉了。记得当时，我躺在炕上，脸颊烧得烫手，视线模糊不清。在我昏迷前那一阵子，我还看见母亲站在案板前擀面，擀了好大的一张，晾在案板上，有一部分垂下来，薄得像一张纸，后来就看不清东西了。

二十世纪六十年代，在偏僻的西海固山村，孩子的成活率不是太高，所以我能活下来也算是一件值得庆幸的事。

尽管母亲给了我一个病身子，我还得感谢母亲。要是没有母亲我就不会在这个世界上走一遭，我就不会体验到那么多陌生而新鲜的事情。幸福也罢，痛苦也罢，对于我都是难得的感受和财富。

我一直在想，假若我不通过母亲来到这个世界上，我就依然处在虚无缥缈之中，那么我就什么也不是。因此，作为一个人，一旦降临在这个世界上，就是一个奇迹。这得感谢母亲，感谢天地的奇妙造化。

对一个处在贫困的危机四伏的环境中的孩子来说，一天天地成长起来，却也是一件不断历险的事。我已经算不清得过多少次大病小患了，像头疼脑热之类的小病是经常发生的，也不是什么令人大惊小怪的事。

我还记得小时候头上生疥疮的事。一头的烂疮疤，久治不愈。晚上睡觉时，我不能落枕。头上没一处好地方，我得流着泪、咬着牙把头放在枕头上，第二天醒来时，溃烂的脓血流在枕头上结了痂。要想抬起头来，得忍住撕裂头皮的疼痛。晚上入睡时，即使在睡梦中，我也能听到疮疤发炎时的咝咝微响。

当溃烂的疥疮一天天地好起来时，头皮上又是出奇的痒，像是有许多小虫子在那儿蠕动。有时，在睡梦中伸出手，拼命抠一把，结果就疼得喊叫起来。于是母亲在第二天晚上入睡时，就将我的双手绑起来。她小声安慰我说，儿子，得忍着一点，否则结痂的疤痕怎么也好不了。

我以为发痒比疼痛更难受，痒极了时，我甚至想把整个头皮揭下来。听说，我们邻村的董家水，地主董老三害了一身疥疮，奇痒无比，他在难以忍受之下，跳下冰冻的河水，拼命抓挠，忍着剧痛抠净一身的脓血，不料满身的疥疮却痊愈了。这是奇迹，大约只有超常之人才能做得出来。这董老三我还记得，是一个大个子，黑脸膛，下巴下面有一个很大的喉结，说话声音沙哑。解放之后，他由地主变成了一个劁猪匠。不过，母亲对他十分尊敬，常喊他姨父。事实上他不是母亲的姨父，仅是一个尊称而已。

这是父亲告诉我的一件事，就是在我害疥疮那会儿。于是在我奇痒难耐时就想到了董老三，然而我终于没有勇气效仿他的举动。

等我头上结的痂渐渐脱去以后，我就变成了一个花头。很长时间里我戴着一顶破烂的帽子。有些调皮的孩子要耍笑我，就趁我不备时，猛地揭去我的帽子。头发是一天天长起来的，不过头皮上还是留下了疤痕，至今犹在。

如此孱弱的身体，再加上贫困的家境以及日后不断经受的屈辱，在一定意义上造就了我的个性——忧郁而自卑，以及由忧郁而来的脆弱，由自卑而来的自尊。

我还保留着一张最早的全家福。那是我第一次照相。相片上的我大约十一岁不到，穿着一双临时借来的花鞋，那鞋面上的彩色花纹被我用灰土抹过了，细细看还能看得出来。端详自己小时候的面容，使我想不通的是，自己的脸上何以带着那么深的忧郁。按说一个十一岁的孩子本该是天真快乐的，而我却挂着一脸的忧郁。这样的忧郁随着日月的流逝不断加深，无论初中毕业时的照片，还是上高中时的照片，以及后来的照片，我脸上那种忧郁的神情从没有消失过，并且越来越浓重。

在我的印象中，上初中和高中那会儿，常常困扰我的就是饥饿。每天早上去学校，我都要先揭开锅盖，看那口黑黑的大铁锅里是否有母亲烙好的高粱面饼子。若有就拿一个装在书包里，高高兴兴去上学。食物的诱惑总使我忍不住边走边伸手掐一点放在嘴里，等走下村边的山坡，到了沟口的那座桥梁时，书包里的饼子就被吃光了。待到上午的课间休息时，别的同学拿出干粮享受，我就趴在桌子上做作业。我的同桌是一位女生，吃东西也不愿像别的女生那样到教室外面去。我发现她有一只漂亮的金属小盒，里面装着莜麦子炒面。大概炒面中混有香料的缘故，我总能闻到一种淡淡的香味。我把头埋得更低。这位女同学大约不忍心当着一位饥饿的同学享用，于是出于同情之心，总是悄悄地在我的书本子上倒一点。我不好意思拒绝，只得领受她的好意。

这位女同学留着两条大辫子，不爱说话，是那种很老实的女孩，初中毕业之后不久就嫁了人，听说现在都是四个孩子的母亲了。算下来我们已有二十多年没见面了。也许我们再也无法相见。山大沟深，她大约会像我们的大多数祖辈一样，在一种贫困而寂寞的日子中终其一生。

常常是中午的最后一节课，我们的肚子就叽里咕噜地叫起来。放学之后，我们就一路跑着往家赶。回到家时，我要干的第一件事是，赶忙揭开锅盖，锅底有母亲盛好的一小盆拌汤。黑黑的那种，里面混着几近发霉的干萝卜秧子。

记得每年春夏相交的日子，是最难耐的日子。有时去上学，就见村里的大人小孩蹲在河边淘草籽，淘下的水把河水都染得发绿。那草籽磨的面呈墨绿色，吃在口里苦得掉牙。

有一年临近春节，我们路过一个村子，碰上一户人家宰猪。炒肉的香味弥漫到村子外面的公路上，我和几个同学被香气吸引，在那户人家的院墙外面逡巡了好久。

记得1973年至1975年那段时间，老家西海固连年干旱，农民都吃救济粮。几乎所有农家的生活都陷入困境。我每天回家时，都要揭开缸口上盖的那只草笆子，看一看缸里的面所剩为几。我的一个习惯动作是，把缸里的面用手指抹平，做上记号。这种下意识的动作是希望面粉永远保持在这样一个高度。然而越是关心它，它陷下去的速度就越快，不几天就露出缸底来。于是母亲就要夹上瓦盆或是打发我到邻居家去呆脸（厚着脸皮求人帮助）。这是很伤面子的事。

上高中时，我有一个装食物的小箱子，里面装着从家里带来的发霉的红薯面饼子。因为味道太浓，每次去取时，我总要等到宿舍里没人了，然后偷偷地拿到无人的地方去吃。由于身子虚弱的缘故，有一回上早操时，我晕倒在操场上，被几个同学搀了回来。

我之所以忘不掉饥饿，是因为通过它，我感受到世态的炎凉，体验到人世间的温情。我一直忘不掉那些在我面临困境时曾给予我温暖的人，这当中的情谊是我无法报答的。

大学临毕业时，我被传染上了肝炎。这样的病曾折磨了我有十年之久。其间，我四处求医，打针吃药不断。病情所致，我的身体极尽虚弱。有一段时间，我的情绪十分低落，常常想到了死。

严格说，我算是一个颓废主义者。我意识到生命短促，好景不长。对于我，生命是十分脆弱的，死亡随时都会降临在我的身上。

大约我能来到这个世界，也可算是偶然的事件。既然生是偶然的不确定的，那么死亡就成了必然的事情。作为最终的结局，死亡才是最真实的。

如此灰暗的心境，一定程度上决定了我的行为方式，那大约可算作是消沉和自暴自弃。很多时候，我是欲望的奴隶，但最终我是心灵的主人。我让心灵对准上帝。

人的一生大约有两种走向，一种是从卑微趋向崇高，中间历经磨难和煎熬，一种是从崇高趋于卑微甚至跌入罪恶的深渊。

生活中常有这样的现象：以求放纵的欲念总大于崇高的想法，大概人在本性上趋于卑下而并不是崇高。人得时时警惕，否则一不小心就跌入罪恶的深渊。

我老是有一种恐惧感，对某种莫可名状的事物的恐惧感。我预感到某种说不清的灾难会突然降临到自己的身上。

我总是担心，在某个无法预知的时刻，身边会突然发生一次爆炸！这样的爆炸随时都会在身边那些最熟悉的东西当中发生，比如我居住的这间屋子、燃烧着的锅炉、电热壶、正在播放的电视屏幕，还有许多我无法看见的东西，甚至我感觉我的身体也会突然爆裂！这样的感觉总使我处于某种惶恐之中。

当我安静地读着书，小心地走着路，或安静小心地享受着属于我的食物时，突然就感觉到了那种危险。

我实在是安静小心地感受着这个世界，我怀着虔诚之心，敬畏我所不知道的一切。但是我总处于某种莫名的惶恐中，我老是担心，在毫无提防的情况下，那次爆炸会突然到来！它才不管你如何安静，如何谨慎，如何虔诚又如何敬畏，它会把你感知到的一切都粉碎干净。

如果说梦境是心灵的反映，那么，我注意到此刻，四十岁的我，梦境中常常会出现一些令人恐惧的情景。

梦境之一：大约是在晚上，我一个人正走在某一处荒凉的山地上，猛一抬头看见迎面走来一队衙役，全是黑衣服，打着裹腿，穿着圆口布鞋。胸部上的纽扣，是那种一条一条的线纽扣，白色的，十分显眼。遇到他们时我有些害怕，于是想办法摆脱他们。正在束手无策之时，一回头，看见远处有一座古城堡。城堡建在高山之下，那崖壁十分陡峭。靠着崖壁，长着几棵高大的榆树。榆树直直地靠着崖壁长上去，枝叶十分翠绿。我想不通的是，既然是晚上，我为何看到了翠绿的枝叶？

于是我赶忙向站在身边的这一队人解释，我说，你们看，那儿不远处，有一座古堡，我带你们去看看，说不定还能找到什么东西呢。

于是我就带着他们走进那座古城堡。进去时，感到里面十分安静。我一看，四周都是石头建的房子，看不见房子里有人，可房子里都点着灯，微弱的灯光照亮了窗户。突然间，我感到了恐怖。当我想往出走时，却发现这几个人早已不见了，于是，我赶忙往出走。走到门口时才发现这门太窄小了，而我手里却不知什么时候推着一辆小车子，所幸这样的小车子几乎和门框一样宽，仅仅能通过而已。当时，我就推着这样的车子，走在一条长长的狭窄的过道里，穿过一个门又一个门。所幸我终于走出了这座古堡，不过一个人走在如此狭窄而深幽的过道里，心里恐惧得不得了，也孤单得不得了。

梦境之二：不知什么事情，我跟一群陌生人待在一间大厅里，好像正在举行一个什么宴会。正在高潮之时，有人突然大喊，房子塌了！房子塌了！于是，我看见，所有的人都慌忙往出跑。我当然也在跑，可是我的腿却沉得很，怎么也跑不到前面去。眼看其余的人都跑光了，我就害怕了，仿佛巨大的灾难是对着我一个人的。我边跑边往房顶上看，我清楚地看见，每咔嚓响一声，房顶就向下塌一截子。我不停地往外跑，房顶在不停地往下塌。当我跑到门口时，房顶已塌向我的头顶，情急之中，我拼出浑身的劲，往外一跃，终于跨出了大门。巨大的房顶在身后轰然坍塌。

梦境之三：没有比这更惨烈的梦境了。当时，我正走在一处山脚下，一抬头看见身边的山坡上挂着攀登用的云梯，就是那种锈蚀的铁链，一节一节的，摇过来摆过去。正在我行走时，突然听见一声响，抬头一看，一根绳索上吊下一个人来，不，准确地说，是一副人的躯干。血淋淋的，头部和腿部都被人剁去了，只剩胸部，浸泡在血液中。说是这人上去救一个什么人时却被敌手剁了。在山坡顶上，在某一处隐蔽的地方，我仿佛听见有人喊道，不怕死的上来，上一个，剁一个！

那流血的躯干就吊在我头顶，我真切地闻到了血液的涩腥气。及至我从梦中惊醒，那血腥气还留在鼻腔里。

……

类似于这样的梦很多，梦境中与已故的亲人在一起的情景总是频频出现。我说不清它昭示了什么。

五十而知天命，我已经五十多岁了。对于我，正是一树落叶萧萧下。在我厌倦了明争暗斗以及复杂龌龊的人事纠纷之后，只想找一块安静的所在，远离尘嚣，夜有所思，日有所为。哪怕不能有所为，只要能静静地听着一树鸟鸣，也是好的。

生活一二三

人的成长看似是连续性的，其实是阶段性的。人不是在大事情中长大的，而是在小事情中长大的；人也不是在小事情中长大的，而是在有意思的小事情中长大的，起码对于我就是这样的。

第一次学抽烟大约是在三岁时，因为我知道，父亲一下地，二哥他们就偷偷地抽烟。越是被大人限制的东西，对于小孩子越是具有吸引力。

有一次，顽皮的二哥和几个同伴哄我抽父亲的老旱烟，用父亲的烟锅抽。一开始虽觉得呛，但也觉得刺激，尤其是看到几个大哥哥在大笑中露出赞许的神情，更使我来劲了。受到鼓励的我便继续起劲地嗍着烟嘴，浓烈的烟雾顺着咽喉进入我薄薄的肺部，乃至扩散到我的五脏六腑。渐渐地我明显感觉到了不适，一种发晕和想呕吐的感觉从头部和肺部同时涌来。当我站起身摇摇摆摆想去把装烟的铁盒放在窗台子上时，我失去了知觉，头一晕，栽到了炕沿下，失去了知觉。

这件事教会了我什么？没有什么，它只是让我明白了痛苦的滋味，明白了这个世界上有一些东西是不好的，是不能轻易去动的。有时候看起来越是极具吸引力的东西反而越不能动。奇怪的是多年之后，我几乎成了一个烟鬼。吸烟在损坏我身体的同时却给了我不同的享受，只是这种享受多少连着一点绝望。

一个清醒的人有时候也乐于去吸毒，他们是想借此忘掉另一种痛苦。

我以为世界留给我的不是欢乐和痛苦，而是奇妙。而世界吸引着我的也是奇妙，是从普通事物中产生的奇妙。

夏夜的晚上，我常钻在我家的桌子下面，因为桌子前面是用一块布帘遮住的。在黑暗中，我掏出两块羊脑石，分别拿在两手里相互击打，于是被撞击的火石上就能爆发出火花来。我觉得那样奇妙，没想到火焰还能从石头里产生，于是这不断闪动的火花就给了我许多的想象。

有一次，我跟邻居家的凤凤在我家的炕上玩石子，玩着玩着就自然打闹起来。一不留心，我就骑在了她的身上，并且本能地颠晃起来。这时候，我听见母亲嗔怪地喊了一声。我知道她是针对我的，但我不知道自己做错了什么。可是，突然间凤凤的脸红了起来，像是受到侮辱似的从我的身子下赶忙挣脱出来。那一时刻我还看见，母亲和邻居大婶相互间使了个特别意味深长的眼色。

一瞬间我明白了一件事，它对人来说是一件大事。因此我认为人的成熟是从性成熟开始的。但那时候我什么也不懂。我只有八岁，绝不像现在八岁的孩子。

然而我对爱的认识还应当由八岁开始，再往后延续十一年。那一年，我爱上了一个城市姑娘，她有一双大大的眼睛。那时候，我特别地投入，临分别的时候送给了她一条红纱巾。后来，这位姑娘还把这条红纱巾系在了一辆自行车的车把上，照了一张相寄给我。

那时我在老家的一所乡村中学教书。到了周末的时候校院里就没人了，我一个人常常在校院后的山坡上散步，心里想的却是她。

后来她结婚了，三十年后，当我们又见面的时候，她胖了。我问她，你当年为什么不嫁给我呢？她说，你家那么穷，又在农村，我跟了你还不得下地劳动？

我明白了，我有充足的理由理解当时的她。可是我不理解她的是，她对物质的追求一直没有减弱，并且她身上有一种明显的我不愿说出的缺点，那是几乎毫不掩饰的对物质的占有欲。

叫人吃惊的是，三十年前的那些美丽的黄昏，当我们在郊区的田野里散步时，我怎么没看出她身上的缺点呢？实在是，恋爱中的人都是懵懂的，因为爱可以使世界显出玫瑰色。

尽管如此，尽管我的身边有许多不足，但我眼中的世界始终是温馨的。因为世界的美好和温馨永远是为好人而生的，也是为有缺点的但努力向好人方向转变的人而生的。

然而，相对于爱，我对世界的认识，起始于月亮。那大概是失去了母亲的那个晚上。当我半夜醒来，身边不见了母亲。我一时不明白她去了何方，尽管我知道她不在了，到了另一个我不知道的世界，但我还是不明白，这是因为我对母亲要去的那个世界不放心。

这时候，月光照进了窗户。一束极为澄澈的月光照在了我的脸上。它安静得像带着救赎的味道，像是一只看不见的手在抚摸我。从此，我懂得了生命并不能永恒，永恒的是因为爱而衍生出的一切！

那是十五年前，我三十九岁。在此之前许多事物都是沉睡的，因为我的心在那些时日里也还是坚硬的。我在名与利的漩涡里沉浮了很久，直到等来了一束澄澈的月光，我的心开始变得柔软了。

这一个我

我总是趋向于快乐。它不是单纯意义上的快乐，是包含了忘我和幸运在内的那种广义上的快乐，比如，感官的快慰、性爱、成就感以及潜入未知领域的窃喜等等。

其实，对快乐的追求，已使我在一定的广度上幻化了自己，又在一定的深度上隐入了自己。我趋近于现实又消弭于现实之中。我有时候就是一束光，在树梢上颤抖，或者说，我像一条树根深深地扎入地下。我体验到大地深处的那种无限延伸的浓重的黑暗之潮。

某种声音从来没有停止，我想，我就是一只单纯的耳朵，我为那种声音而存在。我还是一朵花，纯粹为喜悦而存在。我还是深邃的夜空中的一颗星，为引燃夜色而存在。

我如此谨慎地生活在大地之中，因为我知道"我是仅有的"，像一株草也是仅有的一样，而且是一次性的。当我预知到这个世界时我是欣喜的，当我感受着这个世界的时候我又是幸运的；有时，当我感觉到我还活着时，我又是如此惶恐不安，因为，我同时感觉到死亡。

太偶然了，我是说，我的存在太偶然了——我是通过什么与这个世界联系在一起的，又通过什么而存在？我在我自己的时间中，在独属于我的空间中，我就是这一个。关于我的过去与未来无法预知，甚至我无法预知某一时刻的我。

我的心里总是不踏实，仿佛处于某种危险的边缘，因为我随时都会被拿去。而且我预感到我必须要发生一些变化。这种变化的可能性无处不在，在我之外也存在着这种变化的可能，比如说，骤然燃起的大火，一声尖叫，一种震动，一种什么东西在远处裂开的声音——什么东西在暗处窃窃私语，什么东西突然长大，大得不得了，它压迫着我，就像一株无限生长的云杉。

岂止在我之外，在我身体中同样蕴含着这种变化的可能性，某种东西在我身体中长大并撑破我。有时我注视着镜子中的我，觉得非常陌生——这是我吗？我这样想：我为什么会是这个样子？我从来都没有想到，我会是这个样子。我说不清，这个作为我的身体所发生的一切——它的孕育、诞生和成长，都是一个谜。

我只能借助于某一时刻、某一具体的事物才能感觉到我是我自己。大多数时候，我处于不自然的状态，在还没有意识到我是一个人的时候，我是自由的。

我不动，但我可以到达无限远的地方，我可以扩展到无边，也可以缩小到无限。然而，我又不能这样永远地扩展、永远地缩小，因为，有一种看不见的东西总是限制着我——

我可以到达无限，事实上，我并不能到达无限。

另一个我

有比活着更重要的吗？没有。什么是最基本的？当然是使人活着的一切——水、空气、火、土地。人的困惑并不在失去了这一切之后，而恰恰是在这一切都不成为问题的时候。我们赖什么以生存？还是那些最基本的东西。我们赖什么以活着？却是超越生存之上的信念。

活着，我选择了恰当的生存方式——写作。我为写作而活着，这是我唯一的方式，有比这更好的方式吗？有，但对于我没有任何价值。离了写作，我会陷入空虚。但在写作中，依然存在着更大的空虚。我总是避免陷入空虚而绝望。

我追求有效的写作，只有通过恰当的写作才能打开自己，打开世界的全部。某种意义上我就是世界的全部。

通过写作，我可以接近我想象的东西，还有一种情况，就是我会放弃写作，那必定是我找到了更好的活下去的理由。

写作可以使我更简单、更快地接近"万有之源"。其实，这仅仅是一种努力，我可以无限制地去接近，但永远不能接近。

很多东西都不是我们通常所见的那样，在它们之中还有另外一种东西。

我也不是你们时常见到的这一个，我是另一个，这一个仅是你们眼中的那一个，他不同于真实的我。我想象中的那一个，也不是这一个，存在于具体时空中的这一个，又不同于另一个。

有两种情况：我在写作中接近另一个，我在生活中接近这一个。

我的血液中溶解了太多的东西，无数先祖们经历过的都在我的身上留下了印记。

我仅仅是作为他者的延伸，作为广义上的欢乐和痛苦的延伸。河流和山川的延伸，草木的延伸。甚至，我的体内依然残存着野兽的低鸣和号叫。

有时候，我的快乐和忧伤没有缘由，我仅仅是作为另一个我感到快乐和忧伤。我时常处于变化的不具体中。也许，我是一个载体，我承接了消失的一切！不要以为，我就是我，也许写作是为了寻找我的真实性，还有别的事物在我身上留下的真实性。

绝望来了，它与这个世界无关，与我也无关，它独自存在着，它借助于我凸显了它的真实性。萨特说，写作源于秘密，而要揭示这个秘密，必须意味着孤独。如果，我有效地揭示了这个秘密，我就接近了我们所要求的透明性。

到深山去放羊

有一年夏天，我替父亲去放羊，住在远离村庄的大山里。因为越是远离村庄的大山，上面的牧草越丰厚。白天去放羊难得见上几个人，偶然遇上的也是别的羊群（因为附近的羊群都在一个沟里饮水）。有时心荒了我就站在山头上吼几嗓子。在我看来群山上面的蓝天很蓝，白云也很白，太阳要是停在一个地方就会停留很久。

然而，这是一个让人忧伤的世界，孤独的世界造成了孤独的忧伤。

我注意到，凡是羊把式几乎都是沉默寡言的人，迎面碰上了也不怎么打招呼。有时从这个山头看过去，就能看见远处的另一个山头上也站着一个羊把式，于是我就对着对方吼一嗓子，过一会儿那边也会传来一嗓子。

天近黄昏，羊群也会急着回圈，它们几乎不需要引领，会自动走上返程的路径。羊群的生物钟跟人差不多，它们急着回家大概也是急着去办理自己的事情。

我跟着羊群走，耳朵里是一片急促的蹄脚声。从山顶上吹来的风凉凉的，太阳一落山风就凉了。

晚上，我睡在一个小土窑里（是靠山掏进去的那种）。夜静的时候，圈在崖坎下面的羊群，抵角的声音和跺蹄子的声音特别响亮。

羊圈里的羊几乎都不睡觉，即使卧下来也不睡觉，而是不断地磨着从胃里反刍上来的草料。要是你静静地看一只留着胡子的老山羊，你会看出一个略带几分狡猾的老油条的神情来。这在人类社会中也是常见的。因此，我以为在羊群里找不到哲学家，却能找到最聪明最温柔的羊妈妈和羊姑娘。

夜很安静，要是没有羊群发出的声音，我是不敢住在深山里的，尽管身边还睡着一个老羊把式，可他头一挨着枕头就打起了呼噜。

我在黑暗中睁着眼，听山野的动静。风飕飕地从窑顶上吹过去，又跃上别的山坡。我知道，山坡上要是不长青草，风也不会这么响，而是像一条清澈的细流那样漫过山坡。

可是声音不全来自外面，在窑洞里面的更深处也有声响。有时候是隐约的梆子的敲打声，有时是驴或马的蹄脚声。就好像在大山里面行走着一支驼队。仔细听，还会听到铃铛摇动的声音。

然而最最可怕的是听到从大山深处传来的长长的叹息声，像一个怨妇在独自呻吟。

那年我大约十二岁，对世界发出的各种声响格外敏感。有时也不仅仅是声音，还有各种色彩和各种味道。

有一天，我从发过洪水的山沟里捡到了一件栽绒大衣，是和杂草一起缠在一块大石头上面的。我从石头上面使劲地扯下它，抖掉一部分泥土，然后在河水里冲洗干净。即使在晾干的时候提它在手里，也感觉到它比别的同样的衣服更沉重。

当我把它披在身上，我却清楚地意识到了一个人的存在，他正是衣服的主人—— 一个高大的男人——我想。我不知道他现在是活着还是死了，但我意识到他大约是死了，是被洪水冲走的。

身上的衣服就是沉，不仅是因为它宽大。即使我舍不得，还是在老羊把式的责备下烧了它。

一见火苗它就腾的一下子燃烧起来，好像急不可耐似的。

那个看不见的陌生人的影子消失了。

……

一天晚上，几只野鸽落在窑顶上咕咕叫。那年冬天，母羊下的羊羔特别多。

红红的血水染红了青草，可产羔的母羊却几乎都不叫。有的一边分娩还一边嚼草，不像人。

翻过年我十三岁了，可是太阳和月亮还是老样子。

世界说不上新鲜，也说不上古老。它一直都是这样，唯一变化着的就是人。

蜂　群

说来奇怪，有那么一些时候，比如当我一个人安静下来，身边再没有什么杂事搅扰时，于是就有一群蜜蜂嘤嘤嗡嗡地飞，仿佛是一朵云从某一个看不见的地方渗出来，带着微微的响声围绕着我悠悠地飞。

于是，我惊喜又欣喜，以为这就是人生中的大欢乐。因此，我认为所谓的大欢乐都是带着一点神秘性的。

那么，这群蜂为什么在冥冥之中老是眷顾着我呢？难道我就是某种悲悯的化身？是生来承受痛苦的？不完全是。

或许，它们是来引领我的，引领我走向某一个鸟语花香的所在？

然而，当这种幸福的感觉还没有完全消失，我却突然预感到，有一天我也会死去。

可是，即使我真的死去了，即使我的坟边不长青草也不开鲜花，但坟顶上方会一直悬着一群嗡嗡叫着的蜂！

基于此，我心里清楚我活过了。我看见和听到了我本应该看见和听到的，也看见和听到了我不应该看见和听到的。这样看来，我是满足了。可是，我的满足，并不是得到了我不应该得到的，而是因为，在我的身上曾发生过奇迹，它跟大自然有关，跟大自然中那些容易被人忽视的东西有关。

火　光

有时，我很空，像一个空空的皮袋。并非因掏空而显出一个空洞来，而是身体中会突然出现一个空洞，类似于塌陷。

一个人的消失并非无声无息，而是留下一个空洞来。

……

我的背后，燃烧着一团火，火光日趋微弱。

我的前面，飞舞着鸟群，鸟群渐渐稀少。

我的四周是纷乱的人群，有人把泥土踩踏在泥土中。

叫 魂

在我们老家，有一种迷信的说法，以为人的肩膀上是挑着灯盏的。男人的左肩上有七盏灯，女人的右肩上有七盏灯。因此有"人死如灯灭"的说法。假若一个人有很旺盛的精气神儿，那么别人就会看见他肩膀上燃烧的灯火。

大家还认为人是有灵魂的。这灵魂是一种无影无形的东西，常与人体合而为一。我们倾向于这样的认识：人的灵魂类似于一种光，可以照亮人的肉体，使人更具智慧更具灵性；它也是一种影子，有时可以脱离人体，独自飘浮到另一个时空。总之，人的灵魂是一种十分脆弱十分缥缈的东西，倘若人猛然间受到一次惊吓，那么人的灵魂就可以被吓飞，于是这个人就显得萎靡不振、乏疲遢遢。

失魂的事大多发生在小孩子的身上，我小时候就有过这样的经历。四五岁时，每当黄昏，村子里的一大群小孩子都乐于聚在一起玩一种"藏猫猫猴"的游戏。一般是一部分小孩先散开来把自己隐藏起来，然后另一部分小孩便分头去寻找，一直到把那些藏起来的小孩找到为止。隐藏者和寻找者总是轮流担任。这样的游戏可一直玩到夜深，直到大人们出来寻找、干涉才算完事。

一般情况下，我们都在村庄内部玩。比如藏在墙根下面、草垛里面、大树背后、碾窑里、饲养院里甚至地洞里。谁藏得越隐蔽、越巧妙，那么被寻找起来就越困难。

当一些能藏身的去处逐渐被大家熟悉之后，我们便在村庄外寻找藏处了。

有一次我随牛娃藏在村后的桥洞下面。记得那是一个温暖的夏夜，蚊蝇四处飞舞，月亮不是太亮，沟涧两面的山坡隐隐约约。湍急的葫芦河水流过桥洞时响声被放大了。我紧紧地挤着牛娃的身子，后背紧贴在桥壁上。我始终盯着脚下流动的河水……河面上月光的碎影不停地闪烁跳动。

感觉已经藏了很久了，我渴望被发现，但是还是没人找过来。我们大约是被遗忘了。我逐渐地失去了耐心，想跑回去，可是牛娃拉住了我。他比我更有耐心也更胆大。

能感觉到夜晚变得更深奥。葫芦沟里传出大鸟的叫声。透过幽深的桥洞看见不远处的果园黑乎乎一片。

有一刻我看见，河面上跳动的光斑被反射在桥洞的拱顶处，那光影在拱顶上被放大了，并且变化不止，既真实又虚幻。我痴痴地盯着那光影——它在变化中总是显出不同的物象。一瞬间我忽然看见一张被放大了的老人的脸，这张脸正在向我露出一个神秘的微笑……我被吓了一大跳。我肯定是叫了一声，然后拼命地跑出桥洞。

在随后的几天里，我老是迷迷瞪瞪的，不是坐在门台子上丢盹，就是盯着院子里的某一个东西发呆。母亲注意到了我的变化。认定我的魂丢了。于是在一个晚上，母亲背着我随父亲走出村子来到那个桥洞下面，我们沿桥洞里外绕了三圈。父亲一边走一边喊，回来了吗？母亲随声答道，回来了。回来了吗？回来了！……

我紧紧地趴在母亲的背上。我知道他们在做什么。那一刻我朦朦胧胧地意识到，人的生命是多么神秘。

我们停下来，在河边烧了一大堆纸钱。我随父母亲面对火堆跪着，一直等到火焰燃烧完毕，然后祭酒，起身往回返。

晚上临睡时，母亲还用点燃的香表给我"擦"，把可能附身的鬼魂送出去。我迷迷糊糊的，感觉到母亲用中指蘸上香灰在我的前额上轻轻画了一个十字。那晚上我睡得非常踏实。亲人的爱像坚实的墙壁护着我。我之所以活了下来，正是基于这样的爱，并且通过这样的爱，我感到我是重要的，值得珍惜的。第二天起来，我就下地跑开了。

我还记得上小学的那些时候，每天上学几乎都能在公路边的树干上见到被贴上去的纸条，上面写着：

> 天皇皇，
>
> 地皇皇，
>
> 我家有个夜哭郎。
>
> 过路的君子看一遍，
>
> 一觉睡到大天亮。

我知道这又是一种招魂的方式。我似乎听到了某个小儿的啼哭声。这样的啼哭声，在深夜听起来尤其让人揪心。

不过我长大了。

两小无猜

我很小的时候就有"对象"了。我是定过娃娃亲的，尽管那是双方大人开玩笑的话，可是我俩却一直没能忘记这件事。

我的对象叫凡凡，一个圆脸盘的小姑娘，有一双大眼睛。她看你的时候是"死看"，可一直把你看得勾下头来。她是一个大胆的女孩，知道的事情多，起码比我懂事要早。

村子里的人都知道我俩是"对象"关系，因此常拿我俩开玩笑。

小时候觉得这件事挺好玩。直到长大了几岁，开始懂事了，看见凡凡就脸红，有意无意间躲着她。

大约在四五岁那会儿，我俩经常在一起玩。凡凡也是知道我们的关系的，但她不避讳。也许她觉得我们俩存在这样一个关系也是一件挺好玩的事。毕竟我们还小，许多事情都想不到深处去。

她经常往我家跑。

我们俩在炕上抓石子儿，蒙上眼睛玩"猫抓小鸡"。有时候还玩"结婚"。她自作主张找来一条红纱巾蒙上头，让我牵着进洞房……母亲总是笑眯眯地看着我们。

有时，玩着玩着凡凡就会停下来，死死地盯着我看。我搞不懂，她为什么要这样。过了一会儿，凡凡说，山子，你长大了要我吗？怎么不要你？我说。凡凡笑了。她说，山子，长大了我要给你生小孩，给你做香饭饭。我又笑了。我说，什么生小孩，小孩能生吗，凭你？凡凡不理我了。

有一次，我和凡凡打闹起来。冷不防，我把她按倒了，然后骑在她的身上……母亲看见了，便马上拉下脸对我说，下来！不要胡闹！我吓得赶紧翻下身来。我搞不懂，母亲为什么要发火。然而凭着本能，我意识到我是一个男性，而凡凡是一个女性，男女之间是不能这样玩的。正是母亲的这一声断喝唤醒了我作为男性的意识。

长大以后，我四处求学，回村见凡凡的机会就少了。十九岁那年我考上了大学，临走那一晚，凡凡来到了我家，一进家门就进了火窑帮母亲做饭。我没好意思过去打招呼。事实上我们都没忘记我们是定过娃娃亲的，不过我已经不把这件事当回事了。

第二天，我一大早就在村后的公路上等班车，过了一会儿，我发现凡凡走出村子向我这里走来，我有些不好意思。凡凡走到我身边，也没说话，从身上掏出一双刺绣的鞋垫递给我。我赶忙接过来装进口袋。我本想对她说一些话的，却一时不知说什么好。

凡凡见我有些发窘，看了我一眼，转身走了。那一刻，我发现凡凡其实长得很美，我只是为她没能读书而感到遗憾。

待我参加工作以后，凡凡还没结婚。有几次母亲对我说，到凡凡家提亲的人很多，可是凡凡老是不同意，她大概是心里有人了。我能听懂母亲的话，然而对凡凡我还是不怎么上心，这是没办法的事。那时，我总想找一个同样有工作的人，对凡凡这样一个农村姑娘还是不怎么看重。

有一次，凡凡的哥哥找到了我工作的单位，他对我讲了妹妹的心思。他说，是妹妹让我来的，她让我来问你，你还有没有那个意思？尽管你们是娃娃亲，但我知道那是双方老人说着玩的，不应当真，我今天见你的意思，还是想听听你的意见。

我很惭愧，不知道该怎么说。然而最终我还是让凡凡失望了。不多久，凡凡就结婚了。后来我想，在我们那个偏僻的地方，一个姑娘家，直接托人来对钟情的男友表明心思，该需要多大的勇气啊。

凡凡现在都是两个孩子的妈妈了，她过得比我好，她的丈夫是一位很能干的人。我们两家时有走动。

母亲去世的那一天，凡凡专门前来吊孝。她跪在母亲的脚前哭得十分伤心，这让我十分感动。她像母亲的女儿或者说更像一个孝顺的儿媳。我这样猜想：她的所作所为是不是另一种方式的表达呢？

面临死亡

我有过一次死亡的经历，那大约是十岁多一点的时候。一天黄昏，我到村后的葫芦沟里去挑水。我挑着两只空桶走下山坡，从高高的荨麻地边穿过去，不远处，有几个老乡蹲在白菜地里铲菜。拐过一个山角，我来到那块圆圆的蓄水池边，我站了一会儿，看见水池底部的几个泉眼在咕嘟咕嘟地往出喷水，强劲的水流在水池的表面冲起许多的花骨朵。

我站在水池边上，用扁担的铁钩钩住桶环，把铁桶甩在水面上，进水的铁桶斜着身子沉下去，待水一满，便赶忙挑起来。当第二只水桶被甩在水面上时，因没掌握好角度，桶环脱钩了。我赶忙在扁担的一头使劲，想把它钩起来，却没钩住。眼看着铁桶在晃荡的一刻进水了，并且正一点一点向池底沉下去。我被惊出了一身冷汗。仅仅是一瞬间，我毫不犹豫地跳下水池去捞那铁桶，并没顾忌水池的深浅以及暗藏的危险。我扑进水池，弯下身接近水桶的速度要比水桶沉下去的速度快多了。当我在水中抓住水桶，想站起来时，却觉得脚底打滑，怎么也站不牢。更可怕的是，我竟然在向水池的底部沉下去。那一瞬间，我才感觉到了危险。惶急中，我向周围看了一眼，却没有一个人出现。我想大声喊叫，但过分的恐惧使我发不出声来。我意识到我就要死了。我熟悉的世界突然陌生起来，有一团浓重的雾结结实实地罩住了我。在无助的那一刻，我突然想到了亲人，我是那么强烈地想起他们。我觉得我是那么孤单、可怜，而死亡又是那么庄严、宏大。我太脆弱了，实在是无力去迎接死亡。

那一刻，我肯定想得非常非常多，我的思维已完全脱离了肉体，在一瞬间把能想到的全想到了。

然而我并没有停下来，求生的本能使我没忘记搏斗。终于，有人喊了一声，我被惊醒了。我突然发觉自己的一只手里还拿着扁担，于是我把扁担的一头往水底一撑，身子便被撑了起来，我爬上岸来，浑身水淋淋的，手里还提着那只空桶。

那天，当我挑着水回到家时，我的样子把母亲吓了一大跳。

看见母亲，我的眼泪就流了下来。

保管院里的恐惧

过去，我们生产队的保管院是本村李姓地主家的一个大宅院。院子很大，四面盖着十几间房子，椽子和檩条都已乌黑，铺在房顶的草笆子也变得灰暗，上面有雨水洇渍过的痕迹。每间房子的门扇都是很古老的那种，笨重、老朽、油漆斑驳。院子很大就显得很深。紧挨着院门的是一个用黄土筑起的坚实的土堡，本地人叫墩。那是过去防土匪用的，厚厚的墙壁上有凿开的枪眼，顶上还堆着可以抛掷的卵石。不过从我记事的那会儿起，这墩已废弃不用了，上面长着很高的杂草。

将这个宅院做了生产队的保管院以后，有几间房子就当作了仓库，一间大上房用作了会议室。

我很早就知道这院子很古，即使在大白天走进去也瘆得慌。听大人们说，这院子里曾经吊死过一个国民党的连长。二哥说，那吊死鬼的舌头吊在胸部上有一尺多长。他常拿这一点来吓唬我。

有一次正晌午，全生产队的人在这里开会，散会时，有一个叫保六的人在门台子上睡着了，人们走光了，他也没醒来。

到了将晚时家里人还不见他回来，于是到处去找。当找到宅院的大门洞时，发现他还睡在那儿。他们走过去围在他四周，发现他的鼻息已变得微弱。于是几个人蹲下来使劲地推他。接着人们发现保六的鼻孔和耳朵孔里全被湿泥块塞住了。当他被喊醒时，脸色蜡黄，露出一副茫然的神色。

人们搞不清这是怎么一回事，却都以为这是鬼魂所为，于是越发地害怕。但是这个老宅院既然做了生产队的仓库，里面装着工具和粮食，就不能不派人看守。每天晚上，队长都要轮流派社员去看守。这是一件苦差事，但既然队长派了就不能不去。

有一天晚上，轮到我三哥和另一位老人去看守。大概考虑到三哥还是一个孩子，队长派给他的搭档便是一个胆大的老汉。

吃过晚饭。三哥一个人不敢去，便让我去做伴，于是我便很不情愿地跟上他走出家门。

走进黑乎乎的老宅院，听见几只受惊的老鼠在地面上窜动，屋檐上被惊飞的鸟扑棱棱飞向黑暗的夜空。推开一间厢房的门走进去，三哥摸黑擦亮了火柴，点燃了放在一张老木桌上的煤油灯。我看见一块土炕占据了大半个地面，炕上只铺着一张草席。炕边有一个用土坯砌成的泥炉。我们把自带的铺盖卷扔在炕上。三哥说，让我们先把炉子生起来，把炕烧得热热的再说，这个老东西怎么还不来？三哥嘴里嘀咕着，走出门从院子里抱来一大捆麻秆，扔在地上。我们便动手生起炉子来。干透的麻秆一见火就着。火焰在炉膛里呼噜呼噜地吼叫着……我站在火炉边盯着火焰，有一刻，我抬起头来，发现对面的墙壁上贴着许多用红纸剪成的鸽子，不过红纸鸽的颜色已经褪去了。这都是一些特别肥胖的鸽子，一个个展开翅膀飘飘欲飞。

可是不知怎么的，这些飞翔的鸽子并未引起我关于美的联想，相反却给了我某种异样的感觉。现在想来，也许正是当时那种特殊的氛围分散了我对美的体验。

正在我盯着那群鸽子出神时，却听见身后的门突然被推开了，我们回过头，以为是那个老汉走了进来，等了一会儿并没有人走进来。我们有些害怕了。三哥走过去，又把门重新关上，可是待他走回来时，门又被推开了。我们又走过去，用一根木棒将门顶住了。事实上我俩都在发抖。可是事情并没有过去，接着，院子里响起了土块落地的噼啪声。有几块都扔进了我们所在的这间厢房，是从窗孔里扔进来的。听起来一定是个有手劲的人在院子外面的某个地方往里扔。土块落地的声音很响，砸在门扇上的声音更响。甚至我能听到土块滑过夜空的啸叫声。

过了一会儿，扔土块的声音停止了。院子里响起那个老汉的脚步声以及他使劲干咳的声音。听起来那干咳的声音有些夸张，不过那毕竟是人的声音。我们略微平静了些。

他走进来时看见我们兄弟俩站在泥炉边，露出一脸的惶恐，便明白了几分。他宽慰道，不要怕，不要怕，没什么事的，我就不相信一个大活人还怕鬼呢。

我不知道我是怎么入睡的，总之我睡着了。第二天醒来，我走出门去想寻找那些散落的土块，却发现院子里干干净净的，哪有什么土块，回到房子里再寻，发现昨夜扔在地面上的那些土块也不见了。

咦——？真是见鬼了！

弃　婴

大约是三十多年前，有一次妻子住院，我在病房里陪着她。出去打开水时，碰见几个病人家属往住院部毗邻的一处小后院里跑，拦住一打问才知道，原来那里有一个被抛弃的婴儿。

出于好奇我也随着他们走进了那个小院。小院里长满杂草和野花，看样子这里是很久没人收拾了。小院子靠近东面的墙壁那儿有几眼箍窑，后来才知道这里早先是停放死人用的，那时医院刚建成不久，还没有太平间。

我看见有几个人站在一眼箍窑的门口，探着头向里面张望。我走过去一看，箍窑的地面上，有一个婴儿正坐在一堆干草上，手里拿着一牙西瓜在啃。看样子，他是一个男孩，一岁多一点的样子。尽管脸上有自个儿的手指抓挠上去的污垢，但模样并不丑。要是有一个好妈妈耐心地收拾一番，甚至可以说是一个漂亮的男孩。再瞧，发现这男孩下嘴唇有一个豁豁，就是医学上说的兔唇。看来正是因为这一缺陷父母亲抛弃了他。

站在窑门口的人纷纷慨叹了一番之后，都陆续走开了。没人愿意接近这个男孩。剩下我一个人时，我也没做什么，我一直静静地注视着这个男孩。他没瞧我，事实上我也不愿接触他的目光。可是，确实有那么一刻，我想接近他，抱抱他或做些别的什么，但是我没有动。那一时刻的感觉很别扭，觉得一个被抛弃的男孩像一只被抛弃的小狗，甚至某种程度上还不如一只小狗。一只小狗被抛弃并没有什么，人们已经习惯了，也能接受。尤其是当我看见他脏兮兮地啃着那牙沾上尘土的西瓜时，他的样子真没有一只小狗高贵。当一个人沦落到某种落魄的境地时，真不如一只狗。我有些厌恶，但不是单纯的厌恶，而是混杂了怜悯和同情的那种厌恶。

怎么会是这样的呢？

我想，假若这个男孩没有被抛弃，而是干干净净地被放在床上，我会毫不犹豫地抱走他。正是因为他被抛弃过了，又被置入某种低贱的境地，就失去了被人看重的理由。

可是无论如何他是一个人，我们毕竟不能像对待一只小狗那样对待他。然而心里却有一种怪怪的东西阻止我去接近他，这是两个人之间产生的那种很微妙的东西。不过，对方身上有一种东西已经改变了，那是属于人性的东西，它被践踏了。

回去后，我把这事告诉了妻子。我征求妻子的意见，我们是否收留他？妻子摇了摇头。

很长时间过去了，我一直没能忘记那个小男孩。我想要是不出意外，他该有十几岁了，他的兔唇是完全可以修补的，他会成为一个漂亮的少年。

求学时光

麻春小学

我最早读书的那个小学位于麻春堡，所以叫麻春小学。学校建在一座山丘的脚下，仅东面相连着几户农家，因此可算作是一个相对独立的所在。它背靠的这座山叫庙山，山顶上有一间土地庙。

印象中，这个校院是当时我所能见到的最为宏伟的建筑。大门楼类似于某个寺院的门庭，高大华丽。两边宽大的门框上雕着花。门是双扇门，十分的厚重。上面钉着两排虎头铆钉。门槛很高，每次进出时，我都要高高地抬起脚来。校院十分宽敞，砖木结构的几排校舍随意地分布在校院四周。校院中间有一棵高大的榆树，下面有一个石灰抹就的乒乓球台案。

记得每次上课时，值周的老师就拿出一个铜铃，呛啷呛啷地摇动一会儿，摇完了就把铜铃倒扣在窗台上，然后夹着书本来上课。据说这个铜铃是和尚念经时用过的。它有一个磨得光滑的椭圆形木柄，有几次我偷偷地打量这个铜铃，总是难以克制想摇一下的欲望。

麻春堡是附近十个生产队的大队部。它本身也是一个很大的村落，里面居住着三个生产队的人口，并且还有一部分回族人口。我的一个很要好的回族同学就住在这里。他的小名叫尔不都。有一次，我在他家玩耍，在门背后的屋顶上发现了一个高高的吊罐，觉得奇怪，后来才知道那是做礼拜洗浴时用的。晚上睡在他家，发现热炕上栽着一个水缸，又觉得奇怪，忍不住用手摸一摸缸壁，原来是热的。后来才知道那是为了热水时方便。

我的这个回族同学一直与我相处得很好，直到他搬到另外的村庄。

我特别喜欢上学，这喜欢是与生俱来的，没有一点勉强的成分。这并不是说我一开始就充满了求知欲，也许它仅仅是一种爱好，说不上有什么明确的目的，比如说，以后一定要使自己成为什么，等等。如果真要分析一下这里面潜在的动机，我想一方面是不想走父辈们走过的道路，另一方面大约就是一种对陌生世界探求的朦胧意愿吧。可在当时，这样的愿望完全是出于一种喜好。之所以强调这一点是因为，在我们那样的山区，大多数孩子是野惯了的，对上学有一种本能的逃避意识。

那时的教师大多很严肃，常板着一张脸，对孩子们的管教也极为严格。比如说，一个生字不会写，要在手上打板子，课文背不下来，加减法不会算，也是要挨板子或罚站的，甚至还有比这些更严厉的处罚，不像现在的老师对孩子是太娇惯了。自私、懒惰、任性是现在很多孩子的缺点。我以为对孩子严一点未必就抹杀了他们的创造性。现在想来，我对过去那些从教认真、严厉的老师倒是心存敬意。

我记得很多与我一起上学的孩子半途都辍学了。我同村的那个小伙伴——小栓，几乎每天早上上学都要哭鼻子，不愿到学校去。我去喊他时，常碰上他爹用鞭子抽他。

我上学从不让父母操心，即使遇上刮大风或下雪的天气，也照去不误。我是十岁左右上的学，算是念书较晚的一个。我特别羡慕与我年龄相仿的那些孩子们，当我还在家看护二妹时，他们都已上学了。记得在中午或下午临放学的那些时辰，我都要背着二妹站在村前的那面山坡上，一直注视着那些放学的孩子排着队，穿过河滩，走上村前的这面山坡。

他们一定是发现了我脸上露出的那种羡慕的神情，于是有一两个便走近我，给我描述学校的情景以增强我的好奇心。末了，还要对我说，他们今天又学了些什么什么等等，于是便趴在地上给我书写起来。我看得十分仔细，心里既佩服他们又嫉妒他们，同时也觉得他们比我幸运多了。

我上学的权利是自己争取来的，采取的办法就是长时间地哭闹。父亲烦了便对我说，念什么书？你不知道咱村的某某某，还有别村的某某某，都是念过书的，还不照样回家务了农，书念多了，心就收不回来了。我不理解，为什么书念多了心就收不回来？反正我以为念书绝不比干农活差。

母亲同意我去上学。她对父亲说，咱们家几辈子没人上过学，还是让娃娃去念书吧，念一念，睁开个眼睛也好。

我还清楚地记得第一天报名的情景，我特意穿上了干净的衣服，那是前一天晚上洗过晾干的。我一路上跟着同村几个大一点的孩子，怯怯地走进学校的大门。我看见那么多与自己一般大小的孩子在校院里追逐嬉闹，全不像我这么怕生。

当我报了名领了书，一路上回家时，不免一阵阵地激动，心里一个劲地说，我上学啦！我上学啦！反反复复就是这么一句话。要是身边没人，我一定会喊出声来的。回到家时，我从挎包里掏出书本来，向母亲炫耀。母亲笑了。母亲总是宽容的，她支持我。我突然变得勤快起来，又是挑水又是扫院，然后坐下来，帮母亲烧锅。

我的兴致很高，每天去上学，似乎都能感受到新鲜的东西。比如对麻春堡的感觉就不一样，毕竟它是大队部。首先它有一条宽大的村道，上面铺着石板。两边的住户门口都栽着高大的树木。尤其是我在前面提到的那棵老榆树，给我留下了很深的印象。我吃惊于如此苍老的树却还有如此顽强的生命力。它枝干黝黑，几近枯死，却在每年春天都照样抽出嫩枝。有时，我走近它，摸一摸那皴裂粗糙的树皮，不由得浑身一惊。

学校一边的大队院里有一处高高的戏楼。戏台上的红柱子表面的油漆几近脱落。棚顶上有许多鸟儿在上面筑巢，它们叽叽喳喳飞来飞去，在空旷的台面上撒下许许多多的粪便。常常，利用课外活动，我们就到那儿去玩。某一次，我们发现高高的棚顶上吊着半截麻蛇的身子，我们便纷纷投石块攻击。麻蛇经不住攻击终于掉落下来，先盘成一圈，然后又慢慢地移动开去。

我第一天上学就闯了一个祸。课外活动时，我急着要小便，在别的同学的指点下，便找到了一长排厕所。可是我拿不准要进哪一个。虽然上面都写着字，可是我不认识。我虽然看见有几处有学生进出，但我怕羞没跟进去。最后看见一个厕所，较为干净，似乎里面也没什么人，便一头撞进去。进去后我便愣住了。我发现地面上正蹲着一个人，而且是一个女的，一位女老师，屁股撅得高高的。我吓坏了，也不知道跑，就那么愣愣地站着。其实这个女老师很温和，并没对我发火，但也不好意思说什么。显然她想掩饰一下，但来不及了。后来我不知道我是怎么跑出去的。事后回忆起当时的情景，除了怕，再就是好奇。我至今还记得那个年轻的女老师有一个十分丰满的臀部，并且十分的白嫩。后来这个老师还当了我的班主任，不过那时我已上三年级了。她对我很偏爱，看样子她一定认不出我就是当年那个闯祸精。

女老师姓刘，留着两条很长的毛辫子，走路时毛辫子一甩一甩的。尤其是她那摆动的臀部，给我留下了很深的印象。那时，我虽懵懂，却也知道注意美丽的异性。记得刘老师给我们上课时，喜欢走下讲台，站在前排，用自己的大腿根抵住桌沿。这动作很使我想入非非。

五年级时，刘老师结婚了。有一次，她丈夫来看她，不知怎么的，床板折了。于是刘老师就让我们几个大一点的同学去帮她丈夫修。后来有几个同学还在私下议论呢。

算下来我在麻春小学上学先后有两次。一年级上了一年然后就到邻村的张庄小学去上了。三年级时，又回到麻春小学，一直到小学毕业。

最初的一年里，我对所学的东西几乎没留下一点印象，记住的都是些与学习无关的东西。我一直记得我们村子下面的那个果园。

每一次到学校去，我们都要经过这个果园，所以它就给了我十分美好的记忆。春天时，果园里的树木全开了花。桃树的艳丽的红花像一树火星。花红树的粉红色的花，一嘟噜一嘟噜的。冬梨的花稍晚一些开，开放时，却是一下子集体开放，十分的性急，满树粉白的花，在风里轻微地抖颤，像一树白蝴蝶扇动翅膀。

我在很多篇文章里都提到了这个果园，我一直试图传达出它的艳丽与丰硕、它的喧闹与寂静、它的繁荣与苍凉，然而往往我是力不从心的。

到了盛夏，果园一边的苜蓿地一片葱绿，硬硬的茎秆蹿起来有半人高，拇指大的紫花全开了，散发出浓郁的苦香。我们从那儿经过时，常常碰上慌忙窜动的野兔和獾，皮毛光鲜闪亮。

到了深秋，果园一片萧瑟，树上的叶子全落了。每天早上经过那儿，就见早起扫落叶的人。有时中午我们几个小伙伴到果园里去寻觅脱落的秋果，常有收获。有些果子一直挂到深秋还不愿从树上脱落。不过它们大都挂在高高的树顶上，有时我们须爬到高处的摇晃不止的树杈上才能摘到。这些迟暮的果子面皮金黄，脆嫩香甜，别有一番滋味。个别果子一直挂到冬天，最终皱缩成拇指大的黑球。

冬天，我们起得很早，当我们相邀着走出村口的时候，天上还挂着寒星，地面上结了霜，走在上面咔吧吧地响。经过黑黝黝的果园，来到河滩上。迎面吹来的风潮湿而冰冷。河滩上全结了冰，白茫茫一片。这时方才注意到月亮挂在河流转弯处的那座东山的顶上。

在冰面行走时我们特别小心，生怕不慎掉进冰窟窿里。尽管借着月光有时我们不免也会踏进冰水中，所幸这样的冰水不深，仅湿透鞋帮而已，跺几下脚继续往前走。到了河边我们常常就变得一筹莫展了。许是前一天晚上水太大，将过河的列石全淹没了。于是我们就沿着河道上下奔跑，想再找一处能过河的去处。有的孩子胆大，直接从薄薄的冰面上爬过去。有的便又回到原处，踩着结有冰碴的石头过河，常常在半途滑下列石，然后奔跳起来。很多时候，我们的鞋与裤管被冰水渗透，走上不多几步就被冻硬了，走起来哐啷哐啷地响。及至到了学校时，便赶忙生起炉火烘烤。即使如此，临上课时，我们仍感觉双脚被冻得发麻生疼，于是便一齐拼命地跺起脚来。

这样的境况对一个孩子来说虽然苦了些，但我们乐在其中，并不以为苦。及至今天我当年的那些小学同学大多走出了农村，有了工作，且有了自己的事业，回首当年经受的那些，皆有一番感慨。

还有一段小插曲值得一叙。

记得我报名的那一天，发现了一个小姑娘，十分的特别。说她特别是因为她看起来一点都不像一个农村小姑娘，一是她的穿着打扮不一样，二是她的个性不一样。我记得特别清楚的是，她戴着一顶绿色的编织帽，护耳下面有两条飘带。她蹦蹦跳跳的，又活泼又机灵，一双大眼睛扑闪扑闪的。我一开始就注意上了她。她大约也发现了我，于是在我报名时，她就故意挤在我旁边。像我们这些小孩子大都捏着一块钱左右的几张毛票，唯独她手里拿着一张五元的票子，于是我们就感觉到她的不同。后来我得知，她家在兰州。当年中苏关系紧张，听说，苏联人把兰州作为攻打的目标，于是这小姑娘便随奶奶迁至麻春堡。大约她是在兰州上的学，于是在这样一个山村小学，混在这么一大群土孩子中，就显出她的特别来。我发现有许多大孩子，包括老师，都处处袒护着她。

接下来的日子，这小女孩很使我难堪。她几乎每天课外活动时都要来找我。我一见她就跑，她就在后面追，并且不时地用手中的书包捧打我。更有甚者，每天上课时，我们班还未下课，她就来到我们教室的窗前，趴在那儿，一动不动地盯着我，下课时我也不敢走出教室。后来，同学们发现了，一见小女孩来到窗前，就一齐发喊。他们有意取笑我，看我的笑话。

一年之后，我离开了麻春小学，就忘了她。有一个星期天，我随母亲到供销社去买东西，却突然发现这小姑娘原来住在这个大院里。我看见她正待在屋子里帮她奶奶干活，我便躲在母亲身后。

这是最后一次见她，后来，她一定是又回到了兰州。几十年过去了，我再也没有看见过她。可是很奇怪，尽管过去了几十年，每当我想起儿时的情景，都不由自主地想起她。1999年，我在《兰州晨报》工作了一年。有时，真有想寻找到她的愿望。我想她如果不出意外的话，大约还生活在兰州。不过，假若我们真有相见的机会，我对她要讲些什么呢？或许她早已将儿时的事情忘得一干二净了。

张庄小学

张庄小学是一个十分简陋的小学，仅有一排校舍。一间大教室相连着一间小宿舍，小宿舍是老师办公用的地方。校舍位于一座小山的顶上，四周没有围墙，教室前面有一块不大的空地，算是我们活动的场所。学校不可能有专门的厕所，于是老师给我们指定，校舍背面的那个深坑是女生用的，前面沟坎下的那处深坑是男生们用的。老师到底在什么地方方便我们就不得而知了。幸亏我们只有一个老师，且是个男的，也就方便多了。

最有意思的是我们的教室，里面有两排桌凳。这些桌凳高低大小不同，式样古朴厚重。桌面很宽，能趴下三四个学生，凳子也是长条的，能坐下两三个学生。这些桌凳大约都是临时拼凑起来的，很可能都是过去没收的地主富农家的东西。所幸这样的桌凳虽然陈旧但结实耐用，经受住了我们不停的摔磕。

来这里上学的都是就近四个生产队的一、二年级的小学生。一律坐在一个教室里，由一个老师教授，教完了一年级，教二年级，教完了二年级再教一年级，轮流上，也挺有意思。

最早给我们上课的老师叫张涛，是个年轻人，属临时聘用的民办老师。大约是有些怀才不遇吧，他情绪很大，我们稍有疏忽就要挨板子，于是我们都怕他。他有一把胡琴，课余时间我们常发现他关了房门独自拉琴。有时遇上自习课，我们正在做作业，忽然间就听到了他的琴声，于是我们就放下铅笔沉浸在他悠扬哀伤的琴声中。我们虽不大听得懂琴声，但我们都能体会到他的心思，觉得他窝在这样的小地方的确是有些可惜了。

后来他就到固原师范去上学了。临走时，他把我们几个学生叫到他的房间里，讲了许多勉励我们的话。那一刻我觉得张老师其实是一个很好的老师，对于他的离去我们都很惋惜。

第二个给我们来上课的老师姓董，是个大个子，红脸膛，特别容易害羞，一走上讲台就涨红了脸，接下去就不知道该说些什么了，于是人也就变得手足无措起来。我们坐在下面为他着急，反而忘了他讲了些什么。也许，他觉得不能胜任这样的工作，干了不多几天就离开了，继续回家务农。他现在还在，已是一个典型的农民了。有时碰到他，我还叫他董老师，不过他还是那么容易脸红。

第三个老师叫张殿雄，是南台子村的。他大约是从某个小学调上来的，课教得好，人也严肃。不过他后来遇到了一件事，就慢慢地放松了我们。不知什么原因，他的妹妹疯了，四处乱跑，于是他常扔下我们一帮孩子，四处去寻找他的妹妹。他一走就把几十个学生交给我。我那时是班长，在同学们中有很高的威信。我每天组织学生背书、写字，安排课外活动，其能力不比张老师差。

现在张庄小学还在，不过已迁了校址，校舍比那时要漂亮多了。有一次我到学校去转悠，发现当钟用的那半块车圈，还是我当年从生产队里偷来的。

张老师不在的那些日子，是我们最自由的日子。念书倒在其次，我们大部分时间都在玩。把男女生集中在教室门前的空地上，做操、唱歌、做游戏，接下来就翻跟头。女生侧着身子翻，男生要折腰翻车轱辘。

我们学校面临一座山坡，山坡上有许多处塌陷的窑洞的废墟。有些胆大的孩子常从那里刨出灰烬以及被烟火熏黑的灶台，有时还发现被掩埋的人体的骸骨。

后来据大人讲，这里是民国九年海原大地震时留下的废墟。

有时，在夜深人静的那些时刻，从这面山坡上就传出锣鼓的敲打声。据说，地震的那一刻，这里正在唱大戏。虽说这样的声音我从没听到过，可是能感觉到这里瘆得慌。记得有一次，比我低一年级的董锁躲在山坡的某一处背书，到了下午放学时还不见来，于是老师让我们分头去找。当我们发现他时，看见他正躺在一处低洼里，呼吸微弱，脸色蜡黄。人迷迷糊糊的，似乎变得神志不清。第二天，董锁的小脚母亲带着他又来到那个地方，趴下烧了许多的纸钱。

我还记得这个董锁，他的年龄大约与我一般大小。人虽看起来老实，却做过一件荒唐事。有一天，有一个小家伙悄悄告诉我说，董锁每天放学时，在回家的路上都与花花（权以此名代替）藏在一处胡搞。我吓了一跳，但同时变得十分兴奋。我知道他说的胡搞是什么意思。于是在当天下午，暗暗地安排了小栓等几个大一点的同学，在后面悄悄跟着董锁他们。不多时间，小栓他们就拧着董锁和花花的胳膊走了回来。一伙人到了跟前，显得很是兴奋。小栓对我说，狗日的董锁和骚皮花花，正躲在深坑里咥活（弄事）呢，还当没人看见呢，没想到被我们逮了个正着……哈哈！他显得十分自豪。我一看，董锁和花花都勾着头，不吭声，眼睛盯着脚尖。于是我们就让他俩站在教室的讲台上，轮番审问，并不断地进行拷打。

我记不清这样的拷打进行了多久，总之两个人都不吭声。最后董锁哭了起来，而花花一直咬着嘴唇，脸上始终带着一丝淡淡的蔑视。

这个小丫头不愧是地主的女儿，有一股子狠劲。

现在想来，我们不知怎么就学会了大人们经常使用的手段，对两个与我们一样还不太懂事的孩子进行了惩罚和羞辱。并且，在往后的日子里这样的惩罚和羞辱一直进行了很久。后来董锁告诉了他妈，那个小脚老婆子来了一次学校，几乎是被我们轰走了。

记得好像是冬天，我们把水灌在了董锁的鞋窝子里，用烧红的火钳去烙花花的头皮。花花不愧是大地主的女儿，尽管被烙得头上冒烟，依然一声不吭，我们拿她真是没办法。

后来，她在我之后考上了学，如今都是某一个小学的老师了。她大约一直没忘记此事。虽说这事都过去了几十年，每一次见她，我都感到羞愧难当。

看来，一个人恶的一面是多么可怕啊。我一直不解，我在很小的时候，何以干过那么多顽劣的事情？

向阳中学

我在向阳中学念完了初中，感觉中两年时光并非想象的那么短暂。向阳中学是个戴帽中学，它是在麻春小学的基础上扩建的。不过学校已不用旧校址而迁入麻春堡对面的羊粪湾。新学校建在一处山丘上，站在大门口，对面的麻春河滩、麻春堡以及左右两面的村庄尽收眼底。

向阳中学仅从"向阳"两字就可看出，这个学校在办学之初尚带着那个时代的政治色彩。

记得在上初中的两年里正逢上"批林批孔"及"反击右倾翻案风"。这样的政治风波也波及我们这种学校。有一段时间，校长还鼓励学生们写大字报。于是乎校院的墙壁上就贴满了大大小小的大字报，矛头都是针对老师们的。意思不外乎就是某某老师惩罚学生啦，某某老师只讲分数不讲政治啦，等等。在这样的气氛影响下一些老师便不敢正常上课了，于是我们天天下午都趴在桌子上写大字报。

那时候，我们还学习张铁生，觉得张铁生虽交了白卷，但凭一封信照样能上大学，便很是羡慕。后来老师们又组织我们看电影《春苗》，知道了工农兵照样能上大学，于是便觉得学习也不是一件重要的事。

后来这样的情景略微收敛了些，我们便又开始正常上课了。可是每逢大型的政治活动，我们全校的师生都要敲锣打鼓到大队部去，与全大队的社员一起参加活动。有几次，我作为学生代表上台发言，声腔洪亮，语气铿锵，甚至在一些场合，我还带动学生呼喊口号，因此上，我也算是一个积极分子。不过这仅仅是一种朦胧的政治热情，对自己所做的一切都没有清醒的认识。

记得我的恩师白明亮老师每周都要出一次墙报。每一次书写，都要让我去帮忙。我吃惊于白老师能写出那么多的字体来，而且还会画漫画。比如一支大蘸笔下，是几个形态丑陋的小人，做一脸惊恐状。这些人大约就是白老师批判的孔子、孟子等人了，当然也有一些其时正受到批判的人。

我想，白老师这样做，也是权宜之计。其实他对我们班的学习抓得很紧，也制止我们去写大字报。白老师常给我们讲一些知识的重要性，强调学生到学校来就是要以学习为主。在他的教导下我们慢慢走入正途。现在想来，白老师当时讲的话与其时的政治气氛多少有些出入，但我们没一个人对他有意见，一是因为他为人正派、学识渊博，受到我们发自内心的敬重，二是因为他对我们的管教极为严厉，我们都有些怵他。

白老师当时教我们语文和物理，而刘老师——就是他的妻子——教我们数学和化学。两位恩师教学认真刻苦，使我们受益匪浅。

记得给我们带政治课的王校长是一个很有意思的人。由于他会一些针灸，于是给我们班新开设了一节针灸课。课上让我们都学针灸之术。他偏爱的却是我们班一个长得最漂亮的女生，常常是手把手地教，而且让她做示范，给我们的身上扎干针。我们常看见这个女生往他房间里跑。

毛主席逝世后的那些日子里，他安排我们初二的一些男生晚上到学校里来值勤，所谓值勤就是让我们分成两拨，一拨人守护校院，另一拨人守护学校下面公路上的那座桥梁。说是阶级敌人很有可能趁此机会向我们社会主义进攻，搞反革命破坏，让我们一定要提高阶级警惕。于是我们几个半大小子手里提着自制的标枪，整夜地趴在山坡上，静静地注视着桥面。那时我们都做好了准备，一旦有行踪鬼祟的人出现，一定会毫不犹豫地冲上去的。遗憾的是，这样的事从来没有发生。

与此同时，王校长每天晚上都安排一些年龄较大的女孩子到他的房间里扎纸花，说是为主席的追悼会做准备。晚上这些女孩子都不回家，就睡在王校长的房间里，我们觉得奇怪，不知道王校长睡在哪儿。

后来的某一天，有人发现王校长跟做饭的女厨师戳戳捣捣的。并且，我们还看见王校长经常到麻春堡的女厨师家去。这样的事情我们都心照不宣，也没人敢向外声张，毕竟他是校长。

这位女厨师，人长得有几分姿色，收拾得麻麻利利的，在我们那样的山村是很少能见到的。

关桥中学

以前，我并不知道发源于我们故乡的这条河——麻春河，一路泱泱涣涣，途经好多个村庄，然后流入石峡口水库。石峡口水库是动用数万民工修建的一座大型水库，到底有多大我就不得而知了。父亲曾修建过这个水库，他好多次讲述过这个水库的壮阔，而我总是形不成一个确切的概念。我只知道麻春河在一路流动的过程中，沿途汇集了许多的支流，水势变得浩大。能承纳如此壮阔的水流的水库必定类似于某个浩渺的湖泊。

每一次到关桥中学去上学，我总是沿着这条河流在走。一路上要经过好多个村庄：董堡、清芳湾、桃堡、卷槽、罗山、杨湾、冯湾、周堡、大沟门，然后是关桥堡。算下来这样的路程有六十多里，一路要左右几次越过同一条弯曲的河流。

每一次去上学我都是步行，背着干粮袋和咸菜罐子，手里提着煤油瓶子（点灯用）。在穿越村庄的时候我总是勾着头，怕看见人。从每一家大门口经过时，我总是放轻了脚步，怕惊动了院子里的狗。及至走到空旷的河滩上时，我的身心便就宽松下来。我一直搞不清当时的我为何那样自卑，心中充满了说不清的忧郁。

所幸一个人沿着故乡的河流在走，心里就不寂寞。我有一个想法，那就是一直沿着这条河走下去，直到它的终点。我想看看石峡口，想看看故乡的河如何变成一片浩渺的水域，遗憾的是，这样的想法从来没有实现过。

从梦想回到现实，可看作是我逐渐成熟的一个标志。

从上高中开始，我觉得自己长大了。这种长大的感觉，并非来源于对陌生环境及外部世界的认识，而是对自身命运的认识。我觉得作为一个人活着并不是重要的，关键是如何活着。我之所以时时感到自卑和忧郁，正是因为我感到了一种过于强大的东西，它是我必须要承负或要努力去越过的东西。

两年的高中生活，我备尝艰辛，付出了巨大的努力，所幸这样的努力得到了回报：我考上了大学。对于一个农村青年来说，考上了学，预示着你摆脱了艰苦的农村生活，进入一个新天地。这是像我这样的千千万万个农民子弟努力要实现的梦想。

考上学的感觉，真有些像范进中举。我一直记得，当我被通知录取时，激动得浑身颤抖。

两年高中生活给我留下了难以泯灭的印象。在我成功地上了大学以及走上工作岗位之后的那些日子里，常常就不期然地梦见上高中时的情景。几乎每一个梦中都会遇到相同的情景：要么是天快黑了，还赶不到学校，要么是某一部分知识还没有掌握彻底，考试时总是考不及格……梦中的我总是一副诚惶诚恐的模样。总之几乎在所有的梦境中，我都面临困境，走不出某个怪圈。及至惊醒时，我也一时半会儿不能从那样的情景中恢复过来。我说不清这里面的原因，也许是一种潜意识的对失败的恐惧心理吧。

关桥中学位于关桥堡。关桥堡是一个回民聚居的镇子，是当时我们公社所在地。镇子上有一条马路，它是海原县城通往同心、中宁以及银川的公路。由于地理上的优势，关桥堡是一个较为繁华的小镇，街面上有商店、邮政所、税务所和银行。其次就是我们所在的中学了，它与公社大院毗邻，中间就是我们上操的那个大操场。记得每天早上上操时，操场边总是有围观的群众。十几个班级在那儿列队出操，其整齐的程度类似于军人。记得当时组织我们出操的老师姓张，戴一副眼镜，脖子上挂着哨子，很是严肃。早操铃一响，各班的学生便向操场边奔跑。张老师三声哨响过，各班的队伍就要集合完毕。哨声响后才赶来的学生，就不得入列，只得靠边稍息，一直到早操完毕后，再出操，不过那都是围着操场绕圈子跑了，属惩罚。全校的学生都有点怕张老师。我有一次出操，跑得过猛，结果在整队时晕倒在操场上，被几个同学搀了回来。

我是1978年秋天上的高中，其时已实行高考制度了，学习成绩的好坏对一个学生一生的命运影响巨大，学校相应地也把教学放在最重要的位置。我们的学习生活十分紧张，每天的课程都安排得满满的，但是物质生活却十分艰苦。每天两顿饭，顿顿都是黄米糁饭就咸菜，有时连咸菜也没有，就在饭上面撒些盐末与干辣面子就饭。有许多同学由于承受不了如此艰苦的生活只好半途辍学，留下了终生的遗憾。

记得有将近一年的时间，我们都睡在草铺上。冬天，风带着雪花直接从破窗孔里吹入。到了第二天早上，我们就发现草铺上及被面上都落上了一层雪。到了中午吃饭时，同学们就爬上草铺，拉开被子盖住腿，手里捧着碗，大口大口地吃起来。

晚上点起煤油灯，同学们纷纷脱去衣服，就着灯光捉起虱子来，一时挤虱子的声音噼噼啪啪地响起来。

然而，我在如此艰苦的环境中居然对一位女同学产生了兴趣。那是在高二临毕业的最后一学期，班上转来了一个女生，留短发，穿着白的确良衬衫，一双眼睛又黑又大，只可惜一口牙是黄的。尽管如此，她在我们的眼中依然是美丽的。大约是她随父亲住在公社大院的原因，她看上去自然不同于我们这样一群土里土气的学生了，显得自信又洋气。更重要的是她脑子好使，反应快，学习也好，于是便一下子引起了我们一帮男生的注意。

我陷入了某种自卑而又痛苦的境地，我发现我偷偷爱上了这位姓高的女生，一时陷入了某种恍恍惚惚的境地，于是我躲在学校后面的山坡上，给这位女生写了一封长长的信。这大约是我第一次给异性写信，意思不外乎是表达我对她的爱慕之情。虽明知这样的想法不可能得到对方的回应，但还是写了这么一封热情洋溢的信。接下来是怎样送给她的问题了。有几次，我想偷偷地放在她的桌仓里，但临行动时总是心跳加快，失去了勇气。后来，我把这种内心的痛苦对我最要好的同学树引说了。树引接过厚厚的信封，说他愿意冒险一送。树引装着信走了，我就待在学校外的沟沿上，紧张地等待着结果。到了上晚自习时分，树引在暮色下找到了我，对我说信送出去了。我急忙问，她看了吗？他说，看了看，又放回桌仓了。此后很多天里，我一直在等待结果，却什么也没等到。我发现这位女同学见我还是老样子，一点也没有异样的表示。

一件小事彻底粉碎了我的梦想。一天课外活动时，教室里只有几个学生在做作业，我发现姓高的这位女生也在，于是我像另外几位男生一样走上讲台，模仿老师的样子讲课。我一定是充满了表现的欲望，动作自然十分夸张。正在我忘情地表演时，我看见这位女生一瞬间露出一脸的厌恶，嘴里发出"哧"的一声后，便起身走出教室。只有我明白她这一举动的含意。我的自尊心受到了巨大的伤害。从此我便灭掉了自己的非分之想，全身心地投入到学习当中。

不能完全说我在高中时失去了幻想。其实我是一个始终充满幻想的人。我相信我未来的生活一定在某个遥远而又陌生的地方展开。这个想法持续了很久。

我一直记得我每天下午背书时，在学院四周的山野中看见的那种灿烂的黄昏景色，还有每天早上太阳从东山顶上升起时的壮观景象。如果说我从大自然中获得了意想不到的力量，你们一定不会相信，但我要郑重地告诉你们，这是真的。

我眼中的世界

普通一日

有时，早上起来，我会想到，说不上今天会发生些什么，这不是那些类似于风暴的大动荡，也不是那些难以察觉的微妙变化，比如墙壁变得灰暗，钢铁日渐锈蚀，一枝花在众多的花中悄然枯萎……不是这样的变化。这是能感觉到的那种变化，带着一点不期然的陌生和惊喜，犹如一缕风触在面颊上，或是某一个早上推开门时发现窗户外面变白了——下雪了，我却不知道雪在晚上下了起来。

我预感到这样的变化，那随之而来的东西也超不过我的想象——还是那样庸常、繁琐而普通。我每一天度过的日子，每一天经历的一切，都是这样。我明白这一点，但我还是忍不住想，今天肯定与昨天不一样，今天肯定会发生些什么。这样的想法或许来源于对自我命运的担忧。有什么办法呢？消磨着我的正是这些不起眼的东西，我的一生也许都要在这种东西中消耗殆尽。

也许我们能忍受苦难，但不能忍受庸常。

我的迂腐在于我老是将命运寄托于某种难以预料的变化之中。正是基于这样的想法，我度过一天又一天。

"你并不知道这一天会发生些什么。"这就是事实。相对于逝去的那些日子，这一天并非有什么异样，从表面看起来，这一天与以往的任何一天相同。然而有一种朦胧的期待使我变得兴奋。有一种想法我没有说出来，那就是在随之到来的这一天里，我怀着某种莫名的兴奋在等待……等待什么呢？

出于习惯，我到公园里去散步，这是我每天早上都要进行的事。有点像一个农夫，每天早起都要到附近的农田里去转转，查看一下庄稼的长势。也许在这位农夫的心中，庄稼经过了一个不可知的晚上肯定会有一些变化，比如，茎秆突然蹿高了一截子，并且顶部抽出了青穗……很多难以想象的事情都是在晚上发生的，对于我散步的这个公园也是一样。

你想象不出一座幽静的公园会在晚上发生什么，比如湖面静止成一块玻璃，一朵可爱的小花因白天受到人的触摸而枯萎，它在黯然的枯萎中发出一声叹息。一棵树因站得太久而伸了伸懒腰，或是悄悄移动了一下位子，有几片叶子耐不住长久的寂寞过早地凋零了。

每一个晚上，当城市的喧嚣声逐渐平息下来之后，公园显得幽静。在一个喧闹的城市中，必定有一块地方最先沉寂下来，这就是公园。可是公园的沉寂更多的是带着一点隐秘性。

微弱的灯光下，幽暗的树影婆娑起舞，不同的花圃一律变成黝黑的一片，散发出馥郁的香味。甬道边的木椅上有相拥的情侣在窃窃私语，有的躲在树林深处发出可疑的窸窣声。一些不知名的动物的黑影掠过草丛。

有天晚上我从公园穿过，看见一个神情忧戚的姑娘摇晃着身子走路，有一次我还看见一个漂亮的女郎孤零零地坐在一张木椅上哭泣……无论是神情忧戚还是幽幽地低泣，我把这一切都视为"爱的苦恼"，一想到她们正在经历着我曾经历的一切，便觉得这忧伤也是美的。只要是真正的爱，无论它借助于何种方式而再现，它都是美的。

我进入公园，穿行在草丛中，四周高大的树木释放出凉森森的气息。在湖面旁边的那座假山上，初升的阳光镀红了树枝。

在一张花圃边的木椅旁，我看到了一大堆弃散的瓜子壳、食品袋、揉成团的餐巾纸，还有一只被摔碎的啤酒瓶……我站在这儿猜想，昨天晚上，在这张木椅上发生了什么？有一瞬间我还看到，在这张木椅旁的草丛中胡乱扔着许多被揪下的花朵……它们肯定是一对分手的恋人留下的。这难道就是爱的结局？以温馨开始却以暴力结束。看来一切美好的东西都免不了相同的命运。

我从这儿悄悄地走开了。

在甬道一边的某一处篱笆下面，我发现了一只睡觉的大狸猫，我拿起一根树枝轻轻地戳了戳，没有一点动静，这才发现它已经死了。

一只猫的死亡能说明什么呢？可是我猛然间觉得正是这只猫的死亡填充了我早上的空茫。如果我真的期望今天早上发生些什么的话，那么就是这只猫的死亡。

每天午睡之后，我都要傻傻地坐一会儿，以便自己能从那种恍惚而茫然的状态中解脱出来。我预感到这一天即将结束。楼下不时地传来叫卖声，马路上不断穿行的车辆发出持续的轰鸣声。

我以固定不变的姿势傻坐着，我不知道我在等待什么，可是我又好像是在等待什么。

有一瞬间，我听到了几下敲门声，我打开门，发现一个神情畏怯的老太太站在门口，她向我打问起一个陌生的住户来。显然我不是她要找的那一位。

老太太走了，有一瞬间，我竟觉得老太太有些面熟。想了想，似乎在什么地方见过她，但终于想不起到底是在什么地方，难道是在一个梦境中？我说不清。可是我想，老太太为什么要敲我的门呢，这里面难道就没有一些别的原因？

夜深了，我躺在床上难以入眠。我回忆起度过的这一天，留在脑子中的只有两个画面：一只死去的猫，一位站在门口的陌生的老太太。我搞不清这二者之间到底有什么联系，可是她们却是我这一天唯二记住的东西。在这中间我找不出什么有价值的东西，也发现不了什么有新意的东西。

夜深以后，一度喧闹的街面变得沉寂下来。我想象着，在城市之外的郊区，在无限延伸的阡陌与庞大的山体相交之处，有一团小火苗在幽幽地闪烁。

楼下的声音

在我独居而略感寂寞的时候，会听见楼下不停地传来各种声音。那时，我就躺在床上，一边透过窗户看着天壁上缓缓飘浮的白云，一边留意着楼下发出的各种声响——嘈杂的人语声，小贩的叫卖声，艺人的吆喝声，情人窃窃的笑声，愤怒的咒骂声，委屈的哭声，匆促的追赶声，音像店里传来的歌声。

这原来就是生活？

正是这些纷杂、吵闹的市井声却蕴含了生活的全部：欢乐、愤怒、忧伤、悲泣和失意。

可是人一旦置身生活之外，再来关注生活的时候却发现生活的真谛是那样朴素、淡然，几乎无任何意义可言。而我作为一时的观照者，并不能说，我远离了生活或是超出了生活本身。其实作为听者我依然是参与者。生活在本质上是那种千古不变的缓缓行进的洪流，因此，在生活中发生的任何一件事都无法脱离生活本身的轨道。如果说人是过客，也是相对于亘古不变的生活规律来说的。有时，我会变得十分忧伤，为什么忧伤呢？为我的存在？为我的不如意？都不是。也许，忧伤的本源恰在于无聊和空虚。直到今天我才知道我需要的正是这些朴素的东西。如果你不融入到这洪流中，那么忧郁和烦闷会迅速地包围你。

我在某种空茫中欣赏天空之上那缓缓滑动的云朵，还有那一丝使树叶抖动不已的微风。

在一间孤单的斗室中待久了，我会对楼下传来的各种声音感到亲切，然而我正在失去融入生活的勇气。到底是什么使我的心变得如此寂然？是正在衰老的生命吗？我想，也许是，也许不完全是。

让我崇敬的历来都是那些在生活中勇于实践、勇于开拓的人，那些默默无闻只知奉献的人，那些为民请命赴汤蹈火的人。

我们应当感谢，正是那些朴素的劳动者养育了我们，只有他们才是我活下去的依托，只有他们才不至于使我太孤单，只有他们才能使我有机会这样闲居，这样不着边际地遐想，这样温饱，这样无能而不至于窘迫，并且有时间去观看高空的云，去听听它们的声音。

废弃的火葬场

我老是喜欢注视那个火葬场，里面，竖起的烟囱又高又大，没有一只鸟儿敢接近它。这个火葬场时常是安静的，它仿佛是一个预谋，老在那儿等待……

院子里是另一种安静，树木长得十分茂盛。能感觉到流逝的时间在这里减慢了，院子中有一种淤积的类似于尘土的东西，难道它们是那些终止的时间的堆积？而且这里的沉静中有一种压抑人的东西。

我注视着高大的焚尸炉，它的旁边斜倚着一根生锈的钢钎。潜意识中觉得还有尸体运来，缓缓地送进火膛，火膛里的火从来都没有熄灭过。

火葬场的后院里杂树丛生，树叶黑黝黝的，斑驳的树影落在地面上。能感觉到这种安静里有很多事情都在秘密地进行。我看见一只巨大的狼蛛用一根粗长的线把一棵柏树和一堵废墙连在一起。一只闪亮的金龟子在爬行中慢慢腐烂。厚重的阳光落下一层又一层，最后都变成了尘土，尘土还在加厚。隐伏在草丛中的一只叫天子叫破了嗓子。

远方轰鸣着海潮。

有一天，我心口憋闷，又一次来到这里，正好遇上雷霆在火葬场上空炸响，钢铁的碎片，切割着这里的寂静。

人近中年，不喜声色犬马，而独念一处幽静的大峡谷，这样的心态，连我自己也说不清。

然而在想象中或是在梦中，一座巍峨的大山，却因为地壳的偶然变故，突然从中间裂开——形成一处江水奔流的大峡谷，这样的情景却从没有间断过。

或许一处大峡谷的形成比峡谷本身更有意义。

那蕴含在地下的充满了可怕爆破力的沉稳运行，以及发生在某一瞬间的骤然断裂，正是大峡谷诞生的那一刻。

可怕的慢动作——仿佛一个难以想象的巨大动物在地下缓慢地耸动腰身，伴随着山岩的剧烈错动和树枝的扭曲折断，以及被掩埋的动物的号叫声——然后缓慢终止。江水开始缓缓涌入——从新裂开的伤口，然后渐渐形成浩荡的气势，涤荡了弥天的尘埃和坠落的枯枝败叶。

这样的想象不能说没有意义，它仿佛印证了我内心世界的某种东西。由此我说，不是历史产生了想象，而是想象复原了历史。

然而，此刻，我想表达的不完全是一处大峡谷的形成。我想说的是我跟一处大峡谷的猝然接近，而这样的接近像火花突然迸溅——引燃了一场心灵之火。这样的火光在我的人生面临一片荒漠的时候，不亚于人生之光骤然重现！

篝火——当一大堆篝火在黑夜降临的大峡谷轰然燃起的时候，两岸山坡的阴影在火光里连续地闪动。而我始终注意着一个人。她静静地站立在篝火旁，总是想法隐藏在篝火的阴影中。那阴影很暗，比其他任何时候都暗。而她是清晰的——对于我，她即使被夜幕遮盖，我也能看清她——用心灵的眼睛。

因为她是美的而且是恬静的——就像远古的森林中的一棵树所具有的自身的安静。但那样的美和安静中却有一种天然的排斥力。

接近是小心的，像内敛的忧伤的面孔小心地去接近月光——柔和的蓝色的月光。

我清楚那因爱而产生的忧伤是独自的心灵的忧伤，是渴求温暖的无望的忧伤。

这之后，我们经历了茫茫风雪，经历了无数个与思念相连的日日夜夜，以至我们最终等来了一个晚霞灿美的安静的黄昏。那一刻，我并没有忘记仰望天空，并且还注意到了小鸟飞行的轨迹原来都是一个个优美的圆弧。而在这之前的那一刻——

篝火在熊熊燃烧。一大群人围着篝火起舞。高强度的音乐盖过了江水奔流的声音。可是，没有人知道在这种类似于原始的狂欢场景当中，有两颗被点燃起来的心灵，正在黑暗中悄悄接近。这机缘就是篝火燃烧的大峡谷，就是江水奔流的大峡谷，还有两岸盛开的杏花——即使在晚上也散播出浓浓的清香。

连我也没有想到，如此宏阔的自然背景却成了我们相爱的理由。

大峡谷之恋——有着古老的羞涩和古老的忧伤，有着偶然相逢的快乐，有着相隔十四年的茫茫风雨和十四年难以逾越的鸿沟，也暗含着人生突然断开的缺憾！

我们清楚这几乎难以逾越的鸿沟代表着什么。

可是初次相识的那一天的故乡，有着晚春少有的晴朗。整整一天我们在山村游荡，观赏晚开的或是还没来得及凋谢的杏花和梨花。某个时刻，我们在山坡上小坐。下面，在一处临近沟壑的较为平整的台地上，长着一大片杏树，将近开败的白色杏花的花瓣在风里纷纷扬扬地飘飞。这景象与我心中微微滋生的爱意是多么相宜啊——有点酸涩有点甜蜜，还有适度的眼泪和忧伤。我理解的爱就是这样，带着酸涩的甜蜜，在适度的忧伤中滴着眼泪。

然后是大峡谷之夜。这一天的夜晚为我们降生，还有一处优美的大峡谷，用滔滔不绝的山风和江水的奔流声迎接我们。

时隔很久，那奔流却没有停止，就连那熟悉的江风也会时时找上门来，在夜静的时候摇晃我的窗户。当我突然惊醒，听着外面的风声——我知道她也醒着，即使隔着千山万水，她也一定聆听着室外的风。

大峡谷慢慢合拢。

古 窑

过去，我家有一孔堆放杂物的窑洞，七八丈深，全用厚重的土坯箍拢而成，与一排轻薄的土坯房子相比就显得特别的敦厚。它的窗格子开得很高，当用破棉絮一堵，再把那扇破门一关，里面就暗下来了。即便是大白天走进去，你也得闭着眼睛先适应一下里面的光线。较之于普通的窑洞它很幽深，里面有盘成方格的粮仓，以及码在一起的装满粮食的口袋。墙旮旯里还立着草编的粮囤，以及腌渍酸菜用的大缸。在靠近门框的地方还堆放着各种农具，其中有两只皮制的驴拥脖，因年久使用而断了缝口，两边的皮革就翘起来，硬得像铁皮。

墙面上，靠近窗户那儿还挂着风干的猪头，以及捆扎在一起的硬毛还没脱去的猪蹄。有时候，我会盯着那僵硬的猪头瞧上好久，那粗糙的皱纹皱得很是厉害，很容易让人联想到它临死时的那种极为痛苦的表情。有时候，我忍不住伸手去摸一摸那死猪的眼睛，就觉得摸在粗糙的岩石上。

没事我们很少到窑洞里去。要是不得已，非得晚上到窑洞里去取东西，我就会端上煤油灯，用手遮住火苗，战战兢兢地往窑洞里走。

不要以为窑洞里的东西都是静止的，你要是这样认为就错了。事实上窑洞里并不安静。即使是安静的东西，有时候也不安静。比如，当你正忙着在窑洞里翻检东西时，忽然间就会听到咔吧一声响。那是绷在耧辕上的绳子断了，原本别着的木楔子会飕飕飕地飞到窑顶，然后嘣一声弹回来。有时，你若静心听还会听到微小的咔吧声，那是粮仓里的种子在叫。

老鼠的声音就不用说了，事实上它们一直在地上跑动，当你推门进来时，它们就会钻入洞口——在黑暗中听着你，当你有意静一静，它们就会突突突地刨起土来。甲壳虫也会爬动，有时候会在窑壁上啪一声掉下来。靠近门框的天窗那儿蜘蛛也会结网，网上粘着苍蝇和蚊子。在夏天，偶然间还会飞进一只大黄蜂，嗡嗡地叫，冷不丁会吓你一跳。

尽管你熟悉了一切，恐惧还是无所不在，对于一个七八岁的孩子来说，陌生的事物就是恐惧。

最早，这孔窑洞是被我家当作厨房用的。我记得在冬天，当母亲在窑里蒸馒头时，从高高的箅笼四周就会冒出大团大团的水蒸气，白色的蒸汽一时半会儿出不去，就在窑顶上铺成厚厚的均匀的一层，而灶膛里的火光是红的，一闪一灭地投在对面的窑壁上，显示出家居生活的温馨。

后来，也许是日子过得好了，我们家就盖起了几间木料做顶的新房，于是这孔土窑就做了堆放杂物的仓库。

要是没有了人气，窑洞也会老去，散发出陈旧的泥土气息。何止是它，那些用惯了的东西要是放得一久，同样也会显出苍老的迹象。

窑洞就这么一天天地老去，即使从外表看也能看出它颓废的气象。而且它越来越古寂，似乎要在院子的一角悄然消失。

正因为它古寂，无形中就成了某些受伤的动物的避难所。有一次我在两口大缸的夹缝中发现了一条蛇，当胆大的兄长用木杆把它挑出去时，我发现了它的尾部正在溃烂。哥哥一边往出走，母亲还一边端着一碗清水用筷子点拨着送它。母亲说，蛇是龙，龙进家毕竟是好事，可不能伤害它。我点了点头。

记忆犹新的是某个冬天的夜晚，我到窑洞里去拿木柴，却听到堆放旧衣服的地方传来一阵窸窸窣窣的响动，我拿火把一照，就吓得大叫一声，夺门而出。我看到了一个蓬头垢面的人，我对妈妈说。听见这样说，一家人都向窑洞走去。在几支火把的映照下，我们看清了那钻在一堆破衣服中间的是一个半痴半呆的女人。

我们举起木棍想赶走她，却被母亲拦住了。母亲把那女人拉到屋里洗干净了，并且换上了几件旧衣服，她看起来才像个人样。等吃了一大碗剩饭，她竟然叽里咕噜地说起话来。我记不清那女人在我家到底待了几天，总之她是待了几天之后被母亲送走的。我想，要是她神志清醒，大约会被母亲收养的。

母亲是一个慈悲的人，她常常会接济一些过路的穷人，在她看来行善是一个人的美德，并且坚信，善行一定会得到善报。

对于母亲，还有一件秘密的事是到古窑里去上香。这秘密是我发现的，我想不到母亲会在窑洞西墙的小壁龛里藏着一尊木制的菩萨。由于壁龛的外面贴着一张年画，别人是不容易看得出来的。如果大家对二十世纪六七十年代的事还熟悉，就明白，烧香拜佛是被严格禁止的。

母亲不是佛教徒，但却虔诚地做着这一切，不知她内心隐藏着什么秘密。

母亲去世后，我们一家就又搬入了新居。对于这所老院子，我们拆掉了平房的屋顶，木料和砖瓦都另作他途，而那孔窑洞就彻底弃置不用了。由于挖掉了窑洞的窗户和门，就剩下大小不一的两眼黑窟窿，于是鸟儿啦、野狗啦都可以堂而皇之地进入。让人惊讶的是，仅仅过了一个多雨水的秋天，窑顶上居然长满了半人高的荒草，风一吹就会嗦嗦嗦地响。

猛然间就会想起年少的那些时光：我常常站在窑顶看牧羊的父亲赶着一大群羊从弯弯曲曲的山沟里走出来。时间常是冬天的黄昏。夜幕降临，山野莽莽苍苍，一派说不清的苍凉。

后来窑顶塌了一半，我们还在某些隐蔽处找到了多年不曾见到的东西，比如一只生锈的铃铛，那可是我年少时的心爱之物。当我们在地上无意翻检时，还在墙根处发现了许多的鼠洞。地面上还有许多甲壳虫的死尸，事实上它们的死尸只是一个空骨架而已，内脏早就被什么东西掏光了。

最后，在挂着年画的那处被遮掩的壁龛里我们发现了那尊小小的木雕的观世音菩萨，拂去她脸上的尘土，就看见了她那微笑的姿容。

她的微笑是永恒的，即使隔着厚厚的岁月的尘土。或许在那些幽深和黑暗的时间里她就是一束光，照耀过受伤的生灵。

反　面

小时候和我家兄长一起为别人家打造过棺材。那时候，我和兄长一起拉大锯，并且用墨斗在新锯开的木板上打线。而兄长为了在木板的横断面找水平线，还会借助垂挂的线坠眯着一只眼睛吊线。那时刻是安静的，尤其在吊线的时候。你会觉得一个恍惚的世界一瞬间浓缩在一根用墨汁浸透的绷紧的线条上。

然而一开始当我们面对一截粗糙的圆木的时候，锋利的平斧、斧头和凿子的叮当声就从没有间断过。后来在树木被一层一层锯开，然后又重新合拢起来的时候，也就是说当树木完成了一次新的涅槃，以一个方形盒子出现的时候——或者说当棺材逐渐成形的时候，我们就很少说话了。棺材——仿佛一堆被黏合起来的泥土渐渐具有了人形。

兄长本来就是一个沉默寡言的人，尤其是做棺材的时候更是如此。或许他比我更真切地感受到了这个出自他手的东西所具有的那种特殊的气息。

后来，等我一天天长大，在人世间混的时候，偶有兴致，会和几个朋友一起在酒吧里唱唱歌，最喜欢唱的是那首日本歌曲《北国之春》。每当唱到"家兄酷似老父亲，一对沉默寡言人"的时候，我的心里总是有点发潮。这是我对木讷的兄长特有的依恋。

在人的一生中，有许多东西都是无法回避的，比如说灾难和痛苦。而某些有形的东西也会幻化成一种无形的说不清的东西压迫着你的心灵，比如说当你面对一口棺材的时候就是这样，因为它在某种意义上代表着死亡，并反过来直指你的生。因此它总是带着某种神秘的恐怖气息。更多的时候它好像是一种载体，带着被人附加上去的诸多东西。

我明白，死对于中国人是一个十分忌讳的字眼，而造成的结果就是很多人对死亡的恐惧。就像已故老作家孙犁所说的，死尽管有很多说法，但它毕竟不是一件好事。然而，死对于人是无法回避的，由不得你去选择，所以你只能勇敢地去面对。

索尔仁尼琴说过，清醒的衰老是一条向上的，而非向下的旅程。那么与衰老相对应的终点——死亡，就是旅程的终点了。或许还有新的旅程从这个终点开始继续往下延伸。

在《衰老》一文中，索尔仁尼琴说，如果死亡非外力所致，它又是多么自然的一个环节啊。文章中他还写到了一个在劳改营已被判处死刑的希腊诗人，"他温柔而忧郁的微笑中没有丝毫对死亡的恐惧"，这让索尔仁尼琴感到非常惊异。可这位诗人说道："在死亡到来之前，我们体内已在做着一种内在的准备：我们逐渐成熟直至死亡。一点也不可怕。"那么，这位诗人的话是否可以这样去理解呢：一个人的真正成熟，包含了对死亡的安然接受。然而要真正做到这一点又是何其难呀。

根据我的经验，无论是兄长还是他人，当他们打造出一口棺材的时候，棺材就成为它们自己了。看起来，这件东西跟通常的东西相比就是不一样。不一样在什么地方呢？气氛。因为棺材模仿了死亡的形态而存在，假若死亡有形态的话。生的形态有多种，而死只有一种，它的外在形态就是一口漆成红色的棺材。

或许棺材对于人是一个中间体，它向上指向生，向下指向死。

我注意到，当一口棺材被打造出来的时候，油漆匠会在它的周身涂上或大红或紫色的油漆，并且在一个拱形的盖顶上会用黄色或黑色油漆画上相互连接起来的七星图案——这明显代表天空。而在方形盒子的前后两面还要分别画上手捧仙桃的童男童女和万年常青的松柏，表示着即使一个人死后，也渴望在那个不知道的世界里享受荣华富贵并长生不老。因此人即使在面对死亡的时候也渗透了生的理想和哲学。

小时候，每随父亲来到一个陌生人的家里。我总会偷偷地打量这家的屋子。有时，会在一处屋角发现一个被木架撑起的棺材。它当然是被布单遮盖起来的，但那被遮盖的形体一望便可知晓是什么东西。于是就马上感觉到，这屋子也是阴森森的了。当我小心地向它靠近，并小心地揭开布单的一角时，总会有惊心的感觉。那被画上去的图案，无论是高明的画匠或是低劣的画匠所为，其图案都有相同的效果——传达出另一个未知世界的神秘。

大多数人家不会将提前做好的棺材放在正房的一角，而是放在院子里某一处毫不起眼的类似于堆放杂物的又破又旧的小房子里。

因此棺材只能从某处缝隙中透出暗红色的光，而我一般是不敢接近它的。大多数情况下，凡是有棺材的人家总有一两位老人，他们总是拄着拐杖待在某处洒满阳光的台阶上晒太阳。

有一次，我随父亲来到小县城，在一位老人家做客。趁他们不备，我便悄悄溜进老人家的后院，立即感觉到那渗透了花香的空气是黏稠的。地面上是柔软的，盖着一层白色的鸟粪。院子里，在杂草丛生的地方开着花朵硕大的肥胖的花。南墙根有几棵枝干扭曲的老榆树。紧挨着树木的一边有一间老房子，屋顶上长着密密麻麻的杂草，窗格子上糊上去的皮纸破烂了，扭曲变形的门扇虚掩着黑洞洞的房子。

我一步一步走近它，才发现地面上停放着一口棺材，被坚固的木架支起来，木架下面有一层虚虚的尘土。或许时间一长，这些尘土会像水一样涨起来淹过棺木。奇怪的是，这口棺材被漆成黑色。上面落满了尘土，四周还挂满了蛛网。

我一边盯着它一边往后退。我为什么怕它呢？我说不清，反正我怕它。

除了这些，我还在后来的日子里看到过被雨水冲刷出来的棺材，还看见过直接暴露在阳光下的腐朽的棺木——当然尸骨被取走了，只留下零乱的棺板。

总之，有时候连我自己也会吃惊，我为什么对与死亡相关的一切感兴趣？比如，那抬着大红棺材的一大群送葬的人，还有纷飞的纸灰和红红的火焰。尤其在下雪天，漫天的飞雪伴着一个人慢慢走向尘土该是一个多么好的结局啊。

接纳了一个人的尘土，即使在冬天摸上去也是温暖的。

有一天，我做了一个梦：一口棺材正在出城。就是我曾经生活过的那个熟悉的小县城。好像是大清早，红红的棺材走出城门洞，然后消失在某个陌生的地方。

它这是前去寻找自己的主人吗？——实际上，那并不存在的主人。

老家一宿

今年清明节前回了一趟老家，一是想见见兄弟姐妹，二是想给亡故的双亲大人上上坟，以表思念。人啊，年轻的时候老想往外面跑，年纪一大就想往回走。想见一见熟人，想睡睡老炕，想听一听老风，想看一看故乡衰老的容颜，这也许是一种怀旧吧！我这人混到了四十多岁也没混出个名堂，不算成功人士，且脸皮薄，从县城往家走时，也没有惊动朋友借上一辆小车回家，而是骑了一辆破摩托车，突突突地就从县城开拔了。

从海原县城往老家走时，一路上风沙很大，风是铙面风，风势猛的时候，能把人和摩托车吹得在马路上左右摇晃。马路前方的天都山笼罩在灰蒙蒙的雾气中，即使有这样的西北屏障也没有挡住西来的风沙，何况我们这里也是黄尘漫飞的源头。马路两边都是干透的逶迤起伏的山地，由于缺乏水分，风极容易在这里卷起黄尘。一路上可见零星的村庄，老乡们袖着手站在墙根下，茫然地望着公路上零星的车辆和行人。在面临公路的高台乡有极为华丽的清真寺的拱顶，也算是沿路的风景之一。

海原县城蒙古语叫海喇都，翻译过来就是"美丽的高原"，它是个夏天避暑的好地方，晚上睡觉也要盖被子。在海原县城的西北方耸立着天都山，那上面有古槐和松柏，还产雄竹。所谓雄竹是一种歪七扭八的且节疤满身的粗竹。二十多年前，老家的人在山上放羊，回家时带来了一捆一捆的竹干。这些家伙硬得很，得用火烧后，才能撸去皮，然后把烧软的竹身放在石板下压直溜，方可作为有用的鞭杆或是锹把，用起来十分吃年份。

在明朝以前，天都山周围的大片区域都是牧场，盛产良马。可以想见，在我行走的这条路上，几百年前都是深可掩人的牧草，长风吹来，野草摇晃，也是一片美丽的边塞风光。大约是一千多年前，王昌龄从长安取道丝绸之路，来过海原的高崖乡，曾写过"八月萧关道，处处黄芦草"的诗句，描写的就是海原一带的风貌。

说千道万，海原毕竟是个有历史积淀的地方，近些年来从外地大都市常有朋友来西海固，想看看荒凉。以前我也是津津乐道于老家的荒凉，现在心态变了，仿佛在朋友们面前展现荒凉，类似于揭自己身上的伤疤。有时到南方旅游看到那么多的江水河流，就常想要是能把这些水流引到西海固，该有多好啊！这样一来老家的人就不会每逢干旱便唉声叹气了，就不会拖家带口四处漂泊了。我小时候饿过肚子，对干旱的情景是深有感触的。

一路看着想着就回到了老村子。先到二哥家歇脚，因为他家就在公路边，方便。时间不长，二哥就灰头土脸地从田地里回来了，据说他正在平整一块盐碱地，想种上枸杞子。在山区种枸杞是近些年的事，收入不错。二哥是见过外面世界的人，多少有些虚荣心，当他看见我是骑摩托车回来时，脸上便不高兴，他说，以后要是骑摩托车就不要回来了，现在光咱们村子都有五部小车了，就是说连农民都开上小车了，何况你一个来自省府的"干部"！老家人把工作的人都叫"干部"。我有点不好意思，心里想，我并不是买不起一辆小车，而是没必要，没想到这样回家也会给家人丢脸。其实二哥不知道一个写作者的心理，我们的心总是向下的而不是向上的，总是趋向于落寞的而不是趋向于繁华的，可见人与人之间的不理解是处处存在的。

在闲扯中，二哥说，你是写东西的，咋不把我们身边的事写写呢？我明白他说的是什么。现在的农村比二十年前的确是好了，但不如意的事依然存在。社会上，一部分人总想用积极的一面掩盖落后的一面，以及龌龊的一面，这不是发展的眼光。社会总是前进的，总是从落后达到先进，这是不争的事实。但我们在强调主流的同时，往往不提落后和不健康的一面，这也是不健康的心态。

沉重的话题总是一晃而过，我们开始抽烟聊家常。天不知不觉就黑了，二嫂在厨房乒乒乓乓地做饭。从窗口望出去，黄昏的晚霞在南边的山丘上抹了一层淡淡的红晕。对面的村庄上空已经飘起了炊烟，与之相连的那座孤独的庙山顶上，那只用高高的木杆悬挂起来的高音喇叭飘出了高亢悲壮的秦腔，与这块荒旱的土地极为相宜，与此刻的黄昏的苍茫极为相宜。

晚上，二哥带着我在大哥和三哥家分别转了一圈，在每家都吃了点饭，这样就显得不生分。

晚上我决定住在三哥家，因为母亲是在三哥家去世的，这样一来，三哥家就有了点老宅的气氛。

晚上，天黑透以后，大哥夫妇、二哥夫妇以及所有的侄子侄女都来到三哥家，因为我在，就成了一大家人相聚的理由。这情景只有过去父母亲在世时才有，无形中，他们把我当作家族的主心骨。想来这些年我东奔西走，自己的事都没做好，哪还谈得上照顾家人，我知道，哥嫂们对我是有意见的，但这是我无能为力的事。

让我感动的是，我们一大家人十分温馨地相聚了一次，从中我感到了浓浓的亲情。嫂嫂和侄儿侄女们坐在地上的小板凳上，静静地听我们哥儿几个闲聊，好笑的地方，她们还会哧哧地笑，要是自己的丈夫说错了，她们也会责怪几句。

晚上，我一个人睡在一间空荡荡的大上房里，尽管早春的天气还冷，但电热毯被三嫂子开到了最高挡，身底下热乎乎的。看了一会儿书，我就拉灯睡下了。

夜很深沉，风吹在空荡荡的穹空里有特殊的响声。这夜晚是我熟悉的，它有特殊的空旷和特殊的气味。有一段时间，风很大，吹得柴草在院子里滚动，而门闩子被吹得丁零当啷地响。

也许我睡着了，但是迷迷糊糊中，总是听见门闩子在响，响了整整一夜。这中间我好像梦见了母亲，还是那身旧衣服，还是那一双迈动的小脚，她好像正坐在某一条河边洗衣服。

第二天一大早，我就和侄子去上坟。那天风还是很大，山野里罩着浓浓的土雾。在坟堆边，当我俩跪下来点纸时，怎么也点不着。最后，是小侄用衣服襟遮住，才点着了火。火焰带着呼呼的风声燃烧，顷刻间，一大堆纸钱和祭物就烧得干干净净。我们洒了酒，磕了头，然后站起身来，便看到了不远处的山脚下，有一块野杏花已开成了粉红的一片，尽管在料峭的寒风中，它们依然硬硬挣挣地开。

我们沿原路返回很远了，总觉得有什么东西让我惦念，猛一回头，就发现在我熟悉的那块坟地上似乎有人影晃动，再一细看却什么也没有，只有坟头上压上去的纸钱在风里噼里啪啦地响。

岁月是一条河，对于这个世界来说是永无尽头地流，但对于一个人来说流着流着就断了。可不，我熟悉的少年时的山都被风磨平了，连河里的水都干涸了，我能不老吗？

人生无常，且随风去！

长满青草的坟地

每年清明或重阳节，我都要抽空到我家的那块老坟地上去，点点纸，拍拍斑驳不堪的坟茔，除去每一个坟头上长得密密麻麻的杂草……我仿佛总是借助于如此简单的方式来祭奠亡故的亲人。然而每每在每一个坟茔边踯躅、沉吟时，我的心中总是泛起某种复杂的情感……我一点也不轻松。大约很多人都能在自己的家族史上找到一两位或很多位值得骄傲的人来，而我却没有如此的幸运，这并不是说我暗地里希望我的家族史也是显赫的，我没有这样的虚荣心。我家祖祖辈辈都是社会上最为平常的人中的一分子，然而这丝毫不影响我对他们的敬意，我爱他们！就像我对每一个平凡的生命所寄予的同情和爱戴。

不求富贵，但求平安。这大概就是我们家族的座右铭。

每一次，当我长时间地注视着这块安静的坟地时，我总要在内心一遍遍地默念每一位逝去的亲人的名字。我在内心说，安息吧，亲人们！唯有质朴才是最真实的，你们和这块赖以生存的土地有同样的肤色、同样的性情……所以你们长眠的时候才能安然地融入大地之中。

在我家的这块坟地上，母亲的坟紧挨着父亲的坟，作为厮守一生的贫贱夫妻，似乎这样的结局是完满的。

看上去我叔爷和我祖父的坟堆都是孤零零的。

我叔爷是一个倔犟的哑巴，一生未娶，他死后无牵无挂。

而我祖父的坟堆边却始终空着一块地方，那本来是埋葬祖母的。可是至今我们仍找不到祖母的遗骸，这似乎成了我们做子孙的一大心病。

祖母是在一个特殊的日子里弃家出走，另嫁他人的。说起来，祖母从来都没有安心地守着祖父，而祖父却对她一往情深。即使在她离家出走的那些日子，他也一直念叨着她。这或许是一个悲剧，但祖父不这样看。临死时，祖父未尽的心愿只有一个，那就是：无论如何找到你们的祖母。

看来他的这一个心愿我们是无法实现了。对于祖父，在死后不能和他最心爱的妻子同眠，这是一种多大的遗憾呀！

我捧起一把黄土轻轻地放在祖父的坟堆上。

拉不楞寺的回忆

七年前去过一次甘南，见了一尘不染的油菜花，还有险峻山峰上移动的云朵的暗影。那暗影像一片厚重的幕布在半山腰移动，很是让人震撼。有宏阔的大自然做背景，就往往显出人的渺小了，"念天地之悠悠，独怆然而涕下"说的就是这种心态。夏河一带的山峰就是雄奇，上面长着黑油油的草和短硬的杂树。越是深入藏区，我越是感受到一种气氛，那就是原始和古朴的气氛，并且空气中还有一种味道，就是松香和酥油茶的味道。当车子进入到一个藏族小山村时，我远远地就看到了一座白塔，心就惊了一下。佛教在藏区总是以白色和红色这样亮丽的色彩呈现，但基本的调子却是如此安静而沉稳。

时间在这里放慢了，心却变得透明起来，有一种柔柔的东西像柔软的翅膀在一下一下地轻击心房。

不久我们就来到了夏河镇，因为拉不楞寺就在夏河。很安静的小镇，尽管有电话亭和商场等现代化设施，但依然觉得有原生态的气氛。自然先去朝拜拉不楞寺。讲解员是一位十三四岁的小喇嘛，剃秃头，身披紫红色袈裟，神态落落大方，讲解得有板有眼。让我吃惊的是，一个十几岁的小男孩，为何出落得如此大方而沉稳，丝毫看不出孩子的稚嫩和面对陌生人时的羞涩？这就使我对藏民族有了一种新的认识。

一般在景区我不愿随人流，于是一个人拐出大殿，在寺院里自由行走。在某处拐角，我发现有几个藏族同胞把一大捆一大捆的新鲜松枝放在一个炉子里焚烧。事实上火没燃起来，只是冒出大股大股的青烟，而这种青烟是有香气的，味道很浓。

对于源远流长的藏传佛教我没有多少认识，只记得在神殿里点着成排的酥油灯，酥油灯的火苗清澈得像水，它的燃烧也是安安静静的。我真想把手指放在火苗上烤烤，我想那被灼烧的滋味肯定是甜蜜的。恍惚之间我觉得那橘黄色的火苗是可以摘下来的，就像摘一粒一粒的葡萄。

出了寺院，我们在镇子上四处溜达，酥油茶的味道很浓。有些铺面还出售整张的兽皮以及牛角刀，而五彩的玛瑙珠链看起来很是耀眼。

那天刚逢大雨初霁，夏河的水流增大了，即使没有走到河边也能听到水流的轰隆声。

晚上我们一行八个人挤在一间木头搭建的房子里，房子里是一溜木板通铺，睡在上面虽然挤了些，但能闻到松木的清香。

晚上我很久都没能睡着，因为这里的夜晚既辽阔无边，又深邃如井，何况夏河在安静的晚上突然放大了声音。当时，我没有搞清楚，它到底来自哪里，又流向哪里？

深夜，在我沉入梦乡的那些时刻，夏河依然在我的耳边轰鸣，潜意识中出现了一匹白马，它在夜色笼罩的河岸上一直沿着夏河奔跑，不知道要跑向什么地方去。

夏河的早上，很洁净，不仅是空气的洁净和天空的洁净，而且是土地和山峦的洁净，是生长在地上的植物的洁净。轻烟似的薄雾，笼罩在淡蓝色的山顶上，有几只鹰在飞，像黑色的纸片，被气流吹动；从近处看，它们的翅膀的边缘是锯齿状的，是它们驾驭着气流向高处升去！

太阳出来了，太阳照红了拉不楞寺的红墙！能感觉到周围的大山醒了，而夏河正在睡去。世界像个新鲜的巨大的蚌壳，在一开一合中，在一静一动中，是佛光，它偶然显现！

别了，拉不楞寺，当我老了的时候还去。

西江大峡谷

你可以想象一座严丝合缝的山峰，却因为突然的阵痛，慢慢地裂成两半，这才有了西江大峡谷的风采。它的长度有四十多公里，可见裂成两半的并不是一座通常的山峰，而是一整条山脉。清澈的江水从中流过，而在裂开的两面断崖上还保留着作为一个整体时的迹象。这其中最为明显的是分成两半的岩洞，那裸露的一面完全暴露在空气中，成为世界上著名的露天石灰岩柱。

西江大峡谷位于贵州省的东南，我们去的时候，落着小雨。雨珠从"一线天"的高处落下来，像清亮的丝线。我们时而沿着山脚走，时而要从吊桥上穿过去，在对面走。青石板铺就的路面，也有苔藓，走上去滑腻腻的。峡谷底部水流动的地方很清澈，积成水潭的地方呈绿色，不知是来自于绿色山峰的映照还是水底的绿色植物使然。然而对于我，这景色并不重要。让我惊奇的是，在山脚下的岩石缝里，处处可看到弯曲扭结的树根，它们如强劲的手指深深地插入岩石中去。为了生存，有些裸露的树根竟然穿过岩石的缝隙或绕过岩石，再插入到土壤里去汲取养分，这就形成了有名的树抱石或石抱树等奇观。所谓顽强的生存，由这些树根体现得淋漓尽致。

导游讲得很好，在贵州，天无三日晴，地无三尺平，人无三分银，有了如此不易生存的环境，才有了贵州人民不屈不挠的生存意识。而这种顽强的生存意识也是我们每一个人要学习的。

走到险峻处，发现路边竖着一个指示牌，标明对面山崖上有一处山神的头像。于是我们便爬上观景台，目光在对面的山崖上仔细寻找。结果猛然看到的景象把我吓了一跳！对面绿树掩隐的白色山崖上果然有一个人形头像，有鼻子有眼睛也有嘴巴，可我却不认为它就是一个神像。中国人老是把一些神秘的景象往神灵上靠，就显得俗气了。我以为它就是一张接近苦楚的人脸，上面挂满了丝丝缕缕的树枝和藤蔓，而且还有雨水带着泥土冲刷过的痕迹。正因为如此，正因为经过千百年的日月沧桑，这张老人脸就显得极为苦楚！

一座山肯定有过它年轻的时候，可是它年轻的时候是没有表情的。一座山只有当经历疼痛的裂变和日月沧桑的侵蚀之后，才会形成自己的表情。

我还想，对于一种古老的东西，凄楚的颜面倒是对的，假若你看到了微笑，倒会吓人一大跳！

怀 旧

或许是正在衰老的原因，我常常在夜深人静的时候睡不着，大睁着双眼，看着室外的夜空（我睡觉时不愿意拉上窗帘）。尤其是在月亮明净的秋夜，会越发难以入眠。

在天地俱静的时刻，总会有一种莫名其妙的东西渐渐渗入心房，让人既觉伤感又觉喜悦。

小时候经历过的事情也会逐渐涌入脑海，尤其让我感动的是这样一种画面：夜幕降下山村，四周成黑乎乎的一片，一轮月亮从东山顶上升起来，映亮了山顶上的那棵老榆树……这情景不知怎的就永远地定格在了我的脑海中，三十年后，时不时地就重新出现。由于经过内心的渲染，这画面有时候会像水墨画一般洇染开去。

有时候，是朦胧的月光映亮一片河面，蛙鸣声响成一片。看不到青蛙，青蛙有的伏在水面上，有的趴在草丛中，它们似乎想用声音的灯盏点亮夜空。

这都是童年时经历过的情景，之所以不能忘记，是因为它们点燃过一个少年寂寞而充满幻想的心怀。

为什么如此朴素的东西会让我心动呢？是因为我正在衰老，一颗心变得越来越柔软。

风

睡梦中全是荒草。当我睁开眼睛时，那茫茫的荒草摇晃的景象还滞留在身体和想象中。有一时刻，我一动不动地躺在床上。能感觉得到，覆盖身心的那种寂静，而这种寂静是富有深意的。我没有拉灯，室内是流动的那种均匀的液体般的黑暗。同样，即使我没有拉开窗帘，我也能感觉到室外是那种无限弥漫的大雾般的黑暗。此刻，包裹着我的就是这种黑暗。

寂静是从黑暗深处来的。可是，寂静中总是传来各种响声。黑暗的夜空中吹着风，我是借助于某种响声感觉到了风的存在。由于地处一座住宅楼的顶层，我感觉到吹过楼顶的风是长风，是吹动云霄的风，比吹动一座林子的风要空旷得多。

我悄悄地起身，走出卧室，来到客厅，然后躺在沙发上。我不知道我需要什么，我就愿意这样躺着——聆听。有一会儿风变大了，风把竖在楼顶上的一张铁皮做的广告牌吹得哐啷哐啷响。

我那么绝望，却找不出绝望的原因。我那么孤单，却是因为有一种过于宏大的东西衬托出这种孤单。

连天的荒草还在摇晃弥漫——我清楚，梦境和荒草还在置换。我知道，这一时刻我需要什么。

……

受某种潜意识的支配，我悄悄地离开家，走在空荡荡的大街上。马路两边的街灯闪着微弱的亮光。不需要强调，我也知道自己该往哪里走。在面街的一座住宅楼下，我站住了身子，仰脸注视着五楼那扇熟悉的窗户。窗户是黑暗的，这座楼所有的窗户都是黑暗的。可是我认得出那扇窗户。我希望窗户里面的灯光突然亮起，可是没有，窗户一直处在黑暗中。我清楚她在沉睡，以我能想象得到的那种婴儿般蜷曲的姿态入睡。

在这里我不想说她，说她的过去，说她和我之间曾发生的一切。

风吹着，风里夹着干硬的雪渣。我突然清楚这是北方的十月的夜空。树木的叶子变干了，卷成筒状，在风里哗哗滚动，有一部分聚集在树根部。

那扇窗户还暗着，可是在我的注视下它微微变白，有一只野猫在窗台上走动，身子一蹿跃上了另一个窗台。

我想用一颗石子敲打一下那窗户，可是我忍住了。事实上我一直在克制那莫名的冲动。

我走到对面的公园，即使树木落光了叶子，可是树木稠密的公园在晚上看起来还是黑乎乎的。

我来到了那棵桃树下，摸了摸那略显光滑而冰凉的枝干，用我习惯的做法。在众多的桃树中我记得它，不是因为它身上有特殊的疤痕，而是在它的枝叶下，在它的花朵盛开的季节，我们两个曾在它的花朵下面逗留过多时。

借助于它，我想起了那些消失的只有我俩才能说得清的美妙的时光，以及那些只有我们两人才备感温馨的然而又不便言说的让人脸红的秘密。

也许，直到此刻，你才明白我需要的是什么——是爱，是抵御我心中时时涌现的那种说不清的孤单之感的爱。这爱带着理解和宽慰，就像这一树桃花在众多的桃花之中唯一带着一点笑意。

黄　昏

是在公共汽车上，突然就感到了落寞。身边坐着的是一个妙龄女郎。她侧过身给我让位的姿势很美，说明她是个有礼貌的女孩，起码是个有教养的女孩。坐稳以后，我用眼角的余光看了这姑娘一眼，证实了我的想法——她很美，的确很美。我突然就感到落寞，美的东西有时候就让人产生落寞和某种伤心的感觉。

车窗外正是黄昏。天边是橘黄色，夕阳刚刚落下去的那块地方呈耀眼的金黄色。夜幕是从树林子里升起的，像雾悄无声息地弥漫。湖面还是亮的，清澈的湖水凝成玻璃。湖岸边有雾袅袅地升起……为什么我对黄昏如此情有独钟？是因为我的心还是柔软的。就像我不喜欢热闹而喜欢安静，也可以说，就像我不喜欢辉煌，而喜欢温馨。也许这还不是全部，而应该说，较之于黄钟大吕，我却更喜欢安静的钟声。实在是，在黄昏，真有一口钟，在无限深远的地方敲响。还会有什么呢？在黄昏，那隐隐敲响的钟声是对着灵魂的。

突然就想起了她——那个傻姑娘，我这样叫她，其实她一点也不傻。她是一个骄傲的诗人。于是我想，我得为她写写此刻正在感受到的黄昏：

> 黄昏不是一盏灯，一吹就灭
> 而是一把小提琴越拉越弱……

其实，我想写一口钟，如何在黄昏的天光里渗出，然后在深远的地方敲响，但是这对于她或许略显沉重。我用短信的方式发她。

她回信说，好诗。其实我明白，她在鼓励我，我清楚我没有触及灵魂。可是我爱她。心里有一把小提琴在拉。同时，我清楚，这用文字表达的爱又是多么脆弱。

车子进入市区，身边的小女孩下车了。天也就黑了，街面上亮起了灯。

忧伤是突然间涌上来的，我突然想到了一位朋友的死。于是我用短信的方式把这消息告诉傻姑娘：昨天，我的一位远在成都的朋友跳楼自杀了，我很伤心。

为什么要说她呢？是朋友本该在心中，只是她离去的方式在我的内心形成隐痛，尽管我们是从没晤面的朋友。在这个世界上我有许多未曾晤面的朋友，我时常惦记着他们。

傻姑娘回信说：她的离去也让我感到意外，但我不主张自杀……

我说：她是一个绝对单纯的女性，又敏感又脆弱，更重要的是，她有水晶般的尊严……

我清楚我没有完全表达出我的意思。可是美丽的黄昏正在被夜晚取代，我们还得活着。本来，我是要表达爱的，却被失去朋友的忧伤所取代。

安静的夜晚正在变成一块厚厚的幕布覆盖下来，我突然想到了这样的情景：

在地下，有一个人挑着一盏灯笼在行走。

走一走，停下来，接着又走。

连他自己也说不清他要走向哪里……

我用短信发给傻姑娘，短信迅速回过来：呸！吓死我！你个冷松（不正经的人，二杆子）！

车子在浓浓的十一月的夜色里跑动，沿路停下来，拉上在站点等候的默默的乘客。这时刻不便说话，也没有人愿意说话，一车的人都在想心思。

在这个晚上我老了一岁，我能感觉到衰老如何像海浪一下一下地冲刷肉体……

晨　练

晨跑时，我看到了贺兰山顶最早降落的雪。其他地方没有，只有山顶的那么一点白。偶然看一眼，我的心就惊一下。地上厚厚的衰草上面都凝聚着霜。我以前认为霜只霜杀那些柔软的枝叶，其实不，霜把一整棵草都吻了一遍，并且每个晚上都吻一遍，所以在雾气蒙蒙的早上，枯草踩上去并不咔吧咔吧地响，它们依然很柔软。

可是我有时候会猛地跳将起来，因为我仿佛踩在那么多的尸体上面。

青草啊，青草，我们这些看似伟大的人，却常常忽略了你的生和你的死。想一想就惭愧！

棺盖顶上的公鸡

外祖父死了，是在冬天。二舅家后院里的树木都落光了叶子，只有一棵高高的椿树上还挂着几片干枯的叶子。那年我不到五岁，没觉得什么。我们还在后院里玩，从前院传来哭声，有时候还有肉香味飘过来。我觉得让我兴奋的不是外祖父的死而是某种过事（办红白事）的热闹和美食。

那天晚上，夜很黑，外祖父的尸体停放在上房地面上的草铺上，浑身上下用一张白纸盖着。上房里的灯一直亮着，亲人们都在守灵，说话的声音小小的。那晚上村子很安静，连狗也不叫，有时，远处别的村庄里的狗会叫上一两声。

我觉得有点怪，是那种发生不平常事情的怪，因为人所不知的世界往往有人所不知的言语和事情。有关这些尽管到了今天我也没能力理解。

村庄下面的河滩里的小河冻成了冰鼓，但是我感觉得到一条温暖的小河依然在冰鼓下面流淌，即使在我沉入梦乡的那些时刻也一直在流。

第二天早上，天还没亮，二舅家的院子里就响起了大人们走动和说话的声音。村子里送葬的人们都夹着铁锹来到二舅家。我是趴在窗户上看到的。

气氛是肃穆而庄严的，毕竟是一个人的死亡。凡是死亡发生的地方总会产生某种庄严的气氛。

也许这些都不重要，即使外祖父被收殓入棺的时刻，我也没觉得什么。可是，放在凳子上的棺材已经被捆绑起来的时候，人们还是没去抬它。这时候，我看见几个人走向鸡棚，当他们的手指在鸡棚里摸索的时候，我听到了一片被惊醒的鸡们的叫声。然后，那只大红冠子公鸡挣脱了人的手指从鸡棚里跑了出来。它撒开长腿，抖扇起翅膀在院子里横冲直撞。几个大人在后面追，然后把它按在墙角捉住了。公鸡在拼命地叫，抖扇着翅膀不愿就范。

然后，我看见，大人们把公鸡绑在棺顶上。这时候，随着一声喊，沉重的棺材被七八个大人抬了起来。送葬的队伍走出院子。我跑出大门，一直看着送葬的队伍走出村口，然后在那里消失了。那只大红冠子公鸡一直在棺顶上折腾，不愿就范。我想，要是外祖父醒过来，一定会从棺材里伸出一只胳膊，扇它一巴掌。

我不知道人们是怎么处置那只公鸡的，是不是连同外祖父的棺材一起被埋掉了？我说不准。只是当送葬的队伍回来时，我却再也没有看见那只大红冠子公鸡。

那只不愿就范的公鸡，使我常常联想到外祖父，他是一个脾气暴躁的老头，留着两撇微微上翘的八字胡，头上戴着瓜皮小帽。在他病重的那些时刻，我们几个娃娃在院子里一跑动，就传出他凶狠的骂声。连大人们都怕他，看他的时候是趴在窗户上看。

为什么在埋葬他的时候要陪葬一只公鸡呢？我始终不明白，按乡俗，我们那个地方是不兴这个的。

苹　果

一般，老百姓在点纸上香的时候，都要在房间正面的台案上摆上供品。虽说它们都是些普通的食物，但是一经摆放在台案上就看起来有些不同了。因为它们是祭品，是敬奉给神灵或亡灵的。

我注意到表舅家台案上有两小碗精致的长面，想必那如丝的面条刚出锅时是十分筋道的，上面还浇了香喷喷的肉臊子。现在即使是面条干了，但还是一根一根的，被挑在筷子上。瞧着那供品，仿佛觉得有人正在享用，然而，事实上却没有人去动。可是那么丰盛的供品，就是看看也是大可让人嘴馋的。且慢！这样的想法不应该有，要知道它是供品，不是给人享受的。

我还注意到，那丰富的供品中间还有一盘水果，在几只金黄色的冬梨中间端坐着一只苹果，是周身红彤彤的那么一只。我想象——当用牙齿咬开它时，它多汁的果肉是呈现出淡绿色的，那味道即使想一想也会让人陶醉。

且慢！你还是最好不要去想。

十年后，我在外祖父的葬礼上看到了同样的一只苹果，被供奉在那儿，红彤彤的。我认为它们是同一只。

二十年后，我有一次在老家的房子里找东西，在某处堆放杂物的衣箱中间发现了一只烂苹果。它早已失去了水分，干瘪成一只枯果。不知什么原因，我没敢用手去捡它。我固执地认为它就是我在表舅家看见过的那一只。

它没有死，它一直隐藏在岁月的深处。冷不丁会吓你一跳！

美国小男孩

昨晚梦见了一个小男孩，金色头发，大大的蓝眼睛，有着略带忧郁的神情。据说他是一个美国小男孩。尽管没人告诉我，但我好像知道他就是一位可爱的美国小男孩。

我们相识在一辆长途的旅行车上，当时坐的是一辆带篷的大客车，就像惠特曼当年在美国出行时偶尔坐过的那种。

小男孩一开始就吸引了我，并不是因为他金发碧眼，也不是因为他来自一个美丽与富饶的国度，仅仅因为他的天真和忧郁的气质。并且他看起来可亲，老是对着我露出亲切的微笑。

后来在临近分别的时候，他急忙掏出了一沓子钱，执意要全部送给我。而我坚持要一张面值最小的粉红色美元，以做纪念。我记得，当时，小男孩手里的钱币像过去我们曾经使用过的粮票那么大。那一时刻，我被他的慷慨感动了，但我并不认为来自富裕国度的人都有着慷慨的好品质，同时我也能看出小男孩的动机并不是出于同情。

但是，最终我是不是接受了男孩的好意却记不清了。我记得的是，趁男孩不注意，我偷偷地问陪在他身边的人，这男孩的家境是否很富裕？那人悄悄告诉我说，这男孩家里很穷，并且男孩正患着不治之症，据说，在这一次中国之行后，他可能会不久于人世。

那一时刻，我突然十分伤感，接下来都是一些迷迷糊糊的情景。有些时刻，我仿佛又回到了童年（好像我为小男孩一下子减去了四十岁），和他一样大，并且我们成了很要好的朋友。为了表示友谊，我带着他在故乡的果园里玩耍。那好像是盛夏，是果园色彩最美丽、气息最芳香的时刻。

在心里，我把自己认为最美好的东西都献给了这个来自异域的小朋友。

然而，在梦中我们短暂的相交结束了。当我得知他要坐飞机回国的消息时，我着急了，并且突然间又恢复到现在的我。我动员家里的所有人给他搜集最合适的礼品。女儿拿来了自己最心爱的玩具娃娃，儿子抱来了最心爱的小火车，妻子准备了一大包食品。而我最慌乱，我几乎找不到自己以为最合适的礼品。最后我看到了自己所画的一幅画——一幅灿烂的折枝牡丹。我清楚它是生长在温带土地上的最美丽的花朵，我只是把它从大自然的心脏小心地移植在洁白的宣纸上了。

小男孩哭了，由于东西太多，他只留下了那幅画。

这就是说，小男孩从中国带着一朵永远活着的花，回到了他的故乡——那或许就是惠特曼曾经吟诵过的喧腾的密西西比河。

他是最早把中国的牡丹花移植在密西西比河岸边的人，我宁愿这样想象。后来他就消失了——戴着牛仔帽，潇洒地走入远方，就像当年的惠特曼一样。

而我又回到了现实。

听起来，这里面好像没有多少新鲜的故事，可是我承认这发生在梦中的故事却在我的心里常常上演。它的主题永远是关于如何相爱的。

霍拉尔山口

从那儿，最早吹来的风都是蓝色的，甚至从那儿飘来一年当中最早的雪片。我向往的风和雪片就是那个样子。雪片化在风里，风里堆积着雪片。有时候风还会吹开雪片，看见雪下埋着去秋的枯草，枯草中蜷缩着那年秋天死去的昆虫。

霍拉尔山口时常是蓝色的，除非那里有晶莹的雪花飘起来。

我从来都没有听见过那里长风吹动云朵的喧嚣，也从来没有看见一株树被云气隐藏起来的光辉。这一切，也许都发生过。我也从不去想山峦在它之外无限伸展的意义。它真实中的虚幻、虚幻中的真实也就是这个样子。但这一切，我从来都不去思想。霍拉尔山口，我倾心于它包含了山峦之中那最不可言说的部分。

我从不埋怨村庄一年有好几次淹没在它送来的强大气流中，正像我从不怀疑我有一个欢乐的童年，因为我曾沐浴过那儿的风、那儿的雪片，还有那在早晨的气流中盘旋的鹰群、在黄昏的雾岚中沉陷的落日。

那里，有我无法寻觅的最初的欢乐的百合！

流　光

天凉了。

母亲在地里挖土豆。一只老黄牛站在一大堆土豆旁嚼秧子。

山垭里有人哭着，跪着点纸。

母亲忘了这一天是重阳，九九重阳，一只孤雁飞断了天空。

我想着，爷爷戴着瓜皮小帽，坐在河的对岸吃旱烟，等母亲过去，点纸。

我忘了给爷爷买纸。我家里穷，没钱买纸。我写字的时候不是写在纸上，而是写在地上——把"火"写在地上，把"天"写在地上，还有麦子、大豆和西瓜。

秋天了，大地黄了。大地薄薄的，树叶脆脆的。土里被雨水冲出来的骨头白白的。母亲把骨头小心地捡起来又埋了。

土豆的堆渐渐地高了，大了。风吹弯了母亲的腰，漂白了她的头发。牛对着一大堆土豆站着，乖乖的，没吃一个土豆。

我来到山坡上，银锁也来了，跟着我，他是我弟弟，那年他八岁，脸蛋儿又白又黄，像一只熟透的冬梨。

风很爽，贴着草皮从坡顶上往下滑溜，刷刷刷的，像一层清水漫过山坡。

一丛丛抖动的鼠尾巴草的尖儿黄了，风把包着草籽的毛絮吹散了，在风里飘呀飘，飘得到处都是。用手捋一把草籽放在嘴里嚼着，苦苦的。忍不住，吐了。

看着沟涧里那一股细小的水转过一个小弯，在一块大青石板上唱歌，我的心就空了。

从头顶飘过一只鸟，扑扇扑扇地落在半山坡上的一朵狗牙刺蓬上，低着头去啄果子，翅膀抖动着，呈五彩的扇面。

银锁突然叫起来——一只红狐展开身子在山岭上飘，上去了下来。接着一闪，身子轻轻地跃上一块荒地，往天空深处飘去了。它已经消失很久了，我俩还茫然地盯着那片蓝色的山野，眼前总是有一团火焰在跳动着。天又高又空阔，白的云团生锈了，堆在西山顶上像一层废墟。

很多东西流走了，我流下了眼泪。天地那么大又那么冷漠。我可怜巴巴的，我缺少一点爱。

晚上银锁哑了，小脸红红的像桃花。

第二天，我得了肺炎。母亲坐在门槛上呜呜咽咽地哭着。

三天以后，地上发了一场大水，卷走了我家的那头牛，村子里的几棵树，半块子田地，一间看瓜房子。

前一天，我看见一个背罗锅背着一具木棺隐在村后的树林里。那时他对我笑了笑，笑容甜极了。

接着有很多个晚上，有几只狐狸围在村子四周号叫。

后来有一天，一个穿黑袍子的僧人手里摇着一只铜铃"打醮"我们村子，说是村子里动了"五煞"。那时，我不懂他说的话，村子里的人都挺神秘的。

下雪是十月底的事。这之前，村子里来了一个杂耍班子，耍猴、荡秋千，摔死了一个丫头，河南的，和我同岁。

过了许多年，我一直记着那个女孩。

当时，上秋千的时候，她怕了，站着哭泣，小红兜兜一抖一抖的。老板打了她，她就开始荡——天空在一根绳子上一上一下地荡悠。接下来，一小朵花摔碎了，染红了一大片眼睛。

很多事情都过去了，却不能单单地说一个好或坏。后来，我明白，世界上只有爱才是真的。

高空的云

我躲在山坡上望云，时间久了，我的心就像一根芦管，一截一截地空了。

风从远方吹来，带来了大西洋的海水气息，还有深刹古寺的神秘的檀香味。风固执地掠过我的面颊，不停地拨弄着我瘦弱的身子。我像一个失意的囚徒，就这样在风里碎成了一堆破布片。

身边的青草逶迤起伏像海浪鼓涌，那其实是风的形状，风使一坡秋草涌起来像海水。事实是一坡秋草融进了风。头顶的山就这样静了。远方只有一些缥缈的蓝影，那蓝影虚幻得像一个梦。远方只有一根长草在摇曳，草茎是黄色的，枝尖上落着一只天堂鸟。听不到声音，其实声音是一根草的声音，这是大地孤独的单弦之音。

现在压住我心房的是这一座山坡的宁静，是一坡好草的鼓荡翻涌。这仿佛是梦，但满天的云朵是真的。

一天云朵缓缓飘移，像一位穿着破烂的神运草回家。这是一位粗心的神，天空为此纷乱不堪！到处是草垛，天空荒芜着，天空永远荒芜着。

我想哭一哭，为我一个人而哭，为我看到的荒凉而哭。

我发现我躺在大地的掌心里，孤苦伶仃像一个孤儿。我是天空遗弃的孩子，我一直在大地上流浪。我一生一世都在流浪。晚秋的风一年一度吹败了大地上的荒草，一年一度的荒草又在原来的地方发芽长大。荒草就这样自行生长自行枯萎，而我永远在流浪。

如今，山下的一株老槐树孤零零地飘着黄叶。我忽然想起叶赛宁的诗句：在大地上我们只过一生。

面对大地和天空我不敢轻易地言说自己卑贱的生命。天空包容一切，大地容纳万千，包括我可怜的孤寂以及生命和死亡。

我听着，我听见大地的深处有草茎折断的微响，我听见穹隆深处开始跑动的长风，像一匹马扯开了几万里长的巨型长锦。我知道在天空的深处还藏着一个善的大海，而人世间的光明和宁静就是从那里降生的。

我知道我渺小如草芥，可是我卑微的心一瞬间被一种博大的爱意充盈了。对着天空我抑制不住，我只能说，主啊，请忽略我，让我的心痛苦吧！让我像囚徒，一如既往地煎熬，让我像一条虫子独自承受泥土的重负！

一个人的秋天

上帝哟，等我唱完了这首歌，我会死去。我会选择一树落叶作我的葬礼。等我唱完了歌，我会听着一地虫鸣声死去。

平原上空了。农人们运完了稻谷，拉走了甜菜。平原上空了，空得像一块干净的祭台，上面什么也没有，划开平原的是一渠清水，水渠两边站着高高的青杨。

上帝哟，等我唱完了歌！不多也不少，我只存念一只青绿色的蚱蜢，它在枯萎的草尖上奔跳。

可是杨树的叶子已经落尽了，平原上有一位农夫扛着一柄铁锹，引水灌田，吹着长长的口哨。

上帝哟，天这么蓝，乡场上的麦垛在生锈，风轮在高处转个不停。眼看着一地青草黄了，这如何是好？我这么痛苦，心儿乱得不着边际，这让我如何是好？

上帝哟，你为什么让我这般痛苦？你为什么让我做诗人，不让我做那位快乐的农夫？

章三

延续的血脉

延续的血脉

　　我一直没有见过我的祖父和祖母，这就成了我生命中的一大缺憾。尽管有父母亲的描述，但在我的脑海中，他们的形象也总是模糊不清的。幸亏我还可以想象，借助于想象，二位先祖的面容时而清晰，时而虚幻，总是处于不断的变化之中。尽管我心里清楚，他们在我未出生之前就已作古，可是我常常以为他们还活在人世。小时候，有多次将别的老人误认为就是自己的爷爷或奶奶，惹得别人发笑。

　　祖父是一个非常憨厚的人，待人十分的和善。他小心、胆怯、木讷，从不招惹是非，更谈不上与人争执了。这些性格特征我几乎都可以在父亲的身上找到。祖父是个小个子，又跛着一条腿，所以其形象也好不到哪里去。

　　祖父是从甘肃天水的三阳川逃难到我们现在居住的这个村子里的。时间大约是 1935 年前后。路上大概走了一两个月。祖父是举家逃难的。一路上，祖父一直挑着两只箩筐，前筐里坐着我父亲，后筐里坐着我姑姑，父亲五岁，姑姑一岁多一点。祖父的手里还抓着一根缰绳，牵着一条毛驴，驴背上骑着我祖母。

　　祖母那时还年轻，大概也就是二十岁多一点。祖母的长相好，见过她的人没有不夸她的。不过在逃难中，一路颠簸的疲惫再加上破烂的衣着，一定程度上遮盖了她的美貌。我这样想象，那时的祖母必定是一脸的憔悴，饥一顿饱一顿的生活肯定使她的脸色失去了光泽。我一直想不通的是，祖父带着祖母何以走过了这么长的路程？在那兵荒马乱的岁月里，难道就没发生一点意外，尤其是带着年轻的祖母？关于这一点我们不得而知。

祖父一家走到宁夏海原县麻春河上游的南台村时，祖母就不想再走了。那天正是黄昏时分，当他们从一个高高的土塬上走下来时，远远地就看见了一条闪光的河流。那是来自于天都山上的泉水滋润的河，名字叫麻春河。那时的麻春河河水很大，河面很宽，远远看起来，满河滩都闪烁着明净的水波。河水在流动中发出很大的轰鸣声。祖母骑在驴背上一直盯着那闪光的河水。在大河的岸边，有一个圆圆的山包，上面稀稀落落坐着几户人家。正是做晚饭的时候，几柱炊烟从高低不平的屋顶上慢慢升起来，构成一幅温馨的生活画面，对漂泊的人来说特别具有吸引力。

时值深秋，大河两岸的山地上一块一块的糜子正在成熟，沉重的糜穗垂下来压弯了糜秆。与糜地相连的洋芋地里，一朵朵茂盛的洋芋秧子下面，长大的洋芋顶破了土皮……这一切都成了祖母决定留下来的原因。

然而生活并不像他们所想象的那样，对于初来乍到的一家人来说，生活的艰难程度是可想而知的。为了活下去，祖父给别人家打零工，一般也都在农忙的时候。祖父是个跛子，干活并不是太利索，因此没有哪一家地主愿意长期雇用他。到了冬天，祖父常被一些人家叫去上山打柴。祖父打柴实诚，背回的柴捆又大又瓷实。到了主人家扔下柴捆，也不进门，而是坐在门台子上，等着身上的汗水凉下去。主人把饭菜端上来，他接过碗，呼噜呼噜几下就扒拉完了。末了，主人有钱了给一点，没钱了他照样走人，从不计较有无或多少。

母亲说，她常常记得祖父背着一大捆柴火在崎岖的山道上移动的情景。柴捆太大，几乎遮住了他的身子，远远看去只有一小截露出的双腿在相互错动。

祖母给本村的李姓地主家帮厨，到年终时大部分工钱被折合成粮食背回来。当然啦，日子紧张了也可提前赊一些出来。这样一来，全家人的日子勉强还能过得下去。

要是日子能这样平静地过下去，并且懂得积攒一些钱财，慢慢地一点一点地购得一点土地，或在较远的地方开荒，我想祖父母的日子会向温饱的方向发展。事实上很多富裕人家都是这样一点一点地发展起来的。然而，他们根本就没有这么长远的打算，也许连这么做的一点能力也没有。

事情都出在祖母身上，不知出于什么原因，祖母抽上了大烟，并且烟瘾越来越大，后来把家里仅有的几件东西都拿出去变卖了。母亲说，那时她还小，但记得父亲常常从家里抱出东西去卖（母亲和父亲住在同一个村里，对双方家里的一切都是清楚的）。有一次，我祖母抱着一只铜壶要找人卖掉，结果被我母亲看见了。母亲跑回家硬缠着我外祖父买下了那只铜壶。到了母亲和我父亲结婚时，那把铜壶就做了母亲的陪嫁品。

然而微薄的家产怎能抵挡得住祖母这样去抽呢。后来，祖母把自己的一头头发剪下来，卖给了一个戏班子。祖母有一头十分漂亮的头发，又浓又长。父亲一直记着这件事。他说当他捧着母亲的两条又黑又沉的发辫走到戏班主的面前时，戏班主吃了一惊，当他从父亲的手里接过这两条又粗又长的发辫时，沉吟半晌，嘴里嘀咕道，这个女人没救了，唉，这个女人真没救了。末了，他递给我父亲两个白圆（银元）。父亲接过白圆时哭了。那时父亲六岁了，穷人家的孩子懂事早，六岁的父亲知道伤心了。父亲说，他就是从这件事后开始懂事了。当他走回家时，看见我祖母坐在炕上一动不动，盯着他手里捏着的白圆。父亲发现她用一条烂围巾包住光光的头皮。父亲又气又羞，便将两块白圆砸在母亲的怀里。

祖母已变得无法自制了，但是祖父又拿她没办法。后来，祖母擅自做主把姑姑卖给了同村的胡占海家做童养媳，把父亲卖给了固原驻军的一位团长做干儿子。父亲在团长家待不习惯，但也不吭声。后来团长太太放心了，允许父亲到外面去玩。父亲就常跟一帮穷人家的小孩子混在一起，每天糊得脏兮兮的，团长太太就不怎么喜欢他了。父亲自由多了，常跟一些小伙伴到固原城边的清水河的河湾里去捡豌豆。那时清水河湾里常走马队，马拉下的粪便里有许多没消化完的豌豆，捡回来再洗一洗照样可以吃。

有一次，在河湾里，父亲看见一个大人向他走来，细一看，是他一个远房表叔。远房表叔对着他耳朵悄悄说了几句话，他就跟上表叔跑开了，一直跑回了老家。那年父亲十岁。父亲在家藏了一个月，发现没人找来，就给同村的鲁家放羊了。

那时姑姑正在胡占海家做童养媳。婆婆对她很严厉，烧水做饭、喂猪喂鸡、洗衣煨炕都是姑姑的活。那年姑姑八岁多一点，还没锅台高，擀面时还得踩到一只小板凳上去。寒冬腊月天，由于穿着单薄，常常冻得发抖，手和脚都被冻得裂开了口子。她的气管炎就是那时落下的病根，一直到死都没能治好。记得我每一次见姑姑，尤其是冬天，都听见她胸腔里发出呼噜呼噜的响声。

姑姑对我说，每天早上，她都站在大门口，等着哥哥赶着羊群从她家门前走过去。她看见哥哥穿着烂羊皮袄，腰里系着一根麻绳，手里扬着鞭子。当他走到妹妹跟前时，妹妹总要把偷出来的一块饼子忙忙地塞在他怀里，有一次被婆婆看见了就挨了一顿打。她一直看着哥哥赶着羊走出村口，下了坡，过了河滩，向远处的深山里走去。姑姑说，那时，她一直担心哥哥会被狼吃掉。所幸这样的事没有发生。

那时的祖母身体已经十分虚弱，成天躺在炕上，懒得动一动。大烟瘾犯了时，像发疯的猫，一刻也不得安生。祖父也变得很少回家了。终于祖母跟上一个姓杨的木匠跑了。听人说，祖母之所以跟他私奔，是因为杨木匠答应给她烟抽。事实上，祖母到了杨家后，杨木匠就断了她的烟，只要看见她偷着抽就往死里打她。这中间，祖母后悔了，偷偷地跑过几次，由于身子骨虚，没走多远就被杨木匠追上，拉回去照样往死里打。至于祖母是怎样死的，至今我们都不知道。小时候听父亲说，祖母死后被埋在一块乱坟岗上，具体是哪一座已辨认不出来了。几十年之后，有一次我们弟兄四人找到了那里，想迁回祖母的遗骸。可是那个乱坟岗已被挖掉了，旁边修了一座水库。那天，我们弟兄四人站在水库边上发了一阵呆，然后跪下来点了一大堆纸钱。对祖母我们能做的就是这些了。

祖父去世时，父亲和母亲还没有结婚，不过这门亲事已定了下来。母亲说，祖父病重时，她常去看他，尽管一个没过门的媳妇往婆婆家跑是要被人耻笑的，但她不顾这些。母亲从小就比较刚强，有点我行我素的个性，正好与父亲的懦弱形成对照。她是支撑我们这个家的顶梁柱。

母亲说她最后一次去看望祖父时，他已经病得很重了。祖父看见儿媳走进来，想挣扎着爬起来，被母亲按住了。母亲看见公公不行了，问他道，你想吃些什么？我做给你……祖父有些不好意思，他说，媳妇子，我想吃一碗酸汤面。母亲赶紧跑回家做了一碗酸汤面，端了过来。祖父吃完后长叹一声，说，媳妇子我对不住你们哪，我怕是不行了，没什么东西留给你们，我嘴里有一副银牙床，等我死后你可以把它取下来……

母亲哭了。

祖父死后，父亲张罗着埋了他，除了姑姑及母亲一家，大约再无亲人参加葬礼。埋祖父的这块坟地是我父亲花四十块白圆从鲁家买来的，为此父亲给鲁家又整整放了三年羊。

再说说母亲。

母亲四岁时，外祖母就死了。外祖母是在坐月子时死掉的，大概得的是产后风。外祖母生了一个女婴，女婴十分羸弱，连哭声都没有，长得还没有一只猫大。不到三天这女孩就死掉了。外祖母因失血过多，身子很虚，再加上坐的炕是冷炕，房子又大，四面漏风，又是冬天，屋子里的水缸里都结了冰。母亲一直趴在妈妈身边，看见妈妈一直在冻得打颤颤。那时外祖父在外面游逛，大概还不知道妇人已经生产。外祖父基本上是一个游手好闲的人，是那种对家庭没有多少责任感的人。母亲说，外祖母临死那一晚，锅里没下的米，母亲只好与她二哥到她舅舅家去借。母亲的舅舅家境好，可是母亲兄妹俩连一小盆米也没借到。母亲抱着空盆跟着哥哥（我舅舅）一路上哭着往回走。到家时，外祖母已经死了。事实上外祖母是死在饥饿和寒冷中。

母亲有一个姐姐两个哥哥。那时她大哥远在四十里外的徐家套了拉长工，姐姐也在徐家套子的另一家当童养媳。家里只有年幼的母亲和她二哥，外祖父也是偶尔回一次家。

我二舅在外面拉长工，一直到晚上才能回家。那时，母亲一个人待在空房子里很是害怕。她常常想到死去的母亲，有时就不由自主地哭起来。晚上，要是二舅回来得很晚，她就用被子包住头，睡在炕上，灯也不敢吹。有时听见房子外面有响动，她就吓得发抖。

母亲说，有一个冬夜，她一个人待在房子里，就着灯盏做针线，突然听见有人在外面对着窗户吐了一口。她扭头一看，窗户上的一个破纸孔四周有一大片血迹渗开来，这血正是从这个破纸孔里吐进来的。

母亲吓坏了。母亲对血液和火焰总是特别敏感。她告诉我，她小时候不小心将家里的一垛草点着了，那草垛燃烧的火焰映红了大半个村子。她快吓死了，便钻在羊圈里，还是被外祖父找着了。外祖父要打她，结果被跑上来的一个红军娃娃拉跑了。那一天，母亲的家里正好住着过路的红军。母亲常常念叨说，那个睡在她家的红军连长盖着一条红缎面被子。她从没有见过那么好的缎面，走上去用手摸了一下，那缎面冰凉光滑，动一动便像水一样抖起来。

我小时候常看见，母亲坐在灶门前拉动风箱烧水，眼睛始终盯着灶火。有一刻，她就停下来，痴痴地看着灶火发呆，我不知道她又想起了什么。

母亲一生十分艰难，为了拉扯我们长大付出了毕生的精力。她是一个刚强的人，但也特别具有善心，常常救济一些走村串巷的流浪者，不但送吃食，并且常常留宿。老年时，她一度虔心佛事，常常与我们争论，因为我们都不信神。

母亲去世时，我不在跟前，就留下了长久的缺憾。我知道我没尽到孝道，这是无法弥补的缺憾。不过母亲的丧事我们办得较为隆重，也算是一个补偿吧。我记得母亲常对我说，你要是我的好儿子，我死后，你就把我高抬声（很隆重的意思）埋了。这成了母亲的愿望。看来母亲多少也有点喜欢排场，也有点虚荣心。不过在她活着的时候，这些都是难以实现的，因此只能在死后让儿子来替她实现了。想起来这是多么让人伤心啊。

父亲比母亲早去世十年。父亲去世那年刚过六十岁，应当不算太老。事实上父亲的身子骨因长期的劳累早就垮掉了。

临死那一年，父亲还到地里去犁地。那是初冬了，有一次，父亲去犁地时遇上了暴风雪，回到家时，身子都冻僵了，小便时连裤带都解不开。父亲正是在那一次受了风寒之后病倒的，这一病倒就再也没有爬起来。

父亲去世后，我哭了好几次。父亲的一生更为艰难，为了养活我们，吃尽了苦头，看尽了白眼，经受了数不清的屈辱。即使每一次在睡梦中见到他，他也总是穿得破破烂烂的，显得可怜兮兮的。

我无能为力。由于隔着一个世界，我的孝心无法传递到他那里。

我的死去的亲人们，安息吧！

我的亲人们

父　亲

　　想起父亲，自然就想起那些已逝的饥馑年代。在冬末春初的那些日子里，父亲常常带着我，背着碾细的辣面子到邻近的一些村子走家串户，期望能换回一些贴补口粮的食物。到了中午，父亲总是带着饥肠辘辘的我来到某一个亲戚或熟人家，厚着脸皮去蹭人家的一顿饭食。印象中那是我经历过的最为难堪的事，当我扭扭捏捏地小口呷着饭食时，我一点也感觉不到那咀嚼在牙齿间的食物的味道。我常常偷眼觑着父亲，却发现他是那么忘情而专注地享用着，似乎并不觉得这是一件令人难堪的事。时隔多年，我都忘不掉父亲吃饭的样子。我想，无论是多么粗糙的食物，只要放在他的口里，他都能咀嚼出格外香甜的味道来。他的吃相既不猴急也不贪婪，就是吃得香，总之你感到食物能经过他的口腔简直是食物的福分。或许一个长久经历过饥饿的人才真正懂得食物的珍贵。看见父亲吃饭，我总是觉得他在进行着某种形式的感恩。

　　然而每每想到小时候跟随父亲到别人家去蹭饭的经历，我的心口就免不了一阵阵地发酸。可是直至今天我才懂得，父亲为了抚养我们长大，已经失掉了起码的作为人的尊严，这其中蕴含的父爱又是何等的深沉啊！过去，我也曾在内心责备过父亲，可是现在想来这又是多么大的罪过啊！你能强求一个没有起码的生存保障而又肩负着抚养七个儿女责任的父亲坚持所谓的尊严吗？

父亲，一个几乎为糊口而奔波一生的人，一个把"吃"看得高于一切的人，却在临终之时，毅然摔破了手里的一只碗，他所表现出的绝望又是何等之深啊！或许在那最后的一刻，他已深深地厌倦了"吃"。

父亲是那种常见的老实巴交的西北农民，面孔黝黑，腰身佝偻，一双和善的眼睛总是透出某种谦卑的目光。他每每遇见人，还没有搭话，就先露出一张笑脸来。他总是这样，仿佛老是借助于微笑来化解某种没有必要的尴尬和一丝微微的恐慌。每当看见父亲这种表示亲热的、有些过分的笑脸，我总是觉得别扭，甚至感到脸红，有时，我几乎都有些讨厌父亲的那一张笑脸。现在想来，父亲时时为别人露出的那一张笑脸不完全像是表示亲切，而是带着一种说不清的谄媚和讨好。按说这完全是一件小事，然而我却觉得在某些方面受到了伤害。想一想，当一个儿子看着父亲对每一个与自己的生活不大相关的人长时间地赔着笑脸时，他的心中一定不会好受。何必呢？这完全没有必要！我在心里说。可是看样子父亲并不因为自己的笑容而感到难堪。事实上父亲并不是一个乐于微笑的人，他时常紧蹙着眉头，脸上笼罩着一层说不清的忧郁。那么，他之所以如此，完全是他的下意识使然。就这样，当父亲长时间地微笑时，我会发觉他那满溢在脸上的笑容慢慢地僵化，以至最终变成一种苦涩的表情——微笑着的痛苦。

父亲生性善良，胆小怕事，从不招惹是非，这一点与祖父何其相似啊。所以每当遇见人时，他所表现出来的那种谦恭和惶恐，就有了某种渴求宽宥的味道。这本无可厚非，于是我就想，使得父亲这样做的深处的根源在什么地方呢？我说不出来。有时，我把这归结为父亲的怯懦。如果父亲的怯懦是后天得来的，那么我诅咒这异化人的不公正的世界。如果这怯懦是父亲天生的，那么我在同情他的同时也多少会小看他。然而这并不妨碍我对父亲的挚爱。事实上，在我的潜意识中也曾希望父亲是那种我理想中的样子：高大威严，颐指气使……然而，想象毕竟是想象，相对于想象，我更爱父亲现在的样子，他毕竟是生我养我的亲人，所以我对他的爱并不因为我的浅薄和世俗的心理而有丝毫的动摇。世界上总是有这样的人，常常不自然地把自己放在一个卑微的位置上，也许对高尚而自信的人来说这是一种谦逊，而对普通的人来说这就显得有些低贱。世界上还有一些人专门以强暴和欺凌他人来显示自己的强大，而另外一些人总是企图以微笑来化解人与人之间的隔阂，父亲大约属于后者。然而父亲的悲哀在于，他并不知道一张微笑的脸并不一定能赢得另一张同样微笑的脸。

父亲的一生是不幸的。他十岁丧母，十五岁丧父，从此便沦落为孤儿。他从十一岁起就给邻村的地主家放羊，放了三年羊，折合下来的工钱仅为四十个白圆，而四十个白圆换来的刚好是用来埋葬我祖父的一小块坟地。这里面的不公是明显的，父亲也知道，可是面对着主人那一张威严的脸，他嗫嚅着说不出话来，哪还有什么可争辩的呢。有时候公道和正义总是属于那些貌似强大的人。

印象中父亲从不打骂我们，但也从不给我们温存，更谈不上溺爱了。这倒使我们从小就学会了坚强。在我看来父亲对我们几乎是冷漠的，这倒不是说，父亲缺乏起码的父子亲情，而是说父亲在抚养我们长大的过程中所经受的困顿和辛酸已扭曲了他的心态。如果说父子之情是一种天伦之乐的话，那么受尽生活之苦的父亲已失去了享受这种快乐的心境。可以想象，一个成天劳累、苦于生计所迫的人，哪还有什么心情去娇惯自己的孩子呢。当生存成为某种重负时，一切都显得不再重要。然而对于一个贫穷人家的孩子来说，能吃饱肚子，能一天天地活下去，便是最大的愿望了。那时，我们对父亲的最大希望便是他能给我们带来更多的食物，除此之外我们还能奢求什么呢？事实上，在我和父亲相伴的那些漫长的岁月中，我从没有渴求所谓的什么温存，每当看见别的小孩受到他们父亲的娇惯时，我的心中总是泛起某种苦涩和失落，但我从不怨恨父亲。值得庆幸的是，我在很小的时候就能理解父亲，我懂得他内心的苦楚和对我们所抱的愧疚之情。现在回想起来，几乎每一夜我都是听着父母亲的哀叹声入睡，或许我最初就是从父母亲的哀叹声中体验到生活的艰辛。

印象中，父亲看我们的目光总是躲闪的，实际上他从不正眼瞧我们，这并不是说父亲在鄙弃我们，不，我从父亲躲闪的目光中看见的却是隐藏在他内心深处的对儿女们的愧疚之情。我知道，尽管父亲从不言语，但是他一定感到他作为父亲欠我们很多，因为他没有能力给我们更多。他或许常常因为这而在内心谴责自己，现在想来，作为父亲的他内心所受的痛苦一定是不轻的。

或许最令我痛苦的是父亲在儿女们面前表现出的那种谦卑。如果说父亲对儿女们的那种愧疚是随着我们一个个长大成人而消失，那么他的那种谦卑恰恰是在看着我们一个个都有了"出息"之后而流露出来的。也许父亲从儿女们身上感到了那种作为人的差距，然而父亲在感到这种差距的同时，却忘了他是我们的父亲，他是用血汗喂养我们长大的父亲啊，他理应享受儿女们的敬重和孝心。每当看见年老的父亲在儿女们面前显得那么拘谨而拙于言辞时，我总会在暗地里伤心不已。或许父亲的谦卑已无端地放大了，即使在对待儿女们时也是如此。这是否可称得上是一种人生的悲剧呢？

母　亲

我在好几篇文章里都提到了母亲，但我从未正面描写过她，因为我心里清楚，要想准确地再现我心中的母亲形象，这是多么难啊。当我试图将母亲诉诸笔端时，总是在冥冥中受到某种抵触，我说不清这是什么原因。

往事尘封，需要我一点一点地去擦拭。

如果说，我对父亲的感情更多的是出于血缘上的亲情的话，那么，对于母亲就不是单纯的血缘上的亲情了，这里面不仅有深沉的依恋，还有不尽的谢意与愧疚。

母爱之所以博大无私，就在于母亲在为儿女们付出时从不求回报。作为儿女，无论你对母亲回报多少，都不能抵偿母爱。其实，在很长时间里，我并没有真正理解母爱的含意。我的不孝在于，我那么久地以为母亲为我所做的一切都属自然，而我忽略了一点，那就是我的一切几乎都是母亲给予的。

有一天，我忽然明白，我正是从母亲脱胎而来。这里面包含着深奥的因果关系，常常我们以为这就是一种缘分，而这种缘分由于以深沉的爱做纽带就显得弥足珍贵。是否可以这样去理解：母亲是我的根，而我是母亲的延伸。假若，我是一棵树，那么在我生长的时候，母亲就一定会感到疼痛，当然这样的疼痛在母亲身上大多会转化成另一种喜悦。假若，我是一朵花，那么在它开放的时候，母亲也一定会感觉到开放时的喜悦。如果说，在我的身上一直有一件东西陪伴着我的话，那就是母爱。感觉中，母亲的身影一直紧随在我的身后，她实在是对我有着难以割舍的牵挂。

那么母亲是怎么理解儿子的呢？她常对我说，你是我身上掉下的一块肉。母亲之所以如此说，正是把我看作是她身上的一部分。

说来可笑，我对这个世界最初的记忆却是这样一幅情景：我正在和妹妹争抢母亲的双乳。常常是，因为争抢母亲的乳房，我和妹妹争吵不休，甚至厮打起来。那时我大约两三岁的样子，不过都会跑动了。我承认我来到这个世界记得的第一件事就是它。我一边吮吸着母亲干瘪的乳头，一边伸出手去护住另一个，我总是担心妹妹会趁机抢了去。

不知道母亲那时的心情如何，不过我记得，母亲不是佯装呵斥我们，就是一边轻抚着我们的头，一边静静地看着我们依偎在她的怀里。我最初的记忆正是来源于母亲。不仅如此，我对世界的认识大约也是通过母亲。

记得母亲每一次出门都要带着我，对于小孩子来说这几乎就是一种荣耀。如果母亲要到麻春堡的供销社去购买东西，总要拉着我同去。到麻春堡去，我们必得先经过一座果园，蹚过一条河，然后来到一个陌生的村庄。我一直记得麻春堡的村巷正中有一棵很大的老榆树，树干扭曲苍劲，枝叶十分繁茂，树冠上有乌鸦垒起的筛子大的窝巢。再就是村子一边的那个高大结实的土堡了。这土堡比我们村子里的那个还要大，那上面也开着大大小小的枪眼。到那个被称作供销社的小商店去，我们要先迈上许多层高高的台阶。这是一座又大又深的房子，尽管光线很暗，但我觉得这里才像是一个真正的藏宝窟，里面摆着许多我喜欢的东西。

靠墙立着的高高的货架上摆着一摞一摞的各色布匹，还有印着黑条纹的红线单。正对门处摆着一排柜台，后边站着一个举止沉稳的老者，手里仿佛拿着一把木尺。听见母亲给他打招呼，我便靠近柜台，透过玻璃仔细地打量着里面摆着的许多可爱的小商品，比如彩色的纽扣啦、玻璃弹子啦、扎成一把一把的彩色丝线啦，还有圆圆的小镜子、紫红色的木梳以及成盒子装的五颜六色的小豆豆糖。有一只塑料制的粉红色的小喇叭特别吸引了我，我站在柜台边一直盯着它。我开始不断地拽妈妈的衣襟，不过妈妈后来还是没给我买它，却买下了那只小圆镜。

回家的路上，走在空阔的河滩上，我一直蹦着跳着，把手里的小镜子伸出去，对着红艳艳的太阳，便反射出一条笔直的光束来。我觉得惊奇。记得在以后的很多天里，每当早晨太阳升起时，我都要站在院子里，用手中的小镜面把太阳的光反射在黑暗的房子里。这样的游戏曾带给我许多的快乐。直到生病的时候，我手里还紧紧地握着这块小镜子。那时，我一定想象着能否把太阳长久地留在人间，尤其是在晚上。

由于有值得炫耀的东西，回家的路上总是格外开心。在穿过那座熟悉的果园时，我闻到了一股浓郁的苦涩的香味。其时，一大片葫芦秧正在开花，又粗又长的花柄上托着硕大的酒盅一般的黄花，像是用黄色的绵绸做就。有许许多多肥胖的野蜂围着花朵飞舞。

大约是正午，果园里不见行人，我跟着母亲走在叶片肥大的葫芦花地中，有一瞬间，我忽然觉得一阵恍惚，似乎身子晃晃悠悠的，像坐着一只小船漂荡在湖面上。

我一直搞不清那一刻我身上具有的变化，我对自然万象的敏感常常表现在这么一愣中。后来我一直以为那一片盛开的葫芦花地像一个陷阱。大凡过于美丽的东西里面总是隐藏着一种说不清的灾难，比如说像一个陷阱，可又不完全是一个陷阱。

我这人奇怪，往往在面临大美之时，眼前总是裂开一个陷阱，犹如深渊。

有一次，我路过果园，正遇上两个老人在葫芦地里掐谎花，我看见那些被掐掉的谎花极其美丽，于是我在他们身边捡了一大束，便兴冲冲地带回家来。当我走进院子时，没有一个人，只听见母亲在火窑里低声哭泣，哭声像悠长的咏叹调。我悄悄地摸进窑来，看见母亲坐在窑脑的土炕上，一边纳鞋底，一边在小声哭泣，身子微微摇晃着。我走近母亲，问她，妈妈，你怎么了？母亲回过头来，盯着我，就那么长时间地盯着我。我发现她的神情恍恍惚惚的，很长一段时间她才回过神来。然后，她看着我露出了一丝苦笑。我十分纳闷，不知道母亲为什么哭泣，母亲也不对我解释，只是略带歉意地看了我一眼。我突然间觉得，连对母亲也是无法理解的。

母亲常常一个人毫无缘由地哭一场。有一次母亲终于说，有时候，心里不好受了，就想一个人哭一场。

母亲这样的哭泣，是否可看作是人生固有的忧伤呢？我说不清。不过，及至今天，我却能够理解母亲，包括那种毫无缘由的哭泣。

我的心中一直装有一座废弃的孤城。那几近塌圮的城墙上，萋萋荒草总在不停地摇曳，还有风掠过古城墙时，有另外一种肃杀之气。

我说的这座废弃的老城就是天都山脚下的南牟会都城，始建于西夏。我不知道一个懵懂的少年，在他所接触过的许许多多的事物当中，为什么偏偏记住了一座塌圮的孤城。

南牟会古城遗址在西安州，距我老家仅十五里地。不过在儿时，西安州却是我心中最为繁华的地方。每一次到那里去，我晚上都激动得睡不着。第二天早上，母亲必定先收拾一番，方才带我上路。

对于一个七八岁的孩子来说，十五里地已算是一次真正的远行了。我一直记得，一路上我们要经过好几个陌生的村庄，遇上那么多从没见过的人。其时横亘于西面的天都山又高又威严，它罩在稀薄的云气里，山体隐隐发蓝，尤其是从那儿吹来的风，一片一片的像冰凉的绸缎拂在脸上。

我记得，接近西安州时，我打老远的地方，就看见了高高的老城墙，城墙边上长着一排高高的青杨。

我怯怯地走近城墙边，从某一个豁口，向里面一望，便看见宽大的城池里满是胡麻。茂盛的胡麻正在开花，开成一片蓝色的浓雾。

其后，我随母亲走在街面上，沿街两侧摆满了小货摊，行人往来穿梭，我感到压抑。我对繁华总是有一种天然的抵触情绪。不过我却清楚地记得我随母亲去看望一位老人时的情景，那好像是城墙边的一间幽深的窑洞，当我随母亲走进去时，看见从窑脑的地面上，有一位佝偻着腰身的老人缓缓地直起身来，我忽然愣住了，我发现面前的老人个子真高，他站起来时，头几乎都触到了窑顶。母亲让我叫爷爷，但我却没能叫出声来。

大个子老人说话不多，他声音沙哑，尤其在窑洞里听来，声腔闷闷的。

回家的路上，我向母亲打问起那个神奇的老人，母亲总是含糊其词。不过，我好像听明白了，他原来是一个隐藏了身世的土匪，不过他有恩于母亲，好像他年轻时救过外祖父。大人间的事太复杂，我不感兴趣，然而我却一直记着那个身材颀长的老人，他的沉默寡言以及眼睛中忽然一闪的凶光。

母亲在无意中使我体验到许多神秘的东西。这里面还包括，在那些漫长的冬夜，对着一盏煤油灯，她给我讲述过的那些"古经"。比如毛野人吃人、毛鬼神背人过河等等，虽是荒诞不经，却给我留下了那么深的影响。

年幼不知母爱，对母亲的理解也是随着年龄的增长一天天加深的。上高中时，有一个星期天我回家，母亲赶忙用一只铁勺在泥炉子上给我炒一只鸡蛋。她是想让我尝尝鲜，我知道这是对我最大的偏爱了，不知道这一只鸡蛋被母亲珍藏了多久。当我接过铁勺一筷头一筷头地品咂蛋黄时，一抬头却发现母亲勾着头对着炉火流泪。母亲一定是为我流泪。这是我唯一一次看见母亲为我流泪，饥饿的儿子让她伤心了。

其时我并不知道，母亲曾多少次背着我流泪。据母亲讲，有一次她看见我和几个同学正走在公路上，其时有一辆装有黄萝卜的拉拉车从我们身边经过，她看见其他的小孩子都没有动，唯独我追上大车，抽了一个，然后拧掉秧子，擦了擦便啃了起来。

我并不知道我的这一举动曾惹得母亲伤心。母亲好几次给我讲过此事，其实我并没留意母亲当时说话的意思，今天想来，作为母亲，看见儿子因饥饿而表现出的举动，心里必定有一种深深的愧意和不安。

尽管生活如此艰辛，我并不责怪母亲。我从不渴求母亲能留给我多少财富，我只是希望母亲的那一份仁慈和坚强能长久地留存在我的血液中。

我一直记得见母亲最后一面时的情景。那是冬日的一个午后，当我骑着车快到家门时，远远地就见一个老人靠墙坐在阳光里，眼睛一直望着公路，那正是母亲。我知道，她一定是在盼望远在外地的几个儿女能回家看她。当我走近她跟前时，她的脸上还愣着，似乎一下子认不出我来。我忽然发现，母亲的一头头发全白了，神情也变得有些呆痴了。我忽然一阵伤心。

那一天是正月初六，老百姓们都还沉浸在节日的气氛中。每逢佳节倍思亲，母亲坐在墙根，翘首以盼——

那是短暂的相逢，第二天我就回到了正在工作的兰州。仅仅过了九天，在正月十五那一天的晚上我接到了电话，知道母亲已经在当天下午去世了。

在听到消息，及至面对母亲的遗容以及埋葬母亲的那些时刻，我一直没流出眼泪。

我不愿当着那么多的人流泪。

母亲走了。我一个人走进母亲居住的那间小房子，发现房子里空了。我突然意识到母亲真的走了，再也不回来了。我轻轻关上了门，把脸埋在了母亲盖过的被子里，我闻到了熟悉的母亲身上的那种特有的气息。

我哭了。

母亲与父亲并排埋在了坟地里。时间过去了十六年，现在，母亲坟堆的颜色与父亲坟堆的颜色已变得完全一样了。

新鲜的黄土，在太阳的照射下一天天变得焦黑。

外祖父

我对外祖父没有过深的印象，能记住的也就是他临终时的那些情景。时隔多年，竟然连这些情景也逐渐变得模糊起来。每一次到二舅家，总要端详摆在上首桌案上的外祖父的照片。那大约是外祖父临终前所照的一张相片，他穿着黑色的长袍坐在一把木椅子上，神色严峻，两撇小胡子从嘴角两端向上翘起。我注意到，他头戴黑色的瓜皮小帽，前额上刻满皱纹。我从外祖父的面容上看不出与母亲相像的地方。我猜想，母亲一定像我的外祖母。

我对外祖父除了恐惧没别的印象。病重时的外祖父脾气变得十分暴躁，院子里稍有响动就要发火。那时候我还小，并不知道外祖父生病是一件大事，尤其是他得的是无法医治的病。大人们都知道他说不定什么时候就要死去，可是我们几个小孩子不知好歹，凑在一起时，不免追逐嬉闹，上房里的外祖父听见我们的声音便大声呵斥，尽管声音不大，但我们依然能感觉到那声音中的狠劲。

我看见大人们出入那间上房时总是轻手轻脚，生怕弄出一点响声来。有一刻，我们静静地待在一间偏房里，听起来，二舅家的上房里没一点声息。我知道这会儿，母亲、二舅、大舅还有本村的几位长者都小心地陪着外祖父。我心里清楚外祖父即将死去。那时我大约四五岁的样子，不知道死到底是怎么一回事，可是我从亲人们的脸上看出了一点过于沉重的东西，或许那正是他们预知到的死亡。尽管如此，死亡对于当时的我来说仍然显得陌生，它像一个谜，既让我感到好奇又使我感到恐惧，然而我还是渴望解开这个谜。

某一刻，当我们都静下来的时候，我感觉到有一个类似于幽灵的东西在院子里游荡，从这间房子里出来，又钻进了另一间房子。

有几次，我悄悄靠近上房的窗户，趴在那儿向里面偷窥，却遭到了大人们的低声呵斥。可是我依然看见了躺在炕上的外祖父，他显得极尽虚弱，我从他身上感觉到一种陌生的东西，并且我与他之间隔着一层别的什么，到底是什么，我说不清，可是我清楚地意识到外祖父正在远去，实际上他已经踏上了某种陌生的旅途。

那天下午，人们瞒着外祖父把他的棺材抬到院子里，把沉重的棺盖打开，让风吹尽里面的霉气。那是一个晴朗的冬日，远处田野上的积雪还没有化尽。阳光一度显得明亮而温暖，它平静地映照着院子里的棺材。一切都在预料之中，而且外祖父的死亡也被一只看不见的手设计好了。我因为好奇伸出手指一遍一遍地抚摸着棺材上面的漆画，我没有感到让我心灵震颤的东西，我只是觉得好奇，或许，我把将临的死亡看成了某种节日。

潜意识中我等待着某种事情的发生，实际上我在等待死亡的发生，因为我想看到死亡的真正面目。有一瞬间我从呆表兄的脸上看见了一副陌生的面孔，可是它倏忽间就消失了，我感到可怕，那时，呆表兄正蜷缩在门台子上晒太阳，一脸的茫然。

傍晚那一阵子，我突然听到从上房里传出外祖父愤怒的骂声。我们都默默地站在窗前胆战心惊地听着外祖父骂人。他的口气很是愤怒，先骂二舅，接着又骂大舅，完了他想起谁骂谁。他骂了好久，然后，他累了，喘着气。过了一会儿，我看见他扭过头，一动不动地瞧着我母亲，瞧了好久。母亲流着泪抓住他的手。有一会儿，他嚅动着嘴唇，分明是想说话，但是他的咽喉已闭，说不出话了。他的头向后一仰便断了气。于是，房子里还有院子里站着的人，便突然间爆发出悲切的哭声。

我等待了很久的事情就这样结束了，原来死亡也是如此简单的事。我没有看到更多我希望看到的东西。

那天晚上二舅家的院子里灯火通明，人们一直忙碌到天亮。第二天，二舅家的大门口竖起了经幡，旁边立着告示牌。这一天从四面八方来了许多前来吊唁的乡亲，人很多，站了半院子。院子里飘着肉香，我因为莫名的兴奋而在人群中穿梭，我把这一天视同节日。在我的意识中外祖父已经变得十分模糊，尽管他是这一切的中心。

第三天的早上，我在睡梦中听见院子里传出杂沓的脚步声，我翻起身，趴在窗子上一看，发现好几个强壮的男人把外祖父从上房里抬出来，小心翼翼地放在棺材里。院子里的天色还没有完全放亮，可是大门口已燃起了谷草，明亮的火光映亮了大半个院子，我还是看清了外祖父直挺挺地被放入棺材，然后盖上了棺盖，于是跪在院子里的亲人们便大声哭号起来。这一片高亢的哭声，在冬日之晨的清冽的空气中显得尤为突兀，我蓦然间感到某种恐惧。

这时我看见有人从鸡窝里捉住了一只大红冠子公鸡，然后缚在棺盖顶上，我发现那只公鸡似乎难以就范，它拼命地叫唤着，并且不停地猛烈地拍打着翅膀。很多年后，我都记得棺材顶上那只拼命挣扎的公鸡，后来，我知道它实际上作为外祖父唯一有生命的陪葬品连同外祖父一起被埋入地下。

这是我第一次目睹人的死亡，它让我明白，人有一天都会死去，可是在往后的许多年里我忘记了死亡，并且，我老是觉得我不会死去，因为我对死亡总是怀着侥幸心理。

三个哥哥

我有三个哥哥，加上我便是兄弟四人。兄弟们多，相互间有个帮衬，并且也不大会受到外人的欺负，这在偏僻的农村也算是一件好事。农民夫妇都希望生男孩，一是为了生有后继、老有所养，二是出于家庭的防护意识。几千年的传统难以一下子改变。

我们弟兄四人，长相不同的地方比相同的地方多，表现在个性上就差别更大。大哥，话少，举止稳重，给人的印象较为持重。大哥跟我们待在一起时，总是笑眯眯的，偶尔丢一句笑话，能把人笑死。大哥属慢性子人，一般不发火，发火时不得了，挺吓人的。

二哥，长相最好，人也最聪明，口才一流。他十八岁参军，二十四岁复员。在部队上当过号兵，后来当了班长。二哥当兵时一字不识，可是在部队上发奋自学，后来不仅写信不让人代替，并且能流利地阅读诸如马克思的《哥达纲领批判》、毛泽东的《论持久战》以及鲁迅的《呐喊》等著作。二哥记忆力好，领悟力强，有很高的天赋。我常想，如果二哥有一定的文化基础，一定能干出一番事业来。他当年在部队干得十分出色，有几次提干的机会，都因为文化程度低以及巧遇的政治风波而错过。二哥志向远大，但还是做了农民，他常抱怨自己的命运，我颇能理解他。

因为当过兵，二哥脾气火爆，动不动就对人发火。三个哥哥中，我与二哥最能谈得来。

三哥脾气最好，一脸的和气，待人十分的和善，这一点最像父亲。三哥长我四岁，和我相守的日子最长，并且，他对我的帮助和支持最多，尤其是在我艰难求学的那些日子里。

有时，我们弟兄四人坐在一起，我不断地打量三位兄长，总觉得兄弟间的关系是一种十分奇妙的关系。作为人我们各自独立，但从血缘上考虑，我们之间又有一条看不见的纽带相连着。

大哥留给我的记忆不多。小时候，我跟他睡一个被窝，可是有一天他结婚了，离开了我，跟一个陌生的姑娘——我大嫂睡在了一起。这使我颇感好奇。我一直记得大哥结婚时的样子：脸羞得红红的，当穿红棉袄的新娘走进我家的大门时，大哥手里举着一只罗，挡住脸部（这是因为属相的关系在象征性地回避），然后羞羞答答地去迎接新娘，我站在一边发笑。

我第一次到县城是大哥带我去的。海原县城那时的样子我已记不清了，只记得，当我们进城时，要先穿过一个高高的黄土筑就的城门洞。那时的老城墙还在，很是巍峨。

大哥那次带我去，好像是销售生产队的辣椒，不过遇到了连阴雨，我们就被困在了车马店里。那是县城最老的旅馆，晚上还烧炕。我记得房子很破旧，土炕上的竹席都变得焦黑。几条被子脏兮兮的，上面留有许多可疑的污渍，在一些褶痕里还有虱子。晚上，我被一阵钻心的痒意惊醒，便捣醒了大哥。大哥点起了灯一照，墙壁上有肥胖的臭虫在缓缓爬动。

回家那一天，天还下着小雨，大哥让我爬上架子车钻进一堆羊皮里面。我一直记得那生羊皮的味道，又腥又膻，不过钻在里面却十分的温暖。

我躺在羊皮中间，听见雨淅淅沥沥地落在僵硬的皮面子上。架子车一直在晃荡。大哥和另一位同村的青年，拉着架子车走在雨里。

小时候，二哥留给我的印象是比较调皮。我记得他腰里时常系一条宽皮带，经常与村子里的一帮半大小子玩打仗的游戏。有一次，他和几个朋友哄我抽烟，抽的是父亲抽的老旱烟，用烟锅抽。不知抽了多少，当我站起身来时觉得头晕晕乎乎的，我准备去放烟盒，还没迈上几步，就一头栽下炕来。我在哭泣中还看见二哥几个人在笑我。

二哥当兵进部队的那一天，我随父亲到县城去送他。晚上，在县招待所大院（好像是一个很大的堡院），我看见二哥已穿上了棉军装，我很是眼馋。二哥给我和父亲端来了烩肉和蒸馍，那是我吃过的最香的饭菜。

二哥走后，我一时觉得院子里空空荡荡的。他临走时，不知从谁家抓了一条小黑狗，让我养起来。白天，院子里没人，我就长时间坐在小板凳上，怀里抱着那只小狗，一直在想二哥。

二哥复员回家时，正遇上大旱年，时间大约是 1973 年。村里的人都吃供应粮，就是红薯片，还有高粱，家里的生活十分困窘。记得有一次吃饭，二哥吃着吃着就放下碗出去了。母亲以为二哥怕饭做少了，让我去喊他。我走进他住的那间小房子，看见二哥一个人趴在桌子上小声哭泣，我悄悄溜了出来。

二哥在生产队时遇到几次招工的机会，都没走成。那时我们大队的复员军人几乎都被招了工，按说二哥的条件最好，就是走不了。我们都知道，是大队某个领导在有意卡他，二哥找过他几次，都没通过。二哥肯定是气疯了。一天晚上，我发现二哥把自己锁在房子里，反复地擦拭那支冲锋枪，他是民兵排长，自然是有枪的了。擦完了，又拿出几粒子弹放在头皮上反复摩擦。我看见他神情有些古怪，便跑去告诉了母亲。一会儿，二哥提着枪走出来，脸上满是杀气。母亲见状一把抱住儿子，大声喊父亲。后来在亲人们的劝解下，才平息了一场可能的流血争端。那时，连我都知道二哥要干什么。其实在这之前，他一直对我们说，他要亲自杀掉一个人，这个人是谁大家心里都明白。

二哥结了婚，生下了五个孩子，脾气收敛了许多。现在虽是五十多岁的人了，精气神还很足。今年春节回老家，听说他与别人组建了一个社火队，走村串巷，很是热火，我放心了。其实在三个哥哥中我最放心不下的就是他了，一来我怕他惹事，二来我怕他做出一些傻事。

很多时候我都不知道如何宽慰他，我明白他最大的心病是觉得活得委屈，这是没办法的事。

我与三哥相处的时间最长。他给我的印象是能吃苦、心肠好，对亲人，对别人，都是一副古道热肠。

其实三哥脑子不笨，他上学时学习成绩很好。二哥当兵一走，他因家里缺少劳力便辍了学，留下终生的遗憾。

我与三哥之间能记住的事大多与劳作联系在一起，比如和他到山里去挖柴拾粪、和他一起推动那盘石磨等情景就一直留在记忆中。有一次，大约快要过年了，我与三哥去推磨家里仅有的那十几斤麦子。磨已经推完了，要将磨台子上的面粉扫在簸箕里。当时，我端着簸箕，三哥往里面扫面，不料我手中的簸箕一滑，里面的面粉全倒在了地上的尘土里。

三哥一看，便气得哭了起来。那时，我已经做好了挨打的准备，但是三哥除了哭，没有打我。今年我回老家，三哥还提起此事，好像还有埋怨之意，我听后笑了。

三哥长大之后，知道找对象了。大约是家里穷的缘故，父母亲无法顾及他的亲事。有一次三哥找了一个对象，是距离我们村三十里外的菜塘子村的。三哥相了一回亲，回家时很高兴，看来是看中了那个姑娘。后来不知什么原因，父母亲反对这事，便吹了。其中的原因，好像是那姑娘有狐臭病。三哥睡下不起床了，母亲着急了，便请人来开导他。

后来三哥给我讲，那姑娘长一双大眼睛，两条毛辫子又黑又长。那天他去相亲，走进火窑时看见那姑娘正在案板上擀面，腰身一颠一闪的，很是动人。

后来三哥又找了一个对象，就是我现在的三嫂。三嫂家很远，在甘肃的复兴公社。那天我随三哥骑自行车走了上百里的山路，去看没过门的三嫂。记得快到三嫂家所在的那个山村时，他放下车子跳下一个深坑，我不知道他要干什么，他微笑着向我扬了扬手，我一看他手里拿着一条新裤子。他穿上新裤子从坑里跳上来时，我一看两条裤线笔直笔直的，我就笑了，其实三哥挺精神。快到三嫂家时，三哥向一边的山坡上指了指，我一看，有一个姑娘正背着背篓走在山坡上。三哥说，瞧，就是那姑娘！我有些吃惊，如此远的距离，他怎么就认出了自己的对象？

三哥很爱三嫂，三哥生病时，当着那么多人的面一直抓着妻子的手。我有点不好意思，说实话，这样的举动，当着几个侄儿侄女的面，连我也是做不出来的。

三哥是个孝子，对父母亲很孝顺。尽管我们都尽了孝心，但与三哥相比，都还不够。

我一直记得小时候母亲最疼爱三哥，大约在三哥儿时，母亲也能看出唯有她的三儿子是最能够靠得住的。

现在我们弟兄四人都过了不惑之年，并且大哥也渐入老境，我们见面的机会就少了。我一直想我们本该有许多知心的话要说，但见面的时候，好像话少了，并且有一种淡淡的陌生感。俗话说，人一老心事就重了。我一直很小心，生怕在什么地方得罪了他们。

三个妹妹

我有三个妹妹。大妹三妹都念到了初中，这在偏僻的乡村，尤其是对我们这样一个贫穷的家庭来说，极其不易。大妹书念得好，但也许是因为家境的原因，初三没毕业就辍了学，不久之后就结了婚。我一直觉得大妹应当有更好的人生路途，但随着她的结婚，我已经看不到希望了。大妹生了四个孩子，一度家境不好，每一次回娘家时，总是哀叹不止，让我不安。后来，大妹夫的工作解决了，她的家境便也一天天好了起来。大妹最善解人意，并且一直保留着对文学的爱好，也曾一度想走文学创作的路，可是条件限制了她。她常提起丁玲、赵树理等作家，尤其是对出身贫贱后来又成为作家的一些人特别崇拜，比如高尔基等，可是作为一个普通的农村妇女，要实现这一梦想有多难啊。因为我也爱好文学的缘故，她对我特别亲切，每看到我发表的作品就十分的高兴。

三妹学习也好，但考了一次学之后，就擅自回家了。对于她的自行辍学我十分的愤怒，我本希望她能考上学，有一个好的前途，但她同样让我失望了。三妹脾气倔，我拿她没办法。后来，她自找对象，没给家人打招呼就自行结了婚，使我们这些当哥的很没面子，这就是我对她一直冷淡的原因。尽管我表面上冷淡她，但背地里一直打听她的情况。后来，听说她两口子在县上做起了生意，也算是能够自食其力了，我顿觉宽慰。前年冬天，我回老家时，恰遇大雪，阻碍了交通。看着漫天飞舞的雪花，我突然想起，在这个小县城里还有我的一个亲人，于是我冒着大雪找到了她租住的宿舍。

对于我的到来，三妹显然吃惊不小。看着她住着黑黑的房舍，房子里摆着几样简单的家具，我心里不好受。

三妹看见我来很高兴，准备买肉给我做好吃的，被我拦住了。我说，你屋里有啥做啥吧。

临走时，三妹的小女儿抱住我的腿哭着不让我走，我心里不好受。

听说，今年三妹要在城里盖房子，我自然十分高兴。我希望亲人们都能过得比我好。

二妹是个文盲。小时候，每遇上学就要哭鼻子，不愿到学校去。我说，你不上学以后要后悔的。我问她，你说你以后后悔不？她说，不！我说，你以后埋怨我们不？她说，不！

二妹虽不识字，却最懂事，也特别能体谅人。她二十二岁那一年冬天，远嫁到西吉县的兴营乡蒿子湾村一个张姓人家。二妹夫人老实，对二妹言听计从，我也就放心了。二妹结婚时，是我送的亲。她婆家住在一个十分偏僻的山村里，四周不通车，要到县上去，得先走几十里的山路，然后来到大路上等班车。

把二妹嫁在那儿，我心里不踏实，好像成了我的心病。

前年，我与妻子专程从固原到她那儿去看她。其时二妹已另家过日子了。她的家是一个小院，盖着几间低矮的土坯房，不过粮食倒打得不少，她还说，大门外，她还窖着三窖洋芋，共有几万斤。我发现她家的院子里还养着十几只羊，都很肥硕，我便放心了。

二妹见到亲人，高兴得不得了，又是杀鸡又是宰羊。深山老林有亲人来访的确是一件喜事。

晚上我问二妹，待在这儿习惯不？她说，习惯了但是闷得慌。我说，想不想挪腾一下？她说，当然想了，但是没能力。

过后，我一直记着这件事。今年在我的帮助下，二妹全家迁至银川郊区的华西村，不但能见上火车还能看到飞机。闲暇时，二妹坐上公交车进城来看我，经常可以领略到让她感到新奇的东西。她满意了。

表兄与表嫂

我的表兄弟不少，但与我最能说得来的就只有玉平表兄了。玉平表兄是某一个乡村中学的校长，有文化有头脑，待人十分周到。可惜他英年早逝，让我痛心不已。

表兄最初感到身体不适是在1997年的春天。有一天，下着小雪，表兄先到我开的小卖部来，和我聊了一会儿天，就着火炉吃了两只烤红薯。他说他觉得腹腔不舒服，右肋下似有核桃大一个硬块，他要到县医院去检查一下。他没让我陪他去。检查回来后，他对我说，初步诊断为早期肝硬化，但还不能确定，大夫让他到大医院去确诊。

我预感不妙，但看他不大在意，便以为是误诊。他临走时，我站在临街的小卖部门口送他，他向我招了招手，便大步走了出去。我一直看着他的背影，突然有那么一刻，我一下子感到有些莫名的伤心，似有一个声音在对我说，他不行了。

接下来，我就得知表兄在银川住院治疗，说是已确诊为肝硬化。后来表兄又转院到兰州肿瘤医院去治疗。

我到兰州去看他，待了两天，我看他不行了。临走时，他哭了。

回到家后，表兄还度过了将近两个月的时光。我最后一次去看他时，他已瘦得不成样子了，同时我发现他也变得冷漠了些。

表兄去世时还不到四十岁，身后有三个没成年的孩子。我一直想，他在临去世时，一定会给妻子或家人留下什么话。但他到死都没说出类似的话来。

我想表兄一定是不想离开这个人世，尤其他这么年轻。记得那次在医院，他对我说，兄弟，什么都不重要，只有活着才是最重要的。或许他在临终的那些时日才感觉到生命的可贵。

所幸，表嫂是一个坚强的女性，丈夫死后，她至今没嫁，生意做得很红火，行走都是摩托车，可谓风光得很。但表嫂寡妇门前是非多，我常听到一些关于她的风言风语。有时我也很生气，但转念一想，表嫂能把三个孩子拉扯成人已属不易，也算是了却了表兄的后顾之忧。

安息吧，表兄！不要有太多的牵挂。

左邻右舍

牛娃一家

牛娃家与我家墙连着墙，是老两辈子都没红过脸的好邻居。牛娃虽比我大四岁，却也是无话不谈的好朋友。他胆子大，能干的事他干，不能干的事，他也敢干。

有一次，是个下雨天，他心血来潮要带我去偷生产队的果子。我跟他去了。我们是爬在玉米地里一点一点接近果园的，样子像在电影里见到的侦察兵悄悄摸进敌营。到了果园一边的土坎子下面，他示意我待在下面策应，他到树上去摘，我点了点头。我看见他像夜猫子一样弓着身子，爬向果园，然后无声无息地上了树。随即，我就听见被踩踏的树枝的响声，还有他摘果子的声音。我觉得他的动静太大了，尽管趴在下面，我的心也几乎快跳到了嗓子眼上。

我知道，看果园的孙老头是个躁胡子（倔犟），整天黑着脸，凡抓住偷果子的娃娃就往死里打，用红柳条抽你的屁股和大腿，有时还揪着你耳朵直接找到你的家里哩。

听见牛娃在树上折腾，我就怕被孙老头抓住。我悄悄地趴在坎沿上，往外探了探，就发现孙老头蹲在果园一边的小房门前打盹呢。再看牛娃，只见他站在树上，一边往衣服袖筒里装果子（袖筒是提前扎起来的），一边还往嘴里喂着半个还没吃光的梨。我听见他咔嚓咔嚓地嚼着梨，看见我时还没事人似的冲着我笑呢。等他把两个袖筒都装满了，就把衣服挂在树杈上，然后给我摘，随摘随往我待的坎子下面扔。我吓得嗓子都冒烟了。

等我两行窃完毕，摸出了玉米地往家里走时，我的腿还打颤颤呢。可他没事人似的，一边走一边还嚼着梨呢。后来我们看电影《平原游击队》，我就觉得他特像电影中的李向阳，再后来看《洪湖赤卫队》时，我又觉得他像刘闯，总之他是我心目中的英雄。

一般没事干的时候，我就喜欢到牛娃家去，他不但能绑弹弓，还能做火枪，这些玩具都是很能吸引我的。

几乎每一次去，我都能看见牛娃他妈坐在窗前纳鞋底，因为连续的咳嗽，脸都憋红了。她是个害着哮喘病的胖女人，一张胖胖的圆脸，看似肥厚，其实是虚肿。如果把手指放在她脸上按一下，会陷下去一个深窝，老半天涨不起来。

牛娃妈生了七个儿子两个女儿，由于家里穷，第五个儿子生下来一出月就送了人，据说是送给位于贾塘乡的涧沟堡子的一家亲戚了。

因为送了人的老五和我同岁，就好像有一种莫名的牵挂，一有机会我就打问他的下落，但大人们总是吞吞吐吐的。在我们这里，孩子一送人就是一件要保密的事，一是怕本人知道了不好，二是怕收养了弃儿的人不乐意，因为他们怕把操在娃娃身上的心白操了，到时候人财两空。

现在的老五都是快五十岁的人了，前几年就把家搬在距银川市不远的华西村，在镇子上租了一间房子打工过日子。他本指望来华西村能得到先来这里安家的牛娃几个弟兄们的照顾，可来了后发现几个兄弟家的日子也好不到哪里去。他们虽住得不远，但他好像与牛娃家不怎么来往，与其他的几个弟兄也不怎么走动。送出去的人，泼出去的水，人一撇淡，亲情也就淡了。或许老五在心里还埋怨牛娃一家人当年怎么就那么狠心把自己送了人呢。

由于我妹妹家也在华西村，所以我经常去那儿，但老是碰不上老五，好像老五也躲着我呢。他的女人我见过，看起来清清爽爽的一个人，怎么就安心跟着那个懒汉过日子呢？我想不明白。

现在的农民，只要人勤快、肯吃苦，一年挣上个三四万也不是啥问题。关键是老五懒，下不了苦，是个吃鸟叼食（形容人懒的意思）的货。

听说牛娃死的时候，他来了，趴在哥哥的头前点了纸，磕了头，还号了一鼻子。看来"打断的骨头，连着的筋"，兄弟还是兄弟呢。

说起懒，牛娃家的几个弟兄们都懒一些，老大是个泥瓦匠，老二是个劁猪匠，老三当了一阵子兵，回到家后也没心思务农，后来就在西安乡当了上门女婿。他们几乎都喜欢倒腾个小生意，或是干个小手艺，但都不成气候。总之不喜欢务庄稼。凡是农村里长大的人不喜欢务庄稼，就算丢了老本行，是不大被人看得起的。

牛娃家的老七也是个懒汉，都三十好几的人了，还混不上一个婆姨，东里南里的瞎逛荡。前几年他还在银川市旅游文化局举办的石头节上摆摊卖石头，听说这几年不搞了，也不愿去打工，不知现在在哪里混呢。

他人我见过，是个长得白白净净的小伙子，手指细长细长的，像个女娃娃的手，一看就是个下不了苦的人。我想，要是有哪个好心的寡妇看上了，或是谁家招上门女婿，把他招了去，说不上就能守心过日子呢。

说来，人身上都是有遗传基因的，在牛娃家弟兄们的身上，几乎都或多或少有一点他大的遗传。

牛娃他大看起来是一个很活泛的老头子。牛娃他妈去世时，他家老七才一岁多一点，老头子就离开家带着小儿子过活了。他在离我们庄子二十多里外的西安乡的街道上，租了个小门面卖些针头线脑的小百货。遇上逢集的时候，他就在街面上摆个小摊，一块发黑的白布单上摆着些花里胡哨的小玩意儿。那时，我还在街上看见过他呢，觉得他挺了不起的。那是二十世纪七十年代末，刚刚遇上改革开放，我想，要是他再年轻几十岁，说不上就能经商发家呢。

听说牛娃他大年轻的时候就不爱种庄稼，他给我们这一道河最大的地主赵邦和家赶大车，是安着两个胶轮的那种拉拉车。在解放前，那车也是了不得的稀罕物。牛娃他大人长得精神，赶车的样子也挺神气的。赵邦和给他的工钱按说比别的长工要多一些，但钱一到他手上，就被他耍了赌。

有一次，他跟海原县保安团的李连长摇碗子（赌博之一种）。李连长虽说也是个赌徒，但那天手气背，几碗子揭下来，他就把身上装的钱输光了，围观的人看见李连长脸上挂不住了，只见他拔出手枪，啪一声压在桌子上，说，我我我……我把手手手枪压上，日日日他妈，老子不信邪了，难难难道今天就翻不过本来？李连长是个结子（口吃）。

耍赌的人都傻眼了，他们看着庞廷柱（牛娃他大），心想，冷松，不敢揭吧，赶紧放下钱开溜吧！可是，只见庞廷柱笑眯眯的，把手枪拿起来掂了掂说，揭！

这一揭，该李连长傻眼了，他又输了。庞廷柱拿起枪，大摇大摆地走了。

人们看见，他进了赵邦和家的牲口圈，得啾得啾地赶着一群牲口到河里饮水去了。

庞廷柱站在河边，举起枪，正在向树上的一只老鸹窝瞄准呢，这时候，他看见老地主赵邦和日急忙慌地向他走来。老赵很生气，他说，你个龟儿子，胆子够大的，都敢赢李连长的枪了！庞廷柱说，东家，你知道，愿赌服输，天经地义的事，他李连长没钱了，敢压枪，我就敢揭！大不了我给他家拉三年长工！

好你个冷松呢！老赵说，你知道李连长是个什么人吗？他为了枪会把你龟儿子碎治了，你信不？老赵接着说，他现在就在我家候着呢，说是还要跟你揭碗子，看样子是赖着不走了。庞廷柱听到这儿哈哈笑了，他说，我的好东家哎，我这也是闹着耍呢，我要这铁疙瘩有啥用呢，咱劫人去还下不了手呢！

……牛娃他大就这么个人，小时候，我也没见过他下过地，好像一直都在外面倒腾啥呢。听大人们说他是在打拉池滩晒盐呢，谁知道。

牛娃他大是咋死的，我就不记得了，总之是寿终正寝吧。我想，这也就不错了。

再来说牛娃，他长到十五六岁的时候就能把二百斤重的麻袋扛起来，要是拔牛腰子，连大人都不是他的对手。

他上学本来还行，可因为与别的同学打了架，还顶撞了老师，就不念了。那天中午放学的时候，我看见牛娃站在教室门口，头低着，咦——他也知道害羞呢。很多学生都围着看他，他一瞪眼，学生们就跑了。牛娃可能觉得丢了面子，背起书包就走了，头也没回。后来，老师还到他家去叫他呢，但他死活不上学了。三十多年后，当我提起这件事时，他笑得前仰后合，他说，我要是好好念书肯定能当个县长呢。这话我相信。

可是，当他给我这样吹牛时，他已瘫在轮椅上七八年了。他是在内蒙古打工的时候，被翻了车的石头砸的，命保住了，可下半身瘫痪了。我每次去看他，他不是躺在炕上，不停地搓捏他那一条萎缩的腿，就是坐在轮椅上，一边跟我说话，一边把他那条萎缩的腿折过来，放在小肚子上不停地揉搓拿捏。我体验不到大腿失去知觉是个啥感觉，总之看到他人逐渐瘦小下去，就觉得心里不舒服。但是他很乐观，脸上看不出愁苦来。我发现他对着小外孙发火的样子还像当年，一双牛眼睛瞪得圆圆的。听别人说，他要是没钱了，还时不时地摇着轮椅到乡政府去闹一回。

牛娃的媳妇是个乐天派，一见人就笑。她对瘫痪在床的丈夫也不错，一是因为做夫妻的情分，二是多少怕着他一点。

我每次去牛娃家，几乎都能碰上一个穿戴整洁的中年人，据说他在华西村种温棚。我还跟他打过几场麻将呢。后来听我妹妹说，他是牛娃媳妇的相好。

我有点吃惊，想不通脾气火爆的牛娃咋就容忍了身边的事。听妹妹说，这个男人也好呢，不但照顾牛娃，有时还给他钱呢。但，听说有一次，牛娃还用凳子砸过这个男人呢。

牛娃要是不死，今年都五十三岁了。他是今年冬天去世的，那次刚逢我出差，没能赶上去送葬，心里挺过意不去。今年春节，我和老婆去华西村我妹妹家，顺便去了一趟牛娃家（他和我妹妹是邻居）。

牛娃的老婆好像比过去更年轻了，她听说我们来，已提前炒好了几个菜。她不停地招呼我们吃菜，老婆没动筷子，就我一个人吃。我知道我要是客气，老嫂子会不高兴的，但是我觉得那天的气氛怪怪的。

床上不见了儿时的老朋友，就连他常坐的那辆轮椅车也不见了（平时都是放在地上的）。你说，一个人说不在就不在了。隔壁房间里传来摸麻将的声音，我问起梁小素（就是前面提到的那个男人），老嫂子说，他正和几个朋友打麻将呢。

听说，牛娃死得很安详，去世之后脸上还带着笑呢。他这是没有牵挂了，因为他的两个女儿都出嫁了，唯一的儿子也二十多了，个子有一米八，跟他大一个样，也长一双大眼睛，只是见人像他妈一样笑眯眯的。

肖　家

前一篇文章里说过的牛娃家，是我家的左邻，肖家是我家的右邻。肖家老爹是个川区人，年轻的时候因为躲避马鸿逵抓兵，就逃到了山区我们这儿，后来就娶妻生子、安家落户了。

他是个温吭子，曾和我父亲一起放过多年的羊（二十世纪六七十年代，我们这个三四十户人家的小村庄还养着四五群羊呢）。

冬春季节，村庄周围的山里草皮瘠薄，人们会赶着羊群背着家什向牧草深厚的西山一带转场。曾有一段时间我替父亲在深山里放过羊，和我住在一起的就是这位肖家老爹。

在深山里放羊本来就不见人烟，等晚上羊群归圈时，遇上做伴的又是一个话语不多的老人，于是在大山里生活，就成了一件寂寞之中又加寂寞的事。

我记得，当我把土窑里的锅灶烧开，要往开水锅里下米时，就爬上炕去，在装米袋的小木箱里用一只小瓷碗量好米，然后下在锅里，这时候肖家老爹接过我手里的那只小碗，然后按照我取的量，在自己的米袋子里量好同样深浅的米递给我，让我下锅。我注意到，要是他觉得多了，会用手掌抹下去一层，要是觉得少了还会再抓一把米添在上面。

我们都带着从家里拿来的腌好的咸菜。黄米糁饭做得刚好，一人一大碗，刚够吃饱。我注意到，坐在我对面的肖家老爹在吃黄米糁饭时，会不停地转动着手里的碗，这样一来便于他从米饭的周围下手，用筷子从上往下一层层地往下刮着吃。所以，看起来，他碗里的黄米糁饭就始终保持着一个圆圆的山丘状。等饭吃完时，他的碗干净得几乎都不用去洗。

我们这些从老家走出来的人，隔三差五都喜欢吃一顿黄米糁饭，每过一周我就让妻子做一次。孩子们不大爱吃，吃的方法也不对头，他们喜欢拿筷子从米饭的中间豁，就像鸡叨食。于是我就给孩子们演示怎么个吃法，与此同时也就自然想起了肖家老爹。

一个人的人生观很大一部分体现在对饮食的态度上。我喜欢看西方电影，发现西方信奉基督教的人，在吃饭时都要先祷告一番，以感谢上帝赐给了他们食物。对食物的珍惜与贫富无关，我们中国人在这一点上应该向西方人学习，学会在吃饭上不耍派。

肖家老爹是个心细人，干什么都有个样样行行。他从山里拔来的芨芨草，根须都先剥得干干净净，捡来的柴火也一捆一捆用草腰子捆好了，然后码成一个四方四正的垛子，就连他扫的羊粪堆里也不见茅刺和土块。总之他是一个细致的人，也是一个不招惹是非的人。但是，你老是觉得他有什么心事装在心里。他的脸始终是拉长的，难得见他一笑，也听不见他唉声叹气。到终了他到底是怎么死的我就不知道了。

肖家老婆子不像她老汉，是个爱说会笑的人。我记得我很小的时候，最喜欢听她说"古经"了。说是一个新媳妇提着篮子回娘家，半路上遇上了毛野人，毛野人抓住新媳妇的手就笑死了，等缓过神来，人早跑了，而毛野人的手里却捏着半截竹筒。她还讲，有弟兄三个如何如何的厉害，有一天，不知因为什么事，老二和老三打起来了。老二抡起了碌碡，老三举起了碾盘，正打得不可开交时，老大走了上去，一手一个架住了他们俩……

说"古经"的时候，大都在深冬的长夜，说着说着，头顶的那盏煤油灯的灯芯会慢慢地结出梅花状的花骨朵来……说着说着，就听见外面起风了，风呜呜呜呜地号叫着，我就吓得赶紧往被窝里钻。

肖家老婆子还"提脚子"（一种迷信活动），当谁家不安分了，比如房子有响动了，喂得好好的猪儿突然死掉了，或是娃娃深更半夜里哭，哭得不住嘴了，可能就惹了不对货（一种迷信说法，类似于丢了魂或鬼神附体），就需要"打整"一下，于是就会在晚上偷偷地请肖大娘来"提脚子"。

她洗完脸和手后，会先在房子的正上方的桌子上上三炷香，然后盘腿坐在炕上打坐。这时候屋子里的气氛就渐渐变得安静肃穆了。这时候，我们都在地上跪着，我偷偷看了一眼，发现肖大娘闭着眼，嘴里正喃喃有声呢，也听不清她念的是什么。突然，她大喊一声，跳下炕来，然后双手握住一个挂有铃铛的木制香炉子，在地上不停地摇晃着甩抖着，一边用一种陌生的声音回答着家里人要问的话，而这些话不外乎就是询问自家人在什么地方什么时间冒犯了先人或是神灵等等。

提完脚子后，肖大娘会在炕上躺一会儿，然后长长地出一口气，再伸一个懒腰，就回转过来了——又恢复到她原来的样子。她仿佛真是从一个十分神秘而遥远的地方归来，脸色变得蜡黄蜡黄的，跟刚来时不一样了。

有一段时间，我把肖大娘看得很神秘，我想一个接近神灵的人，毕竟是了不起的，也一定会受到神灵的眷顾。可是，让我想不通的是，肖大娘在临去世时却经历了很大的痛苦。我记得即使隔着一个院子，也能听到她病痛时发出的哭叫声和呻吟声。有一次，我随母亲去看她，我看见她在病痛难以忍受时，会不停地用头去撞墙壁，因此她的前额上布满了渗血的疤痕。

肖大娘去世时，她的二儿子趴在院子里大声号哭。由于他家里穷，做不起棺材，是乡亲们用布单裹了他母亲，放在门板上抬去埋了的。

我记得那一天风很大，好像是早春，山野里笼罩着一层厚厚的黄尘。当抬着亡人的人群走上村后的山坡时，风吹起了布单，露出了大娘的身子。我们都很难过。那是二十世纪七十年代初的事，她是我们庄子上唯一没能睡上个棺材的老人。后来听说肖家两兄弟日子过好了以后，又把母亲重新埋葬了一次。这一次，他们用一口新棺材把母亲的尸骨重新收殓好，然后又就地埋掉了。或许是因为这一件事，肖家兄弟俩一直在人面前抬不起头来。要知道老家的人是特别看重这一点的。可是，他们毕竟尽到了做儿子的孝心呀。

肖大娘一共生了两个儿子两个女儿。两个女儿都很争气，人也长得好，先后都嫁了两个不错的人家。

肖家老大好像念过几年书，回家后也不怎么安心务农。不过他人长得倒蛮精神，常留一个分头。他结婚的时候还算排场。媳妇是离我们庄子三十多里的许家套子人，她是一个身材健硕的姑娘，要是拿现在的眼光看，是个性感的女人。结婚后，我常随一帮小媳妇和大姑娘到她家里去。她们是找新媳妇学剪鞋样，还学习如何在一个圆圆的绷子上绣花，而我们几个小娃娃就缠着肖家大哥拉胡琴。他一直咧着嘴笑着，等我们缠够了，就会从墙上取下胡琴来，吱吱扭扭地调琴，然后摇头晃脑地拉上一曲，大概都是些秦腔剧目里的唱腔，他自己说是苦音慢板，谁知道呢。

到了晚上，大多数是在冬天的漫长的夜晚，肖家老大也会拉胡琴。声音会从他家的院子里飘过来，听起来凄切而哀婉。有时我睡不着，就在黑暗中大睁着双眼，静静地聆听院子里吹刮的风，一束朦胧的月光会颤抖着照进窗孔。一时间我的心里很空，想不通人来到这个世界到底是干啥来了。

后来遇上连续的旱灾，村子里的大多数人家都断顿了，我常看见妇人娃娃们坐在葫芦河边，淘洗一种面蓬草的草籽，盆子里洗下的黑水几乎都染黑了河水。

三天饿出一个贼汉子，不久肖家老大就因为偷盗被判了七年刑，到远在内蒙古的监狱里去服刑了。

他撇下了妻儿老小，所幸肖家大嫂承担起了一家人的生活重担。白天她参加生产队的劳动，像一个男人一样泼实，摆耧犁地、放水锄草、背粪锄粪以及拉架子车等，她都像一个结实的小伙子。那时我虽然小，也能看出村子里有几个小伙子老爱往她身边靠，到底成功与否我不得而知，不过村子里倒是没有关于她的闲话。

肖家老二是个复员军人，回家不久就结了婚，媳妇是鲜州老城人，据说是个地主出身。结婚那天，她穿着一双翻毛皮鞋，并且人看起来也很新潮，像个下乡知青。我们这里一般新媳妇过门一个月后就得下地劳动了，可她在婆家都待了有两个多月，也不见下地。有时她心荒了，就在大门外转一转。我常看见她穿着那双类似于军用的翻毛皮鞋，也能闻到她身上散发出很浓的雪花膏的香味，就觉得她十分的洋气，也觉得她嫁给肖家老二好像是亏了点。

有一天，我到肖家去借火，看见肖家二媳妇正坐在火窑里拉风箱，火光一闪一闪的，照亮了她的脸。她的神情看起来很茫然，手指上还夹着一根烟。她回头看见我时，忙把手里的烟头按灭了。

后来，肖家老大的两个儿子都先后考上了大学，有了不错的工作，老大两口子也算是熬出了头。

家畜四题

我家的狗

　　四十六年前，我家养过一只狗，名字叫虎子，和我同名。不知二哥为什么要起这样的名字，我说不清。那时我六岁，刚开始记事。虎子是二哥验上兵临走时，从外面抱回来的，到底抱于谁家，我就不清楚了。记得那是一个冬天，二哥从公社回来时，已穿上了厚厚的棉军装，只是还没戴上领章帽徽。看他穿得这样崭新，我突然就觉得与他有了一点距离。母亲微笑着，不停地抚摸着二哥身上的新军装，嘴里发出了一连串的啧啧声，好像如果有这样的衣服穿，即使送儿子上战场也是十分情愿的。我从二哥手里接过他的棉军帽，抚摸着上面的绒毛，感受到一种绵软的暖意。突然间我就听到了一种小狗发出的叽叽咕咕的声音，直到此时我才留意到，二哥怀里还抱着一只毛茸茸的黑色小狗。他微笑着把小狗放在我的怀里，突然间我就感受到它柔软的肌骨，以及一颗小小心脏的突突的撞击声。它叽叽咕咕地直往我胳肢窝里钻，我一下子就对这个小家伙产生了一种说不清的爱意。二哥看我如此喜欢，就笑着对我说，虎子好好养着它吧，它和你一样也叫虎子。于是我就对这只惹人爱怜的小狗产生了一种特殊的亲情。

二哥走的那一天，大队还举行了隆重的欢送仪式，十个生产队的人齐聚大队部，偌大的场院里人头攒动、锣鼓喧天。大队部还安排上演了样板戏，与二哥同时参军的七八个小伙子戴着红花，被请到了戏台上，接受几千人的仰慕和祝福。这是乡村最高的礼遇了，要知道二十世纪六十年代，农村小伙子能参上军是一件十分光荣的事情。

那一年，全县的新兵都在县城集中，然后分赴全国不同的地方。二哥离开的那天早上，我和父亲去送他，是在海原县城的招待所大院里。记得那院子大得不得了，四周有高高的院墙围着，在院子的东边还有一座高大的堡子。院子里人山人海，二哥那年实际上才十六岁，虽然个子小了点，人却十分机灵，他挤进人群，在灶上给我和父亲打来了两碗烩菜，手里还揣着两只牛舌头状的馍馍，那是我有生以来吃过最香的饭菜了。至于二哥是怎么走的，我就记不清了，好像是坐着军用大卡车走的。总之，我们认为二哥能当上兵是全家光荣的事，因此就没有一点离别的伤感。

二哥走后，好像家里一下子空荡了许多。等家里人一上工，就把我一个人留在家里看门。我就把大门顶了，怀里抱着这只小狗坐在门台子上晒太阳。那时，我仿佛突然间就感觉到了孤独。看着天上白云流动，看着风像一只看不见的手轻轻地摇动院子里的树叶，听着院子背后的深山里传来的类似于水牛的叫声，我突然间就感到了一种落寞。直到四十多年后，我才明白，这实际上是一种类似于虚无的孤独。只是我不理解，一个七八岁的孩子为何过早地感受到了这一点。

那时，空荡荡的院子里就剩下我一个人，当我走进火窑去舀水喝时，就看见锅台上摆放的那几只被母亲擦得锃亮的黑罐子上映着一片光晕，树影在窑壁上晃动，而一只大黄蜂在窑里嗡嗡地飞……我突然间就觉得这世界并不是我们通常所感受到的那样，肯定还有另外的东西。

汪汪汪！几声小狗的叫声，终于将我从虚幻的情境当中拉回到现实。我走出火窑重新抱起它，抚摸着它，摇晃着它，又重新进入了朦胧的幻境。

就这样过了三年，当我开始去上学时，虎子已经开始追着我往学校里跑了。仿佛是一个瞬间，它长大了。当它龇着牙和邻村的狗对阵时，我突然间就发现它长大了。讨厌的是，我每次去上学它都要跟着我往学校跑，赶都赶不回去。有几次，当我中午放学回家时，就发现它趴在学校操场的土坎上等我，一看见我它就扑上来，又抓又挠。

二十世纪六七十年代的农家养狗都是为了看家护院，而从不把它们当作宠物看待，不像现在的城里人养狗不是出于爱好就是为了排遣孤独，把狗养得很腻味。

那时，我们村有三十多户人家，几乎家家养着一条狗。我注意到，每家的狗都不一样。我说的不一样，不仅是指狗的长相和身架不一样，主要是指它们的脾性不一样。要是仔细观察，你会发现一只狗完全随它家的主人，比如有威望的且家境殷实的人家，所养的狗一定会是一个厉害角色。我还注意到，在我们村子里，所有人家的狗都平平而已，只有董家的狗最威猛。它长得身强体壮，脸上的肉一疙瘩一疙瘩的，像老树干上的瘤子。它在村子里散步时，一副目中无人的架势，像老虎一样慢腾腾地平稳地踱着步，见了陌生人也不躲闪，不像别的狗，遇上陌生人喝一声，就夹着尾巴逃窜了。董家的狗不是这样，即使你对它大声吼叫，它也大模大样、不理不眯，要是你装出要打它的样子，它就站住身子，龇出锋利的牙齿，发出低沉的吼叫，与人对峙起来。

大约每只狗都有属于各自的约定俗成的势力范围。一般一户人家的狗守的就是自家的院子以及大门口的地方，那是容不得别人侵犯的领地。要是有别的狗胆敢走近别人家的大门口或贸然闯进别人家的院子，势必会引发一场大战，所以每一只狗都遵循着这一原则。可是在我们村子里就有特例，老董家的这只大黄狗，要是在家门口待烦了，就挺着大骨架，阴沉着脸，大摇大摆地在村子里游荡，有时还会跑进别人家的院子与这家的狗争食，赶也赶不走。要是主人看见自家的狗躲在墙角直哼哼，也不会提一支大棒将这只讨厌的不速之客赶出院子。俗话说，打狗还要看主人呢，老董的大儿子在公社农机站开拖拉机，你能不坐他的拖拉机吗？老董的二儿子在大队当支书，你吃救济粮不找他行吗？你儿子要当兵或者要招工，他不点头行吗？你女儿要出嫁不够年龄，不找他能开出介绍信吗？你要是防不住在哪垯犯了错，他不点头能放过你吗？凡此种种老百姓在心里都能掂出分量，所以谁敢惹这样的人家？于是只好忍气吞声，去敲人家的大门，让人家领回自家的狗。这样的事情我在邻居家就看见过许多次。

我家右手的这位邻居姓肖，家里养着一只漂亮的小花狗。每年到了发情期，就惹得一村子的狗往肖家跑。有时，我在肖家大门口看见几只狗同时在和花花调情，有的围着花花撒欢，有的围着花花转圈圈，闹着闹着，就会互相咬起来。可是，当老董家的大黄狗一出现，这一群狗就跑得无影无踪了。我注意到大黄走近时，花花的后腰就塌下来，嘴里发出吱吱咛咛的叫声，大黄起先不怎么理它，先是在周围走几圈，嗅嗅闻闻的，然后就来到花花身边，在它身上磨蹭，不像别的狗一走近花花就日急忙慌地把头塞在花花的腿裆里。大黄和花花亲近完之后，就尻子对尻子地连着，妇人娃娃都不好意思再看。

大约大黄在肖家跑腻了，有时候就跑到我家大门口来晃悠，遇到我家虎子也不跑，好像它不存在似的。当虎子追出大门，低下头龇出牙齿发出一连串愤怒的吼声时，它也不理不睬、旁若无人。它一定是没将身量比自己小得多的虎子放在心上。转够了，它就侧着身子提起一条后腿，对着我家大门前的老榆树滋一泡尿，然后晃着身子走了。

说实话，我看见老董家的这只大黄，气就不打一处来。自从它发现我家的虎子敢公然对它发威，心里可能有点不舒服，于是天天在我家大门口来一次。每来一次，临走时，都要在我家大门口的这棵榆树上撒一泡尿。我实在忍无可忍了。有一次，我发现大黄居然来到我家大门口，把一条后腿抬起来，往门柱子上撒尿。是可忍，孰不可忍！我对着早已按捺不住的虎子喊了一声，虎子，上！只见虎子划出一道黑影，冲出大门直扑大黄，然后双方绞缠在一起。只听见呼隆呼隆的撕咬声，伴随着四处腾起的狗毛。虎子哪里是大黄的对手，一交手就被大黄压在身下，被愤怒和羞愧刺激得不能自制的虎子，像一条暴怒的巨蛇，在大黄身下扭曲腾挪、不屈不挠。那时，在我家大门口已围了好多人观看这场可怕的狗战。我站在绞成一团的两只狗旁，不停地喊叫，给虎子鼓劲。不知什么时候，老董家的小儿子也黑着脸，站在人群里大喊，大黄大黄，往死咬！把这狗日的往死咬！我回头一看，他正恶狠狠地盯着我呢，两只眼睛已充上了血。我毫不示弱，也大喊道，虎子虎子，往死咬！把这狗日的往死咬！这时，我发现大黄张着血红大口，死死地咬住了虎子的左肋，不停地摇着头在撕扯虎子的皮肉。只见狗毛乱飞，只听吼声四起。混战中，我听见虎子惨叫一声，遂看见它的左肋被大黄撕下一片皮肉来。或许是剧痛激起了虎子身上承继的野性，只见它一扭身霍然叼住了大黄的卵子，猛一扭头，生生叼下了大黄的卵子。只听大黄惨叫一声，丢下虎子扭身而逃，一路上留下点点血迹。

观看的人群突然间失去了声音，慢慢地散去。我能感觉到气氛十分紧张。董家老三看着瘦硬的我，几次想扑上来，却被众人拉住了。

我涨着血红的眼睛回到了家，一把抱住虎子，发现虎子的左肋被撕下巴掌大的一片皮肉来。后来，还是我父亲叫来了邻村的劁猪匠才缝的伤口。

从此之后，董家的大黄再也没有在村子上晃荡。它一直趴在它家的大门口，老远看见人，只是皱着脸上的皮肉哼几声。我家的虎子呢，身子元气大伤，一身皮毛不再像过去那样光鲜，慢慢地它的脸上挂上了忧郁。六年之后，当我二哥复员时它还活着，还能认出我二哥来。它一直活了十二岁。

我一直对它照顾有加。有一年冬天，天黑时刮起了西北风，灰蒙蒙的天空上黑色的云层越积越厚，能看出今晚会有暴风雪。为了不让虎子受冻，我抱了一抱子麦草，垫在它的窝里。

那一晚，风很大，坚硬的雪粒打在窗户纸上沙沙响。我仿佛是预感到了什么，第二天一大早，我就跑向狗窝，歪头向里一看——哪里还见虎子！我发现放在里面的半盆狗食根本就没动，上面都结了一层冰。

我一看，起先被顶好的大门打开了一条缝，能看出虎子是挤开大门跑掉了。

它在大风雪中离开家，去寻找自己的祖先……

事过多年，我还经常梦见我家的虎子顶着满天的风雪在山塬上奔跑，它是在寻找一处合适的能死的地方。据老人们说，一条好狗是不会死在家里的，因此，它是一条好狗。

我家的猫

我家的这只猫是从外面跑来的，至于从什么地方什么时间跑来的却没有一个人能说得清楚。这是一只白猫，当我看见它时，它正卧在我家的炕头上，好像它并没有将自己当外人。它是一只懒猫，从不去抓老鼠。有一段时间，在我家装粮食和杂物的那孔老箍窑里，老鼠反蛋（猖狂的意思）了，见了人也不躲避，好几次吓得妹妹大叫。有一次我进去取东西，看见一只个头有黄鼠狼那么大的老鼠在地上走动，拖着一拃长的尾巴。它用明溜溜的黑眼睛看着我，把拖在地上的尾巴翘起来，似乎要和我决斗。我当时瘆在那儿，一动不能动，感觉到头皮都紧绷绷的。过了一会儿，我看见它大摇大摆地从口袋缝里钻进去了。

为了惩治这间老窑里的老鼠，我把这只猫抱了进去，并且在里面放了一只装吃食的碗。临走时，我把窑门带上了。我想这样一来，这只老猫不抓也得抓。

我注意到，放进猫的这孔老窑里白天没有传出声音来，可是到了半夜，我们就听见猫和老鼠打斗的声音。凭猫的腾挪声和老鼠尖厉的吱吱声，可以判断出里面的战争很激烈。我当时想打开门进去帮老猫，却被三哥止住了。他说，让打去，等把狗日的老鼠消灭干净了，我们给老猫庆功。

那天晚上，我在迷迷糊糊的睡梦中还能听见猫和老鼠打斗的声音，几乎折腾了一夜。第二天早上，我和三哥把窑门慢慢推开一看，我的妈呀！那场面实在太残忍了。只见地上斜着横着躺着四五只大老鼠的尸体，还有七八只小老鼠的尸体。再看这只猫，只见它蹲在地上舔爪子和脸上的伤口，毛发上有沾上去的血和正在渗出的血。看见我和三哥走进来，它站起身，微弱地喵了一声，然后摇摇晃晃地走了出去。

那天，它站在门台子上舔尽了身上的伤口，不吃也不喝，仿佛是受到了什么惊吓，全身松软，尾巴耷拉，看见我们就露出哀怨的神情。

我有些自责，觉得做了一件老猫不愿意做的事。不知过了多长时间，这只猫才恢复了正常。可是每次从那孔窑门口走过时，它都趔得远远的。从此我才知道有被老鼠吓破胆的猫，真是咄咄怪事！

我家的这只猫本来就不年轻了，经过这次事件后，仿佛老了许多，走路慢腾腾的，见人见物也失去了敏感性。只是它越来越喜欢爬到我家的窑顶上去。

有许多个晚上我还搂着它睡，听见它喉咙里发出诵经般的丝丝缕缕的声音。在我看来，这只猫的一生都在闭着眼睛做梦，即使在它走路的时候，也仿佛在睁着眼睛做梦。尤其是冬天，当它在热炕上睡够了，就站起身，伸一个长长的懒腰，并且张开嘴打一个哈欠，那样子就显出一丝威猛来，像一只下山虎。

有一段时间，它仿佛突然间来了精神，在我家院子里奔跑腾挪，甚至和虎子玩耍起来。这样过了几天之后，它就突然消失了。

我突然回忆起，在这欢乐的几天里，每至黄昏，它就跳上我家的窑顶，对着西天的落日，喵喵喵地叫唤。有一天晚上，它甚至没有回屋，在窑顶上一直喵喵喵地叫。那天晚上月亮很大很亮，我几乎能看见银盘似的月亮就贴在我家的窗户上。

这只猫跑了，像一道黑色的影子划向夜空。

我家的猪

我家常年养着三头猪，一只大的，一只小的，一只中不溜。大的是预备着到了春节时宰了过年的。当大的被宰了时，那只中不溜就跟着长大了，而那只小的也长到了中不溜那么大。这样，一开春，母亲还会再从别人家抓一只小崽子续上。以此类推，岁月就这么过着。

每年的八九月份，母亲就要给大猪加料，甚至将另外两只猪隔开来，专门给大猪开小灶。因为离过年还有几个月了，要是不加紧喂一喂，过年时宰掉的就是一头瘦猪，不仅害一条命，还没有什么利益。可有一年，我们家的这头大猪都长了三个年头了，还瘦得不成样子，还特别能吃，怎么喂也不长膘。有时我看见，母亲站在猪槽边，一边盯着这只猪摇头，一边叹息。

我注意到，除了早中晚三顿食外，这家伙好像还饿着，整天在院子里哼哼叽叽地叫着，一副受委屈的样子。它尖瘦的脸上时常挂着一副愁相，谁看了谁讨厌。有几次家里晒糜子，它趁人不备就跑过去叼一嘴，惹得看糜子的虎子猖猖大叫。有一次它还跑进火窑里把半袋子面粉撕破，将面粉撒了一地，气得我和三哥用棍子满院子追着打。

到了这年腊月，眼看家家户户都开始杀猪宰羊，准备过年了，可我家的这头猪却一点没有长进，两肋瘪瘪的，好像一直饿着肚子，成天吱吱咛咛地叫，听了叫人心烦。

眼看到了年根前，一看这架势也喂不肥，母亲就说卖了吧，卖了算了。于是在大冬天的一个早上，母亲半夜里起来煮了一大锅洋芋，并且在里面拌上了面粉，让这头猪美美地吃了一顿。然后一家人把它按住绑了四蹄，捆在架子车上，让我和父亲拉着它到二十多里地外的西安州交给收购站。一路上，我发现这家伙鼓着肚子胀得直哼哼，我想它起码吃了有四五十斤重的东西。并且它在架子车上不拉不尿，特别争气，我一路上计算着这样起码能多增加四五十斤的体重。

记得我和父亲把它拉到收购站时，天才亮不久，进了院子，我看见偌大的一个空院子里跑着许多猪。收购员是个贼机灵的老手，其实他早知道我们来这一套，他没有马上过秤，而是让我们把猪放下来，松了绑，让它在院子里溜达。我一看坏了，只见我家的这头猪把收购场当成了练兵场，一解开四蹄，它就沿着收购场的墙根不停地奔跑，一边跑一边拉尿拉稀屎。不一会儿，我就看见它的肚子瘪了。

收购员一直笑眯眯地看着这头猪，而我和父亲干着急没办法。收购员一看差不多了，就让人重新绑起它，放在秤上称量。他一看标尺，就摇了摇头对父亲说，不够标准，拉回去吧，等喂肥了再拉来。父亲再三求情，他就是不收，最后没办法，我和父亲只好又把它拉了回来。

丢人的猪！家里人一生气都说宰了算了！于是我们第二天就请人来将这家伙宰了。我一直站在旁边盯着它的被剖开的肚子，发现它两肋薄薄的，剐不上多少肉。它的胸腔里除了内脏和一大堆肠子外，连油脂都很少。杀猪匠和父亲收拾肠肚时，我们突然听见他喊了一声。我们不知道发生了什么，走上前一看，他从猪的胆囊里取出一小包被黏液和细皮包裹起来的东西。他轻轻地用刀尖把它从胆囊里旋下来，举在太阳下一照，透过一层薄薄的包皮，我们看见了里面有微微发红的颗粒。杀猪匠对我们说，你们知道这是什么东西吗？我们没有一个能认得出来。随后，他说，这是猪辰砂！是很值钱的东西。这时，我们一家人开始发出啧啧的声音，有许多村里人都跑过来看。

父亲把这包东西挂在房梁上，好让它慢慢风干。我每天放学时，都要先跑进屋，对着这包东西看。我看见它一天一天地收缩了，可里面的东西却越来越发出鲜亮的红色。

到了最后，那小包东西被父亲交到了县城的中药铺，好像卖了一头大猪的价钱。那一天，我们一家人都觉得不好意思起来，突然间就说了许多那头猪的好处，后来，都几乎将它神化了。

那是一头了不起的猪！它知道怎么报答主人。

我家的鸡

我家前后不知养过多少鸡，生生死死，不一而足。即使是家里人也不会轻易去留意一只鸡的死活，更何况外人了。然而，鸡命虽如草芥，也有其不同的地方，在我们家就曾有两只鸡给我留下了很深的印象。

先说那只母鸡。由于我小时候家里穷，上学的费用及家里的日用杂货等都得由我家的鸡来换取，于是到集市上去卖鸡蛋和卖鸡便是常有的事。记得有一次，母亲决定要卖掉家里的一只母鸡，因为它光吃食不下蛋，而且还抻着脖子学公鸡打鸣。据母亲讲，母鸡打鸣是一件不吉利的事，于是决定将这只讨厌的母鸡卖掉。可是它尽管馋嘴贪吃，却不长肉，于是就决定先养上一段时间，等养肥了再卖不迟。由于没有条件为它搭一个鸡窝，于是就用一只装过苹果的大竹筐把它扣在院子里的墙根下面，为了怕它跑掉，还在竹筐上面压上了一块砖。

起先，我还听见这只鸡在竹筐里折腾，但不久就安静了。大约它还不怎么适应里面朦胧的光线和狭小的空间，有一次我发现它把我放在里面的盛鸡食的洋瓷碗给踩翻了。

鸡也会生气呢，但是它没有能力掀翻一只竹筐。假若是一只豹子或一只狼就不同了，它们挣脱绳索冲开木笼的记录多得很。

一只鸡就好对付多了，早上打扫卫生的时候，我也懒得把它放出来让它透透风，只是把筐和里面的鸡向旁边移一个位置就行了，然后把前一天留下的鸡粪和撒落的鸡食打扫干净。过了那么几天，我发现，当我再移动竹筐的时候，这只母鸡就不像先前一样急着想从筐里钻出来，而是乖乖地跟着竹筐移动，不想往外边跑了，它大约觉得待在筐里面挺好。我笑了，看起来，这只竹筐已经成了鸡身上的一部分，就好像是鸡戴着一个高高的大帽子，而舍不得脱掉。这样一来我也就不必再担心鸡会跑掉了。

能看出来，这只鸡已经在这只竹筐里待习惯了，有几次我把它身上的竹筐取掉，它也一动不动，乖乖地趴在原地。你要是把它拨拉一下，它最多往前走几步，然后自动地钻入竹筐。因此，我常这样联想：一个长久习惯了被禁锢的人，大概也会像这只鸡一样失去了对自由的向往……

再说我家的这只大公鸡。我觉得关于这只鸡，我们好像在什么地方做错了。

据记载，古希腊先哲苏格拉底临死时，只说了一句话：我还欠邻居家的一只鸡。其实他真正关心的还不是那只鸡，而是不愿在良心上带着一点歉疚走掉。

四十五年前，也就是在我五六岁的时候，家里养着一只大公鸡。它是一只红冠子大公鸡，紫红色的羽毛，钢蓝色的长长的尾羽，修长而结实的两条长腿，两只黄色的爪子伸开来，能按住一条铁锹把粗的长虫。它走路的时候像个骄傲的酋长，头仰得高高的。它的身边总有三只母鸡陪伴着，要是哪一个不听话，它就耷拉下翅膀，围着这只不听话的嫔妃突突突地转圈子，两只坚硬的翅膀像两把钢刷子划过地面。它踏蛋的时候，先挺着胸脯昂然走近它要宠幸的母鸡，然后用爪子在地面上象征性地刨几下，然后一嘴叼住母鸡的冠子，双腿就踩了上去，一下子就能把这只母鸡压得趴在地上。然而最最威风的，要属它打鸣的时候了。

几乎每天早上，它都要从鸡窝飞上我家的窑顶，然后鼓起胸脯，仰起头，美美地叫几嗓子。它的那一叫，几乎全庄子的人都能听到。常常是它一叫，全庄子的公鸡就都跟着叫了起来。有时，你还能隐隐约约地听见邻近的庄子里的公鸡也应和着它的叫声。

那时候，我常常为我家的这只大公鸡感到骄傲，它几乎跟全庄子的公鸡都打过架，没有一只不是它的爪下败将。它的威猛与不可一世好像与我们家的个性大不一样。

有时看着它在我家窑顶上昂首踱步的样子，我就想，要是它老了咋办？卖掉？或是宰了吃掉？我摇了摇头，因为无论哪一种结局都不是我想要的。

然而它的结局远远不是我所能预料到的，因为到终了，它做了我外祖父的陪葬品。

那一天，我正在山坡上玩，就听见母亲站在对面的沟岸上喊我。春天了，积雪消融后的山坡变得湿漉漉的，我正和一群小伙伴挖红梗子草——一种能吃的根茎，但看见母亲着急的样子，我只好提着铲子回家。回到家，我一看母亲都穿戴好了，一副要出门的样子，但我发现母亲的神情不对，不像往常要出门时的样子。她的两只眼睛里不停地默默涌出泪水，我瞧着她问，妈，咋了？她没说话，只是用一块干硬的毛巾蘸上水，在我的脸上上下左右地擦，擦得我的脸生疼，我想躲开母亲的手，却发现她比我更拧着一股劲儿。等把我的脏脸擦干净了，她把一身新衣服套在我的身上，这才对我说，虎子，去把那只老公鸡抓上。我说，咋了？母亲说，不咋！你外爷死了。说完她就坐在炕沿上抹眼泪。

我仿佛预感到了什么，但没敢多问，只好去抓那只公鸡。

它正在院子里踱步呢，身边跟着那三只母鸡，可是它们都不像平时那样咕咕地叫。那只公鸡在走动的时候，也不像平日那样悠闲和自在，好像是若有所思地轻轻地试探性地迈着步子。

为了便于抓它，我抓了两把谷子，随手撒在鸡窝边，也只有三只母鸡急忙地跑过来啄食，而它仍然在院子里走动，慢慢地把一只爪子抬起来，然后再把另一只爪子轻轻地放下来。能看出它这是在警惕着什么。

于是，我开始抓它，其实它早有防备，待我走近它并伸出手时，便迅速地跳向一边。于是我满院子追它。一阵鸡飞狗跳之后，仍没抓住它。后来也许是听见我家院子里的响动，邻居家的牛娃跑过来才帮我抓住了它。为了防止它再跑，母亲让牛娃帮我把它的两条腿绑了。

然后，我就抱着它和母亲一起往外祖父所住的二舅家走去。

　　从我们庄子到二舅家，要先走下我们庄子东边的一个长坡，还要涉过一条宽广的河流。我记得，那天天气真好，临近正午的河滩，河面上积着一层白雾。不仅是河道两边，甚至整个河滩都是湿漉漉的，一不小心，两只脚就陷进稀泥里去。

　　河滩上的风比别处大，尽管有红红的太阳在上面照着，我们还是被冷风吹得瑟瑟地抖。到了河边，才发现解冻的河水比我们想象的要大，水流都漫过了过河的列石，于是我和母亲只好脱下鞋，挽起裤腿过河。

　　水冰凉，脚一伸进去，身子就猛地一激灵。尽管我身子摇晃，但也没舍得扔了怀里的鸡。这时候，我感觉到怀里热乎乎的，我知道是那鸡身上的温度传给了我。并且我还清楚地感觉到，被我抱在怀里的这只公鸡的心脏一直在怦怦地跳。

　　过了河，穿好鞋袜后，母亲要从我怀里接过鸡，我没给她，我知道她是怕我抱不动。母亲从我倔强的目光中看懂了我的意思，于是，她没再坚持。

　　到了二舅家的庄子边，我们就听到了哭声。这情景我是见过的。到了二舅家的大门时，只看到靠墙立着用白纸写的告示牌，它是贴在一块门板上的，一边还立着一杆竖起来的经幡，样子像个华盖。

　　进了大门，我才发现，院子里站着半院子人，却都是一副低眉讷言的样子。我还发现，在正对着大门的上房的屋檐下，赫然摆放着一口棺材，它是停放在前后两条长凳上的，打开的棺盖立在一边。

　　母亲一进院子就不顾我了，她哭着跑进上房。正在我抱着鸡东张西望的时候，戴着孝帽的大表哥走过来，接过我手中的鸡，把它抱进后院。我跟他走进去，发现这里是圈养牲口和放置杂物的地方，靠东墙那儿还长着几棵香椿树，能看出青色的树皮已经变绿了，只是树枝上面还挂着一簇簇的枯叶。

表哥把我家的这只大公鸡随便扔在他家的鸡窝边，就转身拉着我走了出去。

于是我混在一群亲戚孩子中间玩，暂时忘了公鸡的事。俗话说，死爷爷欢孙子，高兴得重孙子跳蹦子。

尽管我听见母亲在上房里一直伤心地哭，但我却没有一点悲伤。记得前一段时间，外祖父病重时，我和母亲来探望，院子里静悄悄的，人们连个大气都不敢出。因为生病的外祖父怕嘈闹，一听见有大人说话或娃娃嘈，就要大声地斥责，于是我们这些碎娃娃也只能偷偷地趴在窗户上瞧一瞧生病的外祖父。

玩得久了，我突然就惦念起我家的那只公鸡来。当我跑到后院一看，就发现二舅家的那只公鸡正乍开脖子上的一圈羽毛，不停地啄我家的这只公鸡，我看见我家这只被绑着双腿无力还击的公鸡在地上一遍遍地奋起还击，尽管鸡冠子被啄得鲜血淋漓，还是不肯认输。

看到这，我火冒三丈，拾起身边的一根木棍就向那只乘人之危的公鸡打去。不料比我大两岁的二表哥也跟着我走了进来，他一看我正在打他家的鸡，于是就捣了我一拳，于是我俩就为了各家的鸡，在他家的后院里厮打起来。最后还是大表哥进来制止了我们，接着他把我家这只受伤的公鸡放在了放杂物的屋顶上。

当天晚上，天很黑，有一段时间我睡不着，就听见河滩里的春水哗啦哗啦地流，流呀流，流个不止。某一瞬间，我还听见后院里我家那只公鸡在屋顶上不停折腾的声音。

第二天，天还没亮，我就听见大人们在院子里哭开了。当我睡眼惺忪地趴在窗户上一看，外祖父的尸体早已在棺材里安排妥当。这会儿，村人和亲戚们正忙着把棺材捆绑起来。可是，在一阵嘈杂声中，我听到了一只鸡的叫声。我赶忙揉了揉眼睛，再定睛细看，却发现有个人正把我家的那只大公鸡绑在棺材顶上。我不明白，他们这是要做什么？

好像我家那只公鸡的腿被松开了，只见它雄赳赳、气昂昂地站在棺顶上。

随着一声喊，沉重的棺材就被一群人抬了起来，然后匆匆地走出大门。

那一瞬间，我还准备穿上裤子往出跑，却被二表哥拉住了，于是我最终没有亲眼看到我家的那只公鸡是如何与外祖父的棺材一起被埋入地下的。

等送葬的人群回来时，我还傻傻地站在二舅家的大门口。我发现母亲看我的目光有点躲闪。也许是大表哥心疼我，他走过来拉住我的手，把一根鸡毛放在我手里。

我能认出来，这是我家公鸡身上的一根尾羽，钢蓝色的，骨质的羽毛根部还带点血色，能看出它脱落的时间并不太久。

那么，它是怎么脱落的？我家公鸡在被掩埋的那一刻是否折腾了一番？不得而知。

章四

听见，不如同时看见

世界上最伟大的葬礼

由于对毛主席的崇拜和热爱，我近些年陆续收集了许多关于毛主席的照片和书籍，其中有一本《举世悼念毛泽东主席》的书勾起了我的诸多回忆。这是一本由新华社编译，由人民出版社于 1978 年 2 月出版的书，里面收集了几十幅毛主席在各个历史时期参加各种政治活动的照片，是一本珍贵的书。在这一本书里，共收录有五十多个国家的政治家和记者写的怀念文章。

其中共同社驻北京记者福原亨一在题为《代表二十世纪的英雄》一文中写道：

毛泽东主席在整个波澜壮阔的中国现代史上，始终是一颗放射出强烈个性光芒的巨大红星。

占世界人口四分之一，以人类最古老的文明而自豪的中华民族，从鸦片战争以来的屈辱的半殖民地地位获得了令人惊异的新生，现在作为第三世界的领袖，同美苏两个超级大国和夸耀享有现代文明成果的西欧、日本进行较量，在世界上占据了独特的地位。现代中国的历程，在政治、经济、思想、文化各个领域，是同毛泽东的名字分不开的。

总而言之，如果说英雄就是在历史的转折期在历史的轨迹上刻印了他的思想、行动和个性的人物，那么，毛主席的确是中华民族新生的英雄，肯定是代表动荡的二十世纪的世界英雄之一……

时过四十年，重温毛主席的功勋，自然想到了他去世的那一天。对于少年时的我来说，那几乎就是一种灾难。

灾难降临时，我还是个十四岁的少年，消息是从同学家知道的——我们伟大的领袖毛主席逝世了！我当时愣了！毛主席也会逝世？像普通人一样？我无论如何不能理解。一个活在老百姓心目中的近似于神灵的人也会去世？但是消息是确切的，没有人敢开这样的玩笑。

在我最初的那一时刻的想象中，世界应当发生一些变化，比如，突然的电闪雷鸣或是山崩海啸？但是世界却正常得有些不可思议——甚至几乎是格外的平静。

黄昏在这个荒凉的小镇迟疑地缓缓地降临，夕阳的余晖仅仅在山头一闪就不见了。没有人像往常一样放广播听音乐，没有人哼哼呀呀地唱歌，没有人大声喊叫，甚至连人们说话的声音也是小声小气的。

大自然在这一时刻，为一个千秋不遇的伟人表现出了特殊的庄重。

本来，我是到同学家来玩的，但是夜不太深，我们就静静地睡下了。即使像我们这样一些稚嫩的心灵，也感到了那种发生大事的不平常的氛围。

我敢肯定，在九百六十万平方公里的土地上，在九亿人的心中，都感觉到了一种突然的撞击。它不猛烈，却像一座大山慢慢倾斜时那样沉重，难以接受。事实上，那种普遍的悲痛，形成一个巨大的气场笼罩了古老的华夏大地。

那一晚，夜色很浓，阳历九月，对于西海固山区来说，已经变得冷飕飕的了。

我不记得那晚上是否有月亮，但是星星的确很大很明亮，风一直飕飕飕地吹着，高处的穹空里风一定更大，只是我们听不见而已。

第二天一早，到学校时，老师一走上讲台就哭，课讲不下去了，同学们都哭，趴在桌子上哭。

中午回到家时，看见母亲坐在炕上纳鞋底，一个人偷偷地抹眼泪。过了一会儿，邻居张大婶来到我家，两人一见面就又大声地哭起来。

那时，我几乎有些不理解，一个普通的山村妇女——如母亲她们，竟然对毛主席有着如此深厚的感情，尽管平时她们很少提起他。或许真正的毛主席已融入到中国大地之中，融入到普通老百姓的血液之中了。

无疑，毛泽东是劳苦大众的救星，他活在每一位老百姓的心中。尽管在那个物质匮乏的年代，人们的生活极度贫困，但老百姓并不抱怨，更不会去怨恨毛主席。大家知道，毛主席虽为领袖但他并不特殊，而是像老百姓一样生活，他穿的袜子与睡衣补了又补。有一年看纪录片，当我看到主席的这一件补满补丁的睡衣时，忍不住流下了眼泪。

美国记者埃德加·斯诺说："毛的家和其他高级官员的家庭够不上台湾有人批评他们的'铺张浪费'。他（毛泽东）的'享受'大致相当于长岛一个事业顺利的保险公司推销员在较好的牧场或平房里享受到的东西。"

纵观中国历史，大约还没有一个一国之主，能像毛主席一样简朴，几乎与他领导下的百姓一样。而他创立的伟大功勋却无人能比，他对普通老百姓的关心也无人能比。

是毛泽东改变了中国人的形象，在世界面前赢得了尊严！

美国作家 R·特里尔在《毛泽东传》里说："他（毛泽东）为世界上这一最古老的又最庞大的国家恢复了独立，赢得了地位。""就他曾有过的全球影响来看，只有罗斯福、列宁或许还有丘吉尔才能与之相提并论。"

他还说："作为一位统一者，毛泽东可与隋朝和明朝的开国皇帝并驾齐驱，甚至可以其壮举与他崇拜的英雄、叱咤风云的秦始皇相提并论。""毛不止一种，而至少是集五种角色于一身的人。他是点燃了全国反抗烈火的农民运动的组织者、军事统帅、豪放不羁的浪漫主义诗人、赋予马克思主义一种新的东方伦理的哲学家、全球最庞大的行政机构的政府领袖。"

特里尔的评价，不可谓不准确。由此，大家就容易理解，一个伟人的逝去，为何能使一个最普通的偏僻落后山村的妇女发出最伤心的痛哭了。

我注意到，二哥作为一村之长，戴起了黑纱，背起了长枪，组织村子里手艺最好的妇女绑扎花圈和纸花。那些五颜六色的纸花，像碗口甚至像脸盆那样大，它们堆在一个个蒲篮里，形成一座座美丽的山丘。

学校也在做花圈，老师带着学生做，到了晚上也不回家。而我们一些大一点的男生，在老师的安排下，晚上来到学校，手里拿着自制的红缨枪，在学校所在的半山腰上放哨，一动不动地注视着公路上的桥梁，怕有坏人来破坏。

晚上，风飕飕地在公路上吹，却连一个人影也见不到。我们有些莫名的失落。要是真有坏人来破坏，我们会毫不犹豫地上演一出少年英雄的壮举！

毛主席是1976年9月9日逝世的，而追悼大会在9月18日召开。中间的几天里，全国人民以各种各样的方式纪念自己心中的英明领袖。

追悼大会的头一天晚上，下了半夜的雨，第二天一大早，天突然放晴了。匆匆地吃了早饭，我就跟着哥哥和社员举着花圈往公社走。

关桥公社坐落在六十里外的地方。一路上，各个村子里的人都在往公路上汇聚。黑压压的老百姓排着长队，手里举着各式各样的花圈，有的还抬着毛主席的巨幅画像，在大路上汇聚成花朵的海洋。

六十里山路对于一个十四岁的孩子来说，可谓艰难，可是我根本不觉得累，心里被一种高尚的东西感动着。

到了公社所在地，简直是人山人海。下午三点钟，在追悼会开始的那一瞬间，广场上万人息声，听到的只是压低声音的啜泣声。

……

据资料记载，从宣布主席逝世消息的那一时刻起，举国降半旗致哀。哀悼活动持续一周，九百六十万平方公里的土地上没有任何体育和娱乐活动。毛主席像章又一次佩戴在了人们的胸前。

在他逝世后的十天里，共有一百二十三个国家政府首脑向中国政府发来了唁电或唁函，一百零五个国家的领导或代表来到中国大使馆吊唁，五十三个国家降半旗致哀，许多国际机构和国际会议也开展了悼念活动。联合国总部以历史上罕见的快速度在毛泽东逝世的当天就降半旗致哀！

哀悼毛主席的最后一天，一百万人到天安门广场开追悼会。下午三点，全国停工三分钟。整整九亿人默哀着。中国所有的火车、工厂、轮船都为这特殊的三分钟长鸣汽笛！

……

巴基斯坦前总理贝·布托说，今天，全世界都哀悼毛泽东的逝世，但是到明天黎明，都将起来歌唱颂扬他的不朽的赞歌！

一个伟人的一生结束了，实际上并没有结束。十年后，我在毛主席纪念堂看到了伟人的真容，了却了我一生的夙愿。

在正对着大门的那幅巨幅油画前面，毛主席坐在一把藤椅上，身后是万里河山！

他一度拥有了这万里河山，也一度拥有了亿万人的心！

不管是什么人，只要是正直的人，主持正义的人，高尚的人，毫不利己专门利人、脱离了低级趣味的人，都承认自己充分享受到了毛泽东为我们带来的和平进步的好处，毛泽东思想给予了中国人民最大的权利和最高的地位，毛泽东的一生是有益于世界人民的一生，由于毛泽东的逝世，人类思想的一座灯塔熄灭了。让我们永远记住一代巨人——中国苦难民众的救星、新中国的缔造者——毛泽东！

甘露寺大门前的桃花

仅仅因为看了一眼就想去造访它。其实，那天我看到的仅仅是一个竖立在公路边的木牌，上面写着三个字——甘露寺。那毫不显眼的木牌就竖立在一片绿色的树丛中。奇妙的是，在这一片树丛中还有几棵零星的小桃树正在开花呢。这就怪了，甘露寺——桃花，桃花——甘露寺，习惯了线性思维的我，尤其喜欢在差别中捕捉秘密的我，无形中将甘露寺与桃花联系在一起了。

我想，一个寺院，哪怕是香火最为鼎盛的寺院，也存在着某种空寂，更别说一座孤寂的无人问津的寺院了——它不仅与空寂相伴还与落寞为伍。

基于这样的认识，我就想，那在树丛中一闪而过的甘露寺，以及一闪而过的桃花，到底有着怎样的内在联系呢？

于是，我决计走访一次甘露寺。

发现甘露寺的那一天，我刚从湘西南的万佛山景区归来。出了机场，坐上返回市区的大巴，在宁东开发区的公路边就看见了那个写着"甘露寺"三个字的木牌。要是不仔细看，你还真看不出来呢。实际上，那时我只痴情于公路边的桃花。老实说，江南虽美，但那里的桃花却由于受绿色的遮蔽而不能凸显它们的单纯和美丽。而在我们这里就不一样了，赤裸的焦渴的黄土地上，那少有的星星点点的绿色，一下子就使得这些正在开放的桃花显出了神韵。

怎么给你说呢？这些桃树简直不像是在开花，而像是在给你诉说一个个内心的秘密。它们羞羞答答地、很不好意思地在给某一位陌生的路人讲述着自己的恋爱史。

后来我就看到了"甘露寺"，一种新鲜的陌生感油然而生，于是我决计去一次甘露寺。

那天，我是一个人去的，不想跟别人同去，尤其是不想跟那些咋咋呼呼的、动不动就摆出一副欣赏风景的样子的人同去。我要一个人默默地走、默默地读，一个人默默地沉思，一个人在美得让人伤感的春天里，让桃花轻轻地灼伤一次。

于是我就去了。

在一个陌生的小镇上，向几个坐在门槛上晒太阳的昏昏沉沉的老人左打问右打问，终于穿过一条弯弯曲曲的巷子，来到了村外一座类似于大场院的地方。要不是里面突然竖起一座灰色的砖塔，我绝不会想到它就是甘露寺。

的确它就是甘露寺，大门的匾额上写着呢。焦墨草书，苍劲古拙，有点像怀素的手迹。只是那木质的牌匾因年代久远而龟裂，上面的油漆也显斑驳。

推开大门走进去（心里怯怯的），迎面是一间低矮简陋的殿堂，敞开着双扇木门，泥塑的台基上端坐着一位同样是泥塑的七眼佛母（观世音菩萨的化身）。她全身洁白，面部有三只眼，手心与脚心各有一只眼。只见她左手当胸做三宝印，拈着一枝乌巴拉花在肩头绽放，右手下垂，放在膝盖上，掌心向外成与愿印，表示救助和赐予之意。

再定睛细看这尊佛母像，只见她微微颔首，微微含笑，似笑非笑。尽管那泥质身躯因年代久远而布满了裂纹，但那似笑非笑的神态却依然千年不变，且笑得大有深意。

出了大殿，来到后院，看见有一位和尚在打扫庭院，另一位在左边的厢房里准备香火纸表。

叮的一声，把我惊醒了，这才看见有几个信男信女正在给佛母烧香磕头呢。

刚才忘了说，今天是农历四月初八。原本想，今天的甘露寺人会很多，其实不是的，寺院里只有几个年老的信男信女在转悠。

出得门来，才看见正对着甘露寺大门的场地上开着几树小小的桃花（为什么刚走进去的时候没有看见呢？），跟前几日我在公路边看见的桃花一模一样，都是一副娇羞的模样，只是在同样的靓丽中却好像多了一分安静，多了一分庄重。

我注意到有几个信男信女正围在那儿欣赏它们呢。我走近一看，发现在一株小桃树的边上还躺着一个被截了一条腿的残疾人，身边放着一副拐杖和一只要钱的破碗。

我发现，这位残疾人并不像我们常见的那些可怜巴巴的残疾人，而是用利刃一般的眼光斜睨着身边的人，仔细看就会发现他的眼神中还明显带着一点仇视和恼怒。

说实话，我不喜欢他的眼神，也想不通他为什么会具有这样一副神情，似乎和他的身份不相符合。我发现他并不是那种常见的年老的残疾人，而是一个三十来岁的年轻人，尽管被截了一条腿，但身体还是很结实，手臂上的肌肉很发达，手指的骨节也很粗大。

我注意到要是有人往他身边的这只破瓷碗里丢进几个小钱，他无动于衷，觉得理所当然。可是要是他看见你不向这只破瓷碗里丢进几个小钱，他就懊恼地盯着你，一旦你受不了他的逼视而走开，他就用拐杖狠狠地敲几下身边的小桃树，像是在报复。

我注意到，他每敲一下身边的小桃树，这棵可怜的小桃树就在惊骇中落下几片花瓣来。

一定有人看不惯他的这一行为，于是围在他身边的人都陆续走开了。而我不想走开，我盯着面前这棵小桃树枝干上的新鲜的伤疤不愿走开。

我终于没有发火，而是以一种平静的口吻对这位残疾人说，哥们儿，你看那边的阳光不是挺好吗，你能不能移到那边去？我指的是甘露寺大门一边的墙壁——上面写着"南无阿弥陀佛"几个字。那儿的确很好，早春的阳光暖暖地照在那儿，躺在那儿肯定比这儿舒服。

他用狐疑的目光瞧着我，明显地在揣摩我的用意。而我非常真诚，并且在他仔细研究我是不是耍弄他的时候，显得更加真诚。

他没有吭声，也看不出要走的样子。于是我掏出钱包，抽出了一张十元的票子，轻轻地放在了他的破碗里。

后来我就走开了。当我在甘露寺四周的田野上转了一大圈之后回来时，看见这位残疾人果真躺在了那堵墙壁下面。

时间已是中午了，甘露寺的大门口站着很多人，甚至还有卖酿皮、卖香表和卖炮仗的小商小贩。

我看见，那些出出进进的信男信女们每当走到这位残疾人跟前都要不由自主地停一下，有的人随手丢几个小钱，有的人却一转身就走开了。

这一次，我注意到，要是有人不愿意向这只破碗里丢进几个小钱，这位残疾人就用拐杖狠狠地敲打身后的这面墙壁，毕竟墙壁上传出的声音是沉闷的，不像敲击在那一株小桃树身上的声音。

公鸡打鸣

　　很长时间没有听到公鸡打鸣了，由于在这座不大不小的城市里生活了十几年，对乡村的记忆也淡化了。奇怪的是今天凌晨五点钟，当我早起之后躺在沙发上看书时，突然就听到了一声鸡叫！

　　根据声音判断这叫声是从隔壁小区的某一个地方发出的。我不免一愣，觉得奇怪。没想到在高楼林立的城市小区里居然听到了鸡叫声，况且，这只公鸡打鸣的叫声在我听来，绝不像我小时候在老家听到的那种正儿八经的打鸣声——那种雄赳赳、气昂昂的能划破夜空的高亢嘹亮的叫声。这只鸡发出的叫声是短促的、沙哑的，并且是被压抑的，像一位患肺气肿的老年病人发出的声音。

　　但无论如何这是一只公鸡的叫声。它让我联想到了那些因喜吃新鲜而买回一只活鸡后，绑了腿，随便将其扣起来的老年住户。

　　我懒洋洋地站起身，走近阳台，透过玻璃窗一瞧——不由得心里又是一惊！外面的夜色还很浓，尽管是凌晨五点了，但感觉还是深夜。透过浓浓的夜色，我看见对面小区的院子里支着一顶帐篷，里面拉着一只灯泡，橘黄色的灯泡的光照亮了斜靠在帐篷边上的一只花圈。

　　我突然想起昨天中午临午休时，妻子曾神秘地向我示意——我先是没反应过来，后来看见她的嘴唇使劲地往窗户外面努，于是我就趴在卧室窗户上往外看，这就看见了对面小区这顶刚刚搭起来的帐篷，才知道对面小区里有人死了。

一般城市里死了人都要把灵堂设在小区的院子里，不像农村的庄户人家，直接把灵堂设在本家的上房里。

当时看了一下也就看了一下呗，并没有感觉到什么。老实说，随着年龄的增长，死亡不再是一件让人感到吃惊的事了。

中午刚睡下时还能听到对面小区里的孝子们和前来吊唁的人们的说话声，可一会儿就进入了梦乡，一觉睡到了下午四点多钟。

后来因忙别的事就把这事给忘了，可是在今天凌晨黑黢黢的夜色里看去，那顶帐篷却让人觉得奇怪，不像昨天中午看上去那样平常。尽管我看不见，但还是能联想到那里面一定停放着一口棺材，而且棺材里静静地躺着一个人。

他死了？或是她死了？这是真真切切的。

看起来，似乎有微微的风吹着那顶帐篷，那吊在帐篷顶上的灯泡一定在轻轻地摇晃，因为我看见那溢出门口的灯光是飘忽的。帐篷里很安静——的确很安静，要是那顶帐篷里没有躺着一个死去的人，也许还没有这样安静。

并且整个小区也很安静。尽管有微风吹着，但那些硕大的树冠并不摇动。并且此刻的城市也很安静，几乎听不到一点响声。

世界有一刻会陷入绝对的安静，尽管你感觉不到，但的确存在这样的时刻。

在这绝对的安静里，突然就联想到昨晚刚刚读过的罗马尼亚诗人安娜·布兰迪亚娜的诗句：

> 睡眠中，
> 我偶然会尖叫，

唯有在睡眠中。

我的大胆使我惊恐地醒来……

四周很静，感觉我所在的楼房正在变成一处悬崖，但并没有人在睡眠中惊醒，并发出尖叫。但是，尽管这静谧中包含了更深的静谧，我还是隐隐约约觉得会有一声尖叫随时响起——

夜风继续温柔地摇晃着那顶帐篷，守在灵前的孝子们一定趴在父亲或是母亲的身边睡着了。这可能是他们与亲人相守的最后一夜了，但是他们已经感觉不到那早已习惯了的肉体的温暖。在他们的梦里也许有不断起飞的鸟群掠过秋天的荒野。

……

正在我离开窗户，带着一丝迷茫重新躺在沙发上准备看书的时候，那看不见的公鸡却又叫了一嗓子。这一次，感觉到那声音是因挣脱了某种束缚而发出的。

我依然没当回事。接着我就听见在城市的远处，好像是某个工厂的车间开动了一台机器，发出持续的轰隆隆轰隆隆的声音。

然后是隐在楼下的草丛里的野猫的叫声，尽管是一只可怜的公猫的求偶声，我却没有听到一只母猫的呼应。

公猫在求偶时发出的声音有时候听起来像一个婴儿在哭泣，特别令人讨厌，尤其是在你彻夜难眠的时候。

可是今早听来，这叫声却有点凄凉，像是失去配偶的叫声。

今早，我为什么对声音这么敏感？是因为我捕捉到了存在，并感觉到了被带走的存在。

睡在果核里的佛

曾经阅读美国诗人格丽克的诗《野鸢尾》，其中有两句诗时常闪现：

在我痛苦的终端
有一扇门

听我说完：那个你叫作死亡的东西
我记得
……

记得什么？那"死亡的东西"以及由此而引发的一切我也记得。只是让我深切领悟的还是——痛苦的终端，确有一扇门。这扇门你权且理解为光明或是救赎。

小时候我常生病，现在想来，留在记忆中的倒不是那些疼痛，而是因疼痛幻化出的那么一种类似于温馨的氛围，像一圈忧郁的橙色的光晕罩在我的周围。在那种温馨而又安静的氛围里，确有鸽子在飞，而想象中的圣母一会儿出现在灶台上，一会儿出现在屋顶上，安静地注视着我微笑。

有时候，人是被关照的，而被关照的体验能让人变得纯粹，并且能真切地感受到某种超自然的存在。

在我的感受中，我并不怕生病，因为生病会使我受到特殊的呵护，而且我还能体验到特殊的温馨。有时候我甚至会傻里傻气地认为我是神圣的，因疼痛而神圣。我会在疼痛中变得透明，变得无限深邃。

在病中最渴望的东西是某种清凉，那或许是带着阳光的风，还有——就是一种味道，类似于糖的甘甜。

出天花那次是我印象中最严重的一次疾病，它使我在死亡的边缘徘徊。当时我迷迷糊糊的，感觉到自己脆弱的身子难以挺过这一关。我有些莫名的伤心，固执地抓住母亲的手不愿意让她离开我。我仿佛清楚地看到，痛苦终端的那扇门，悄悄打开一条缝，然后关上，再打开再关上。生命和死亡都在争夺我的肉体，我处在某种混沌的黑白世界中。

忽然一声鸟鸣唤醒了我。我睁开迷离的双眼，看见母亲正在案板上擀面，她把一大张面擀好以后就走出屋去。那一大张面晾在案板上，一部分垂下来，透过阳光我看见那张面是半透明的。这时候，我发现一只猫正竖起前身偷吃那张面。我想喊一声，就是没力气喊出来。

晚上，妈妈用浸湿的棉球浸润我干裂的双唇。深夜我的左颊感觉到一种特殊的冰凉，我睁开眼时，看见了一只又大又红的苹果放在我的枕边，它通身散发出的香气让我清醒了许多。对着一盏煤油灯，我看见了母亲一张欣慰的笑脸。我把苹果搂在怀里睡了。

第二天，我就能开口说话了。我把苹果捧在手里把玩，时不时嗅一嗅它的香味。

最后，我用小刀庄重地切开了这只苹果，把它切成了许多牙，分给了所有的亲人。

最后在果核部分我发现了一颗黑如蚕豆的种子，不，它现在是种子，在过去它可是一尊睡在果核中间的佛。

偶然间，一只苹果也会闪现佛光！

　　听我说完：那个你叫作死亡的东西

　　我记得

　　……

榆叶上的蜜

春天是个美好的季节，闭着眼睛都能想到，那绿的草和红的花，更何况那榆树冠上的榆钱一嘟噜一嘟噜的，像穿起来的铜钱，有时还会晃晃悠悠地飘下来。对于一个从土里滚大的孩子来说，这就是一年一度的盛宴。可是谁会料到在这个快乐的季节也会发生顶顶悲伤的事。这不，我正在田野上玩，就看见母亲慌慌张张地向我走来，一声不响地把我从伙伴中间拽回了家。

我感觉到有事，所以不吭声。但凡母亲一脸严肃的时候，我都不敢吭声。乖巧能避免挨打，那才是硬道理。就这样，我任母亲草草地收拾我。她用老笤帚疙瘩扫净我身上的土，然后用僵成锅巴样的粗毛巾擦洗我的脸，我实在受不了了，就拼命挣脱母亲的手。我说，干什么干什么嘛！母亲停下来，终于告诉我说，你表舅死了，我们得去他家。死就死呗，我不去，我说。我还想着田野上有趣的事呢，尤其是那红梗子草紫红色根茎的甜甜的香味还滞留在唇间呢。

母亲把巴掌举起来，我就把头勾下来。

烦人，死人有什么好看的，况且我对这个表舅也没什么印象。我随着母亲往张家庄子走，一路上田野的气息特别清新，山风里有积雪消融的气息，还夹杂着初生的草木的清香。

记忆中张家庄子很大，东扭西拐的就来到了一座老宅院的大门前，这里的气氛明显不同于别处。但见面前的门楼很高大，门楣上有老朽的雕刻图案。幽深的院子里站满了人，可是很少有人说话，个个都绷着脸，站在那里闷着。身体结实的庄稼人的沉默里有一种古怪的东西。

我踉踉跄跄地随着母亲走进院子，登上高高的台阶，跨入一间大上房，地面上赫然停着一具尸体，上面盖着整张的白纸。大人们都瞧着我们，没有人主动给我们打招呼。这场面似乎是不宜说话的。我清楚，眼前躺着的就是母亲对我所说的那个表舅了。因为他正值盛年，于是被遮盖住的尸体看起来就很庞大。

我随母亲跪下来点纸，心里惶惶的，不敢去瞧那死人。我担心，他会突然坐起身来，呼出一口闷气。于是点完纸磕完头，我便挣脱母亲的手，跑出大院。

院门外有一块老大的空地，中间长着一棵丰茂的榆树。榆树的主干粗壮，枝叶繁茂，显然它正处于壮年。

太阳很红，天空很蓝，春天无处不在。然而，似乎直到此刻，我才发现太阳正悬挂在天空的正中。

一丝暖暖的风吹过来，榆树冠上，提前风干的薄薄的榆树钱儿便纷纷扬扬地飘下来。我随手捡起了几片，放在嘴里嚼嚼，很香。抬头一望，阳光下的榆树叶油汪汪的，那是因为叶片上的蜜汁正在融化。仿佛直到此刻，我才看到榆树冠里有许多穿梭飞舞的蜜蜂。

刚才，我为什么没听到蜜蜂的嗡嗡声呢？是因为某种压迫着我的庄严。

听见蜜蜂叫，我忽然变得轻松起来。我跳起来，摘下几片榆树叶，舔舔，很甜。我忘了那死人的事，舔完一片叶子，再试另一片，都很甜。奇怪的是，以前我也曾舔舐过榆树叶，可是，那甜味却仿佛都不及今天的这样深沉。而苦味是在蜜汁被舔净的时候尝出来的，那是叶子的味道。这时候，身后的院子里突然爆发出哭声，我吓了一跳。

在舌尖上，我还尝到了比甜和苦都要复杂得多的味道。

某一时刻的蜻蜓

　　谁也说不清，那么多的蜻蜓，怎么一下子全集中到公路上来了？它们在两排高高的白杨树护卫的公路中间纷飞，几乎都织成了一张纷乱而密集的蛛网。

　　毕竟，公路不是一处安静的池塘。当我们乘坐的小轿车转过一个弯，突然驶入一条笔直的下坡道时，我立刻就瞧见了车窗前方急速穿梭的蜻蜓们的身影。由于路面平坦，再加上是下坡，车子的时速达到一百二十公里。这时候，能感觉到慌乱的蜻蜓们便像雨点般扑来——直接扑向车窗。但是那撞击在车窗玻璃上的声音，远远胜过雨点的敲击声，甚至我还能听到车顶上也连续传来砰砰的撞击声。

　　这是怎么了？难道蜻蜓们也会选择一个特殊的日子，来到公路上自杀？按照蜻蜓特别发达的复眼，以及每秒达到十米的飞行速度，以及突然转弯的能力，本可以避免迎面急速而来的钢铁巨物，可是，看样子蜻蜓们不打算回避，而是选择勇敢地扑上前来，渴求一死。

　　有一些时刻，当飞速行驶的汽车在密如雨点般的蜻蜓们中间一掠而过时，我几乎找到了某种撞击异类的快感。

　　车子并没有减速，蜻蜓们还在扑来。我扭头看了看司机，这家伙一手抓着方向盘，一手夹着烟卷，根本没把这件事放在心上。我关上了身侧的车窗，一动不动地盯着前方。蜻蜓们像小型轰炸机一般撞来，可是在坚硬的钢化玻璃上只是留下砰砰砰的撞击声。有些时刻，每听到一声撞击声，我就忍不住在心里"哎哟"一声。

到了贺兰山岩画景区停车场，我下了车，在车头四处看了看，车窗玻璃上留下许多被撞击的痕迹。我弯下腰，在车头散热器的横档上还发现了许多蜻蜓的难以辨认的尸体。其中有一只被拦腰截断，断开的部分还被绿色的黏液连接在一起。随后，我发现，几乎在每一辆车头的下方都有掉落的蜻蜓们的尸体。

想了想，这是一个平常的秋日，并不显得特殊——起码对人来说就是这样。头顶的阳光依旧炽热，可是从贺兰山上吹来的风已经有了明显的凉意。山坡下的草地上，蒿子草的尖儿都变黄了，甚至变干了。因此，尽管我能肯定这是一个万物萧疏的秋天，但不能肯定蜻蜓们非得要在今天死去。

可是，即使是非得这样，我们又有什么理由大惊小怪呢？毕竟它们是蜻蜓。我这样安慰自己，以便忘掉刚才那些惊心动魄的时刻。

一副鸽子的骨架

在所有保存完好的动植物们的标本里，唯有形形色色的蝴蝶标本看起来是美丽的，它们即使在死去的时候，看起来也是美的，因为它们保持了生前的色彩和姿态，甚至在它们的身上，你还可以找到一束阳光，找到一小块五颜六色的草地。如果纯粹出于偏爱之心，你甚至可以认为蝴蝶不曾死去过，因为美和人类赞颂的心态已使蝴蝶获得了永恒！

然而豪猪或凶猛的豹子，即使它们依然保持着生前威猛的架势，但眼睛里的虹彩却永远地消失了，所以它们的死是真实的，连同它们曾经的吼叫或厮杀。

我摸了一下豪猪身上的那些硬扎扎的棘刺，除了坚硬没有别的感觉，因为生命已从每一根刺上消失了。能够想象，倘若我是在它活着的时候去摸一下它，它肯定会敏感地跳将起来。所以对每一个活着的动物来说，生命是附载于每一处骨骼、每一块肌肉或每一根毛发上的精灵。那精灵曾带着太阳的光焰在流动的空气中闪烁，而当生命消失，这些东西也就不复存在了。

然后，我在一个毫不起眼的地方看到了一个精致的标本——一副鸽子的骨架。

那骨架是站立着的，它洁白如象牙的雕塑，但比象牙的质地还温柔。它周身流动着一种气息，使它看上去不再是凝固的，而是活着的。

通过这样一副骨架，你会不由自主地去复原它——使它重新复活，乃至成为一只飞翔在地狱和天堂之间的鸟类。

一副鸽子的骨架如此洁白细腻，你会自然联想到，那曾经的死亡，在它那里也只是一个梦。

那小小的头颅通过一根细细的脖颈与放射状的脊椎联系在一起，而两条比筷子还细的下肢由粗到细，轻轻地支撑起整个身体。那看不清的关节部分似乎还保留着一丝韧度。

这骨架精巧得像一座钟，我们几乎想象不出，它在飞翔的时候，那蚕豆般大小的心脏是如何在搏动，而这些通过上帝的手亲自搭配起来的肢体，如何在心脏的搏动下和谐而有机地运动，把身体一直送入云端。

的确，它一度接近天堂，却把美丽的骨架留在人间。这骨架没有一点锈斑，也看不出生锈的迹象，它不是被特殊保护起来的，而只是随意放在一个玻璃罩中，这不是人类的疏忽。

它是自然而然的，看着它，你会联想到，这只鸽子的死也是轻巧的，它仿佛在飞翔中死去，然后身子轻轻地坠在一片花丛中——

几乎，我们听不到那坠落的声音。这是因为，它触及人类的声音也是温柔的。

火刑

闲来无事，我给一群蛆上了一次火刑，体验了一回做上帝的滋味。

前天，儿子在客厅里找茶叶，无意间打开了一个生锈的茶叶罐，随之便是一声惊叫，差点失手扔了手里的茶叶罐。这孩子大惊小怪的，我还以为发生了什么大事呢，还没等我发问，他就喊我快来看看这只茶叶罐。我走过去一看，里面装着半罐枸杞子，叫人恶心的是，红色的枸杞粒中间正蠕动着许多条蛆虫。

没有人不知道蛆虫是个什么东西，它简直比夏天的柳树干上经常爬动的毛毛虫还让人心里硌硬呢。

从生物学的角度上讲，蛆虫只是一个简单的神经节，尚称不上是一个完整的生命体。它们尽管有头部和身子，但还没有足爪和翅膀，它们只是借助于肌肉的伸缩来爬行。然而它们还是生命，因为它们能吃东西，也能消化和排泄，只是不能发出声音来。

我让儿子赶紧把这只茶叶罐扔了去，但老婆却舍不得这半罐枸杞子。于是她在靠近阳台的窗户下面铺了一张报纸，把这半罐枸杞子倒在报纸上，让阳光晒一晒，也许还能食用呢。

等我吃完了午饭，躺在客厅的沙发上抽烟时，却发现一大群蛆虫正沿着射进窗户的那条光带在地板上蠕动。它们的队伍尽管不是很整齐，也几乎是排着队呈扇形在地板上蠕动，像一群大摇大摆的散兵游勇。

呔——！我几乎被这些小东西吓了一跳。仔细一瞧，领头的那条身体粗壮，都几乎由乳白色变成了棕色。它的身子蠕动的幅度也大，几乎跟一条爬行的蛇样子类同，并且，我觉得它身体起伏的幅度明显比一条蛇更有力。再看，大约有几十条蛆虫正在那儿默默地舞动身体，似乎形成了一种旁若无人的气势。

我哪能再躺得住，于是翻将起来，一种嗜杀的欲望从心头泛起。于是我毫不顾忌地伸出手里的烟头。那个领头羊，在类似受到电击的一瞬间，还想躲过七百多度高温的烟头，往旁边扭动身躯。我哪能放过它，对着它深褐色的头部烫了一下，这一次，它的身子停在原地，急速地伸缩扭动起来——蜷起来，展开去……再蜷起来再展开去，如是者再三。

我原想，先把这领头羊一惩治，其他的，也许会转过身子四散逃命。其实不是这样的，它们还是保持着原来的样子继续前进，于是我如法炮制，继续做我的游戏。

没过多久，地板上的这条光带里，就躺着一圈一圈的蛆虫的尸体。它们都死了吗？其实还没有。当我重新把烟头试着伸向某一条的尸体时，却发现，它的身体又重新扭动起来。

吓！

于是我把这些蜷曲的身体扫起来，倒在一只大烟灰缸里。然后把一张硬纸片卷了卷，点着后，放在烟灰缸里。等火焰燃烧起来时，这些蜷曲的白色圆圈又一次剧烈地扭动起来，有几条还重新奋起，四面突击呢。

纸片终于燃烧完毕，我以为这一下子足以让这些家伙丧命了。还没等我仔细查看，却发现有一条蛆虫竟然从纸片的灰烬中探出头来，于是我用打火机的火焰对着它，一直把它烧死。

……

没有希望，没有记忆；

甚至没有痛苦。

这是一种怎样的生存呢？我竟然在一场酣畅淋漓的杀戮中体验到一丝快慰。

蜜蜂城和蝴蝶国

应该给蜜蜂建一座城，给蝴蝶建立一个国家。这是我回忆在焉支山度过的那个美妙的正午时想到的。那天，在一面有着厚实的青草和浓郁的芳香的山坡上，飞满了蜜蜂和蝴蝶。尤其是蝴蝶，其数量之多使我联想起乡下纷扰的农贸市场。奇怪的是，那么多的蝴蝶在草地上上下翻飞，却发不出一点声音来。这使我想起了失聪的诗人伊利亚·卡明斯基的话：当我失去听力，我便看见声音。

出于对蜜蜂和蝴蝶的偏爱，我是这么设想的：在蜜蜂的城市里，蜜蜂不再飞翔，而是像人一样直立行走，除了大多数穿裙子的外，有一些蜜蜂还穿着燕尾服，手里提着文明棍，像十八世纪的英国绅士。甚至蜜蜂都带着更为袖珍的手机，样子像小小的花瓣。蜜蜂在休息的时候不再是站着睡觉，而是像人一样躺下来睡觉。

蜜蜂城的建筑都是拱形结构，模仿了天穹的式样。蜂王住在一处用水晶石建造的宫殿里，每天听的都是交响乐，比如门德尔松的《春之歌》或者是木梭尔斯基的《杜伊勒里宫花园》。

在蝴蝶国，疆土起码可以达到六百八十平方公里（焉支山的范围），同时包括一千多公里长的疏勒河流域。如此辽阔的疆土，需要管理和保卫，于是就第一次产生了蝴蝶王、将军和士兵。这部分特殊的蝴蝶身体已经进化，开始有了脊椎，四肢也变得强壮了。士兵们戴头盔，身上佩带冷兵器。这部分蝴蝶是最牛的，可以随意出入公共花园和草坪。由于蝴蝶相对集中，就出现了争斗，于是开始有了法律。蝴蝶王的特权是享受更多的阳光，享受比其他蝴蝶更大的草坪，她甚至可以戴上墨镜坐上飞机视察疆土。

　　……你看，我能想象出来的就是这样，显然我的知识和想象都是有局限的。我一度以为，我按我的想象创造出来的世界，一定是蜜蜂和蝴蝶的乐园，殊不知事实并非如此。

七载丹青

　　我是七年前开始画画的，所谓开始就是说结束了以前的零打碎敲，正儿八经地将绘画当作一项事业来搞。于是我买了一块毡、几支毛笔、几管颜料、一刀宣纸，然后在自家客厅的餐桌上胡涂乱抹起来。

　　我没有拜师，也没有向朋友们宣称说自己要画画了，只是凭兴趣，歪歪扭扭地走。其实一开始，我是想拜师的，因为行家都说，画画要拜师，否则若在一条错误的道上走久了，就不好扭转了。于是我想拜身边一位国画画得好的老师为师，不料他说，你要想学画，我先推荐你到我的一个学生处学习。我理解，他的意思是我一开始要先从基础学起。可是我都四十多岁了，没有多少时间和精力了，我想走捷径。于是我谁也没拜，自己练。我相信只要功夫到，是会有收获的，因为在写作上，我走的就是这一条路子。

　　一开始，我先临摹，临八大山人的圆环眼、大嗉子鸟，临齐白石的白菜和虾，也临马远的山水，还临李成的枯树和石碑，我觉得八大山人的一肚子怨气和李成的萧瑟很适合我的心境。后来我还临徐渭的野葡萄和水果，但觉得不得法，因为他是中国大写意花鸟画的鼻祖，那用笔的恣肆和狂野，我只能欣赏到它的奇妙，却不能得其神髓。

在我所了解的中国绘画史上，我最敬佩的画家要属徐渭了，其实他比割掉耳朵的梵高才气大多了，并且经历也坎坷。他曾在潦倒和绝望中，以利斧击头，以竹钉刺耳，用铁锤击打肾睾，几次都没死成。经过两次牢狱之灾后，陷入人生低谷的徐渭在老年陷入极度的贫困，最后死在一张烂草席上。有着这样人生体验的人，再加上深厚的学养和傲视群芳的才气，他的诗书画自然成就甚高。然而，在他所处的时代（明朝），他的作品得不到承认，正如他所说：半生落魄已成翁，独立书斋啸晚风。笔底明珠无处卖，闲抛闲掷野藤中。可见一个好艺术家不是容易当的，他们都是要受苦的，因为好作品大都在痛苦中诞生。

由于心性使然，我还喜欢近代的石鲁，他由于躲避政治灾难，曾在陕西的终南山过过野人一般的生活，身心所受的摧折是可以想见的。他的作品自不待说。另外还有高剑父，他是岭南画派的创始者之一，是个有政治抱负的人，在孙中山之后，差点当上了民国总理。政治上失意的他，却造就了艺术的辉煌，他的画鬼斧神工，自有一种冷峻的森严气象。

通过大量的阅读和揣摩，我觉得具有专业气象的画家要属任伯年，因为他的画结构繁复，且穿插自如，造型十分准确。其次要属徐悲鸿。而与任伯年同时代的要属吴昌硕。吴昌硕虽是半路出家，但由于书法功底深厚，画作老辣，文人的傲骨体现得淋漓尽致。看他的画，总觉得颜色鲜艳而沉稳，这得益于他用色的奇妙，也得益于颜料和纸张的上乘。与画家朋友们讨论时，他们说，吴昌硕用的颜料大概是日本产的，比如牡丹红。我们现在画牡丹用的曙红，总觉颜色轻佻，不沉稳。用纯正的颜料画出的画，既朴素又透出鲜艳，它是内在的而不是外在的。要是我们在曙红里兑一点胭脂就变得灰暗了。由于我画牡丹，曾做过很多次的试验，总觉得吴昌硕他们那个时代用的颜料好，纸张也好，只是现在一无所见了。

中国画分工笔和写意，写意又分小写意和大写意，相对而言我对写意画情有独钟。除了徐渭，我比较喜欢刘海粟和张大千的泼墨画。尤其是张大千晚年的重彩泼墨，自有一种天地混蒙的大气象。

然而通过数年的绘画我认识到，要想最后成为写意的高手，非得通过工笔和素描的训练。一开始，我曾经也想飞，想画出张大千和赵无极的印象派绘画来，可是努力了多次之后，却发现自己在墨色的控制和随意造型的能力上实在差得太远。于是又静下心来，一笔一画地画。先把一只鸟画像，把一颗白菜画像，把一朵牡丹花画像。可是在实际操练中却发现自己差得太远了，比如想表现牡丹的立体感和方向总是不得法，画出来的花头总是平面的。于是我就在电脑上看视频，或观看其他画家现场作画，通过观摩收获不小，也渐渐悟出门道。

老实说，我为了把一朵牡丹花头画像，用了有三年的时间，为了把牡丹的枝干画得老辣苍劲，用了有两年，甚至在研习了七八年之后，我也不敢说把这些都画好了。我只能说先意识到了，但手跟不上。再就是构图，要使一张画整体上合理有创意，非得在构图上下功夫。中国画讲究留白，讲究计白当黑，但做起来很难。比如你在一张画纸上只画了很少一部分，但又感觉到在整体上是平衡的，这就不容易。浓淡、轻重、枯润、多少，这些都要画家凭着本能去掌握，这就不是一般的功夫。

在中国绘画上有"锥画沙"和"屋漏痕"一说，意思是，你的笔触既要自然得如屋漏水在墙上自然流动时留下的痕迹，还要像锥尖划过沙子一样吃进纸面。绘画上所说的力透纸背就是这个意思。

当代画家吴蓬力主中锋用笔，始终强调笔要立起来，就是为了达到力透纸背的效果。他甚至强调即使淡墨用笔也要讲究笔触，不要胡抹一气。

说到底绘画是要揣摩的，是要苦练的。就是一个点你也得练上好久，因为要是你的手腕上没劲、不灵动，画出来的必定是个僵死的点。对此潘天寿有独到的理解和表现。

说了这么多，不是卖弄，其实是要说，每一位画家都有他的独到之处，我们所说的博采众家之长就是这个意思。要是朋友们问我，你喜欢哪个画家？那就多了，名字能列一长串。

然而"学我者活，像我者死"，齐白石的这句话很有道理，其意思是说，一个画家一定要有自己的风格。但风格的形成又何其难哉！

我有时想，我们作为一个中国人挺幸福的，因为前人为我们创作了那么多的艺术蓝本，供我们去学习去欣赏，但同时又让我们绝望。

我曾在网上看过董寿平先生在日本画松树的一个视频，感受十分深刻，他用笔的随意老辣和顿挫表现得淋漓尽致。由此你就知道什么是功夫。还有朱屺瞻和赵望云，他们用笔的枯涩和轻灵都给了我不少的启发。我原以为所谓大家都是用笔急速、一气呵成的，其实不完全是，他们恰恰很缓慢，是沉稳而缓慢，比如齐白石和李可染都是这样。我还想要是有徐渭或是吴昌硕的绘画视频，不知能让我们学到多少东西。绘画和写作是有区别的，写作的过程也许不太重要，而绘画就不一样了，因为其中的轻重缓急是大有学问的。

与写作相比，绘画给予我全新的体验，因为我觉得写作凭想象和才气，而绘画凭技术和才气。绘画里面有技术的成分在，也就是说，你要是掌握不了造型和用笔的功夫就不行，这一点可以像练某种手艺一样练出来。而写作要过表现力这一关，也是很难的，因为它没办法说，全凭悟性。

与写作相比，绘画给人的感觉是，你在创作一个实实在在的东西，假若通过你，你画的东西鲜活灵动，你便觉得你是真的创造了一个生命。为此，我开始由想象转入现实，我学会了观察。当你认真地观察一棵树、一处花丛或一片草地时，你会有全新的体验。你会突然发现大自然蕴含了如此多的色彩和物象，并且千姿百态。这时，你才会明白天地造化是个什么意思，每一次风吹、每一次落雪都会让你感受到自然的奇妙和活着的美妙。

我热爱绘画，是因为有时候你觉得你就是一个创造者，通过你，你创造的那些纸上的假象突然有了生命。这是多么奇妙的事啊！有时候简直让你害怕！

我与花鸟

　　在中国绘画中有花鸟画一说，以区别于山水和人物画。由于对花鸟画的痴迷，我自然就重新留意起花鸟来。这对于一个几近中年的大男人来说，似乎成了某种颓废的表现，其实不，它只是多了一条观察事物的通道而已。认真地观察事物——尽管对象是毫不起眼的一花一草，却也能带给人一种全新的体验。

　　当然我对花鸟的留意程度还远远比不上法布尔对昆虫的专业和耐心。事实上，相对于昆虫，花草是静止的，它们不发生位移，老是待在一个地方，终老此乡。但是，你要是有瞬间抓拍的能力，把每一瞬间花草生长的过程拍下来，再连续地播放，就能发现极其奇妙的生动画面，就是一朵花的开放过程也会让你吃惊得张大嘴巴。当紧紧包裹在一起的花瓣在阳光的照射下一层一层打开时，会慢慢露出里面的花蕊，你仿佛看到了一个逐渐打开的封存已久的宫殿，里面坐着一尊闪闪发光的佛。这感觉实在是奇妙无比！

　　人体的有限，比如在听觉和视力上所受的限制，使人往往会错过许多有趣的现象，这是没办法的事。

　　过去每到一个地方，主要的精力都放在欣赏名山大川上，而往往忽略了小花小草。最为遗憾的是，有一年到昆明，竟然没心情到世博园去转一转，据说那里集中了世界上不同地区不同气候条件下的各种奇花异草，现在想来的确是后悔得拍胸脯。人与世界的交往也凭缘分，错过了昆明世博园，也就错过了一次欣赏花草的机会，也许错过的还是一次花草的丰富合唱。不过我以为在昆明世博园展出的或许是一些被修剪过的或是被精心培育出来的花草，不是生长在大地上的原生态的花草，更像我们在卖花坊里见到的那些，而我愿意亲近的是生长在土地上的那些最普通最朴素的花草，因为它们都是活着的自然的花草，是有表情和会说话的花草，而那被切割下来的花草尽管保鲜得像活着时一样，但毕竟是某一瞬间的假象，常使人联想到冰柜里防腐的尸体。果然，看过世博园的同事们回来时，都带来了一箱一箱的花草，尽管它们被包装得很漂亮，但那花香和色彩是打了折扣的，于是我的兴趣便大减。

总的说来，凡培育的花总不如自然生长的花有灵性，比如那些无人理识的山坡上的野花虽比不上花圃里培育出的花丰硕鲜艳，但却美得惊人美得让人爱怜。

我这人基本上是个悲观主义者，越老越悲观。年轻的时候喜欢名山大川，当然也喜欢辽阔的草原和大海，但随着年龄的增长，伟大的东西在内心逐渐退让给一些温馨的小东西，比如小花小草、小猫小狗什么的。

由于晚上常散步，且喜欢走一些城郊较为偏僻的地方，便常常能发现在草丛里和林子里有跑动的小猫小狗。我清楚这都是一些被遗弃或是走失的小生命，当它们看到我和妻子时，会停下来，露出一副或警惕或可怜巴巴的神情。有时，你要是对着它们亲切地叫唤几声，那么它们也会自动地跟着你跑，跑老远的距离，渴望着被你带回家呢。

可怜的小家伙，过惯了优渥的生活，一旦沦为荒野的乞儿，日子肯定不好过。但我不是富翁，也没有操心动物的闲心，不可能把它们都带回家。在这个世界上与繁华相对的那一面，像一块伤疤，在很短的时间里是无法愈合的，但这不是本文要说的内容。

今年春天回老家，特意在小时候玩耍过的山坡上走了走，那时土皮正在返潮，雪水消融过后的一坨一坨的湿迹上，脚不小心踩上去还会打滑。但是在山丘向阳的一面，会有许多巴掌大的草棵抽出针尖般的嫩枝，而蓝色的薄绸般的马莲花已经开了，长柄花托轻柔地托着一枝细细的管状的花朵，在微风里轻轻地摇。它那么轻柔那么薄脆，我担心一阵较强的风就可以将它吹走。要是晚上来一次倒春寒，它肯定挺不过去。然而脆弱的东西总有惊心的美，它像个可爱的婴儿吧嗒着小嘴，不停地挥动着小手，总是想往你的怀里钻。由于心疼，我在这枝小花旁蹲下来，仔细地瞧了好久，还想用手指去拨拨它，却忍住了，因为我怕我的手会玷污它。

在早春的阳光下，它活得很好，只是有些轻微的抖颤，或许一个小生命在面临某种大背景时总会有战战兢兢的感觉。

也许是一瞬间的心灵相通，我仿佛能理解这枝花，于是在我起身离开时，并没有去掐断它，就像小时候常做的那样。这说明我变了，心中柔软的部分在逐渐扩大。

在写这篇文章之前，我特意又看了一遍丘吉尔的《我与绘画的缘分》，我觉得在绘画中找到乐趣的我们有着同样的感受。最有意思的是这么一个细节：当丘吉尔第一次面对洁白的画布时，一个个性强悍，日后成为英国首相的伟人却迟疑犹豫不敢下笔。当时，他只是小心翼翼地用一支很小的画笔，蘸了一点点蓝颜料，然后战战兢兢地在咄咄逼人的画布上画了大约一粒小豆子那么大的一笔。恰恰在这个时候，他听见车道上来了一辆汽车，汽车上走下来的不是别人，是著名的肖像画家约翰·赖弗瑞爵士的才华横溢的太太，她说："画画？不过你还在犹豫什么哟！给我一支笔，要大的。"然后，画笔扑通一声浸进松节油，继而扔进蓝色和白色颜料中，在丘吉尔的调色板上疯狂地搅拌起来，接着在吓得发抖的画布上汪洋恣肆地涂了好几笔蓝颜色——紧箍咒被打破了，丘吉尔那病态的拘束感便烟消云散了。于是，他抓起一支最大的画笔，雄赳赳气昂昂地朝他的牺牲品扑了过去……打那以后，他再也不怕画布了。

这是丘吉尔初次绘画的有趣的一幕。在伟人的叙述中，画画也像面对一场战争，不过他下面的一段文字却说得极为到位：

当一个人开始慢慢地不感到选择适当的颜色、用适当的手法把它们画到适当的位置上去是一种困难时，我们便面临更广泛的思考了。人们会惊讶地发现在自然景色中还有那么多以前从未注意到的东西。每当走路或乘车时，附加了一个新目的，那可真是新鲜有趣之极。山丘的侧面有那么丰富的色彩，在阴影和阳光下迥不相同；水塘里闪烁着如此耀眼夺目的反光，光波在一层一层地淡下去，表面和边缘那种镀金镶银般的光亮真是美不胜收。我一边散步，一边留心着叶子的色泽和特征、山峦那迷梦一样的紫色、冬天的枝干的绝妙的边线，以及遥远的地平线的暗白色的剪影，那时候，我便本能地意识到了自己。我活了四十多岁，除了用普通的眼光，从未留心过这一切。

……

这种对自然景色观察能力的提高，便是每一位爱好绘画的人所能得到的最大乐趣。

丘吉尔爱好的是油画，假若他爱好中国水墨画，凭他的个性和才气，肯定是一位如梁楷和徐渭一般的泼墨大写意画的高手。

无论是油画还是水墨画，要想极尽事物的妙理，离不开对大自然耐心的观察和体验。

初始学绘画者如我，自然少不了战战兢兢的临摹过程。一开始总渴望笔下的东西越逼真越好，及至看了八大山人和徐渭等画家的作品后才明白，真正的绘画是写神灵而不是写形体。夸张而不离神，变形而不逾矩，才是大师所为。当然，作为艺术，更为重要的是一个人的气质和个性，以及对世界的理解和爱。

要想抛开摹本，在宣纸上任意挥洒，画出自己的心中所想，又是多么难啊！人要是越不过技术的层面，要实现心中所想，那几乎是不可能的，充其量也就是个蹩脚的匠人。

在书本上看多了，就想看一看花草的真面目，于是就有了重新观察自然的可能。于是每每在走动和散步时，留意所见的一切。这一看不得了，仿佛重新走进了一个曾被忽略的世界。

春夏之际，百花盛开，就成了我观察花草的绝好时机。我的体验是，某一处的花草，尽管生长得毫无规律，但出于天然的本能却搭配得极其和谐，这和谐既表现在色彩上也表现在构图上。一枝花茎即便是结一朵花也不觉得单调，相反，一枝花茎尽管枝上开满了繁密的花朵你也不觉得多。它们或仰或卧，或横或斜，极尽天然之能事。就是那些或直或斜的枝茎，即使太直或太斜也不过分。枝上的叶片，或密或疏，或正或反，或相互穿插、相互掩映，都是妙趣横生、自然天成。你要是仔细看，叶片上面的叶脉线条胜过任何一位高明的画家。一块林子也是一样，各种树木的高低和远近搭配也是极尽到位，纯粹是一幅天然图画。

有时，在一块林子里，你会发现一棵老树，枝干扭曲苍劲，在偌大的树冠上，一半的枝干已经干枯了，而活着的另一半却枝叶繁茂，即使一衰一荣之间也搭配得如此和谐，让你吃惊。这现象使人联想到，天地之间果然存在着神奇之手。

于是我想，凡是有成就的画家都是深切领会了自然妙理的人。

要是平常，我对于花草也仅仅是匆匆一瞥，过后在脑子里留不下什么印象。现在不了，要是有机会，我总会在一棵树旁或一处花园里驻足良久。

在我常散步的城郊有一处野生的植物园，里面集中了各种名目的树木和花草。在野草丛里开着各式各色的花，有蓝色的，有紫色的，有粉红色的，也有白色的花，有单瓣的有复瓣的，有喇叭状的，有筒状的，有绣球样的，也有圆盘样的，简直难以尽述。其色彩之丰富，远远不是国画的各色颜料所能够穷尽得了的。更为出奇的是，在一种花朵上却出现了色彩不一样的花瓣。我见过一种小喇叭花，每一片单瓣上会有红黄两种颜色，分割得如此清晰而巧妙，简直令人叫绝。一朵小碗口大的喇叭花，你要是仔细观看，会发现在一片花瓣里，从花蕊处向花瓣的边缘处，色彩由浓向淡，过渡得如此自然，中间地带简直是天衣无缝，要是用一支画笔来表现出这种色界，会是多么难啊！尤其是你想要在一张平面的宣纸上表现立体感，会觉到更难。

总之，让我吃惊的倒还不全是自然界物象的形体与色彩的丰富，而是它们透露出来的生命情趣。即使是一枝很不起眼的野花，你若仔细瞧去，也会发现它们活得是那么本真那么自在，因为它们对赖以生存的这个世界几乎是没有要求没有奢望的，如此一来，才有了如此本真和自在的生命。几乎可以这样说：在自然界，凡是活着的花草树木都是美的，不存在丑陋一说，即便是歪七扭八的树木和花草也有歪七扭八的道理和意趣。

在《圣经·创世记》一章里，有这样的记载——神说："地要发生青草和结种子的菜蔬，并结果子的树木，各从其类，果子都包着核。"事就这样成了。于是地发生了青草和结种子的菜蔬，各从其类；并结果子的树木，各从其类，果子都包着核。神看着是好的。

的确，它们看起来都是好的，不像人那么慌慌张张，那么工于心计。你要是想把它们画下来，让它们在一张洁白的宣纸上重新活起来，非有高超的技艺不可，要知道，真正的画家不是再现自然，而是重新创造自然。当一个生命在你手上重新获得生命时，艺术才会诞生！

至此，文章都快写完了，却还没有写到爬行的昆虫和飞行的鸟类，这是因为在我的生命里从来都不缺乏运动和喧嚣，而缺乏的正是一朵花或是一株草待在原地的安静！

巴丹湖

　　我对内蒙古的印象不是来自于书本，而是来自于对草原、沙漠、戈壁滩的阅读和对蒙古族歌声的聆听。且从巴丹湖说起。

　　巴丹湖位于巴丹吉林沙漠的南端，是巴丹吉林沙漠的门户所在，它是因一个叫巴岱的牧人命名的，因为最早发现这个湖泊的就是这个牧人。据说巴丹吉林沙漠里面共有一百多个湖泊，有许多都没有被人发现。这是因为这些湖泊是飘移的，它们忽东忽西、忽大忽小，更为神奇的是，白天细沙可以滑下高高的沙丘，堆积在湖边，而到了晚上这些沙子又会乖乖地浮上沙丘。谁知道呢，凡是人类罕至的地方，总有一些接近魔法的东西在控制着四周的一切。

　　正是怀着诸多的好奇和向往，我和朋友们一起前往巴丹吉林沙漠。

　　车出阿拉善左旗不久就穿行在茫茫的戈壁滩上，道路两边的荒滩上很少能见到沙草，几乎全是由青灰色的砂石和沙土组成的戈壁滩，那种荒凉才是真正的荒凉。空旷的戈壁滩上几乎没有飞鸟，因为连草都不生的地方，就别说有动物了。由于没有水源，即使有灰楚楚的沙草的地方也不见有野兔和黄鼠狼跑动。生命在这里绝迹了。极目戈壁滩，两眼灰茫茫，世界呈现出一派死寂——一派让人陡生悲凉的死寂。

　　一般，当人们进入内蒙古时，脑海中大都会先浮现出风吹草低见牛羊的画面，然而事实并非如此，草原的荒漠化正如现代人的内心，已成了当下科技和医学难以解决的难题。由此我也从一个侧面理解了蒙古族歌曲为什么在它的基调中总含有一丝苍凉。要是一个音乐人不到草原上走走，不到荒凉的戈壁滩上走走，就难以走进蒙古族的内心，也不会理解蒙古族歌曲的深层内涵。

从左旗到右旗，有五百多公里，在我的印象中，除了路边的几个小镇外，很少见能到毡房和人家。只是在距离雅布赖镇不远的地方，路边上才突然出现了绿色，原来这里有一滩积水，显然这是雨水汇积而成的，在积水滩的四周有吃草的牛羊。我们看见，在种着低矮的向日葵和蔬菜的地方，有一处用篱笆围起来的人家。

中午在雅布赖镇吃过饭后，车子继续前进。越接近巴丹吉林镇——右旗所在地，路边的绿色越多，空气似乎也变得湿润起来。我觉得戈壁滩上的植被，在你穿越了很久的荒凉之后，不是以色彩进入你的眼球，而是以一种温柔的气息最先进入你的鼻腔，然后轻拂在你干渴的心上。

突然车道两边的沙丘上出现了很厚的植被，甚至，还有花儿摇曳在草丛里。仔细一看，我们已进入巴丹吉林景区。据左旗的朋友们说，这是距离右旗最近的巴丹吉林景区——神秘的巴丹湖在沙丘中等着我们呢。

我们在景区改乘沙漠越野车，四人一组，经过一路的起伏颠簸和惊险刺激，终于来到了巴丹湖边。我们在穿越了五百多公里的荒漠之后，突然看到一处绝美的湖泊，并没有像大家想象的那样惊呼起来，而是变得沉默了。

巴丹湖以及它四周的沙丘都处在一种固有的寂静中，不过这里的寂静是由清澈的蓝色湖水和金黄色的沙丘组成的寂静。这寂静已经不像荒凉的戈壁滩上的寂静，它是一种甜美和温柔的寂静，是一种生命受到关爱的寂静。湖边的芦苇在轻轻摇晃。

然而我觉得，仔细地端详巴丹湖所留下的印象，远不及站在远处或站在沙丘高处看它时所留下的印象。因为从远处和高处看，巴丹湖就是一块蓝色的宝石。它是静止的，这静止也是一种能量，融入到周围由高耸的沙丘所组成的金黄色的世界中。

世界在这里是和谐的。沙丘、湖泊、芦苇以及湖中游动的小鱼，在无人光顾的世界里达到了和谐。因此我想，和谐的基础是自由和无所求，它的最高境界是安然。在这里我还注意到一个现象：那些在每一座沙丘上所表现出来的沙脊线是那么的婉转和柔和，堪称天地间最优美的音符。

黄昏在沙漠上的降临是缓慢的，我一直注意着西边天际上的那缕红云，直到它染红了沙丘，然后变成了绛紫色，缓缓消失。在参观完景区后，我们向右旗所在地——巴丹吉林镇行走，还有五十多公里路程。不知不觉间天就黑了，那沙漠上空弥漫的夜色像飘荡的深蓝色纱绸，遮住了一切。

车子在黑漆漆的道路上穿行的时候，我进入假寐状态，我竭力感受一种气息，一种由天和地组成的宏大气息。而我的脑海中却突然出现了一个形象：一个背着褡裢的牧人正孤独地走在黑茫茫的戈壁滩上。

一夜无声。巴丹吉林镇很安静，仿佛只有高空的星星在对话。事实上也不是绝对的安静，睡梦中我仿佛听到有一种声音一直没有停止，那好像是细沙一层一层地从沙梁上滑下。那不是用耳朵，而是用手指才可感受到的声音。

第二天我悄悄地溜出宾馆，向北走出巴丹吉林镇的街道，站在一个废弃的砖瓦厂的屋顶上，看对面的日出。天阴着，看不见日出，只是发现在一大片云气中被染红的云彩的边缘。与此同时，我却注意到在小镇的西面上空也汇积着大片的云气，营造出一种特别阴郁的气氛，而这种阴郁也好像只有在边塞绝地才有。于是，我沿着环城路向西走去。在某一处高地，我面向西边的天空站了许久。我承认感动着我的是天地之间营造出的那么一种寂寥。那是一种没有被创造的痕迹，连人也被忽略掉的，唯有天地独存的洪荒。

我注意到那略带忧郁的西方天空，有一朵小小的白云缓缓地变成了一只鹰的形状。当它幻化成一只鹰后，在天空挂了好久。

在返回宾馆的时候，我在公路边发现了一只弃置的烂鞋底。它是一只被磨平的胶鞋底，而且从中间裂开了。不知什么原因我伸出右脚，在那上面踩了踩。当时我心里想的是，穿过这只鞋的人，一定走过了很多的路，而我这样一踩，仿佛也随之走过了千山万水。

居延海

作为中国人，凡是多少有一点历史常识的人都知道居延海、焉支山，乃至昭君出塞和苏武牧羊。中国几千年的历史，就是中原汉族和西部边陲游牧民族的战争史，因此像"居延"这样的词，本身就能勾起人诸多的联想。

由于阿盟左旗朋友的好意，我大约在十多年前有过一次古居延之行。其实那次是奔着额济纳的胡杨林去的，不料，留给我印象最深的却是居延海。

居延海位于额济纳旗境内，而额济纳旗是与蒙古国接壤的地方，属于内蒙古自治区的最西端。在居延海附近有一个边防站，叫策克。到达额济纳旗的那一天，我们在居延海的边上搞过一个篝火晚会，晚上就住在策克边防站，还吃了部队上的饭。第二天中午，临告别时，连长和连指导员用喝水的杯子敬酒。那个气氛，即使患肝硬化也不好意思拂了官兵的热情，于是放开喝。结果我们一帮朋友全喝软了，然后并排躺在兵营的大院里，算是对得住这块辽阔的土地，对得住这些常年驻守边防站的官兵了。

然而我要说的还不是这些，那一天我们一大早就从左旗出发，前往额济纳，方向是一路西去，路程大约是七八百公里。你想想，要不是现代交通工具，我们赶上一群骆驼得走多少天呢？就晃荡吧。

即使越野车开足了马力在公路上奔驰，也感觉到路途远得不得了。你要是想体验一次辽阔，就走一回额济纳吧。

荒凉的戈壁滩，起伏绵延的沙丘，静静笼罩着大地的天空，都是一副漠然的表情。偶尔有几只黑鹰在翱翔，把你习惯了绿色和小桥流水的心胸彻底颠覆。这就是西部，坚硬、冷峻、荒凉、辽阔，但也有出奇的温柔。它有西风瘦马、古道热肠，也有惨烈悲壮。

黄昏时我们到了居延海。实际上，所谓的居延海只是一个大湖泊，古之居延海是东、西、北三个海子的总称，而我们到达的这个湖泊是东居延海。居延海是额济纳河流入巴丹吉林沙漠后所形成的，是古之弱水终止的地方。

黄昏时的东居延海笼罩在一片神秘的夜幕中。它的周边都是湖水干涸以后留下的河床，是一片类似于盐碱地的地方，干裂的地皮都翘起了瓦片一样的泥皮，踩上去咔吧吧地响。举目四望，黄昏时的居延海四周荒凉寂阔，给人一种地老天荒的感觉。然而这里的确有人生活过，比如苏武就曾在这里放过羊。

我觉得被人遗弃后的那种地理上的荒凉，要比一个地方固有的荒凉更荒凉，仿佛人在消失的时候给这块土地注入了一种凄凉的心境。

晚上我们在居延海边上点了一大堆干柴棒子，充当篝火。沙漠中的枯木，枯而不朽，硬得像生铁，燃烧时得先泼上汽油，一旦燃烧起来又特别耐烧。西风呼呼呼地吹着，火势极为凶猛。我们围着篝火跳舞，像是回到了汉朝。我们摇摆着身体，三呼二喊。我们提着酒瓶子喝酒，感觉像个勇士。

那晚上我们听到了原汁原味的蒙古族歌曲。我注意到，那些蒙古族歌手往台上一站，两腿叉开，挺起虎背熊腰，确实有一股英雄气概，在他们跳舞或走动的时候确实有一种雄鹰般的架势。由此你可以想见，一个征服了欧亚大陆的民族不是说着玩的。

然而他们的歌声却又婉转苍凉，仿佛有一种难以排遣的忧郁郁积在心头。

居延海的夜多么幽静啊，居延海的四周又是多么荒凉！

第二天我们一大早就来到居延海边看日出。等了好久，我们才看到，一轮橙黄如鸡卵般的太阳透过芦苇荡，缓缓升起来。不怎么晴朗的天气，风力很紧。

我注意到在昨天晚上遗留的那一大堆篝火的灰烬里，有几粒微小的火星在闪动。

时过多年，我一直记得，当风吹动那堆灰烬的时候，会有红红的火星微微透出。那经过了一个晚上也不甘心熄灭的火星，到底昭示了什么？

第五十三个春天

先是得了一场小病，从正月开始，身体就不舒服，然后是农历的二月和三月，然后就是春天。春天来了！像谁在林子里打了一声呼哨，春天就来了。起先我只注意到楼下的杨树枝条那微妙的青绿色，然后是早上的公园甬道上那晕出了绿意的垂柳，还有努出的杏树和桃树枝上的花蕾。其实那时候天还很冷，早上锻炼时，我们还穿着冬装，可是春天突然就来了，好像一个性急的小姑娘捧着一束野花向你笑吟吟地跑来。我的病好了，人也清爽了，像一只被洗干净的瓶子，于是，就有兴趣欣赏春天了。

我是带着一脸微笑慢慢欣赏春天的，就像在茶楼慢慢品尝一杯茶，体验它的醇香如何从舌尖滑过，然后进入喉间。几乎被我忽视了五十二个春秋的大自然，在我的重新观照中似乎别有一番情趣。我似乎明白了寻求幸福的途径不在远处而在身边，不在宏大的事物身上，而在微小的事物当中。卑微的神灵，或许指的就是一草一木中当有神灵。

人生的第五十三个春天是难得的，尤其是经受过病痛的人，尤其是在病痛中有过一丝绝望的人，那春天蕴含的意义会更为丰富。假若你是一个处于生死边缘的人，那么春天的意义更是不同凡响。

像北方山间的一渠山泉清清地流，春天的样子就是这样。然后，时光倒流，回到五十三年前，那时的春天对于我是一个谜，因为我正在母腹中谨慎地成长，通过母亲那薄薄的肌肤，我感受到春天那带着一丝寒意的温暖。对于我那就是一束神光，某种意义上，我就是为追寻那一束神光而来。五十三年过去，我就是为追寻那一束神光而耗尽肉体。然后五十二年过去，五十一年过去，发黄的日历往前翻，然后父亲慢慢凸现，在我家的屋檐下，抽着旱烟，保持着惯有的姿势，太阳映红了半面墙。那弥漫的辛辣的烟味，就是我嗅到的最初的关于春天的味道。至于菜园里从厚厚的葱垄间钻出的筒状葱叶，以及绿绿的韭菜，就是我关于春天的最初记忆。然后是鹰，在蓄着尘雾的天际飞翔。多半又是一个黄尘天气，在我的老家，春天常常是这样，在连续的好天气之后，是突然的雾霾。

接着天又放晴了。在一块树林里我突然看见一个粗壮的矮子背着一口大红棺材，穿过树林，突然隐遁。那肯定是在我能记事的时候，这个谜几乎贯穿了我的一生。

仿佛是突然的转弯，在连续的好运中，会突然出现灾难。这好像就是我的命运。

春天，是祖父在屋檐下擦拭犁铧，是母亲在黑黑的火窑里炒菜的香味！

然后是饥饿，和长长的饥饿。我和三哥在响着春雷的晚上撕吃酸菜，一边听着雷声，盼望着今年能有一个好收成。这么着，我在春天初尝了人间的欢乐，也开始尝到了人间的酸味和苦味！

时间就这样持续着，被我忽视的，不仅仅是一个春天，为了生存，我几乎忽略了我人生的大部分春天的美景。

然后是急转弯，我来到了第五十三个春天，在公园里，几只小狗围着我叫，我没当回事，赶开它们，继续走我的路。可是它们又追了上来，当我停住脚步时，它们就以人的眼光和心智瞧着我。我瞧着它们，它们注意到了，然后在我前面跑，似乎在引我到一个什么去处。于是我尾随它们而去，之后就来到了一处地沟边，在它们吠叫的地方，我看见了一只躺着的小花狗，这是它们死去的同伴。我有什么办法呢？只好用土埋了它。

它们一直在叫着，这群流浪的小狗，它们急于告诉我的到底是什么呢？

一首春天的哀歌？那么用小提琴拉吧。请穿一身黑裙的少女来拉，披着长发，遮去了半边脸庞。

毕竟，春天用鲜花和嫩草抹去了大地的伤痕，这我是知道的。在我五十三岁的时候，早已在伤痛中学会了珍惜，无疑这是难能可贵的。

别了，春天，在雷声的震响中，我盼望着下一个春天。

身体的美

当我走进森林公园弯弯曲曲的甬道后，突然看见走在我前面的一个年轻女性停下了脚步，面对一树初开的桃花，做了一个屈体弯腰的动作。这一刻，我不好意思停下脚步，尽管我想站下来多欣赏一会儿。

老实说，她屈体弯腰的姿势很美、很性感。尽管中国人还不怎么提起"性感"一词，对凡是与性有关的一切都是回避的或是讳莫如深的，但我还是要说，前面的这位女性，弯腰的姿势不但美而且性感。她身材修长，腰部纤细，臀部滚圆，整个身体呈一个优美的纺锤形，中间大两头小。她弯腰的样子像一只勾颈啄尾的鹤鸟。

此刻，我多么希望这只翘向天空的臀部能多停留一会儿，但是也就几秒钟的时间，她就收起了腰。

女性有一种天生的警惕性，尤其是漂亮的女性。总感觉到她们像一只只鹭鸶一样，迈着纤细的长腿，不停地转着脖颈，试探性地向前迈着步。

这位陌生的女性就是这样，当我装出一副毫不在乎的样子从她身边走过去时，她似乎羞怯地勾下了头，在抚弄胸前的纽扣。

在我们周围，女性们还不能大胆地自然地展示自己的美，不是过于拘谨，就是过于放荡，很少有那种落落大方的古典优雅的美。

造成这一现象的一部分原因，或许正来自于男性世界的低俗化。

不是你变成了这个样子，而是我们让你变成了这个样子。

乐观的心态

不要以为乐观的心态是健康人的专利，很多时候却体现在残疾人或病人的身上。有一次我陪妻子去输液，发现同室一位正在输液的"老太太"谈笑风生，由于本人不懂医术，也看不出她输的液体是治啥病的。过了一会儿，我发现她盖的被子从脖颈处滑了下来，我就替她往上拉了拉。她有点轻微的不好意思。我想，有啥不好意思的，都是个老太太了还要害羞？

直到她输完液走后，我才从另一位跟她熟悉的病人口中得知，她是一位中年妇女，两只乳房被切除了，由于伤口发炎，最近常在这家小医院输液。

我突然想起她刚才的样子，似乎直到此刻才记起，她留着一头短发，尽管那一头茂密的头发因为化疗而变得稀疏，但依然能看到并不衰老的迹象。

我想，要是我得了像她那样严重的疾病，还能不能像她一样乐观？尤其是，每当我联想到那一对被切除的乳房，以及正在发炎的那两处丑陋的疤痕，我都要在心里发抖！

可是，她并不消沉，也不自卑，而是展示给人一种积极向上的乐观的心态。

这样的人在某种程度上超越了生与死。

忧郁的面孔

今天早上锻炼完往回走时，在马路上碰见一位年轻的妈妈抱着自己的儿子在匆忙地赶路。我看她穿着高跟鞋，背着小包，胳膊上还挂着衣服，于是就想替她抱一抱她的小孩，但想了一想之后，还是作罢。

你得承认，如今外出的人大多都有明显的防范之心。为此，我就觉得无论在什么样的社会形态下，要是人把同类看作是潜在的坏人或敌人，就说明这样的社会形态还不是完美的，而作为组成社会的人也还没有过渡到一个较高的层次上。由于我们在日常生活中或多或少地遭遇过尖硬和伤害，所以我们的心也就同时变得麻木和坚硬起来，因此对突如其来的善行和仁德之心还有点不大适应。假若我真要提出替这位年轻的妈妈抱抱孩子，她也许会露出一丝疑惑来，或者会误解我的好意。

有一次，我在公交车上看见对面坐着的一位年轻的女性抱着一个非常可爱的小女孩，几乎一车的人都盯着这位小天使看，觉得可爱。这时，我看见站在这位女性旁边的一个农村小伙子面向这位可爱的小女孩蹲下身来，并伸出手去想抱抱她。能看出，他完全是出于一种天然的喜爱之心——情不自禁地想抱抱这个小女孩。可是，这个小女孩的年轻的妈妈却装作什么也没看见，紧紧地抱住自己的小孩没有松手。这位腼腆的小伙子被晾在那儿——尴尬极了，尤其是当着身边的父亲。

我为这位面容姣好却有点自视清高的年轻女性脸红。

或许，这位小伙子是带着一副乡村的憨厚和朴实，向文明的城市伸出了一双粗糙的手。却遭到了冷遇。

于是，一车的人突然间沉默了。我注意到这位小伙子一直低着头，而装作什么也没有看见的父亲却是一脸的不好意思。

尽管这是一件小事，但肯定会在这位小伙子的心灵上留一块伤疤。我甚至这样联想：要是这位小伙子不幸堕落，并走上犯罪的道路，也许专门报复的就是城里人。

……

话题扯远了，接着说走在我前面的这位年轻的妈妈。我注意到，趴在她肩上的这个小男孩目光始终瞅着妈妈身下的路面，瘦小的脸上露出了一副愁容……

我想不通，一个看起来仅两三岁的孩子却为何脸上带上了愁容？

为什么？难道，忧愁也是与生俱来的？

我联想到了我十一岁时的照片，那脸上也挂着忧愁。

或许，忧愁真的可以像遗传基因一样遗传。

两次梦见母亲

昨夜又梦见了母亲，而且画面非常清晰。不同的是，这一次梦见的母亲比以往任何一次梦见的母亲都要年轻，好像母亲回到了四五十岁时的样子，与我小时候记忆中的情景一样。在梦中，我并没有喊她母亲，而是像小时候那样叫她妈——妈，你做啥饭呢？诸如此类的问题。这让我觉得有点奇怪，因为自从母亲去世后，每一次在梦里相见，母亲几乎都是一副老年时的样子，重要的是，脸上始终带着一种愁苦，而这种愁苦，只有经历过生活苦难的人才懂。

昨晚梦见的是这样一幅情景：在我家院子里，母亲正在宽敞明亮的厢房里揉面做饭，身边还有几个帮忙的人。感觉家里好像正逢喜事，或是有什么重要的人物来访。母亲头上围着一条中年妇女常围的那种咖啡色围巾，穿天蓝色衣裤。重要的是她身体强健，腰身还挺得很直，这是小时候母亲留给我的印象。

在梦里，我变成孩子围着母亲打转，感受节日般的喜气，而当走出厢房时，却又变成了我现在的样子，蹲在院子里为我三岁的小孙女擦屁股，并且让小家伙喊我爷爷呢。你想一想，一边是正在厢房里忙碌的我小时候的妈妈，一边却是现在的我在哄着小孙女。两个时间跨度四五十年的画面，却在同样的空间里上演，让清醒时的我百思不得其解。然而在梦中，我却感觉到十分正常，好像五十多岁的我，一走近母亲就自然变成了七八岁的孩子，而一走近孙女，却又变成了五十多岁的半大老头。

凌晨时分，梦醒之后，我觉得脑子里十分清爽，根本与往日梦醒时的糊里糊涂不一样。我在床上睁着眼睛想了大半天也没想明白这梦境的含意。按正常的理解，可能是母亲在另一个世界想我了，才托梦给我。

在我们老家，凡是上了年纪的人几乎都认为世间有鬼神存在，并且亡人与在世的亲人之间是能够通过梦境来沟通的。我不大相信，但也越来越感觉到超验的存在，比如人完全能够凭着感觉与别人交流，而且预测到某一事件的发生。

由昨晚的梦我又自然想起两三个月前梦见母亲时的情景。那一次，好像我们全家人都待在老院子里，尤其是已经去世多年的父母亲都在。记得我们的老房子又矮又破，还不是我小时候生活其中的我家的那种样子，好像所有的房子不是自己缩小了，而是地面上的尘土在一层一层地往上壅塞所致，里面的亲人不是坐着或站着，而是像动物那样趴在某个山洞里。我当时看见的父母亲就这样，好像他们两个就是趴在被尘土渐渐壅塞起来的某个洞窟里。父母亲脸上的悲戚以及那种可怜巴巴的样子我就不愿多说了。尽管如此，这一情景我还是觉得正常，因为它跟我以前做过的梦类似，好像苦难一经确立就成了永恒，并且能从这一个世界进入到下一个世界。但我相信这毕竟是梦境。如果真有来世，人的命运会在公正的神灵的关照下发生变化，让曾经苦难的人得到拯救，让善良的人享有宽容和尊重，让欺世盗名者受到羞辱，让为非作歹者受到惩罚，让代表善意和公正的曙光照亮黑暗的一角。

由以上两个梦境我自然联想到了母亲的过去，以及与我相关的过去。

穷人家的孩子早懂事，我理解父母的不易，知道家庭的贫困对我意味着什么，于是不用父母督促，学习自然上进。及至到了我为父之后，才渐渐理解了父母，他们不仅有养育之苦，更有因不如人而对儿女们的愧疚之情，这是多么大的心理负担啊。

然而我还说不上是一个传统意义上的孝子，在我为自己的小家庭奋斗的时候，却常常忘了或忽略了对父母亲的责任和孝心，这成为我一生的愧疚。作为一个人仅有慈爱之心还不够，更重要的是还要有孝心。

母亲是因高血压从炕上摔下来之后去世的，很突然。在九十年代的农村，我们还不了解高血压是怎么回事，当听说母亲患了高血压，且天天吃药时，我并没有当回事。那些年，随着改革开放，农民的生活一天天好转，母亲的身体也由消瘦变得略胖，这可能是得高血压的原因之一，而正是这一被人忽略的病症要了母亲的命。

母亲去世那天是 1999 年的农历正月十五，那时我还在《兰州晨报》供职，当得知这一消息时，我有些震惊，但并没有惊慌失措。当报社的陈师傅开了一夜的车把我和妻子送回来时，已是第二天早上了。当我来到停放母亲尸体的三哥家时，一屋子的人都停下手中的活瞧着我，他们以为我会哭得死去活来。当我跪在母亲身前，揭开盖在她老人家脸上的白纸，看见她老人家前额上的伤痕时，我还是忍住没哭，尽管几次心脏肿大，仿佛有什么东西堵住了喉咙，我还是没哭。

在我竭尽全力，把母亲很体面地埋葬了之后，在人去楼空之后，尤其是在那天晚上我睡在母亲睡过的小房子里，闻见被子上母亲特有的气息之后，我仍然没哭。

第二天我整理母亲的遗物，所谓遗物，只是一两件母亲穿过的破衣服。捧着它们时，我哽咽失声。

母亲就这样走了，带着遗憾，带着对赵姓一家难以预料的命运的担忧走了，而我们仍然在奔赴所谓幸福的道路上前进！

梦想

米沃什说，即使在老人们的身体里也有一种模糊的星光，也就是说，支撑人活下去的不是别的，而是梦想。是因为我们都模糊地相信，在我们的前方，的确有一个可能的未来，这个未来是超越当下的。并且每一个人的心中都有自己梦想的未来。

然而，你一旦认清这里面有虚假的成分，你就成为一个彻底的绝望者。

年轻时，我是一个强烈的入世者，中年时，我却愿意成为遁世者。但我就是不知道我老年时作何感想。我希望我的人生不要成为一条往前延伸的直线，而是一个圆，起点和终点相连。

不合时宜的存在

在某些场合，朋友们会这样介绍我：他是一位诗人！很遗憾，别人的眼球并没有发亮。与此同时，我也会感到一丝难堪，但绝不是失望。在我看来，诗人这种职业和一位木匠或石匠并没有多大区别，尤其是在当下，它不会给你带来想象的荣誉和金钱。

我太明白了，在大家看来，当下的诗人就是一些异想天开的人，或者说是某些轻浮的不务正业的人。造成这一现象的原因，不是诗人走得太远，就是群众落后太多。而诗人经受的心灵痛苦和一度开拓的精神疆域他们永远是不会懂的，除非是有艺术修养的人，而这样的人正在减少。因此，诗人是最渴望隐藏起来的人，或者说是最不合时宜的人。

当代美国作家与诗人雷蒙德·卡佛说，在这个国家里（指美国），选择当一个短篇小说家或一个诗人，基本就等于让自己生活在阴影里，不会有人注意。

这种现象，不仅在美国，在中国也一样。也就是说，在精神领域渐成荒漠的地方，诗人的存在是不合时宜的。

回到某一个特定的时刻

所有的赞颂都从早上开始——鸟群的啼鸣，牲畜的叫声，河流的喧哗，还有融化在风里的那些更为细小的昆虫的歌喉——这一切声音的合唱都应和着某种隐秘的然而却是无限深厚而宽泛的吟诵——我们可以理解为这是来自大地深处的声音或是更高处的天空深处的声音。早晨，一切事物都带有初创时的神秘，有一种东西总是让它们处于无限的感动中。

我从少年时候起就朦胧地体验到这种触及心灵的莫可名状的感动，只是我和大多数人一样在很多时候都忽略了这样的感受，之所以如此，正是因为我们并没有用心灵去迎合这样的早晨。

在我家的后院里，有一片水仙花，它们举起无数粉色的酒杯，所有的酒杯里面都盛满了晶莹的露珠，一律面对着天空，这是每一枝水仙花的赞颂方式。太阳——这枚巨大的红宝石，它放射出的光芒刺透了露珠，在热度逐渐增加的光线里晶莹的露珠悄然化成了水汽。

在我的印象中早晨都是以那种最普通的方式来临，比如父亲的咳嗽声，母亲拍打旧衣服的声音，木讷的兄长蹲在大门口用一根树枝擦刮锹面上的泥土的声音，还有牲畜走出圈门时的踢踏声——一天的劳作就这样开始了。即使在睡梦中我也感觉到，风送来了远处田野上的各种植物的芳香，还有布谷鸟永不疲惫的叫声。经过一夜沉睡的土地在早上变得慵懒，仿佛等待人们去唤醒。实际上我们看不到正是土地等待着我们去耕耘，好像事情反了过来，无休止的劳作并不是出自我们的本意，而是劳作本身在等待着我们。当这种劳作换不回相应的报酬的时候，我就本能地开始逃避。每一次当我看着辛苦一年却颗粒无收的父兄们露出凄苦的愁容时，我就想到了古希腊神话中那个一次又一次推巨石上山的西绪弗斯。可是年少时的逃避并未使我感到轻松，每一次，当我睁开双眼，发现屋里和院子里空空的，家里的人都下地了，我就感到了内疚。

在早晨的寂静中，我仔细听了听，整个村庄都空了，它融解在一大群鸟的喧叫声中。一个人待在村庄里，有一种被弃置于荒岛的感觉。我想一个人的落寞正是从内心的荒芜开始。

早晨，我长久地听着落在屋顶上的那一群鸟的啼鸣，陷入某种悠然的境地。仔细想来，仿佛在我度过的岁月里都是鸟声在陪伴着我，在我真正安静下来的时候，觉得对着我鸣叫的始终是那么几只鸟，有时我并非看见它们，但我熟悉它们的叫声，仿佛跟随我的不是别的而是几只鸟，准确地说是这几只鸟的叫声。在长时间的寂静里鸟的叫声会穿透我，或把我变成一个透明的水晶体。有时想来，我整个的一生仿佛都在鸟的叫声里渐渐地磨损掉了。我心目中的鸟，它只为飞翔而存在，因为它是幻想的化身，并且，它只为鸣叫而存在，这样的鸣叫并不是单纯的鸣叫。有时候在一只鸟的眼中，人比一株草或一棵树更懵懂。

尽管时间过去了很多年，我都能够回忆起那个特定的早晨，我一个人留守在村庄中所体验到的那种巨大的落寞。我因为莫名的恐惧而逃出村子来到亲人们劳作的田野上，可是那个早上我变得有些恍惚，甚至有些莫名的担心。我老是在想，在没有人的时候，村子会是什么样子？或许村子正在发生一些变化，这里面有许多隐秘的事情都在悄悄地进行，只是在没有人观望和聆听的情况下，这些正在进行的事情，却突然放大加快了它们的声音和节奏。很多次，当我从田野回到家打开院门的时候，我就突然感到院子里有一种陌生的气息。我敢肯定我们不在的时候，这个院子里的一切包括所有的房间里的一切都发生了一些变化，只是这些变化更微妙，单从表面看是看不出来的。比如草棚上的一根椽子在很多年后的一天会突然腐朽而折断，院子里的那棵杨树也会在多年后的一天枯死，也许它们的腐朽和衰老正是从这一天的早上开始。实际上我们并不知道许多事情正是从这个早上开始变化，这种变化的结果需要我们等上多年才能见到。同样我们在这个早上看见的变化，它们的起因也可以一直追溯至遥远的某一个特定的时刻。印象中一年当中总有几个早晨，乡亲们并不下地，那必定是某个节日和婚丧嫁娶的日子，村子洋溢着某种欢乐或忧伤的气息。

每一年的重阳节村子里都要举行杀生仪式。在我的印象中，那一天村子笼罩在某种特殊的类似于宗教的气氛中，寂静中有一种肃穆和忧郁的基调。一大早村子里的空场上就站着十几只被特殊挑选出来的羊只，洁白的皮毛上全都打着红色的印记，我知道它们肯定是羊群中最肥壮的那些，同时它们也是羊群中最优秀的，最优秀的总是最先走向祭坛。少年时的我和一大群同伴混在人群中，带着惊恐和兴奋观看这些羊只被宰杀和剔刮的全过程，事实上，那时我们并没有真正去留意那些羊，它们在面临死亡时一定有大悲痛，然而正因为它们是羊，那么它们的悲痛和绝望都被我们忽略了。

饱餐过羊肉的我，晚上躺在炕上老是想起白天的宰杀场面，并且觉得有一只羊在我的体内左右奔突。后来我睡着了，睡梦中我看见许多羊都长上了翅膀，像无数白色的大鸟向着天空飞升，不久，我听见了村庄上空传出一片羊的叫声。那是一大群羊在叫，浑厚的叫声把整个村庄抬升了起来。

我对动物的叫声总是特别敏感。我想起在某一个盛夏的正午，村子里突然响起蜂群的嗡嗡声，起先那蜂群的声音是游动的，一会儿在村子这一边，一会儿又到了另一边，后来声音悬在半空，好像一层发出嗡嗡声的云雾，只是我们看不见蜂群，实际上蜂群是隐秘的，我们只听到了它们的声音。

类似于这样的叫声总使我们充满了不祥的预感，并且在潜意识中我们总是等待着某种灾难的发生，以至这样的预感在某一天终于变成了现实，我们的心才感到了踏实。

遥远的西山

　　遥远的西山上有一座废弃的寺院，这是我多年后见到的。寺院里杂草丛生，草丛中遗弃着残砖剩瓦……这是我没有想到的。那年正是夏季，杂草中盛开着许多陌生的花，它们看起来很是新鲜，只是不同于别处的花。成群的蜜蜂在寺院里飞舞，嘤嗡声响成一片。寺院里很安静，仿佛无端地放大了我的身体。

　　我徜徉在寺院里，好像在寻找什么，却又不知道是否真的在寻找什么——只是感到有一种东西从心底慢慢生起，从身体四周弥漫开来——它或许就类似于某种孤寂、某种怅惘。

　　寺院的东南角处有一座钟楼，结实的木架上吊着一口生铁铸成的大钟，看起来这口大钟已尘封日久，也许早年，在许多个月明星稀的夜晚，我曾听到的那种隐秘的钟声正是它所发出的，可是谁能说得清这是不是真的呢。

　　每当在远处遥望西山，我不知道我在心中对它寄寓的到底是什么，然而的确我因长久地仰望它而微微心动！

　　印象中，几乎每一年，故乡一带最早的雪都落在西山上。那必定是在秋末冬初的那些日子里，偶然的一个早上，我发现天忽然变冷了，地面上落了一层薄薄的霜粉，黄土地皮变得硬硬的脆脆的，路边和山坡上被霜杀的打拉拉秧，肥大的叶片蜷缩着，周围的青草蔫蔫地委顿在地面上。

　　感觉从西山那儿吹来的风凉凉的，像一层清澈的水流掠过面颊。抬眼望去，山顶上变白了。看起来初降的早雪十分的白，不是那种单纯的白，仿佛蕴含着另外的意义，有一种更宽泛更肃穆的东西突出于那白雪之上。那时，我还年少，不懂得有些过于纯洁的东西是牵动魂魄的，比如那山顶上的雪。

　　然后，太阳出来了，挂在东方天壁上的那枚太阳极为丰硕、极为红艳，它因为高贵而显得安详——我看见第一缕晨光庄重地染红了西山顶上的那一层积雪。

冬日的河滩

我们庄子下面有一条清亮的小河，日夜不停地流，它河面不宽，水流却极为湍急。它一路喧哗着绕过庄子，又向右拐了一个大弯，围拢起一块很大的果园。水渠两边站着几株历尽沧桑的歪脖子柳树，躯干苍老黢黑但还抽出许多嫩枝。春天那阵子，果园里的梨树和楸子树开出一嘟噜一嘟噜繁密的或粉白或紫色的花，引来了成群的蜜蜂，馥郁的香气随风弥漫到很远的地方。

然而，这会儿季令已近初冬，树木上的叶子落尽了，伸出一些光秃秃的枝丫。偌大的果园变得萧疏了，连鸟儿们也很少来光顾了，只有坚硬的风在果园里翻动着金黄色的落叶和遗失的枯果。

那日夜奔腾不止的小河也在一夜间封冻了。然而即使在冬天，正午红艳艳的太阳光也释放出些许的暖意，河面上有些薄处的冰会悄悄消融，就有黏稠的水从那里渗出，从四周的冰面上漫溢开去，到了晚上，气温骤降，冰面上的流水又重新冻硬了。如此反复，小河四周就形成很宽阔的一条冰带，甚至整个河滩都被一层洁白的冰面覆盖着。

然而你千万不要以为小河的水已停止了流动，透过玻璃般的冰层，你会看到清幽幽的水依然在冰下面寂静地流淌，流呀流——有时，我们趴在冰面上，把耳朵贴上去，就听见流水在厚厚的冰层下面发出幽静的叮叮咚咚的声响。

下大雪了，河面上雾蒙蒙的，到处是飘扬的雪花。伫立在大雪中的人看起来有些恍惚，仿佛一切都不再真实，罩上了某种虚幻朦胧的色彩。我看见一大群牛站在河滩上，饲养员是一个瘸子，正抡着镢头刨冰，声音闷闷地传过来。不大一会儿，牲口全都低下了头，想必水已从冰窟窿里汩汩地冒出来。

雪下了整整一尺厚，我都开始发愁，这雪什么时候才能化掉呀？有几次，风把山坡高处的雪刮在低洼里。大风在山野间掀起一股一股的雪浪。

我们把屋顶及院子里的雪扫成堆，铲到院子里的树根部。

冬夜，洁净的天壁像蓝蓝的水晶石。月亮那么亮，光线润润的、清泠泠的。星星晶莹剔透，我从来都不认为它们就是单纯的星星——它们比梦想更为遥远。一个安静的接近于童话的村庄，像是一颗在暗处跳动的心房，会为一颗星而发热。

又一个春天到来了，冰层渐渐消融的小河重新开始喧哗，小河两边的泥土全被濡湿了。一只鸟站在河滩上梳理羽毛，然后是很多只鸟相继飞来了。

小河抖开身子在远处的山脚下面转弯——它一直跑到很远很远的地方，然后流进大海。

遗弃的院落

我们大约可以把那些被人长久使用过，而后又被遗弃的东西视作一种死亡，比如被人用钝而顺手放在墙头上的一把锈迹斑斑的铁铲，柴垛边一只瘪扁的正在腐烂的草筐，垃圾堆里一只摔破的瓷碗、一条用旧的麻绳，等等，它们作为某种工具一旦失去使用价值，便相同于某种终结或是死亡。而一处曾经被人使用过的院落，在长久的弃置中也相当于死亡。这样的死亡是无法察觉的，它是悄悄进行的，尽管如此，在长时间的无人问津的孤寂中，实际上也相当于一个人的死亡留下了消亡的痕迹。这就是说一处院落的死亡是从各个部位开始，并且以各种方式进行的，比如一截木桩和一堵墙的老朽是不一样的，可是表现在时间上却都是漫长的，一点一点进行的。

在我们庄子北面的一座山坡上就有一处被遗弃的院落。它已经存在很久了，从我懂事的时候起，它就在那儿了。实际上它的存在比我第一次看见它的时候更早，大概有一百年了。庄子里没有一个人能确切地说得清是什么人最早居住在那里，后来又是什么原因弃家远去，空余下这处院落在漫长的岁月里渐渐颓废。表面看起来，那院落虽然破败却是十分的安静，它太安静了就显得有些神秘，仿佛里面隐藏着什么秘密。在我童年的幻想中它一刻都没有安静过，我想，那里面发生的都是一些十分隐秘然而又是十分丰富的事情。事实上一个正在腐朽的院落远远超出了我的想象。

我注意到，庄子里的那些大人没有一个人会真正留意它，或去造访它，也许在他们的心中那处老旧的院落相当于一块石头那么平常，要不就是他们有意回避。

就是这样一处毫不起眼的院落，在近百年的时间里，在几近被人遗忘的情况下一天天地变得衰老、腐朽，然后塌圮，消融在自己深邃的孤寂中，最终完全从地面上消失。可以想见，每一天造访它的唯有阳光、风或者是骤然降临的雨水。在强烈的阳光照射下，那些曾刷在门板上的油漆会一天天地皲裂然后剥落。由于风长时间地吹拂，门板和椽子的颜色会变得灰暗，墙基上也会生出厚厚的灰斑。在雨水的冲刷下，屋顶和墙上的泥皮会一天天变薄、脱落。有时，完全是自身的原因，房子会在长久的寂静中噼啪一声掉下一块土坯。

院子里的草越长越深，昆虫们会加倍地繁殖，成群的鸟儿把这儿完全当成了乐园，尘土却越积越厚，时光会在这里弯曲。这些都是我的想象。尽管在年少的那些日子里，我曾一次次地怂恿同伴一起走进那个院子，然而每次总是在接近它的时候落荒而逃。现在想来，一个闭门很久而无人造访的院子，里面的确渗出一种让人胆寒的气息。感觉那里的寂静深得像一眼枯井，院子里的杂草丛中坐着一位满面皱纹的老者，老者的一张脸会在浮动的光影里不停地变幻。

时隔三十年，我造访了那处被人遗忘太久的院落。当我走进它的时候我已经感受不到当初走近它时的恐惧了，我想这大概是因为一个四十岁的男人变得苍老的心境与一处废弃的院落是颇为相宜的。

我从那个坍塌的类似于门厅的地方走进去，惊飞了正在院子里啁啾的一大群鸟，鸟群轰的一声从草丛中升起，像一朵灰色的云悬在半空。我对惊飞的鸟群感到抱歉，我觉得是我扰乱了一群鸟正在举行的盛典。我在杂草丛中站立了一会儿，一直等到那一群鸟重新落在墙头和屋顶上，方才轻轻地挪动脚步。尽管如此，脚步还是搅动了茂密的草丛中凝聚的苦香，辛辣的味道强烈地刺激着我的鼻腔。我在走动中环顾四周，发现四面的土墙豁豁牙牙，塌圮殆尽，找不出一堵完整的土墙。仔细看去这些倒塌的土墙并非人为，而完全是日久风化的结果。正前方有几间破烂得不成样子的土坯房，有的顶子几近塌陷，虚吊着，有的顶子完全塌陷了，只余下四面的空壁。所有房子的门和窗户都被人挖去了，老房子显得空荡荡的，像一个脱尽牙齿的老妪的口腔。我走近房门，看见房里的地面上落满了泥皮、破碎的草笆子、纸张发黄的陈旧年画的碎片、鸟的羽毛和粪便，还有内脏被掏空的田鼠的干硬尸体——我走进去，看见灰暗的墙壁上有被敲进去的木楔和铁钉，我随手拔下一根铁钉，却发现它在手里碎成了一把褐色的粉末。我一抬头，发现阳光从屋顶和四面裂缝的墙壁间射进来，许多金黄色的光柱里飘浮着尘埃。

我感觉到房子里有一种陈年老旧的腐朽气味，潜意识中听见房子像一位严重的哮喘病患者，在微弱地喘息。我走出房间，发现在院子的西北角有一眼箍窑，它从中间断为两截，后半截完全坍塌了。我走进这眼箍窑，发现窑地上的尘土积了有半尺厚，细密的尘土上有虫子爬行过的痕迹，阳光从后半截坍塌的窑顶处照下来映亮了整个窑洞。我看见了一个依然完整的灶台，上面有一大一小两个空锅灶，灶膛的四周被早年的烟火熏得黑黑的，底部柴火的余烬依稀可辨。锅灶上面的窑壁上有一块用两只木楔撑着的旧木板，显然是用来放碗筷的，只是那上面空空的，积着一层厚厚的尘土。在我转身时，却发现在锅灶的对面窑壁上有一个小小的神龛，我走近它，看见里面放着一尊小小的泥塑的神像，我轻轻地取出它，吹净上面的蒙尘，捧着神像走出窑门，仔细地端详这尊神像，发现它的脸上露出一副十分淡漠的表情，深不可测。

当我走出这个废弃的院落的时候，我长长地嘘出一口气来，我一回头，看见有许多只鸟相继飞进了那些老房子，并且许多声音又开始重新响起来——说实话从那里面我没有找到我想要找到的东西，也没有发现出乎我想象的东西，它仅仅是一处正在消失的老院落。可是，我仿佛领悟到别的什么，它隐藏在事物变化的深处，在流动的时光的深处，在澄澈的光明的反面。

我只是感到无端的怅惘。我不断地安慰自己：它死去了，可是人们给了它安宁。

在回家的路上，我碰见了一位陌生的老人，当我向他问起那个废院时，他只是微笑着，微笑着轻轻摇头。当他离开我趔趄着渐渐走远的时候，我觉得他真的老了。我一直盯着他转过一处山腰，然后看见他回过头来向我露出微笑，那一刻，我觉得他又像一位少年，可是当他登上一座山峰，佝偻着腰扶住一棵枯树时，他又的的确确是一位老人。

从安静的墓地到一条喧嚣的大河

　　其实连我自己都说不清，一块安静的墓地和一条喧嚣的大河之间到底存在着一种什么样的联系，在我看来墓地的安静使得邻近的那一条大河流动的声音更为响亮，而一条大河泱泱涣涣的流动却在一定程度上加深了那一块墓地的安静。或许还可以这样理解：墓地象征着死亡的寂灭，而一条大河象征着生命永不停息的流动。事实上生命和死亡是难以分割开来的，一方总是作为另一方的参照物而存在。实际上透过那些鲜活的生存表象，我们依然可以看到被隐藏起来的死亡的阴影。如果我们能更达观一点去看待死亡，那么我们并不会觉得死是一件可怕而痛苦的事，其实死亡本身是十分温馨的，就像一缕清风悄然吹灭了生命之火，或者说一朵花在秋风中悄然凋落。而我们在常见的死亡中所感受到的痛苦，仅仅是我们预想到的那种，那其实是生者的痛苦而不是死者的痛苦，死亡本身是无法感知的，也就无痛苦可言。人在死去之后就什么也没有了。死亡并不是我们所看见的生命消失之后遗留的那一堆最后的"残骸"，痛苦的生之后就是死的温馨微笑。

　　听起来，墓地的安静是一种特殊的安静，而大河的喧嚣却大有深意。

　　我说的这块墓地是我家的老坟地，它坐落在一座山峰之下，正前方不远处就是那条奔腾的大河——祖历河。

正是那种难以割舍的亲情的作用，我时常会到我家的那块老坟地上去看看，在那里我感受到某种亲切的东西，近似于一股暖流缓缓地荡漾在心间。正因为这里埋葬着我的数位亲人，我所感受到的那种亲切的暖流就特别明显，仿佛我跟已故的亲人们之间还有某种看不见的线相连着，尽管隔着一个世界，我与他们仍然在某种气息上亲切相融。我想这种感觉也许只有在亲人们之间才会产生。有时我会在那儿待上大半天，恍惚中，我会依次看见他们的面容，甚至他们经历过的许多事情也会在我的脑海中一一浮现。一个人在一块古寂的坟地间转悠，身子会渐渐地变得虚幻起来，尽管我的脚步迈得很轻，可是我依然觉得这声音很响，并且，我能感觉到在暗处注视着我的目光，还有聆听着我的那些专注的神情。

长满杂草的坟地十分宁静，这宁静不能够去听而只能去感受。我不能说，死亡在这里已经变得非常具体，或许一座斑驳的坟堆并不能代表一个人真正的死亡。它仅是一个符号，表明某个人作为一个曾经存活的肉体已经结束，这是一个人在持续流动的时间长河中的一种突然停顿和休止。

我走出墓地向那条大河走去，远远的我就听见了祖历河在宽阔的河谷里震响。我静静地来到祖历河边伫立着，河面上跳动的光斑急速地掠过我的面颊，我盯着河水陷入沉思。从整体上看去一条大河的流动是那么平稳而舒缓甚至是沉静的，一条宽阔的大河在流动中发出的涛声仿佛带着远古的遗韵。我感觉到一条流动的大河给我的启示远远超出了我对世界的理解，它好像在一瞬间启开我的心胸，使我超越于自身的偏狭而趋向于豁达。

一条汹涌的大河铺陈于天地之间。

这是一条丰沛的大河，一条贯穿了过去和未来的大河，一条超越于人的想象的大河。

正是故乡的秋天，祖历河水清澈明净，平静的河面上倒映着大片的蓝天和白云。白云缓缓移动，大河上空云气清澈，秋阳朗照。远山端肃，向西微微倾斜——古老的山川一时间陷入无限的苍茫。

我从来都说不清，汹涌澎湃的祖历河对我的命运甚至对我的家族的命运所蕴含的意义到底有多大。我想这不仅仅是指近百年来它是我们赖以生存的大河，而是说它的博大、它的仁慈和超然为我们所昭示的意义，使我懂得了如何平静地面对生活中发生的一切，并且能够怀着超然的心态去面对生与死。也许，你们不会明白，当我独自面对一条大河时，心中荡漾开来的那种亲切的暖流。它是母性的河，温柔明净，潺湲隽永；可它又是父性的河，汹涌咆哮，一往无前。

多年以前，从陇南山区流落至此的祖父祖母之所以决定居住此地，也许正是他们留恋这条大河的缘故。或许这一条大河已经渗入到我们的血液，它永远在我们的血管中鼓荡着轰鸣着。多少次我的脑海中总是浮现出那么熟悉的一幅画面：困顿的旅人一家初次邂逅祖历河时流露出的那种莫可名状的惊喜。

那是秋季的黄昏，当祖父他们还在崎岖的山道上颠簸踯躅时，隐隐地就听到在远处有一条大河轰轰震响，及至他们走近时，便完全被一条大河奔腾的气势所震撼，也许，这是他们平生所见的最大的河。他们在微愣的一瞬间喉咙深处不免发出阵阵惊呼。祖父放下肩上的担子，把祖母从毛驴上接下来。这时宽阔的祖历河谷上铺染着一层绚丽的晚霞，霞光像火焰在河面上跳荡，阵阵清冷的风从河面深处吹来，无数只水鸟在河面上起伏翻飞，发出清脆的叫声。远天陷入迷茫，唯有河水是明净的，它鼓涌着、震荡着向远处奔流，呈现出某种苍凉悠远的基调。

大河两岸的村庄上空弥漫着淡蓝色的炊烟。祖父和祖母趴在祖历河边畅饮，然后掬起水清洗他们发黑的双手和面颊。或许在那一刻，年轻的祖母会静静地注视着自己倒映在水中的面容，而祖父会坐在河边的一块大青石上，把赤裸的双足伸进微冷的河水，感觉到急速流动的水流无休止地冲刷着他的双足。他们在河边伫立良久，直到暮色四合才牵着疲惫的小毛驴怯怯地走近一个吠声四起的村庄。

那一夜，他们几乎都未入睡，而是在黑暗中长久地聆听着那一条大河的轰鸣。

多少年之后祖父和祖母相继作古，埋在祖历河边的那块坟地里，接着又是我的父亲和母亲——或许只有死亡才能使他们安然地静下心来，长久地聆听那一条大河永不停息的轰鸣。

章五

他山之石

活在同一天的人们

——谈网络纪实片《浮生一日》

　　相信每一个人都有了解世界的欲望。由于环境和语言的差异，对于生活在同一个星球上的其他地方的人的生活，我们总是所知甚少，而《浮生一日》却为我们打开了一扇了解他人的窗户，尤其是对于异国他乡的人们。

　　这是一部网络纪实片，由英国著名导演雷德利·斯科特牵线，通过全球最大的视频网站，征集到来自一百九十二个国家和地区的八万多名网民拍摄的长达四千五百多小时的视频素材，然后经由另一位年轻的英国导演凯文·麦克唐纳构思和剪辑而成。

　　影片展现了 2010 年 7 月 24 日这一天，身处世界各地的一些人的日常生活片断。但我没有看到占世界人口四分之一的中国人的画面，也没有看到与人类关系密切的政治、经济和文化等方面的内容。然而，能做到这一点已经难能可贵了，最起码能使我们窥一斑而知全豹。

　　影片当中既有朴实而精彩的日常画面，也有以爱为主题的大型活动场面，还有拍摄者和身边的人关于人生问题的问答，使我们能够真实地感受到各色人种的生活情状和内心世界。

　　法国作家左拉说过类似于这样的话：所谓典型性并不是指那些具有传奇色彩的生活，而是指日常生活，因为越是日常，便越具有典型性。

　　所谓日常生活，正是我们每一个人生活的常态，所以，它更接近生活的本质。可是，日常生活是没有答案的，活着本身也是没有答案的。或许这样说还不够全面，因为要是我们对自己或是他人的看似琐碎的、没有意义的日常生活想一想，就会觉得，尽管生活中有痛苦，有许多的不如意，但活着本身就有意义，关键是看你如何去想、如何去理解了。这是我近日观看《浮生一日》时的感受。

　　影片没有主角，没有传统意义上的剧情，完全是一种在自然状态下的对生活的呈现。对于像我们这些厌倦了虚假的叙事的人来说，是一场独特的艺术享受。

　　首先让我感到吃惊的是导演凯文·麦克唐纳奇妙的构思和驾驭素材的能力。他的手中仿佛自有一根魔杖，在他的点拨下，这一堆杂乱无章的，毫无头绪、毫无关联的，身处不同地域、不同文化和历史背景下的各色人种的生活情状，得以在一种巧妙的安排之下有序地展开。你得承认，这绝不是随意为之，而是在一种模糊的主题背景下的有意选择，它在一定意义上超越了平凡的琐碎和看似无意义的细节，使这些毫无头绪、毫无关联的杂乱无章的素材彼此间有了关联且焕发出光辉来。要是没有在时间和空间背景下的对人生的思考，这样的纪录片就会像一部闹剧。显然，雷德利·斯科特和凯文·麦克唐纳对人类生存境况的观照和对生命意义的探索，使得该影片在平凡和琐碎中呈现出某种意义，从而引发了我们对因习惯而忽略掉了的日常生活的意义重新思考的兴趣。

　　《浮生一日》不仅以内容的丰富性和深刻性为我们展现了世界的今天，也为我们揭示了世界的明天。

　　在这些普通网民拍摄的影像中，就连人起床的动作、刷牙的动作、煎鸡蛋的动作，以及刮胡子、理发这样的情景，也似乎具有了某种意义。这让我更加坚定了自己的认识：凡是呈现的，都是有意义的。也打破了我们多年来习惯于为追求意义而写作的模式，和习惯于拿伟大和永恒作为标准去评判一部作品的好坏的陈规。因此我以为，只要是通过了你的眼睛和心灵呈现的东西，都是有灵魂的，因而也是具有意义的。

吸引我们的不仅是陌生感，还有对人生意义的探索，这就使得该部影片看似简单却富有深度。

无疑，世界正在缩小，但人的孤独感正在放大；世界正在一体化，但人的精神世界正在变得杂乱无序。那么谁是人类最终的拯救者？这是人类思考的大问题。

作为表现的艺术，《浮生一日》展示了诸如美国、英国、法国、印度、泰国、菲律宾、阿富汗、巴基斯坦以及非洲一些国家的普通人一天的生活。镜头是随时转换的，你只能从肤色和环境上大概看出是哪个国家的人。导演在画面的选取上大概也是力求在同一时间、同一类事件中展示不同人的生活方式。由此我们可以清楚地了解到，在同一时间身处不同国家和地区的人们在面对相同的问题时所表现出来的样子。

凌晨三四点，月亮高挂在半空，一缕微弱的光线掠过河面，照亮了一只嬉戏的大象。一位站在楼顶上的中年女人说，你也许会疑惑我为什么会在如此诡异的时间起床，因为在凌晨三点与四点之间，是这个世界和异世界最近的时刻，我总听见有人在呼唤我的名字，却不见人影……

在微妙的声响中，好像夜晚还在持续，可是，黎明时的安静却被一声长长的狼嚎声所打断。画面上突兀地出现了一位年轻人学狼嚎时的样子——嘴巴大张着。然后画面迅速转化到一对刚刚睡醒的夫妻的卧室里，他们微笑地瞧着对方说，我爱你！而熟睡中的婴儿还吊在母亲的乳房上。

人类生活的一天就这么开始了。

伴随着喧哗声，影片的节奏感加强了。煎鸡蛋的，照镜子的，匆匆上班的人群和街面上急速穿行的车辆。随后，画面切入到一个婴儿的诞生和一只破壳而出的小鸟上。这时候低沉而富有穿透力的背景音乐响了起来：

> 我要啜饮最清凉的水
>
> 我要尝遍美食
>
> 我知道我只是一个人
>
> 但知道吗我很坚强
>
> 我要越过雄伟的山峰
>
> 无拘无束随心而行
>
>
> 我知道我只是一个人
>
> 但知道吗我很坚强
>
> 云朵就应该洁白
>
> 就像海浪永远追随着沙滩
>
>
> 我不会贪得无厌
>
> 命运早已注定
>
> 每天爱生活一次　男孩
>
> 每天爱生活一次　女孩
>
> 爱……爱……

老实说，这是我所听到的少有的能打动我心灵的歌声。正是这样的歌声和背景音乐，为平凡的生活赋予了一种灵魂。

如果有人问我，生活是什么样子的？我肯定推荐他去看《浮生一日》，因为这就是生活。

影片中有健康的人，有疾病缠身的人，有富有的人，有贫困的人，有瘾君子，有失败者，有一无所有的人……他们有欢乐也有痛苦，有失望也有希望，总之，他们构成了物质世界和精神世界的全部。他们是支撑起这个世界的普通人，在他们身上没有惊天动地的大事发生，没有撕心裂肺的痛哭，也没有毫无节制的放纵，正是在这种无序的平常中，生活才凸显出某种意义来。

这样的影片，看似没有主题，其实是有主题的，那或许就是影片中所提出的三个问题：你口袋里装的是什么？你爱什么？你害怕什么？

问题非常简单，却包含了人生的全部。对于这三个问题，不同的人有着不同的回答。

有人说，我口袋里装的是钥匙。有人说我口袋里装的是一只精致的小药瓶，我每天就是靠吃这里面的药而维持生命的。有人问一位给人擦鞋的小男孩说，你认为多少钱算多？这个孩子说，两索尔五十分，假若我有两索尔五十分就够了。一位时髦的女士从精致的小包里掏出一把手枪，说，我每天都装着它，它是我离不开的东西，我爱它。

有一位印度老人打开自己的口袋说，我口袋里什么也没有。有一位年轻人把口袋里的一串念珠和电话耳机掏出来，摆在桌子上，说，念珠是我永世间利用时间的好方法，而电话耳机，则是我在尘世间浪费时间的最好方式。

关于害怕什么，回答的人最多。一个孩子说，我害怕长大。一位接近成熟的姑娘说，我害怕强盗。有一位中年女性说，我半夜一点钟上班，有各种杂音，我害怕这些杂音。有一位坐在大海边的中年人说，我害怕失去这个地方，因为它太美了。有人说，我除了上帝无所畏惧。有一位老人说，我觉得政治最恐怖。有一位阿富汗老人说，我早上出门的时候，不知道能否回家。一位年轻的西方女性说，时光正在飞逝，而我没有孩子，没有一个小家伙围在我身边，我觉得遗憾。而一位面带忧郁的中年女性说，我怕我丈夫离开我重新开始，因为我们没有真诚的交流。有一位能明显看出受到精神困扰的女性说，我害怕孤独。有一位接近死亡的人说，我害怕死亡。有一位天真的西方女孩的回答最让我觉得惊奇，她说，如果上帝不是真的该怎么办？我们死了后就被埋在土里，这样一来，我们就永远地死了吗？多么幼稚的生命，却触及生与死的大主题。

一个身材十分臃肿的女人，在模糊的光线中一边举起手臂展示自己庞大的身躯，一边说，我是我害怕的人。

对于爱，人们是这样回答的——有人说，我爱自己、爱生活，它是如此有趣。有人说，我爱我的家庭，爱我的兄弟姐妹。有一位正在做工的工人说，我最爱女人，超爱的。有人问一位印度妇女说，你爱你的丈夫吗？她说，当然，不得不爱。有一位成功人士说，我爱家庭，爱我的孩子，爱我的土地，但我最爱天主、天父、我的造物主，因为他赐福万物。

……

从这些人的谈话中你可以了解到，人不仅关心与自己生活最为密切的事情，也关心政治乃至生与死的大主题。可是让我没有想到的是，一个天真的小女孩却质疑上帝的存在，并对死亡感到迷惑。

影片当中最让我感到惊心动魄的是，展现了一位女性后背上那纵横交错的伤口。还有一头牛被宰杀的全过程。好像是在欧洲的某个养殖场，一位穿着雨靴的中年人手里提着手枪，随随便便地走近一间畜栏，对准一头牛的头部就是一枪。枪响之后，这头牛就随之弹跳起来，但是有一个人正拽着它鼻子上的缰绳。那个拿枪的人发现这头受伤的牛还没死掉，于是对准牛头又开了一枪。这时候，能清楚地看见在洁白的牛头上出现了两个指头粗的枪眼，但没有血水从那里冒出来。第二声枪响之后，这头牛就变得安静了，它静静地跪在地上，仿佛在安静地体验疼痛。然后拽着绳子的人一刀割开了它的喉咙，鲜红的血流了一地。

相对于这个画面，一位印度中年人的讲述却让人心酸，他说，我的故事就是不能去工作，因为孩子没有人照顾。我家里有十四口人，老婆死了，除了其他大大小小的孩子外，我还有一个二十岁的大儿子，他是个病重的人，是个累赘，我不能成天把他绑起来以防他走失。说着话，他从一处破败的墙角拉起自己智障的大儿子。镜头之中的这个家十分贫困。他说，我家十四口人挤在一间房子里，没有电，没有水，没有下水道，但我还活着，上帝不会忘记我们的，因为他创造了我们，我一直相信，上帝是不会忘记他所创造的子民的。

......

> 我要啜饮最优质的水
> 我想得到应得的一切
> 我知道我只是一个人

但知道吗我很坚强

我想抵达金制的喷泉

毫不犹豫地击败他人

我知道我只是一个人

但知道吗我很坚强

至少正确的该是大多数人

海浪应该永远追随着沙滩

我不会贪得无厌

因为未来早已注定

……

影片接近尾声的时候，是一群人在放烟火和孔明灯，背景是一处闪烁着灯火的海滨。灯火熄灭之后，一轮非常大的十分清晰的月亮挂在半空，接下来是闪电……然后是出租汽车在暴雨欲来时的城市街道上穿行，坐在车上的是一位非常漂亮的年轻姑娘，她说：

今天是 2010 年 7 月 24 日，我上了一天班。悲哀的是我一整天都在期待身边能发生什么了不起的事、美好的事、值得感激的事，然后参与其中，向世人证明，在平凡人平凡的一天中，也会有不平凡的事情发生，但真相是，好事不总有。至于我今天，整天都没有发生什么事。而我想要别人知道我在这儿，我不想过没有存在感的生活……我是个普通的女孩，过着普通的生活，我虽然不是个善于沟通的人，但我愿意成为这样的人。而今天，尽管没有发生值得一提的事，但我仿佛感觉到自己已经经历了一次涅槃……

爱自己，做好自己的事。

这是片尾的结束语。

精致的牙雕

耐人寻味的短篇小说就像一件精致的牙雕，或是出自于宫廷画家之手的花鸟画或是山水画。比如在一只小小的鼻烟壶里或是在一根象牙上的绘画或雕刻，笔触是多么精准而传神啊。近日阅读英国作家罗尔德·达尔的短篇小说《品酒》和《牧师的喜悦》就有这样的感受。

《品酒》中，一位奉行享乐的美食主义者和一个证券经纪人（事实上是一个股票市场上的掮客）打赌。这位耷拉着下嘴唇的美食主义者喜欢在餐桌上和乐于炫耀自己富有的主人打赌，不料这一次，这位美食家却执意要提高赌注，甚至荒唐地提出要主人以其女儿为赌注，而自己出的赌注是两套庄园。在短暂的尴尬和迟疑之后，通常的游戏逐渐发展成为两个男人之间的心理较量。精明的主人本以为美食家不可能猜出横躺在篮子里的一瓶红酒出自法国哪个偏僻地方，自己轻易就可得到两套庄园，不料这位胸有成竹的美食家还是通过品酒一步步地逼近答案。

主人由于惊慌而变得脸色苍白，这时出现了意想不到的结局——仆人拿来了一副眼镜，并指出这是客人忘记在书房里的，而这瓶红酒之前正是放在书房。意思十分明了。你想不出到底是主人在耍赖还是客人作弊了。

小说文字传神，结局的安排出人意料，尤其是在品酒的过程中，美食家不像是仅仅在品尝一种美酒，他的用意是十分明显的，对身边这位年轻漂亮的美女——主人的女儿——的非分之想跃然纸上。两位贪婪者的形象都被勾勒得栩栩如生。

在《牧师的喜悦》中，那个来自于伦敦的精明的古董家具商人，为了以比实际价格低得多的价钱从不知情的主人手里收购家具，就突发奇想扮作了一位牧师，每个星期天开上一辆客货两用的车子出入于伦敦郊区的偏僻乡村，专找那些破落的庄园和曾经富有的人家。

有一次，他发现了一件出自于一百多年前的一位英国著名设计雕刻家之手的古老家具。通过他的一番巧舌如簧，并在调换一颗小小的螺丝钉后骗过了三个愚蠢而同样狡猾的农民，使这件价值达两万英镑的橱柜仅以三十五英镑的价钱成交。然而在他强压着心中的喜悦到公路上去开车时，三个感觉大赚了一笔的农民，怕他的车子一旦装不下这件"笨重"的家具而使生意泡汤，便将它的四只腿子锯下，把它砸了。因为这位牧师先前极力地掩饰自己的目的，谎称他只需要它的四只腿。

小说到此结束。然而我觉得，三个愚蠢的农民砸碎的不仅是一件家具，也是人类普遍存在的贪得无厌的欲望。另外在罗尔德的笔下，没有对比和参照，无论是家具商还是农民都是一样的贪婪。

很难看到这样精致的好小说，是因为在当下的土壤和社会风气中，不可能造就出那样的作家，也就不可能产生出那样的作品。

那么作家需要什么呢？需要抛弃，需要冷静地转身。

高尔基：被重新认识的文学大师

在我所喜欢的作家中，一部分是让我感到敬仰的作家如托尔斯泰、法朗士等，一部分是让我觉得亲切的作家如高尔基、海明威、左拉等，而唯独高尔基是让我逐渐改变了看法，并且由喜欢到重新定位的文学大师。我理解的文学大师，除了具有高尚的情操外，必定具有高超的表现力，并且是向着有关世界和人生的主题不断开掘的先驱。在这一点上俄罗斯作家呈现出整体的一致性和一脉相承的传统性，他们的文学成果不仅丰富了俄罗斯文学的宝库同样也丰富了世界各民族的文学宝库。

尤其是生活于二十世纪至二十一世纪的俄罗斯文学大家们，诸如托尔斯泰、契诃夫、蒲宁以及距离我们不太久远的肖洛霍夫、巴别尔、索尔仁尼琴等，成了我汲取文学营养的土壤和借鉴的蓝本。除了深受其文学艺术的熏陶外，更重要的是在他们身上我体会到了作为一个作家应该坚守的人格尊严和持有的道德良知是多么重要，这种一脉相传的对人类命运的关注和思考、对社会责任的肩负、对道德良知的坚守和对生命意义的探索，成了俄罗斯文学深厚的基调。

无论是索尔仁尼琴的《伊凡·杰尼索维奇的一天》还是巴别尔的《骑兵军》，乃至 2015 年获得诺贝尔文学奖的阿列克谢耶维奇的《我是女兵，也是女人》，无不让人敬佩作家的良知和使命感所焕发出的人性光辉。他们在某种意义上是超越了政治、地域和民族的作家，成为关注和思考人类普遍命运的楷模。

你简直不能相信生活在布尔什维克时代的索尔仁尼琴竟敢真实地去描写同时代的犯人的生活，同样，你简直不能相信，作为布琼尼元帅领导下的苏维埃红军第一骑兵军中的一名战地记者，巴别尔竟能从自己的亲身感受出发，去真实地记录置身于战争背景下的诸多骑兵的形象。尽管索尔仁尼琴和巴别尔都有过入狱的经历，并且巴别尔最后被处决，但他们的勇气和责任感并没有被磨光，而是写出了具有独立人格的、站在人类历史高度去观照和考察人类命运的文学作品，其真实性是不容怀疑的，因而也是震撼人心的。

这一点，在高尔基的身上也得到了同样的体现。原以为，高尔基是一位政治性很强的作家，可能在强大的政治背景下会写出一些颂歌式的或是概念式的东西，其实却不然。近年来，在阅读了大量高尔基的作品以后，我认识到高尔基依然是一位保持了独立人格的作家，是一位忠实于自己的内心感受的作家。即使在斯大林时期的强权政治背景下，他也始终坚守了作家的尊严，并按照他所看到的或理解的去表现生活，从不虚与委蛇，从不趋炎附势。高尔基不仅跻身于布尔什维克的行列，且对社会主义抱有坚定的信念，因为这一切都出自他的真实信仰。他参与政治活动，并把自己毕生的精力奉献给社会主义事业，都是出于真实的信仰，而不是盲目地追随或是麻木地成为政治的附庸。

近日翻看早年的杂志，在1982年出版的《世界文学》第1期上有一篇纳博科夫写的《论契诃夫》，里面有这样一段话引起了我的注意：

　　尽管契诃夫从来不想为人们提供一种社会的、道德的教训，然而他的天才却几乎在不经意间就揭露了那充满饥饿、前途茫茫、遭受奴役、满腔愤怒的农民的俄罗斯最黑暗的现实，而这种揭露要比凭借一系列着色傀儡来炫耀其社会见解的诸如高尔基那样的许多其他作家的揭露更为充分。我还要进一步说，爱陀思妥耶夫斯基或高尔基甚于爱契诃夫的人永远也不能掌握俄罗斯文学和俄罗斯生活的本质，而且，远为重要的是，他们永远也不能掌握普遍的文学艺术的本质。

　　大家都知道纳博科夫，他是在十月革命之前逃亡西欧的俄罗斯作家之一，其后加入美国国籍，后来移居瑞士，并在那里病逝。和许多敌视十月革命的俄罗斯旧知识分子一样，由于出身和政治观点的不同，他对无产阶级文学的代表人物高尔基怀有敌意是不难理解的，然而对其文学成就的否定，是我不能接受的，比如说高尔基凭借一系列着色傀儡来炫耀其社会见解的说法我就不能接受。众所周知，高尔基来自于俄罗斯底层，曾为了生存从事过多种职业，流浪、饥饿和劳苦对于他来说是家常便饭，处处受人歧视也是能够想得到的。然而正是基于这样的出身，才使得高尔基深切地体验到俄罗斯最黑暗的现实，并觉得有必要去改造这种不平等的社会现象。我国俄罗斯文学研究专家、翻译家李辉凡是这样评价高尔基的："高尔基不仅是这个罪恶世界的目击者，而且自己也饱尝过地狱般的底层生活的一切辛酸和痛苦。他熟悉底层人民的生活，同情他们的遭遇。因此，底层人民的生活就成了他创作中永不枯竭的源泉。"

　　列宁曾经高度评价高尔基，说他是无产阶级艺术的权威。这话一点都不为过，可是我觉得给高尔基冠以无产阶级艺术的权威，或多或少是有一点局限性的，因为就他所反映的广阔的生活面和描写的诸多个性和命运不一的人物，以及在作品中所反映出的人性的复杂和透露出的悲悯情怀来看，他完全是一位伟大的作家。

实际上高尔基虽然有着明显的政治理想和抱负，表现的也大多是底层人物的生活命运，但他依然是一位超越了阶级属性的作家。从这一点上来说，他就是一位关注人类命运，并有着普遍价值观和道德肩负的作家。并且从他所达到的艺术水准来说，完全可以称其为伟大的作家，而并不像纳博科夫所说的："爱陀思妥耶夫斯基或高尔基甚于爱契诃夫的人永远也不能掌握俄罗斯文学和俄罗斯生活的本质，而且，远为重要的是，他们永远也不能掌握普遍的文学艺术的本质。"陀思妥耶夫斯基暂且不论，就高尔基来说，他不但了解和熟悉俄罗斯生活的本质，并且对俄罗斯文学和普遍的文学艺术的本质也有着深入的了解。如果不抱偏见，我们就能够在他的文学作品里处处发现这些特质。

高尔基是一位为普通大众立言的作家，他塑造的人物形象都是活生生的，而不是如纳博科夫所说的着色傀儡。在高尔基的文学作品里人物都是鲜活的、真实的，并且能在生活中找到原型，是符合俄罗斯人民的普遍个性的，这一点在其《伊则吉尔老婆子》《大灾星》《草原上》《我的旅伴》等作品里都表现得十分充分。有着丰富的文学土壤和文化背景的俄罗斯人民，一定有着高超的鉴赏力和判别力，这位作家能受到千百万人的敬仰就是最好的说明。

因此，纳博科夫所说的话显然是有点偏狭的。无疑纳博科夫是一位很有才华的作家，也许在他的个性中有点倨傲。就是这位作家，曾在一次文学讲座中，当着诸多听众的面将马尔克斯的《百年孤独》撕为两半。有着如此个性的人，说出这样的话来也是可以理解的，但丝毫不影响高尔基在我心中的地位。

我知道如此笼统地去谈论一位心中所敬仰的作家，似乎还缺乏一点实证性，还不如就具体作品来说话。在这里我想说说大家不怎么提起的一篇高尔基的小说《柯诺瓦夫》。与许多表现流浪汉的小说不同，高尔基在《柯诺瓦夫》中塑造了一个习惯于思考且受到自己思想折磨的流浪汉的形象。主人公柯诺瓦夫是一个三十来岁的高大的汉子，喜欢流浪，爱好唱歌，喝起酒来不要命。高尔基是这样描写他的："他那一双淡蓝色的大眼睛在他苍白疲惫的椭圆形脸上炯炯有光，瞧起人来却显得和善又亲切。他的嘴唇也很美，但稍稍显得有点苍白，也在褐色的髭须里微笑。这样的微笑，仿佛是在抱歉地说：我就是这么个人……您别见怪。"

正是这样一位流浪汉却爱听高尔基读书，并喜欢和高尔基争论社会和人生的问题。他们很快就成为很好的朋友，但高尔基觉得这是一位在思想上存在问题的爱思考的人。当高尔基指出他这种不幸生活的根源在于不合理的社会制度时，柯诺瓦夫说，真奇怪！大家全都把自己的失败归咎于别人，你却归咎于整个生活、整个制度。照你这么说，人自己本来是完全没有什么可以指摘的，要是生下来注定是流浪汉，他就成了流浪汉。说起囚犯来，你的话也很怪：人去偷窃，是因为没有工作，可是又得吃饭……你多么富于同情心！可是你那颗心是软弱的！他接着又说，谁对我们有过错？是我们自己有过错……因为我们对生活没有兴趣，我们对自己也没有感情……

高尔基描述道："他这样说时的口气是这样的轻松，这样的笑中含悲，使我听了之后，对这种我在流浪汉里从来没有见过的自暴自弃的态度大吃一惊。我越是向他证明他是环境和条件的牺牲品，他就越是固执地向我证明自己对自身的可悲的命运是负有罪责的。"

按柯诺瓦夫的话说，应该创造出一种生活，使身在其中的每个人都能够感受到非常宽广、谁也不妨碍谁的社会。一方面，在他的观念中，人们在法律上是完全能够建设自由生活的；另一方面，他们又那么渺小、脆弱，除了互相抱怨以外绝对一无所能。

就是这样一个彻底的悲观主义者和自我否定的人，却对别人抱有深切的同情心，曾花钱将妓女萨申卡从妓院赎出，却又不愿意和她生活在一起。按他的话说，是不能连累萨申卡，觉得自己不能给她带来幸福，并且作为一个习惯了流浪生活的人来说，要像别人一样娶妻生子、购房居家是不能适应的。他喜欢流浪，不喜欢过一种安定的、大多数人都喜欢的、重复的千篇一律的生活。无疑他在内心是爱萨申卡的，当他发现萨申卡重新堕落时，便开始喝酒并一发而不可收。从此他离开了面包房，和一帮流浪汉在下等酒馆喝酒。醉酒之后，他就开始唱歌，高尔基叙述道："在我的伙伴的歌子里响彻着失望的悲哀、平静的绝望和没有出路的凄凉。"

最后柯诺瓦夫喝光了身上所有的钱，然后离开了这个工作的城市到别的地方去了。

接下来高尔基写道：

> 一个人只有生长在文明社会里，他才会有耐心一辈子住在这个社会里，否则他就会希望离开这个环境，因为在这个环境里充斥着种种使人感到窒息的人情世故（这些人情世故被人们爱说琐碎而恶毒的谎言的风气合法化了），充满病态的自尊心、宗派观念和一切假仁假义——总而言

之，这种环境会使人感情冷却，会使智慧受到毒害。我不是在这样的社会里出身和受教育的，正是由于这一使我愉快的原因，我在大量吸收了它的文明之后，过一段时间就迫切需要走出它的圈子，以便摆脱这种过于复杂并充满病态的雅致的生活方式而去呼吸一点清新的空气。

五年以后，高尔基和柯诺瓦夫在一处大海边的防波堤工地上重遇。

站在高处，高尔基如此描述他所看到的景象：大海平静地伸展到雾茫茫的海平线，它的透明的波浪轻轻地拍打着动荡不宁的海岸。大海在太阳光下光彩夺目，它像格列佛似的发出善意的微笑，它知道只要自己一动手，小人国人们的劳动就会化为乌有。

高尔基原本以为通过几年的呼吸自由空气，柯诺瓦夫会有所改变，其实不是的，那个总是为自己寻求人生支点的朋友的形象又重现了。

高尔基写道：

那对生活怀疑的锈病和对生活沉思的毒素一直侵袭着他这不幸有着一颗敏感心灵的强壮躯体。这类沉思的人在俄罗斯生活里多得很，他们全都比任何人更不幸，因为他们的沉思的重担被他们的头脑的盲目无知所扩大了。我极为惋惜地望着我的朋友，他仿佛为了肯定我的思想似的，悲哀地喊道：马克西姆，我回想起了我们的生活和过去那儿的一切。打那以后，我走遍了多少地方，看见了多少无奇不有的东西——世上没有一样东西对我是合适的！我找不到一块可以安身的地方！

深切的悲哀！难以救药的灵魂！我几乎能体会到高尔基对朋友所怀有的那种深切的同情。

多年后，高尔基得知，柯诺瓦夫在一所监狱里自缢身亡。据监狱鉴定，此人一贯安稳、沉默、耽于冥想。据狱医判断其人自杀的原因可能是由于忧郁症！

由此我们不难看出高尔基不仅是一位叙述的高手，也是一位能洞察人类心灵的文学大师，更为重要的是他能透过这一切悲剧的现象而找到悲剧发生的根源。

呈现本身就有意义

　　《磨坊之役》是大家公认的法国作家左拉的代表作，是属于为数不多的世界中篇小说名著，和收录在《梅塘晚会》集子中的莫泊桑的《羊脂球》交相辉映，成为现实主义小说的典范之作。然而我在读完《磨坊之役》之后，却并没有领略到多么强烈的冲击力，尽管我同意它是典范之作，但还不是经典之作。也许，法国人之所以强烈地推崇这篇小说，是因为它的主题是爱国的，因为它表现了普通的磨坊主一家三口人和普鲁士侵略者进行的斗争。作为具有民族情结的法国人，喜欢这样的小说无可厚非，因为爱国主义是任何一个国家和民族都提倡的。可是就小说本身而言还是显得有点单薄，情节的冲突谈不上跌宕起伏，战争场面也不够惊心动魄。

　　相比《磨坊之役》我更喜欢左拉的《洪水》，作为现实主义的代表之作，《洪水》描写了法国卢兹地区由于加龙河水泛滥而造成的一次严重水灾。小说讲述一个农家在孤立无援的情况下与洪水搏斗最终全家丧命的故事，读来惊心动魄。由于左拉胸有成竹，因而能恰当地控制自己的情绪，再加上平静而精准的文笔，使得这一可怕的自然灾难得以在一种平稳的基调中展开。文章一开头，作者以优美的笔触勾画出了一幅安宁祥和的田园风光，适逢丰收之年，小麦成熟，葡萄开花，五月的天气好得出奇。路易·鲁比厄一家迎来了一个安宁祥和的傍晚，并且适逢女儿的心上人来到鲁比厄家做客，丰收的喜悦再加上女儿称心的婚事，使得鲁比厄一家呈现出少有的节日般的气氛。可是，正是在这种美好的时刻，天变了，可怕的洪水来了。

几乎没有任何征兆，仿佛是上天有意的安排，一场可怕的洪水不期而至。面对如此大的灾难，鲁比厄一家并没有表现出如我们所想象的慌乱，他们几乎是平静地去抵御灾难。

我吃惊于在左拉不动声色的平静的笔调中，似乎隐藏着一点淡漠。在他的笔下，洪水几乎是以一种平静甚至是温柔的方式在一点一点地淹没着田地、鸡舍、楼房，并且一层一层地往上升，房屋和树木几乎是无声地倾倒在洪水中，还有那些被冲走的人群和牛羊来不及发出声的呼喊和号叫。世界在一瞬间变得阒无声息，仿佛一切活的生命都让位给洪水了。

时间不长，整个村庄就不见了，肆虐的洪水之上只露出一些屋脊和树枝，甚至就连这些较高的东西也都被淹没在水中，最后只剩下教堂的尖顶。在此过程中，鲁比厄一家如何与洪水搏斗，如何在洪水中消失，呈现出一幅惊心动魄的画面。眼看着亲人离去，那种伤痛想必大家能够想象得到，我吃惊的是，左拉营造出的气氛，很容易使人联想到《圣经》里所记述的那场大洪水，那种毁灭了人世间的平静的汪洋无边，那种在茫茫的天地中自觉微小如蜉蝣的生灵在面对巨大的灾难时所产生的绝望感。

从宗教的意义上说，这是一篇暗含了人类命运的小说，是在生与死中又超越了生和死的大主题，是人生而为何，却又不能超越生死的令人绝望的大主题。有人说这篇小说是平淡的，这是因为他没有理解其中的深意。实际上这样的小说是没有明显的主题的，就像生活。在生活里是没有什么主题的，因为在一定意义上，生活是盲目的，是可以思索的，是可以试图去解释的，但永远找不到答案。

要是把左拉的《洪水》和海明威的《老人与海》相比较，就能够看出，同是描写人与自然搏斗的文章，但左拉的《洪水》却营造出了一种更为意味深长的背景。在这两篇小说里，人在自然面前虽然都表现出了大无畏的精神，但大自然却以一种更为强大的方式显示出它的权威性。所以说，人只能在某些局部破译和改变自然，却不能妄想去战胜它，这里面有一种说不清的天意。

文学界的人们常常津津乐道于《老人与海》中的桑地亚哥老人如何经过几天几夜的搏斗最后战胜了鲨鱼、战胜了大海，表现出了人类战胜大自然的勇气。事实上这都是表面的解释，其实连海明威自己也说不出这篇小说的主题到底是什么。也许海明威只是描写了一位老人一次打鱼的经过，就像他同样写钓鱼的小说《大双心河》，你说它有什么意义？

出于习惯，我们总是喜欢给所读到的一些作品下一个定义，或是试图在作品中找出什么意义来。事实上好的作品永远没有明确的答案，这是只可意会、不能言传的东西。那些一眼就能看出门道的作品，往往是肤浅的。所以我以为，只要写下来就有意义，关键是要看是谁写下来的东西。

同样属于表现硬汉形象的杰克·伦敦的小说《热爱生命》，写了一位淘金者在弹尽粮绝的情况下怎样战胜疲惫和饥饿，怎样战胜一头病狼，最后如何得救的故事，说白了，还是人处于困境之中的一种自救本能。这样的本能，即使一个常人遇到同样的事，也照样可以表现出来，绝不可能坐以待毙。比如在大地震中曾有过锯断自己大腿而最终脱险的人；一位美国女探险家在攀登岩壁时，双腿陷入岩缝，挣扎不出，为了活命，也用刀子一点一点地割断自己的双腿而求生。这种精神不也是挑战命运和自然灾难的最好的例证吗？

然而非常之境中所表现出来的行为，是很难化成文学作品的，因为它太强烈了，超出了人的表现能力。文学毕竟是表现的艺术，它的魅力就来自于表现。

由左拉的《洪水》我还联想到了日本作家井上靖的同题短篇小说《洪水》，应当说，这是同样让我感到震撼的小说。相对于左拉，井上靖笔下的洪水更是在平静中带有一种冷冰冰的残酷。当一队中国汉代的士兵在沙漠中遭遇到这股强大的洪水时，人的战斗显得多么的渺小而可怜。尽管士兵也举起了手中的刀剑枪戟与洪水展开搏斗，但最后却在强大的洪水冲击下，消失殆尽。然而井上靖的本意绝不是单纯地去描写一场人与洪水的搏斗，小说本身也是带有寓言性质的，整体营造出一种地老天荒的气氛。

我们可以通过这两篇小说，看出日本民族的血液中带有一种冷酷性，而法兰西民族的天性中有一点普世情怀。由此而联想到，俄罗斯民族的个性中有一点沉郁，同时在沉郁中隐藏着一点残酷，而美国人的个性是明快的张扬的富有攻击性的，中国人的个性中有一种谦卑，这谦卑中隐藏着压抑许久的渴望释放的能量。凡此种种都是可以通过作品感受得到的。

继续说左拉。左拉是法国作家中少有的忠实于真实的作家。按他的话说，观察和真实远比想象更为重要。他说，我是拥护现实主义的银幕的，它满足了我的理性要求，我在其中感受到坚实和真实的无限的美。

左拉的文笔简洁明快，不像巴尔扎克那样有点甜蜜和华丽并带有一点传奇色彩，不像雨果那样事无巨细、沉重难移，也不像法朗士那样曲高和寡，也不像莫里亚克那样忧郁且耽于宗教。

左拉有过和高尔基相类似的苦难经历，有过和高尔基一样的奋斗历程。这样的作家是带着民众的呼声在说话，在他们的身上爱恨情仇一目了然！

在想象与真实之间

——谈乔治·奥威尔

每一个有使命感和担当意识的作家，大概都有自己明确的写作目的。对此，乔治·奥威尔说得非常干脆："我写作是因为我要揭露谎言，让人们关注事实。"

这就是一个作家的使命感。若是我们的写作不与现实世界发生关系，若是我们把写作仅仅看作是一种纯粹的追求艺术的艺术，仅仅强调了它的审美效果，而忽略了它的社会使命，那么它们的生命力也会受到怀疑。

写作无不跟现实生活发生关系，那么真实就成了对作品的重要的诉求。对此乔治·奥威尔说："近年来，我一直努力在写作中不求别致生动，而求真实准确。"

其实对真实苛求不止乔治·奥威尔一个，海明威、契诃夫等都曾极力强调作品的真实性。

然而你不得不承认，基于生活和想象而创造的艺术某种程度上就是对现实的遮蔽，尽管我们再三强调真实，但艺术永难做到真实，因为它是被修饰过的真实，是艺术化了的真实，还不是原原本本的真实。艺术仅能做到的就是按照生活的本来面目去呈现——并且最大限度地接近真实。可是，当我们在欣赏一件艺术作品时，总是把真实作为底线，在此之上才是艺术，那么艺术的艰难也正在于此，既要艺术，又要遵循真实的原则。

这一点同样让乔治·奥威尔感到苦恼，因为他一直试图把政治目的与艺术进行完美的结合。《动物农庄》就是他在这方面做的第一次尝试。他以为："一个人越是能够了解自己的政治倾向，就越是能够在不牺牲审美追求和文学忠诚的情况下演绎政治。"可见他所书写的带有政治色彩的作品绝不是纯理念化的说教，而是基于审美层次之上的艺术作品。然而这绝非易事，因为"如果作品与审美体验无关，那么无论是鸿篇巨制，还是杂谈散文，我都不会写下一个字"（乔治·奥威尔语）。

可见乔治·奥威尔既看重作品的真实性，更看重作品的审美价值。这让我们觉得，在生活与艺术之间横亘着多么宽一条鸿沟呀。

尽管左拉说，真实要比想象更重要，但这二者是不能割裂的，一个是骨肉一个是毛发，只有二者相辅相成、天衣无缝，才能达到思想和艺术的完美统一。契诃夫说，我所有的努力都是要使作品显得真实。看来，基于想象基础之上的真实，又是非常之重要。

然而，毕竟文学作品的真实是基于想象之上的真实，是符合了文学逻辑之后的真实，还不是生活的真实。

那么，到底是真实重要还是想象重要呢？它们依然是不能分割的两个命题。应当说，凡艺术都是想象的产物，否则难以叫作创作。创作就是创造，就是无中生有。但是这又不是真正的无，而是从有中来，从无中有。所以说到底，艺术还是基于真实的想象。

我要说的是，尽管乔治·奥威尔有着十分强烈的政治目的和改良社会的期望，但其作品并非理念和说教式的东西，而是感性十足。在他的笔下某些真实事件却能在审美观照下得到完美的展现。或许还可以这样说：由于其手法的高妙，在他的作品里虚构和艺术加工的痕迹已消失得无影无踪，呈现出来的却是裸露的真实，几乎像纪实，你简直看不出其作品到底有多少虚构的成分和想象的成分。

我们知道，生活尽管真实，但它们是杂乱无序的，是没有逻辑关系的。呈现在艺术家面前的生活只是一些碎片，艺术家的职责就是使这些碎片得以拼接成为一个整体，并且在整体中富有一个灵魂。

要是读者或观众不能在基于真实生活经验的艺术中看到意义，肯定不会满意。

以上所说，仅还是谈论一些技术层面上的事。对于一个成熟的作家来说，对于一位有天赋和有才华的作家来说，点石成金的能力正是他通向艺术高峰的法宝，但这还不是全部，还是技术层面上的事，尽管已经涉及了天赋和才能，但还不是全部。衡量一位作家是否伟大，看的不仅是技法和才能，还有情怀和担当，以及展示或预示未来的能力。

为此，我们尽管不说乔治·奥威尔是一位伟大的作家，但完全可以说他是一位有担当的作家，是一位敢于为大众立言的作家，因为"他坚信在一个语言堕落的时代，作家必须保持自己的独立性，在抵抗暴力和承担苦难的意义上做一个永远的抗议者，永远不要洋洋自得地标榜自我向善及个体完整，而普罗米修斯般将目光放在芸芸众生身上"（刘春芳语）。这一点在他的散文《贫民收容所》中表现得尤为突出。

《贫民收容所》实际上描写的就是一次作者本人被收容的经历，让我们慨叹的是，乔治·奥威尔通过自己的亲身经历让我们领略到英国收容所的情况，以及管理人员对待流浪汉的所作所为。然而，乔治·奥威尔并没有仅仅停留在对这一事件的表面陈述上，而是深入到了流浪者的内心。他在文章里写道："空虚让大家变得痴呆，而且惰于思考。世界对于我们来说是如此的艰难。由于衣食无着，我们从来不作温饱以外的思考。……我开始意识到空虚带给我们的折磨远远甚于饥饿和病痛，也更甚于他人的鄙视。让一个精神空虚的人终日无所事事，就像将狗困在木桶里一样。只有受过教育的人才能忍受这种禁闭的空虚，因为他们有思想。而几乎所有的流浪汉都没有受过教育，他们只能麻木地面对贫穷。"或许这正是被英国社会忽略的一部分：贫穷使人麻痹，无知使人空虚。这也让我们意识到贫穷是造成无知和精神空虚的根源。

尽管这是一篇揭露事实真相的纪实性散文，文学气氛低沉灰暗，却依然在结尾之处泄露出希望之光：当他们被逐出收容所之后，"一路上很静，没有车经过，板栗树上的花朵像一支支蜡烛一样，点缀着整棵绿树"。

如果说乔治·奥威尔在《贫民收容所》里体现出的是一种作家的责任感，那么在《绞刑》一文中，则表达了作者对生命的尊重，体现出强烈的人道主义情怀。

实际上《绞刑》所叙述的就是一个死刑犯被执行绞刑的过程。对于一个健康的年轻人，在生命消失前的这段时间里，其肉体和精神上所发生的变化肯定是超出人们想象的。绝望、恐惧、悲凄，无不在这一瞬间发生。然而在乔治·奥威尔的笔下，这个将要被执行绞刑的小伙子却似乎没有我们想象的那样烦躁不安或恐惧异常，却是十分平静地在两个狱卒的押解下走向绞刑架，甚至在如此特殊的时刻也没有慌乱，在走动的时候还努力避开脚下的一个水坑。正是这一细节让乔治·奥威尔意识到——

一个鲜活健康的生命就要被终止了，这一切让我觉得奇怪。当我看到死刑犯避开路上的水坑时，我强烈地感觉到，去结束一个充满活力的生命是一个错误，这种错误的性质让人无法言表。

这个死刑犯现在并不是奄奄一息，而是和我们一样健康有力。他身体内所有的器官都在运行——肠道在消化食物，皮肤在进行新陈代谢，指甲正在生长，新的组织正在形成——当他站在绞刑台上，甚至当他被绞死后从绞刑架上摔下来在空中滑落的瞬间，他的指甲可能依然在生长，虽然他存活的可能性不是很大。他的眼睛现在也能看到黄色的沙砾和灰色的墙，大脑也能记忆、能预见、能思考——比如能思考水坑会弄湿他的鞋子。他和我们一样，都是这群人中的一员，都在感受和理解同一个世界。但用不了多少时间，随着突然的吱嘎一声，我们其中的一个人就会消失——从此少了一种思想，少了一个世界。

如果乔治·奥威尔缺乏一个作家的道德和良知，缺乏对生命本身的尊重和观照，就难以有如此强烈的感受。重要的也许是，当一个人消失之后，我们不仅是失去了一个人，也是失去了一种思想、一个世界。无论如何，对一个生命的剥夺毕竟是人类所有行为中最为残忍的行为，哪怕是正义的。在此，文章具有了超越法律和公正的终极关怀。

我觉得这篇文章里颇能让人回味的是一只狗的出现，正在这名死刑犯被押解走向刑场的一瞬间，一只毛发旺盛的大狗却突然蹿入监狱，围着一群监狱人员欢跳了一会儿之后，突然冲向死刑犯，跳起来想舔他的脸。尽管狱卒们试图赶走它，它还是躲过攻击，围着执行人员吠叫。

"狗的吠叫声在监狱里回荡，而那个死刑犯被两个狱卒紧抓着，漠然地看着眼前发生的这一切，好像这也是执行死刑的过程。"当这名年轻的死刑犯终于被执行之后，"我把狗放开了，狗一获得自由，就飞奔到绞刑架的后面。一到后面它就突然停了下来，开始狂吠，然后躲进院子角落的杂草丛中，惊恐地看着我们"。

雷蒙德·卡佛：作为小说家的诗人

前几年，国内的文学界曾兴起过一阵雷蒙德·卡佛热，受这股热潮的鼓涌，本人也曾买过一本卡佛的短篇小说集《大教堂》先睹为快，或许是期望值过高，读完之后，并没有产生想象中的那种兴奋感，但为了不至于显出自己鉴赏力的迟钝和知识储备的浅薄，便有意地保持沉默。国内的翻译家推介卡佛时，说他是美国二十世纪下半叶最重要的小说家和小说界"简约主义"的大师，是"继海明威之后美国最具影响力的短篇小说作家"。卡佛去世后，《伦敦时报》称他为"美国的契诃夫"。你看，将卡佛与海明威及契诃夫相提并论，并称其为"简约主义"的大师，就不得不让人怀着崇敬的心情静心一读了。

然而对其小说的阅读并没有使我感受到如海明威般的爽快和明朗，也没有体验到如契诃夫般的精致和深邃。就这两位作家来说，除了语言的精准和传神以外，仅就小说文本的深刻和对人生的揭示来说，卡佛还稍逊一筹。

无疑卡佛有着对美国底层生活的丰富体验，这一点跟高尔基有点相像，其中也不乏对生活的领悟，但他的小说在一定程度上还停留在表现生活的层面上，而少有对生活的揭示（即使有也显得不太明朗和尖锐），尤其是缺乏透过生活表象对永恒主题所做的揭示和开掘，所以也就写不出像《白象似的群山》《雨中的猫》以及《挂在脖子上的安娜》《第六病室》那样具有深刻内涵的作品来。况且在表现力上来说，卡佛还显得粗糙和琐碎，粗糙是因为他不够节制，琐碎是因为他不能选择，还没有完全掌握文学中的炼金术。

　　毕竟，卡佛不是一位学者型的作家，文化程度和文学修养都不可能达到像海明威和契诃夫那样的高度。我们知道，卡佛要算是一位来自美国底层的劳动者型的作家，尽管他后来获得了大学文凭。他中学毕业后，为了谋生曾从事过多种普通的工作，甚至做过厕所清洁工，干了三年。这就耗去了他的大部分精力和才华，也没有条件通过文化和理性去催生和打磨他的文学作品。艰难的底层生活，使得活下去成了他人生的大事，而业余的文学创作仅是他的爱好而已。他说过这样一段话：

　　　　孩子很小的时候，我们没钱。我们工作累得吐了血，我和我爱人都使尽了全力，但生活也没有任何进展。那时，我一直是干着一个接一个的狗屁工作。我爱人也一样，她当招待员或是挨家挨户地推销东西。很多年以后，她终于在高中里教书了，但那是很多年以后。我则在锯木厂、加油站和仓库里干过，也当过看门人、送货员——你随便说吧，我什么都干过。有一年夏天，在加州，我为了养家，白天给人家采郁金香，晚上饭店打烊之后，我给一家"免下车餐厅"做清洁，还要清扫停车场。有比写小说和写首诗更重要的事情，明白这一点对我来说是很痛苦的，但我只能接受。要把牛奶和食物放在餐桌上，要交房租，要是非得做出选择的话，我只能选择放弃写作。

多么令人心酸的自白，正是这种生存的景况和感受，才能使卡佛在无意识中接近文学的本质。值得肯定的是，卡佛是一个真诚的人，也是一位富有敏锐观察力的人，正像某些评论家所说的：卡佛是美国文坛上罕见的"艰难时世"的观察者和表达者。卡佛的小说，乍一看像是流水账，仔细一看，是写得挺不错的流水账。但他在流水账中倾注的情绪，是相当有特色的。相对于前一种评价，后一种评价虽然不高，也的确接近实际。

为此，我以为中国的文学界应该多一点自信，少一点崇洋媚外；多一点坚守，少一点跟风。我们在肯定西方科技发展的同时，更应该肯定中国的文化积淀。

然而谈论卡佛的小说并不是我的本意，却是要谈谈他的诗。与他的小说相比，卡佛的诗倒是在某种程度上颠覆了我的现代诗写作和阅读经验。或许写诗并不是他的主项，但正是这种无为而为却成就了一位了不起的现代诗人。读卡佛的诗，给了我一种全新的体验。最为明显的感受是，卡佛能将日常生活化成意味深长的诗句，且能在日常生活中发现深刻的东西，发现难以言传的东西。表面看，他写诗就像是写小说，在平淡而随意的叙述中，却突然抓住了生活中最敏感的东西，从而触动了你的神经。他的特点在于，将小说化的叙述因素引入了诗歌，颠覆了我们在某种程度上的那种正襟危坐，那种千百年来遗留下来的注重抒情、言志的传统写作模式。在某种意义上说，卡佛开拓了现代诗的疆域，以一种散漫的吊儿郎当式的作风进入了诗歌的殿堂，且将日常生活提升到了一个高度。这一特点在《我的妻子》（舒丹丹译）这首诗里体现得十分充分：

我的妻子已经和她的衣服一起消失了。

她留下了两双尼龙长袜，

一把发刷掉在了床后。

我得提醒你注意

这些匀称的尼龙袜，和缠在

刷鬃里的浓浓的黑发。

我将尼龙袜丢进垃圾袋；刷子

我留着自己用。只是这床

看着奇怪，难以解决。

你看，他写诗，完全是以写小说的方式进入，在看似毫不经意的叙述中，提供给我们丰富的内涵。去世的妻子，人已不在了，但生活的痕迹还在，两双尼龙长袜、一把发刷，以及留在发刷上的黑发，这些在平时看来完全可以忽略的东西，却在一个人去世后，尤其是在亲人的眼中突然具有了特殊的含意。要是你有足够的敏感性，肯定会体验到一个失去妻子的丈夫在空空的房子里走动时，所体验到的那种失落和深切的怀念之情。尤其是最后一句：只是这床／看着奇怪，难以解决。要是没有夫妻间长久的相守，就不可能在妻子去世后觉得他们共同熟悉的东西——床，看起来觉得奇怪。这里面所表现出的某种落寞和失落的情感不能单纯地用怀念去概括，它要比怀念丰富得多，也让人心疼得多。这就是诗的魅力，一种难以解释的又暗含着某种丰富内容的东西。

应该承认，卡佛不是一位平庸的诗人，他避免了借物抒情，避免了通常的表现手法，而是另辟蹊径，通过对细节的描写，不动声色地传达出了比怀念更深刻的情感，和失去亲人后的复杂感受，这样一来，诗就显得丰厚而神秘。再看他写父亲的这首诗（《我父亲二十二岁时的照片》，舒丹丹译）：

十月。在这阴湿，陌生的厨房里
我端详父亲那张拘谨的年轻人的脸。
他腼腆地咧开嘴笑，一只手拎着一串
多刺的金鲈，另一只手
是一瓶嘉士伯啤酒。

穿着牛仔裤和粗棉布衬衫，他靠在
1934 年的福特车的前挡泥板上。
他想给子孙摆出一副粗率而健壮的模样，
耳朵上歪着一顶旧帽子。
整整一生父亲都想要敢作敢为。

但眼睛出卖了他，还有他的手
松垮地拎着那串死鲈
和那瓶啤酒。父亲，我爱你，
但我怎么能说谢谢你？我也同样管不住我的酒，
甚至不知道到哪里去钓鱼。

同样是松散的毫不经意的切入，却将父亲的个性和身世表现得淋漓尽致。显然，诗人是通过观看一张父亲的照片而引起了对父亲的怀念。父亲的姿势、父亲的神情，在看似平淡的叙述中，却直逼父亲的个性，从而可体验到他的语言是富有张力和生命力的。从卡佛不多的笔墨中，我们能够看出和想象得出他的父亲是一位怎样的人，甚至能够看出这位老锯木工的个性。通过对父亲具体形态的描写，突然转入这样的一句：整整一生父亲都想要敢作敢为。// 但眼睛出卖了他，还有他的手。如此的转折，表现出惊人的诗歌能量，给人一种锥心的疼痛，一个长久生活在社会底层的劳动者的形象活灵活现地出现在我们面前，就是这样一位普通的劳动者，也有梦想，那就是敢作敢为，"想给子孙摆出一副粗率而健壮的模样"，"但眼睛出卖了他，还有他的手／松垮地拎着那串死鲈／和那瓶啤酒"。如此冷峻的描述之后，是直接的表达：父亲，我爱你。

我觉得诗歌的穿透力不在于语言的华丽和结构的精巧，而在于对表现对象的机智的把握上，或许这些都不是，而是对人生的深切体悟和对这种体悟的准确表达。实际上要做到这一点是需要才华的。

我以为卡佛的诗歌成就在于，他能把日常化为诗，让不可能成为可能，实际上他手中的笔就是一根化腐朽为神奇的魔杖，仅凭这一点，他就可以向大师靠近。

谷川俊太郎：距离我们最近又最远的诗人

　　从血缘关系、文化背景及地域性上来说，日本当代最杰出的诗人谷川俊太郎，应当是距离我们最近的诗人，但他同时又是一位距离我们很远的现代派诗人。这近和远的关系在他的诗里表现得十分突出。感觉近是因为他的诗极尽抒情性和韵律感，有内在的音乐性，这一点上与中国传统诗歌相仿佛。比如这样的诗句：我歌唱／是因为一只小猫崽／被雨浇透后死去／一只小猫崽；我歌唱／是因为一棵山毛榉／根糜烂掉枯死／一棵山毛榉。上下两段之间在格式和韵律上完全接近，表现出某种复调般的歌咏特色来，这与中国古典诗词有异曲同工之妙。并且谷川俊太郎的诗从表面看起来，一点都不强烈，甚至是温柔的、低吟浅唱式的，然而这些都是表面的，实际上在这种温柔的、平静的表面之下却隐藏着深厚的东西。让我们接着看这首题为《我歌唱的理由》（田原译）的诗的下面两段：我歌唱／是因为一个孩子／瞠目结舌，颤惊呆立／一个孩子。我歌唱／是因为一个单身汉／蹲下来背过身子往别处看／一个单身汉。我歌唱／是因为一滴泪／满腹委屈和焦躁不安／一滴清泪。要是能静下心来将全诗静静读完，或连续读上好几遍，你就会发现诗人歌唱的东西并不是让他欣慰的东西，他歌唱的理由是因为伤感而不是欣慰。因为他所歌唱的东西是一只小猫崽，被雨浇透后死去，是一棵山毛榉，根糜烂掉后枯死，是一个孩子瞠目结舌、颤惊呆立，是一滴泪满腹委屈和焦躁不安……由这些令人伤感的意象所构成的图景怎能成为一个人歌唱的理由呢？标题和内容之间的巨大差异，带给我们深切的疼痛感，由此可以看出一个诗人悲天悯人的情怀。这就是谷川俊太郎的诗带给我们的感受。轻描淡写式的叙述，却传递出惊人的诗歌力量。其举重若轻的驾驭能力，使我们能够感受到谷川俊太郎高超的表现手法。如果说《我歌唱的理由》还是就生活而生活的诗作，那么《小鸟在天空消失的日子》（田原译）则是一首在意境上开拓得极为深邃的诗作，原诗引用如下：

野兽在森林消失的日子
森林寂静无语，屏住呼吸
野兽在森林消失的日子
人还在继续铺路

鱼在大海消失的日子
大海汹涌的波涛是枉然的呻吟
鱼在大海消失的日子
人还在继续修建港口

孩子在大街上消失的日子
大街变得更加热闹
孩子在大街上消失的日子
人还在建造公园

自己在人群中消失的日子

人彼此变得十分相似

自己在人群中消失的日子

人还在继续相信未来

小鸟在天空消失的日子

天空在静静地涌淌泪水

小鸟在天空消失的日子

人还在无知地继续歌唱

连续的重复和叠加将意象逐层打开或加深，不同场景的转化将我们带入一个更加陌生更加新鲜的世界，但整首诗歌却达到了整体的和谐和统一。老实说，这是一首难以解释的诗作，相信对于每一位读者来说，都有不同的感受，也可以得出不同的答案。好诗是神秘的、收缩的、内敛的、开放的、多义的，它蕴含着无限的可能性。这是一首能代表谷川俊太郎诗学追求的好诗。每一节都是由"消失"开始却由"继续"结束，如此的反差不仅带给人强烈的视觉感受，更重要的是，它将诸如野兽、鱼、孩子、小鸟等具象的东西与森林、大海、大街及天空这些宏大的自然背景放在一起，通过微观的具象生命的消失来衬托宏观背景的阔大和永恒，并且将短暂与永恒、微小与宏大之间的关系表现得深入浅出，使人不免产生"念天地之悠悠，独怆然而涕下"的感受。时间与空间、自然与生灵，这些永恒的主题，在他的笔下得到了充分的表现。然而奇妙的是，作为具有时间概念和空间感受的生灵，其生命的消亡和时间与空间的永恒形成强烈对比，开拓出深邃的意境。在这一首诗里我们能够看出作为"宇宙性"诗人的谷川俊太郎已超越了某种社会性，而达至一个永恒的诗学空间，由此我们也可以理解他何以写出《二十亿光年的孤独》这样的诗作。仅从这一首诗里我们便看出诗人的空寂、落寞和对人世间抱有的怜悯情怀，比如这样的诗句：自己在人群中消失的日子／人还在继续相信未来。这或许就是一种绝望和无奈。小鸟在天空消失的日子／天空在静静地涌淌泪水。这又是一种深切的怜悯，并且其奇特的想象力和高超的表现手法让人折服。

倘若没有对人生和自然的深切领悟，就不可能有这样的诗产生。它已经超越了那些轻薄的借物抒情和无足轻重的时景感怀，因为诗人在某种程度上已经进入了一个非常深远的境界，做到了天人合一。然而诗人的心依然是温暖的，他的身子依然站立在大地之上，尽管有某种绝望和悲观，依然不失对人间的留恋。

研读谷川俊太郎的诗，使我感觉到了他与我们之间存在的差异。这不仅是文化和地理学意义上的差异，更是民族气质的差异。谷川俊太郎的诗表面看似乎不温不火、漫不经心，甚至是温柔的朴素的，但骨子里却是十分硬朗的深奥的。他的可贵之处就在于，他有手术刀般的锋利和明快，也有岩石般的冷峻和刚硬。联想到我们自己，倒是觉得我们生活得太甜蜜、太矫情，总是希望做一只被人喜欢的小猫或小狗，或是受人崇拜的偶像。

中国诗人有天生的依附性，有天生的自以为是，也有或多或少的撒娇意识，既缺乏担当，也缺乏一点坚韧和穿透力。

喜欢被人养着，喜欢被人抬举着，就会使我们逐渐变得软弱无力。

在日本，谷川俊太郎是一位普普通通的人，按他的话说，是在接受时代给予的无法避免的影响同时，思考自己应该怎样生存下去。作为社会中的一员，他生活在普通大众之中，生活着、感受着、快乐着、痛苦着，却始终与大地和人民保持一致。他以为在诗人面前没有国家、没有社会、没有阶级，唯有人生和人生的尊严。他看重的不是诗歌而是诗情，为此，生命、生活和人性成了谷川俊太郎抒写的主题。

在黑暗与明亮之间

——谈高桥睦郎

与其说，他处于黑暗与明亮之间，还不如说，他就是一位生活在灰色地带的人。其实我这里说的主要还是指他的一种感觉或自我意识，并非物质空间。

假若你了解了高桥睦郎的经历，你就能明白，他为何会为自己下这样一个结论：我不黑暗，也不明亮。这样的心态或许正是生活的折射，因为他是一位被母亲遗弃的孩子，少年时代的他非常可怜。按照他的话说："我的死亡意识很强，但我自已无所谓，我不黑暗也不明亮。"如此，你大约就能理解他的诗为何显得那样灰暗和忧郁，尽管他没有意识到这一点。实际上他的诗还不仅仅是灰暗和忧郁，还有一点冷峻的黑色幽默，一种令人战栗的尖锐。然而无论如何，他的诗给了我一种全新的体验，就好像我们熟悉了糖浆而突然来了一点正宗的日本芥末，尽管有点冲，但新鲜而刺激。

冷峻、神奇又不乏些许的人间温暖——正是基于这样的特征，高桥睦郎走进了我的内心。

由此，我想到，诗不仅是言说（尽管它非得通过言说），也不仅是抵达（尽管它有抵达的欲望），而是通过言说，提供无数的可能性。相对于小说或散文对现实的依赖关系，诗仅仅是以生活为摹本的一个载体，你完全可以借此而生发而飞翔，甚至于基于你的心性，沿着你选定的方向，抵达你心目中的圣地。

诗不是从无到有，而是从有到无。在事实与诗性之间，优秀的诗歌能扮演最为恰当的角色。于坚说，诗不是提供事实，也不是指认事实，而是通过牺牲事实来成就一种文明。按我的理解，如果诗歌最终以牺牲事实的代价来成就一种文明的话，那么它成就的就是一种广义上的文明，而不是一种具体的文明，实际上它成就的是一种诗意。

假若诗也可以成就一种文明，那么应当说，通过诗而成就的文明是一种极端的文明，是一个民族通过语言而能达到的最为幽暗神秘的中心。它代表的不仅是一种文化的高度，还是一种创造力。为此，它要求诗人不仅具有高超的表现力，更应该具有一种点石成金的本领。

我以为，在几乎所有的艺术门类中，唯有诗歌能在静谧中做到神秘和奇异，且能达到传奇的效果——它既不能听也不能说，只能默默地去感受，它依据的材料是无声的语言。所以好的诗歌是用来品味的，绝不是用来朗诵的。它拒绝听，也拒绝释。它的本质是神秘的，因而蕴含着无限的可能性。

在对现代诗艺的探寻和表现中，每一个民族都有其优秀的诗人，无不跟他们生长的地域环境和所受的文化影响有关。在当代日本，有两位诗人的作品给我留下深刻影响，一位是谷川俊太郎，另一位是高桥睦郎。相对于谷川俊太郎，高桥睦郎在中国的知名度也许还不是太高，他似乎是一位更为内向的更趋向于神秘的民间诗人。尽管我没有见过其人，但我想象他一定是一位印堂发亮、目光炯炯有神的老人。

在诗艺上，高桥睦郎与谷川俊太郎相比，更多了一点冷峻和残酷，体现了日本民族中菊与刀的双重个性。这与中国诗歌中的柔美和婉转形成强烈对比，即使与中国最富有阳刚之气的诗歌相比也多了一点尖硬和穿透力。好像我们的诗总是外在的、喧哗的、表面扩张的，而他们的诗却是内在的、沉默的、向内部渗透的——仿佛有一股潜流在沉默中一意孤行地前行。

正是在我们回避的一些诸如死亡的命题中，高桥睦郎却表现得更为大胆和开放，但他并不沉溺于死亡，而是在死亡中诠释存在的意义，并试图穿越死亡，达到永恒。因此从这个意义上来说，高桥睦郎还不能以宗教意义上的平静和安然来概括，因为，他尽管已是一位七十多岁的老人了，却依然是一位内心动荡不安的人。通过他的诗，我们不得不承认他是一位超越了伦理道德和日常行为规范以及超越了生死的诗人，是一位诗歌创作中的魔术师或是天马行空者。

这在他的《奇妙的一天》和《我的名字》（皆据田原译文）两首诗中表现得尤为突出。因此我们可以这样说：几乎没有哪一位当代中国诗人能将诗写成《奇妙的一天》，哪怕具有最奇妙的想象力、具有波诡云谲的表现手法也做不到，因为文化基因不同，看待世界的方式不同，对诗艺的理解和追求也不同。我们是在柔美的平和的、讲究中庸和普世情怀的文化环境中长大的，因而在我们的个性中就多了一分温润和唯美，而缺乏了一种冷静和刚硬。这种事事求中庸、时时走正道的日常规范和四平八稳的世界观已渗透在我们的血液中，某种程度上限制了我们的创造性。这一点在某些日本诗人的身上却看不到。正因为他们没有多少羁绊，他们才是轻松的，因而才能做到穿越和超越。

在《奇妙的一天》里高桥睦郎是这样写的：

妈妈

我七十岁了

十六年前，七十八岁去世的您

现在仍是七十八岁

和我只有八岁之差

与其称呼您妈妈

还不如叫您姐姐合适

明年和您差七岁

后年就差六岁

八年之后我们同岁

九年后我大您一岁

之后，您渐渐年轻

不再是姐姐，而是妹妹

再之后，就变成女儿了

……

多么奇妙的空间错位和时间转化，诗人不仅赋予了时间和空间以自由转化的流动性，且将对母亲的思念隐含在不同角色的转化中。在自身的参照下，母亲的年龄由原本的停止状态在逐渐地变化，先是由姐姐变成妹妹，最后由妹妹变成了"自己"的女儿。或许这样的景象只有在一位七十岁的老人的心中才能产生。这样的想象要是不出于高超大胆的表现手法几乎难以完成，但在高桥睦郎的笔下，却又进行得那么波澜不惊、自然随意，而又如此地让人惊心动魄。这当中体现出的不仅是高超的诗艺，还有一种将不可能化为可能的神奇。

当老人静静地看着母亲年轻时的照片，深切地怀念母亲的一生时——

> 奇妙的事情发生了'
>
> 在我的记忆中，晚年的您
>
> 一天比一天模糊、淡薄，最后消失
>
> 照片中年轻的您，变成了您
>
> 此刻，已经无法再生
>
> ……
>
> 我完成的结果是
>
> 您进入了照片
>
> 变成年轻的寡妇
>
> 我在照片中被您怀抱
>
> 变成了幼小的男孩
>
> ……

老实说，初读高桥睦郎的《奇妙的一天》，我几乎在某种奇异的审美中欣赏到了一种冷峻得接近于残酷的美。尽管它是一首怀念母亲的诗，尽管它所呈现的事实也并不是多么的奇特，但在诗人的笔下却呈现出了一种颠覆时空的、不断回旋的、自由穿梭的诗艺风格。在似乎是平稳的叙述之后，却以一句"放心好了，您永远就做我／二十五岁的年轻母亲吧／我最喜欢的／唯一的／妈妈"结束全诗，化解了诗中的杀子弑父弑母等惨烈意象，使少有的柔情突然照亮全诗，仿佛在漆黑的屋子里突然点起一盏灯。

与《奇妙的一天》相比，《我的名字》更显诡秘，更使人感到恐怖。诗中描写了一位"食死者"如何"钻破血糊糊的产道",如何"竖起脏污的指甲,抓挠伸过来的乳房",如何"咬破母亲的乳头,吸吮掺血的乳汁,然后被人吃惊地揪下来,扔出去"……

被扔出去的是一位满头白发、浑身褶皱又不断哭叫的既像老人又像婴儿的食死者。这个看似老人的婴儿,年龄不详——既是零岁又是百岁,乃至超岁。他因贪恋死尸而不断地奔到丧主家,混迹在所有临终者的床前,在伤心欲绝的家人中间,贪恋着死尸。"因为他是一个经常企望死亡的人,╱一个一直深受幻灭渴求折磨的人,╱一个自身死亡遭到拒绝的不吉利的人。"

阅读这样的诗句让人心里发冷。尽管它依托了奇妙的想象,但所表现的内容却是我们难以接受的。应当说高桥睦郎是一位悲观主义者,或者说是一位虚无主义者。也许,他追求的不是抚慰和拯救,而是通过叙写来"澄清自己"。澄清什么?罪恶感?或是极度的虚无?

在他看来,世间万物皆"来自于空无,又将回归空无",尽管如此,他依然试图在空无中建造一种接近永恒的东西。正如他所说:"尽管(我)书写的是人类,但却跟永恒有关。"他是通过写作来告诉我们"活着和死亡的区别,存在和不存在的区别"。

外国人眼中的中国

　　由于对自身的熟视无睹，我们往往看不清自己是个啥样子，尤其是对于身处其中的自然环境、文化传承和风俗习惯等等，多多少少都有些熟视无睹，所以听听别人的看法和评价也许对我们是有好处的。近日阅读美国作家乔·弗兰岑写的长篇随笔《中国海鹦》（载于《世界文学》2015 年第 6 期），引起了我的诸多感想。作为自然主义保护者的乔·弗兰岑，虽侧重于叙述中国人对鸟类的保护情况，但也在文章中流露出许多对中国的观感，包括某些民营企业对工作环境的不重视，以及出于习惯给作家和记者赠送礼品和红包等，尤其让我觉得有意思的是他在宁波市区一带的所见所闻。

　　他在文章中写道：

　　　　从面包车后座往后看，在我眼里大宁波市地区的每一寸土地上都在进行施工建设或者同时在施工重建。我住的那家刚刚落成的新酒店，就建在另一家还是非常之新的酒店的后院里，只相隔几英尺之遥。这里的公路都很现代化，不过表面坑洼严重，好像大家都明白这些路面很快就会挖了重铺似的。乡间到处都在搞住房装修改善；有些村子里，很难看到门前没堆有一堆沙子或砖头的房子。农田里到处发芽似的冒出了许多工厂，而就在不算最新的工厂外面，正在建造的高架通道支承柱，又正在脚手架后面拔地而起。近年来宁波的年（经济）增长率一直保持在百分之十四左右，光是看着眼前的一切，很快就看得累得慌了。

这位习惯了青山绿水的美国人，置身于建筑工地般的宁波市区，听着噪音，承受着雾霾和尘土的侵袭，多少是有点不适应的，同时也有一丝不理解，尤其是对无处不在的永不消停的建筑施工现象，觉得累得慌了。

大约三四年前的秋天，我去过一次梦想中的江南，抱着"二十四桥明月夜"的梦想，想美美地领略一下江南胜景，不过也基本上是乘兴而去，败兴而归。在南京禄口国际机场驶往南京市区的面包车上，看见公路上和田野里烟气弥漫，十几米之外看不清路面。因为是十月份，农人在烧草肥田，但也不排除工业污染。接下来的几天在苏州、扬州、无锡等地游览的时候，并没有体验到草长莺飞、细雨霏霏的江南胜景。当然了，我去的时间不是春天，但也能够想见"烟花三月下扬州"的景象是个什么样子。就如乔·弗兰岑看到的那样，在苏州的虎丘山上，也没有发现鲜艳的花朵和碧绿的草木。树干粗黑老硬，树叶蔫不拉叽，没一点精神。城市边上是正在建设的高架桥的支柱，一路上尘土飞扬，干燥的空气让你觉得是置身在西北的某个小城。你哪里还有兴趣欣赏魂牵梦绕的苏州。扬州的瘦西湖，水面黏稠，上面漂浮着一层绿色的类似于油污的东西。

在最具典型代表性的江南几个名城穿行，放眼望去，虽然高速网络纵横，往来车辆穿梭不已，但看到的不是正在建设的工厂和住宅区，就是烟雾迷蒙的远景。那感觉就像是大地受伤了，仿佛有一个泼妇把一位美丽的少女的脸蛋抓了一把似的。

其实这种大规模翻建或重建的城市现象，不仅在江南能看到，在其他城市也是大同小异。

城市化进程没错，改善居住环境也没错，但没有节制的盲目建设，已造成了今天的住房过剩，成为今天政府亟待解决的难题。

在我生活的城市，感觉老是在建设，破土动工、房屋改建、马路维修，尤其是到了采暖期，好好的街面被挖成了一张麻脸。年年如此。

更让人扫兴的是，中国的城市建设千篇一律，没有特点，除了火柴盒还是火柴盒。四年前去拉萨，车子一进入市区我就失望了，很少看到具有藏民族特色的建筑，大体景观跟内地差不多。在乌鲁木齐也一样，除了二道桥的青砖建筑。我一直在想，在中国并不缺少建筑家，他们都干啥去了？是没有用武之地，还是他们根本就没有设计理念？偌大的中国，文化多样、民族众多，难道在居住上就没有自己的特点？实际上建筑最能体现一个民族的个性和文化特征，而我们在这一点上却做得很不够。

更为严重的是，随着现代化的进程，我们正在失去许多具有民族风格的老建筑，保护意识之淡漠让人吃惊，让一代建筑大家梁思成心痛的事还在进行。我们不能忘记，二十世纪五十年代事关保护北京老城的"梁陈方案"受到批判时，梁思成对时任北京市市长的彭真说的那句话：五十年后你会发现我是对的，你是错的。经过半个多世纪的实践检验，真理的确站在梁思成与陈占祥教授一边。

这不是要争一个谁对谁错的问题，而是具有历史文物价值的老建筑失去之后，再也不能复制，这是永远的伤痛！

在历史文化名城罗马，至今还保留着建于奥雷利亚诺皇帝时（公元 270 年）的老城墙。就连 1935 年墨索里尼为显示法西斯统治的"辉煌"而倡导建设的建筑群，也被意大利人作为"新罗马"，经过补建后成为当今罗马新的办公、商业和居住中心，它们虽然带有呆板的法西斯风格，但意大利人也没有因为它们是法西斯风格的建筑而推倒重建。除此之外，伦敦、巴黎、西班牙、葡萄牙、俄罗斯，随处都能看到保存完整的老建筑、老城区。看来欧洲人对文化和文物的重视和珍爱程度远远胜过我们。

国家的发展不能仅仅体现在对一座新城的建设上，有时恰恰体现在对一座老城的维护和保护上。这里面有人的观念的不同，有人的文化层次的不同，也有历史传承的不同。

因为被动和无知，不知有多少老建筑在我们的国土上消失了，成为中华民族永远的伤痛。阿房宫、圆明园、大唐古都、西夏古城，要是它们都还存在，那是怎样的景观？想一想，都是让人惊叹不已的建筑。

建设没错，但我们在考虑使用性的同时，不能忘了它的美学价值，因为建筑本身就是凝固的诗行。

对于中国当下的建筑情形，乔·弗兰岑是这样描写的：

> 上海规模之大，从空中望下去是成千上万规整排列的矩形房子——每处矩形房子近看才发现其实是巨大的公寓大楼——到地面再一看，这些唐突蛮横的新摩天大厦，那些对行人充满敌意的街道，加上冬季天空烟霾密布的人为造成的昏黄（人工黄昏），都是令人震撼的。这就好像天下史上众位神灵问了句："哪位愿意史无前例地去自倒一回

大霉？"这个地方举起了手说："我愿意！"

……每每蓦然回首南方地平线，在冬季的天色下仿佛海市蜃楼一般，总能望见某个神秘庞大的建筑——某座发电厂啦，某栋玻璃幕墙的金融"神殿"啦，某家像吃了激素一般的外观壮硕的酒店啦，某座……那是座机械化粮仓吗？

……房子都是块状沉闷的设计，不加粉饰，赤裸裸的样子；只有屋顶总还留有远东特有的向上翻的轮廓线，才添加了一分美观的气息。我们沿着运河水道行驶，看到水面上漂着厚厚的垃圾……我几乎没有看到过树干直径在二十公分的树。

……这个国家的总趋向是好的——正在走向更大的思想自由——但目前还是相当有限度的。所以到头来大家都是各自只顾自家事了。生活的目标变得只是为了个人生存了。

由整齐划一的建筑，乔·弗兰岑写到了中国人的精神状态和行为方式，可谓一语中的。他接着写道：

上下前后左右，到处都是建筑施工、车水马龙、商业往来——中国大地上的每一个人，都在以令人敬佩的勤奋精神（也许不完全是那么乐观的精神状态）忙碌着——我则再次被刚到上海头一夜的那种感觉深深打动了。不过我那时描述成先进的东西，我现在更确切地说该是一种迟暮：那种由现代性带来的伤感，那备战夜幕降临之前长长一段令人不安的黯黪。

这就是一个美国作家对中国的观感，这种由急速的现代化带来的伤感，也许不仅使一个外国人感到不适，想必很多中国人都是有同感的。然而我们绝不是复古主义者，也不是纯粹的自然主义者，由于国情不同、民族不同，由一个发达国家的人来看一个发展中国家，也许他在内心诉求的还是异同，是对多样性的祈盼。然而我们也不得不考虑，发展的终极目标到底是什么？仅仅为了过得舒服吗？但舒服还不是带有审美趋势的休闲和享受。

我们相信，中国人在不远的将来，会减慢盲目发展的速度，也会由肉体一点一点向精神过渡，也会由人造的黎明和黄昏向天然靠近，只是我们不要太急于求成，太急功近利。我们不仅要避免先发展后保护，更要在不破坏和保护的前提下发展，这才是唯一可行的途径，这样的发展才不会留下后遗症，才不会使我们痛定思痛、莫可奈何！

我们能够清楚地预知到，在各民族致力于科技和经济发展之后，必定是文化上和风俗上的大回归，包括音乐、绘画、建筑和文学。那时的世界也许仅仅是经济和科技上的大同，而文化却呈现出民族性和多样性，那会是一个五彩斑斓的十分有趣的大同世界。

樱桃的滋味

要是大家熟悉伊朗导演阿巴斯，想必就知道《樱桃的滋味》是他执导过的一部很有名的电影。名字确实好听：樱桃的滋味。要是细想想就会感觉到，他说的并不仅仅是樱桃的滋味，其实就是活着的滋味。

事实上这是一部沉重的电影，与讲述温情和苦难的《白气球》《小鞋子》不同，它直逼生与死。

电影讲述一个中年男士（看他的修养、穿着和开着的小车就能想到，他是一个成功人士）因为不快乐而想自杀，为了不至于暴尸荒郊，他想找一个合适的人，以便在他死后的第二天把他掩埋。

他先后找到了三位看起来都比较合适的人选，并且都比较贫穷，主人公想说服他们来完成自己的这一要求。第一位是一位当兵的小青年，当主人公说出自己的想法，并强调报酬很高时，不料这位青年却说，我熟悉铲土，但我从不将土盖在一个人的身上或脸上。

当主人公还想继续说服这位青年时，不料他却拉开车门跑掉了。

他遇见的第二位人选是一位神学院的学生。当主人公讲出自己的想法时，这位神学院的学生却根据《古兰经》的教义指出，自杀是有罪的，也是不应该的。而主人公说，不快乐同样也是有罪的。

他们谁也没有说服谁。同样，这位神学院的学生也不可能答应他的要求，尽管主人公开价很高。

最后遇上的是一位生物学教授。在车上主人公对这位老人谈了自己的想法。老人说，我可以答应你，当你真的自杀了，我可以掩埋你的尸体。不过老人家接着给他讲了一个发生在自己身上的故事。

老人说，他年轻的时候因为生活的压力，感觉一天都不能再活下去了。于是在一天早上，他偷偷地离开正在熟睡的妻子和儿女，一个人来到一处樱桃园，想在一棵樱桃树上上吊。正当他准备将头伸进绳套时，却发现眼前的树枝上有一颗鲜红的樱桃，于是他把它含入口中，也就在这一时刻，他发现这枚樱桃是那样甘醇鲜美，一瞬间他打消了自杀的冲动，想继续活下来。那时，正有一轮鲜艳的红日在山巅上升起，光线射进了樱桃园，让他觉得活着还是美好的，尽管有那么多困苦。于是他终于走出了自杀的困境。

老人的故事讲完了，可是主人公还是很平静，能看出他还深陷在自杀的迷茫中不能自拔。

天黑了，主人公开着车，穿过弯弯曲曲的山路，来到某一处山顶上。他关闭了发动机，走下车，坐下来，一边抽烟，一边注视着山下闪烁的璀璨的城市灯火。

谁知道他都想了些什么，然后，他跳到了一个类似于坟墓的土坑里。

这时，天边滚动着隐隐的雷声，持续的闪电划过漆黑的夜空，不时映亮土坑里那没有一点表情的人脸。然后是长时间的黑屏，就像无处不在的黑夜。银幕上的黑夜持续了好长一段时间，就好像我们真的度过了一个漫长的夜晚。

然后，天慢慢地亮了，一队出早操的士兵喊着口令向这座山上跑来。

不知什么时候，主人公已从坑里爬了出来，走向山坡上的摄影记者。山坡上有零星的花草——仿佛重获新生。

这是一个寻常的早晨，然而它的意义对于一个人来说却不同寻常。

那么，我只是在简单地复述吗？不，我想说的是，前一天，在主人公彷徨迷茫的时刻，那山峦间飞翔的乌鸦怎样暗合了一个人的心境，那沉闷的雷声是怎样震荡着人的心房，还有那闪电怎样在夜幕中映亮一张绝望的脸庞。可见，活着确实是一个大问题。

莫名的恐惧

如果你看过卡夫卡的小说《地洞》，就明白一只鼹鼠会因什么而不安——那就是恐惧，它因为老是担心会受到某种陌生生物的侵犯，而不得不在地下构置一个坚固的城堡。当然啦，对于一只鼹鼠，它的城堡，无非就是一处隐秘的封闭而坚固的地洞。

出于不安全感，这只鼹鼠从来就没有安静过，它不停地劳动，加固自己的防御工事，增加难以发现的暗道，并不停地转移食物……这样做的目的就是为了增加安全感。事实上这样的劳动并没有完全打消它内心的那种恐惧感，有时候，它会静静地待在某处谛听，当真就听到了一种声音——别的动物打洞的声音，也许这是一个不怀好意的家伙，正在向自己的洞穴处开掘呢。于是我们的主人公又得赶忙去堵塞……就这样，它没有安生的时刻。

确实，这只可怜的鼹鼠陷入了某种难以自拔的境地。有什么办法呢，我们人类，有时候不也正是这样的吗？起码，我也有这方面的体验。

很多时候，我的情景与那只鼹鼠相类似。折磨着我的也是一种莫名的恐惧，它不具体，隐隐约约，像一层灰雾，或是某种难以说清的气氛，从四面八方包围着我、挤压着我，让我处于某种隐隐的不安中。好比有一个调皮的孩子躲在某个地方，拼命地吹一只气球，气球被越吹越大，几近透明，然后，叭的一声——假如，这爆炸的不是一只气球而是别的什么东西，那么结局呢？我所担心的就是，通常的事物在外力的作用下超出了它的承受极限而出现的那种后果。

事实上，这样的担心不是没有道理。

我的感受是，一种无形的东西比一种具体的东西更可怕。比如，你老是能隐隐约约听到一种古怪的声音，却又看不见能发出声音的怪物，你作何感想？

我老是有一种担心，比如，担心正在使用的煤气罐会突然爆炸开来，要么就是一只暖壶，当通电的热水器在壶里吱吱尖叫起来的时候，我就担心有一种爆裂声会突然响起……说实话，我最不愿看到的是开动起来的缝纫机，在动力的牵引之下，当针头突突突地上下抽动时，我的心也就随之抽紧了。类似的例子多了，比如，子弹在枪膛炸开，正在高速行驶的汽车突然失控……对我来说，这突然间的失衡或爆炸，也许是一个具体的东西，也许是一种说不上名字的东西。更多的时候，它是一种感觉。有时，我甚至预感到，在我的身体之中，说不上什么时候，也会突然发生一种爆炸，这"爆炸"在很多时候还会幻化成另外一种东西。

时间一长，这感觉就变成了一种心灵上的阴影，挥之不去。常常是这样：当我安静地读着书、小心地走着路，或安静小心地享受着属于我的食物时，我忽然间就感觉到了那种危险。

雨中的广场

　　我说的是海明威在《雨中的猫》中提到的那个广场。广场不大，地面上坑坑洼洼的，在下雨天显得很落魄，像一个失意的人。它的周围有几家破旧的旅馆。那时候，可能是黄昏了，旅馆里的灯火流出来一部分，映亮了地面上的雨水……广场上空荡荡的。从旅馆的这边看去，对面有一两个人正低着头从广场的一边走过。他们可能是一些旅人，急着去找一个温暖的房间，再喝上几杯热酒暖暖身。雨里的那几个人看起来很孤单，看不到脸上是否挂着忧郁。当时，海明威在小说里说，有一位美国太太一直惦记着一只猫——一只雨中的猫。可是那只猫消失了，就在那位太太要去抱它的时候，它从旅馆门口的那张桌子底下消失了。

　　海明威没有告诉我们那只猫到底跑到什么地方去了。后来那位美国太太回到了房间，觉得失落，嘴里一直念叨着那只猫。我想那只猫一定穿过广场、进入到另一边的树丛了。感觉隐藏了那只猫的广场大得很，也很空旷，因为落着雨，就显得十分凄迷。

　　为什么我的心中老装着那个广场？就是那个广场太凄迷了。这是海明威所传达出的那种难以言说的魅力，比真实的落着雨的广场更凄迷。看来我更多地是为海明威所描述的这个广场所痴迷，而没有过多地去想那只猫的命运。

后来，我还多余地想，那广场边上可能还有一个教堂。另外，还有一家疯人院。从宗教的意义上说，一切都具备了，关于人和灵魂什么的都有了。一切都在秘密地发生，我指的是人和灵魂之间的事。

雨中，不多的人可以穿过广场去教堂里洗洗灵魂。而疯子是一些快接近上帝的人。他们疯了，被正常的人关在疯人院里，可能院子里开着骨朵很大的花，花瓣丰腴、肥硕，在雨里泡着，危险而茫然地盛开着，一群疯子却使劲地嘲笑这些花。

夜在雨中降临了，教堂的钟声敲响了，声音滞留在广场上空。

广场的一边紧靠着大海，此刻它微微地喘息着。雨落在海面上，大西洋的海水一遍又一遍地涌上来，舔着岸边的棕榈。看上去，远处的大海黑黝黝的，听起来那大海虚幻极了。

额尔齐斯与博格达

　　这仅仅是两个意象——额尔齐斯与博格达。它们是我读沈苇的《新疆词典》时所联想到的。

　　因为与沈苇兄的缘分，我曾两次前往新疆，一次是冬天，前往塔松林立、白雪覆盖的喀纳斯；一次是初夏，前往伊犁，畅游有"空中花园"之称的喀拉峻草原，从一个侧面体验了新疆的人文、地理和美食。的确，新疆是个好地方，不仅地方好，更重要的是人好。在人间，哪怕是一处圣境，倘若没了真情实意的朋友相伴，就会显出寡淡来。因此，我在新疆的快乐与沈苇兄有关，我在新疆的感受也多了一份真情。

　　沈苇是浙江人，由于二十多岁时闯荡新疆，并一直滞留和扎根于新疆，从事写作和主持《西部》文学期刊，现在已经算是一个彻底的新疆人了。他有一双大眼睛，又黑又深，他有一部大胡子，又黑又密，一看就是一位真诚而又睿智的诗人！

　　早年看过他写沙漠的诗和写库车的散文，曾留下了相当深刻的印象，一是吃惊于他超常的感悟力和表现力，二是惊叹于他丰厚的学识。凡是熟悉当代中国诗坛的人，不会不知道沈苇。

　　近年来他用大量的精力主持《西部》文学月刊，使得《西部》一改往日的面貌，成为中国颇具影响力的文学期刊。工作之余，他坚持文学创作，于2014年10月出版大型散文集《新疆词典》，皇皇巨著，涉猎广泛，既有对新疆人文地理的勾勒，也有对新疆风土人情的梳理，山川、人物、风俗，在作者的笔下焕发出别样的神采。他笔下的博格达，是富有人性的山峰，正如他所表述的，在博格达"无限的善意、体贴和谅解中，城市变成了博格达的一只摇篮。而人，是摇篮里的婴儿。一摇篮的婴儿啊"。如果没有诗人的才气，没有无边的善意，是难以得此想象的。在《西域》中，他写道："月亮升起来了。我感到月亮给我喂了点奶。"要是没有诗人特殊的感受力，就不会写出如此具有质感的句子。然而沈苇的散文不仅以新奇的感受力见长，其实在诸多篇什中还可看出对人生领悟的深刻来。比如，在《阿凡提》一文里，沈苇讲了阿凡提老年之后给老婆买油的事，说是阿凡提从巴扎买了一碗油端回来，回到家时却发现一碗油全撒光了，老婆气得坐在地上大哭不止，而醒悟过来的阿凡提却大笑不止。作者说，这则小故事纯粹是虚构，但作者曾听一位哈密老人说过，阿凡提的临终遗言是："生命是珍贵的油，碗里碗底的，全给我泼完了。"沈苇为什么关注这点呢？显然他已经由生活的表象进入生命的内里，并对生命有着痛彻的体悟。

自然而为

　　对一位画家的了解，大多是通过对其作品的研读和揣摩来得到大致的印象，然而对于他的人生阅历和创作理念，却要通过其他途径，而这一点恰恰是不能忽略的。在读了杨立强先生的文章以及他和沈奇先生的访谈后，始对他的人生轨迹和创作理念有了一个较为清晰的了解。

　　与许多不幸的艺术家一样，杨立强先生也是命运不济、艰辛备尝，然而作为一个坚强的西部人，他却有着不同于常人的韧性和不甘平庸、敢于挑战命运的勇气，尤其让人感佩的是他在求艺过程中的谦卑和孜孜不倦。年少时的奋进和中年时的"归隐"可以基本勾勒出他人生大致的轮廓。仅从这一点上也可看出他是一位淡泊名利、潜心于创作的艺术家，而这一特点无疑也是产生优秀作品的先决条件。

　　"出于心，归于心"，这是杨立强先生对自己创作心态和创作理念的最好注解，为我解读他的作品、揣摩他的心性和气质提供了依据。

　　出于心而归于心，强调的是创作的过程和遵循的创作理念，它更多的是结果而不是缘起，而我们在看重其过程和结果的同时，也不能忽略"进于心"的东西到底是什么，对于杨立强先生而言，那就是学习和继承蔡鹤汀、蔡鹤洲两位大师的笔法，继而受陇南山水的情韵和人文风俗的熏陶，最终走出一条属于自己的艺术之路来。

从杨立强先生的绘画作品可以看出，他继承的更多是蔡鹤汀先生用墨的大胆和笔力的古拙苍劲，这一点在他的梅花小品里更显突出。然而，作为一个中国画家，除了师承，他不可能不从古今名家中汲取营养，这一点，在杨立强先生的作品里同样可以得到证实。八大山人、梁楷、齐白石、徐悲鸿、刘海粟，这些古今名家，一定以特殊的方式影响过他，而油画、水彩画这些不同类别的画法也在一定程度上影响过他。所以，我们已经不能单一地说他是蔡氏两兄弟的高徒，更应当说，他是一位受益于中国传统文化影响的画家。

构图简略，用笔灵动疏松，在线条的支撑下，大块的墨色清亮淡远，成为一种超越具象，直达深远意境的中国现代山水画技法。这是杨立强先生的山水小品给我的直观印象。同时在他的作品里也可看出水彩技法和泼墨技法的交汇融合，这一点也成为其作品的突出亮点。

由于个性和地理等因素的影响，西北画家多以线条的老辣和构图的苍凉、奇崛见长，却很少有以水色温润的泼墨、泼彩见长者。出于大家所熟知的原因，西北的荒旱和物象的枯涩苍硬，倒是造就"铁线描"的理想环境。而杨立强先生却充分运用水墨和色彩在宣纸上的洇染和生发等特点，营造出了一个亦真亦幻、亦虚亦实的丹青世界，充分体现了中国画超越具象而接近天工的奇妙。

由于心性使然，我对中国的泼墨画情有独钟，南宋梁楷的《泼墨仙人图》、明代徐渭的《墨葡萄图》、清代华喦的《天山积雪图》等，都堪称一脉相承的中国大写意画的典范之作，为后世中国画家的大写意创作开创了先河。

从写实到写意，似乎是很多有个性有理想的大画家的必由之路。因为随着笔墨功夫的成熟，画家自然实现了一个从现实世界走向心灵世界的转变。中国现代画家张大千老年时常作泼墨、泼彩，其画作鬼斧神工、自然天成，仿佛创造了一个意念中的仙境。而刘海粟东西兼顾，在浓墨重彩中构筑了一个理想的水墨、水彩世界。徐悲鸿也不例外，他少有的大写意泼墨画也极具中国大写意的精髓，其《漓江春雨图》墨色浓淡相宜，物象朦胧而逼真，尤其奇妙的是墨色灵动而透亮，其手法之高妙，让人称绝。齐白石也一样，在其九十七岁高龄时所画的《牡丹》和《白菜萝卜图》中，可明显看出他超越具象进入泼墨泼彩的自由境界，呈现出一派汪洋恣肆、鬼斧神工的气象，成为他生命最后的绝唱。

说到底，优秀的艺术家并不是一直停留在对现实世界的单纯描述上，而是表现在对精神世界的不懈探寻上。所以我觉得，中国大写意画，类似于西方的印象派绘画，轻具象而重印象，独有其韵味。现在来看法国印象派画家莫奈的《日出印象》和《睡莲·鸢尾花和枝条》，其实就是用油彩表现出的一幅中国大写意泼墨画。

说这么多并不是厚此薄彼，好像我只重泼墨而轻视线条，重写意而轻视工笔，不是的。无论是哪一个画种，都可以产生奇妙的作品。

非勤学苦练不能成为大家，非顿悟创新不足以自成一家。纵观杨立强先生的绘画，涉猎广泛、工写兼备，且都有所长。而我以为相对于他的花鸟、山水，唯独泼墨泼彩独见其灵性。比如他的家园系列和河西印象系列，以及近期的山水小品等，皆是这一范式的最佳体现。

在这些系列作品里，他以线条为支撑，穿插以大色块的布局，其大块的墨色中杂以或黄或绿或褐或青的大色块，概括性地表现出了陇南山川的形貌，各种农作物或生长或成熟时的景象——其实是一种印象。往往是在相互交织的色块中，隔出一方明净的水泊，既是画面中的留白，又成了清澈透明的一方活水。而在这样一个世外桃源般的仙境中，往往点染上一两只耕牛、一两个人物或是一组水鸟，立刻，使安静的画面充满了动感。

杨立强先生的这些泼墨泼彩山水画，并不是色团和色墨的无序堆积或排列，其实，他十分注重色彩的和谐，在对色彩的天然把握中，尤其注重一种整体的效果，从而使各个色块搭配适中且不紊乱。然而最重要的是，他能在各个色块之间巧妙地穿插线条，不仅使画面有了骨干和支撑，且使画面统一在一种格调中。

很多人以为，泼墨泼彩，也许就是让水墨和色彩在宣纸上任意地生发，而不加控制，其实高手既要借水墨在宣纸上自然的生发和洇染，同时还要借物赋形，给予适当的修整和调理，所谓的画龙点睛之笔常出于此。我觉得在这一点上，杨立强先生可谓心灵手巧、几近天成。

他的作品，无论是山水小品还是花鸟虫鱼，皆追求一种简单明快的风格，虽简约但不清寂和孤单，而是在简约中达到无形的丰满，在实与虚中维持了准确的平衡，将意境的开拓当作最终的追求，充分体现了中国画重意境、重个性呈现、重生命体验的特点。

对于一个成熟的画家来说，往往不会拘泥于流派和技法，而是进入自由的创作境界。在经历了艺术上的苦苦探索之后，杨立强先生已经进入了一个自由创作的阶段，他更注重将自己对外部世界的理解和认识通过画面来表达。他遵从自己的内心，坚持"出于心而归于心"的创作理念，将自己的生命感受通过故乡的一草一木恰当地表现出来。而这种从本能出发对已知和未知世界的探寻，正是所有优秀艺术家的所为。

图书在版编目（CIP）数据

在一座大山的下面 / 梦也著 . -- 北京：作家出版
社，2018.10
（文学宁夏丛书）
ISBN 978-7-5212-0178-9

Ⅰ. ①在… Ⅱ. ①梦… Ⅲ. ①散文集－中国－当
代 Ⅳ. ①I267

中国版本图书馆CIP数据核字（2018）第197978号

在一座大山的下面

作　　者：梦　也
责任编辑：杨新月
装帧设计：意匠文化·丁奔亮
出版发行：作家出版社
社　　址：北京农展馆南里10号　　　　邮　　编：100125
电话传真：86-10-65930756（出版发行部）
　　　　　86-10-65004079（总编室）
　　　　　86-10-65015116（邮购部）
E-mail:zuojia@zuojia.net.cn
http://www.haozuojia.com（作家在线）
印　　刷：北京玺诚印务有限公司
成品尺寸：152×230
字　　数：230千
印　　张：23.75
版　　次：2018年10月第1版
印　　次：2018年10月第1次印刷
ISBN 978-7-5212-0178-9
定　　价：48.00元

"文学宁夏" 丛书书目

《眼欢喜》　　　　　　　石舒清　著
《我们心中的雪》　　　　郭文斌　著
《行行重行行》　　　　　季栋梁　著
《父亲与驼》　　　　　　漠　月　著
《一条鱼的战争》　　　　金　瓯　著
《换骨》　　　　　　　　李进祥　著
《蛇吻》　　　　　　　　张学东　著
《嘉依娜》　　　　　　　了一容　著
《头戴刺玫花的男人》　　马金莲　著
《核桃里的歌声》　　　　阿　舍　著
《稻草人》　　　　　　　赵　华　著
《塔海之望》　　　　　　杨　梓　著
《西域诗篇》　　　　　　杨森君　著
《篝火人间》　　　　　　单永珍　著
《山歌行》　　　　　　　马占祥　著
《知秋集》　　　　　　　钟正平　著
《在一座大山的下面》　　梦　也　著
《守护风沙中的一盏灯》　郎　伟　著
《张贤亮的文学世界》　　白　草　著
《话语构建与现象批判》　牛学智　著